AMITY GAIGE
UNTER UNS DAS MEER

DAS BUCH:

Die Havarie einer Ehe, ein Segeltörn in der Karibik.
Mit großem erzählerischem Geschick entfaltet Amity Gaige
ein nautisches und menschliches Drama.
Juliet arbeitet an ihrer Dissertation und lebt mit den beiden
Kindern und ihrem Mann Michael ein Vorstadtleben.
Michael gelingt es, sie für seinen großen Traum zu begeistern:
ein Jahr auf hoher See auf einer Segelyacht zu verbringen.
Atemlos steuern wir mit der vierköpfigen Familie in der
Karibik dem dramatischen Finale entgegen.
Ein umwerfender literarischer Pageturner über das, was eine
Familie im Innersten zusammenhalten, aber auch trennen kann

»Atemberaubend«
New York Times Book Review

»Tiefgründig und universell«
The Wall Street Journal

»Gaiges messerscharfer Roman ist nicht nur klug,
sondern auch packender Eskapismus«
People

»Gaige ist eine hervorragende Autorin.«
The Boston Globe

DIE AUTORIN:

Amity Gaiges letzter Roman *Schroders Schweigen* erschien 2013
und war für den Folio Prize nominiert. Es war eines der besten
Bücher des Jahres für u. a. die New York Times Book Review,
Huffington Post, Washington Post und das Wall Street Journal.
Amity Gaige ist eine Fulbright und Guggenheim Fellow.
Sie lebt mit ihrer Familie in Connecticut.

DER ÜBERSETZER:

André Mumot, geboren 1979, hat nach dem Studium und
der Promotion in Kulturwissenschaften und Ästhetischer Praxis
in Hildesheim für verschiedene Medien, Tageszeitungen und
Magazine geschrieben. Er ist Theaterkritiker und Moderator bei
Deutschlandfunk Kultur und schreibt Romane.

AMITY GAIGE

UNTER UNS DAS MEER

ROMAN

Aus dem amerikanischen Englisch
von André Mumot

eichborn

Dieser Titel ist auch als E-Book und Hörbuch erschienen

Eichborn Verlag

Titel der amerikanischen Originalausgabe:
»Sea Wife«

Für die Originalausgabe:
Copyright © 2020 by Amity Gaige

Für die deutschsprachige Ausgabe:
Vollständige Taschenbuchausgabe
der bei Eichborn erschienenen Hardcoverausgabe
Copyright © 2022 by Bastei Lübbe AG, Köln
Textredaktion: Dr. Werner Irro, Hamburg
Umschlaggestaltung: ZERO Werbeagentur, München
unter Verwendung eines Motivs von
© Tatiana Liubimova / shutterstock.com
Satz: fuxbux, Berlin
Gesetzt aus der Dante MT Pro
Druck und Einband: GGP Media GmbH, Pößneck
Printed in Germany
ISBN 978-3-8479-0109-9

1 3 5 4 2

Sie finden uns im Internet unter eichborn.de

Für Tim

Und für Austra, meine Mutter

I

Wo genau nimmt ein Fehler seinen Anfang? In letzter Zeit finde ich es schwer, diese einfache Frage zu beantworten. Unmöglich im Grunde. Ein Fehler hat seine Wurzeln an einem bestimmten Ort und zu einem bestimmten Zeitpunkt – wo hat man sich befunden und was hat man sich im entscheidenden Moment gedacht? Irgendwo im Schnittpunkt dieser beiden Faktoren lässt sich der Fehler finden – nautisch ausgedrückt: seine Koordinaten.

Beginnt mein Fehler beim Boot? Oder schon bei meiner Ehe? Ich glaube nicht. Seine Wurzeln muss mein Fehler in einer unschuldigen Erfahrung haben, der nachzugehen ich vergessen habe, in einem Rätsel, das mein Leben seitdem stillschweigend beherrscht hat. Zum Beispiel erinnere ich mich daran, wie ich mit zwölf Jahren neben einem blendend blauen Howard-Johnson's-Motel-Pool gestanden und beobachtet habe, wie sich ein Paar hinter einem halb offenen Vorhang gegenseitig ausgezogen hat, während sich mein mir bereits fremd gewordener Vater in der Lobby über die Rechnung beschwerte. Hätte ich wegschauen sollen? Oder bin ich schon früher vom Weg abgekommen, als ich auf dem grob gestrickten Teppich im hellen Kindergartensonnenschein saß, mich zu dem Jungen neben mir lehnte und bereit war, mir sein aufgeregtes Flüstern anzuhören? Seinen Speichel spüre ich immer noch wie Tau in meinem Ohr.

Und jetzt sitze ich in einem Schrank.

In Michaels Schrank.

Ich sollte das erklären.

Ich bin vor ein paar Tagen eingezogen. Eigentlich habe ich etwas von ihm gesucht, aber dann ist mir aufgefallen, wie flauschig der Teppich hier drin ist. Die Klapptüren mit den Lamellen filtern das Sonnenlicht auf wunderschöne Weise. Ich komme zur Ruhe hier drin.

Sich in Schränken zu verstecken, ist eine Kinderangewohnheit, ich weiß. Als Kind habe ich mich immer im Schrank meiner Mutter verkrochen. Darin befanden sich Seidenkleider und Wollsachen, die sie nie angezogen hat. Ich habe es geliebt, mit diesen Stoffen über meine Haut zu streichen, in ihre High Heels zu steigen wie auf ein Podium und meine Zukunft zu proben. Geschämt habe ich mich dafür nie.

Ganz bestimmt gibt es einen Zusammenhang zwischen der Tatsache, dass ich früher im Kleiderschrank meiner Mutter Zuflucht gesucht habe, und der Tatsache, dass ich mich jetzt in Michaels Schrank verstecke. Aber das hilft mir auch nicht weiter.

Manchmal schreibt einem das Leben winzige, schreckliche Gedichte.

Ich bin mir nicht sicher, ob ich es schaffe, diesen Tag zu überleben.

Ich meine, ob ich es will.

Das Haus zu verlassen, *rauszugehen*, erfordert Vorbereitung und Selbstüberwindung. Würde ich tatsächlich vor die Tür treten, wieder durch die Gegend laufen, Menschen treffen und Einkäufe erledigen, würde ich all das wirklich schaffen, käme zwangsläufig jemand auf mich zu, um mich zu fragen: Wünschst du dir, du wärst nie gefahren? Und man wird erwarten, dass ich antworte: Ja, unsere Reise war ein Fehler.

Vielleicht würden die Leute hoffen, dass ich das sage.

Doch meine Zustimmung zum Boot war mein klarstes Bekenntnis zu meinem Ehemann. Ich kann mir nicht leisten, das zu bereuen.

Würde ich es tun, würden mir nur die vielen Male bleiben, in denen ich nicht loyal gewesen bin.

17. Januar. 10:15 Uhr. LOGBUCH DER YACHT *JULIET*. Von Provenir nach Cayos Limones. 09° 33.5′N 078° 59.98′W. NW-Wind 10 Knoten. Wassertiefe 2–4 Fuß. NOTIZEN UND ANMERKUNGEN: Wir sind 102 Seemeilen in ost-nordöstlicher Richtung von Panama-Stadt entfernt und lassen uns von den vorherrschenden Winden in die auto-nome Region der San-Blas-Inseln treiben. Der Umriss der Küste ist hinter uns noch immer sichtbar, vor uns aber liegt nur Wasser. Nichts als Wasser. Erst jetzt wird mir be-wusst, dass es nur einen einzigen Ozean gibt. Eine große Mutter Ozean. Natürlich gibt es Buchten & Meere & Meer-engen. Aber das sind bloß Worte, künstliche Unterteilun-gen. Ist man erst einmal hier draußen, erkennt man, dass bloß dieses eine ungeteilte Land des Wassers existiert.

So würde man sich an Land niemals fühlen.

(Nicht bei uns in Amerika.)

Was für ein Gefühl. Generationen von Seefahrern haben es nicht geschafft, es zu beschreiben, wie sollte ausgerech-net ich es hinbekommen? Ich, Michael Partlow. Michael Partlow, der nicht mal den Titel eines einzigen Gedichts nennen könnte. Aber dafür gibt's ja meine Frau. Ihr Kopf ist voll mit Gedichten.

Als ich ihn damals kennenlernte, habe ich gedacht: *So einen Typen würde ich im Leben nicht heiraten. Zu überkorrekt. Zu* konventionell. Keinen Sinn für Humor! Aber ich habe mich getäuscht. Die Ehe und die Kinder und die ganze Plackerei haben bei Michael einen morbiden Sinn für Humor entstehen lassen. Er wurde witziger und witziger, während ich, die früher witzig gewesen war, es immer weniger wurde.

Es gab ein Muskelshirt, an dem er auf geradezu abergläubische Weise hing, als wir auf dem Boot lebten. Bei der Erinnerung an dieses Shirt muss ich laut lachen. Wenn man in heißem Klima segelt, fängt man an, so wenig Kleidung wie möglich zu tragen. Kinder kleiden sich auf einer Langfahrt ohnehin wie Patienten in der Irrenanstalt – sie tragen Grasröcke und Flamenco-Kleider zusammen mit Gummistiefeln und Mützenschirmen und Muschelketten – allesamt Erinnerungsstücke an die Orte, an denen sie gewesen sind. Ich habe keine Ahnung, wo Michael das Muskelshirt aufgetrieben hatte. In Panama-Stadt? Es war weiß mit riesigen Aussparungen für die Arme. Wenn er am Strand stand, strahlend, mit seinem jungenhaften Gesicht und seinen ungewaschenen Haaren, sah er aus wie ein Prep-School-Schüler, der sich vor zwanzig Jahren auf einer Wanderung verlaufen und bis heute nicht zurückgefunden hatte.

Die Crew unseres Bootes ist fit und guter Stimmung. Leichtmatrosin Sybil Partlow (7 Jahre alt) sitzt auf dem Schoß des Ersten Maates Juliet Partlow im Cockpit. Bootsjunge George »Doodle« Partlow (2½ Jahre alt) tut sein Bestes, um bei dem leichten Wellengang aufrecht zu stehen. Er trägt keine Hose und wartet darauf, dass der Erste Maat ihn über die Reling pinkeln lässt. Sein leicht zurückgebliebener Wortschatz ist vollkommen maritim: »Da Boot, da Fisch.« Gerade erst haben wir Besuch von einer sehr großen Meeresschildkröte bekommen! Tauchte plötzlich mit ihrem periskopartigen Kopf an Backbord auf. Sybil meint, sie sei ein Spion. Immer wenn Sybil etwas Witziges sagt, befiehlt sie mir, es aufzuschreiben. Die Schildkröte ist ein Spion, schreib das in dein Buch, Daddy.

Wie bitte, sage ich. Redest du mit _mir?_ Wie nennst du mich, während wir auf Fahrt sind, Bootsmann?

Sie lacht. Okay, schreib das in dein Buch, Captain.

Das mit dem Muskelshirt war deshalb so komisch, weil er für gewöhnlich wahnsinnig pingelig ist, ein Dandy, ein notorischer Zurechtzupfer. Er braucht fast keinen Schlaf. Seine Mutter behauptet, er sei schon immer so gewesen. Hier im Haus hat er immer bis spät nachts gearbeitet, hat noch Mails verschickt und Berichte fertig geschrieben, vor allem aber mit Männerbasteleien angefangen. Hat sich mit Elektronik vertraut gemacht, indem er irgendein Gerät auseinandernahm oder kleine Spielzeuge für die Kinder baute. Manchmal ging er sogar spät noch hinaus, bis auf die andere Seite des Bachs, wo er eine Feuergrube ausgehoben hatte, und dann schliefen wir mit dem ländlichen Geruch von Holzrauch in der Nase.

Morgens fuhr er trotzdem putzmunter zur Arbeit. In seinem Wagen, mit dem er pendelte, ließ er die Kinder nicht essen: Käsecracker und Knäckebrotkrümel – verboten. Das Familienauto dagegen, _mein_ Wagen? Gesetzloses Gebiet. Unter den Sitzen rottete stets eine Schicht aus undefinierbarem organischen Material vor sich hin. Und immer knallten irgendwelche mysteriösen Gegenstände gegen die Radkästen, sobald ich eine scharfe Kurve nahm.

Jetzt sitze ich hier und verstehe es. Ich verstehe, wie schön es für ihn gewesen sein muss, einen kleinen Bereich für sich zu haben – einen Schrank, wo Schuhe in Paaren nebeneinander stehen, wo die Welt draußen bleiben muss und man seine eigenen Entscheidungen treffen kann.

Mein Schrank, gleich da drüben, auf der anderen Seite unseres Schlafzimmers, ist dagegen das reinste Chaos. Ich habe aufgegeben, ihn aufzuräumen, als Sybil klein war. Monatelang hatte ich die Blusen, die sie von den Bügeln grapschte, immer wieder aufgehängt, aber irgendwann ließ ich sie einfach auf dem Boden liegen. Und dann kam Sybil in meinen Schuhen aus dem Schrank geschlurft, torkelnd wie eine Betrunkene, und ließ auch die Schuhe irgendwo liegen, wo ich sie nie wiederfinden würde.

Aber ich bin eine Mutter. Nach und nach habe ich sie alle aufgegeben, meine ganzen Räume, einen nach dem anderen, bis zum allerletzten Schrank.

17. Januar. 18:00 Uhr. LOGBUCH DER YACHT *JULIET*. Cayos Limones. 09° 32.7′N 078° 54.0′W. NOTIZEN UND ANMERKUNGEN: Haben es problemlos bis Cayos Limones geschafft & ankern vor einer kleinen Insel mit gutem Liegeplatz. Sybil springt vom Heckspiegel, während ihre Mom Doodle aus seinem Schwimmshirt herauspult.

Lächle doch mal, hat man früher zu missmutigen Mädchen wie mir gesagt. Dann kam der Feminismus auf und verkündete: Scheiß aufs Lächeln, einen Jungen würde man nie zum Lächeln zwingen. Aber wie sich rausstellte – und aktuelle Studien belegen es –, erhöht der physische Akt des Lächelns tatsächlich das Wohlbefinden.

Deshalb übe ich manchmal.

Ich sitze hier in meinem Schrank und verziehe das Gesicht.

18. Januar. 02:00 Uhr. LOGBUCH DER YACHT *JULIET*. Cayos Limones. NOTIZEN UND ANMERKUNGEN: Wir bewegen uns Millimeter um Millimeter vorwärts ins Nirgendwo. Limones ist ein unberührter Archipel, eine Reihe abgelegener Inseln, die von Riffen & klarem Wasser umgeben sind. Nicht eine einzige vom Menschen geschaffene Struktur. Nur das Geräusch der Brandung, die gegen das dem Wind ausgesetzte Riff kracht. Es ist mitten in der Nacht & ich kann nicht schlafen. Habe gerade alle korrodierten Verbindungen in der Batterie gereinigt. Mehr Gesellschaft hier als mir lieb ist, wegen der Nähe zum Festland. Leute aus der ganzen Welt. Immerhin haben die Kinder Spielkameraden & Juliet hat andere Frauen, sodass sie sich bei warmem Weißwein gegenseitig bedauern können.

Ich weiß: Das, was wir hier tun, wirkt radikal. Aber in Wahrheit sind so viele Leute hier draußen. Verstreut über die ganze Hydrosphäre. Segelboote, Schaluppen, Katamarane, Nachbauten berühmter Schoner, wohlhabende Paranoiker, Rentner, Leute, die mit ihren Katzen reisen, andere, die Eidechsen dabeihaben, Leute, die es satt haben, ein Viertel ihres Einkommens an die Regierung abzutreten, Freigeister, Scharlatane und, ja, Kinder. Tausende Kinder segeln in diesem Augenblick um die Welt, und manche von ihnen haben noch nie an Land gelebt.

Angeblich wollen wir unserer Kinder doch so erziehen, dass sie lebensfroh / nicht-materialistisch / belastbar werden. Und genau so sind segelnde Kinder. Sie klettern an Masten hoch und können problemlos obskure pflanzliche Lebensformen identifizieren. Es ist ihnen egal, wie jemand aussieht, wenn sie ihn zum ersten Mal treffen. Oder sie sprechen nicht mal dieselbe Sprache, schaffen es aber irgendwie doch, sich miteinander zu unterhalten. Sie setzen sich nicht hin und stellen einzelne Lebensweisen über andere.

71 % der Erde nimmt der Ozean ein. Diese Kinder können nicht glauben, dass sie der Nabel der Welt sind. Denn wo genau sollte der <u>liegen</u>? Der Horizont, an dem sie ihre Tage bemessen, ist unvoreingenommenen & endlos.

Erst einmal muss ich wohl feststellen, dass die Absicht, eine Yacht zu kaufen, die absurdeste Idee war, die ich in meinem ganzen Leben gehört hatte. Ich hatte noch nie ein Schiff bestiegen, außer einer Fähre, und Michael war seit seiner Zeit im College nicht mehr gesegelt.

Du nimmst mich doch auf den Arm, habe ich zu ihm gesagt. Du willst, dass ich und deine zwei kleinen Kinder mit dir zusammen auf einem Boot leben, und das auf hoher See?

Bloß für ein Jahr, sagte er.

Ich kann nicht mal segeln, Michael!

Du musst nicht segeln können, sagte er. Du musst lediglich wissen, in welche Richtung du das Boot ausrichtest. Den Rest kann ich dir unterwegs beibringen.

Du bist wahnsinnig, sagte ich.

Juliet war schwer zu überzeugen. Wie macht man seiner Frau glaubhaft, dass es von Vorteil sein könnte, derartige Risiken auf sich zu nehmen? Schließlich heiraten die meisten Frauen, weil sie sich Stabilität in ihrem Leben wünschen.

Um Juliet so weit zu bringen, dem Kauf des Bootes zuzustimmen, musste ich den großen Meisterverkäufer in mir zum Leben erwecken, den sich den Mund fusselig redenden Überredungskünstler, Scherzkeks, Geizkragen – meinen Dad, Glenn Partlow. Nichts machte Dad glücklicher, als mit seiner alten Westsail 32 auf dem Eriesee unterwegs zu sein. Er hatte sie aus einer Laune heraus einem Typen bei der Arbeit abgekauft, der sie schnell loswerden wollte. Offenbar konnte sich damals sogar ein einfacher Ingenieur im General-Motors-Werk ein solches Boot leisten. Er fand in einem Yachthafen einen Liegeplatz, etwa eine halbe Stunde Autofahrt von unserem Haus entfernt. Bei unseren ersten Touren begleitete uns noch meine Schwester Therese, aber dann wurde sie seekrank. Ab da blieben nur noch Dad & ich übrig, auf einem Boot, das keiner von uns zu segeln verdient hatte.

Das Boot trug den Namen *Odille*. War wahrscheinlich die alte Flamme eines früheren Besitzers gewesen. Meine Mutter wollte mit dem Boot nichts zu tun haben. Ihr Leben war völlig damit in Beschlag genommen, uns großzuziehen, was nicht heißen soll, dass das für sie oder für uns gut gewesen wäre. Es war damals einfach normal für Mütter in Ashtabula, Ohio. Sie fuhr uns in der Gegend herum, drückte uns den Trompetenkasten oder die Papiertüte mit unserem Lunch in die Hand. Sie beschwerte sich nicht, wenn Dad & ich auf der *Odille* segelten, zumindest nicht bei mir.

Wir können unmöglich häufiger als 2 Dutzend Mal auf dem Boot gewesen sein, aber diese Ausflüge haben sich tief in mein Gedächtnis eingebrannt. Ich erinnere mich an die glasgrüne Oberfläche des windigen Sees, an das wilde Schlagen der Wellen. Wenn ich meinen 13. Geburtstag erleben wollte, musste ich <u>schnell</u> lernen. Welche Schot ich dichtholen musste und welche auffieren, wie ich für Dad die Leinen parat halten musste, wann ich Fragen stellen und oder die Klappe halten musste. Ich wollte ihm nicht auf die Nerven gehen. Er sah so wichtig aus am Steuerruder.

Als ich in der 10. Klasse war, bot General Motors Dad

eine Versetzung an – von Parma, Ohio, nach Pittsburgh. Aus Gründen, nach denen ich mich nie erkundigt habe, nahm er das Angebot an & verkaufte die Westsail.

Er zog mit uns in ein bescheidenes Backsteinhaus an einem Hügel in der Stadt der Brücken, deren steile Straßen keinen Halt boten, wenn sie mit Eis überzogen waren.

Und dieser Umstand änderte mein Leben vollständig.

Natürlich habe ich Nein gesagt. Meine erste Reaktion war ein Schock. Ich dachte, er hätte den Verstand verloren. Die Kinder und ich sollten auf ein Boot ziehen? Ebenso gut hätte Michael sagen können: Lasst uns von heute an kopfüber leben und an der Zimmerdecke laufen.

Juliet führte so ziemlich jeden Grund an, warum wir es nicht tun sollten. So ist sie. Juliet ist eine Skeptikerin. Jede Ehe braucht einen Skeptiker. Aber keine Ehe verträgt zwei.

Mehr als einmal erinnerte sie mich daran, dass mein Vater das Zeitliche gesegnet hatte, als er ein Jahr älter war, als ich es jetzt bin. Dass es also gut sein könnte, dass ich einfach ein Damoklesschwert über mir spürte – mit anderen Worten: mein baldiges Ableben. Sie könne verstehen, wie schaurig sich das anfühlen müsse, aber ob sich dieses spezielle Psychodrama nicht doch mit einer etwas weniger dramatischen Aktion lösen lasse – mit einem Triathlon zum Beispiel?

Michael und ich waren uns beide darüber im Klaren, dass wir Probleme hatten, nur wie wir sie lösen konnten, da waren wir uns nicht einig. Ich glaube, mir ging es bei der ganzen Diskussion nicht bloß um den unmöglichen Plan, unser Haus und die Schule der Kinder und Michaels Job aufzugeben, ganz gleich wie sicher wir davon ausgehen konnten, all dies wieder zurückzubekommen. Ich fragte mich, wie wir unsere Beziehung retten konnten, unabhängig davon, ob wir fortgingen oder blieben.

Du glaubst, das wird all unsere Probleme lösen, wie von Zauberhand, Michael. So stellen Kinder sich das vor.

Sie vermied es hartnäckig, die andere Sache anzusprechen. Auch ich durfte nicht offen darüber reden, also begnügte ich mich mit Andeutungen. Zum Beispiel wagte ich zu fragen, ob sie wisse, dass die alten Römer geglaubt hatten, Seereisen könnten Depressionen heilen.

Sie legte ihr Buch ab und funkelte mich an.

Ja, sagte sie. Die hielten es aber auch für ratsam, die Gehirne von Baby-Widdern zu essen.

Und las weiter.

Ich dachte: Was hab ich schon zu verlieren? Also senkte ich behutsam mit den Fingern ihr Buch.

Juliet, sagte ich. Siehst du das denn nicht? Du steckst fest. Es ist Jahre her, seit ich dich das letzte Mal glücklich gesehen habe. Du willst hier in Connecticut bleiben und depressiv sein und deine Dissertation <u>nicht</u> zu Ende schreiben? Das ist dein <u>letzter Schritt</u>? Vielleicht wäre diese Reise gut für dich.

Ich bin nicht »depressiv«, sagte sie. Außerdem hasse ich das Wort.

Okay, wie sollen wir es dann nennen?

Verärgert schüttelte sie das Kissen in ihrem Rücken auf.

Ich bin sehr treu, wenn es um meine Probleme geht.

Es stimmt: Ich wollte nicht fahren. Nicht, weil ich glücklich mit meinem Leben gewesen wäre. Nicht, weil ich geglaubt hätte, so eine lange Fahrt auf einer Segelyacht wäre gefährlich oder unklug. Nicht einmal, weil ich davon ausgegangen wäre, es würde unsere Ehe belasten, denn, na ja – es war eh zu spät.

Ich wollte nicht fahren, weil ich bereits einen Kampf auszufechten hatte mit meinem Mangel an »Selbstwertgefühl« – noch so ein Wort, das ich nicht mag. Nachdem das zweite Kind zur Welt gekommen war, hatte ich einige harte Jahre gehabt. Man könnte noch sehr viel mehr darüber sagen. Ich hatte auch gerade erst meine Dissertation abgebrochen. Die Wahrheit ist: Ich hatte Angst, eine schreckliche Seglerin zu sein.

Mich völlig zu blamieren.

23. Januar. 10:15 Uhr. LOGBUCH DER YACHT *JULIET*. Cayos Limones. Morgendlicher Regen gefolgt von klarem Himmel. NOTIZEN UND ANMERKUNGEN: Die Leute hier draußen haben ihre eigene Definition des Langfahrtensegelns: Es bedeutet, sein Boot an exotischen Orten reparieren zu müssen. Als ich das zum ersten Mal gehört habe, habe ich noch gelacht. Jetzt finde ich das nicht mehr ganz so lustig. Heute Morgen habe ich den Schaltkasten geöffnet, weil einige unserer Lampen immerzu an und aus gingen, & musste feststellen, dass sich die Hälfte der Kabel gelöst hatte. Ein Wunder, dass wir überhaupt noch Licht haben. Ich habe hier meinen Elektrik-auf-Yachten-Ratgeber & meinen Schrumpfschlauch & während die Seevögel über den wolkenlosen Himmel ziehen, gebe ich mir meinen eigenen Kurs in der Kunst des Kabelcrimpens.

Doodle sitzt neben mir und sieht sehr nachdenklich aus. Crimpzange, sage ich.

Er reicht mir einen Legostein.

»Schlauch«, sage ich.

Er reicht mir einen Buntstift.

Aber immer wenn man anfängt, sein Boot zu hassen, passiert etwas unerwartet Schönes. Das Wasser neben uns kräuselt sich, und eine Schule von Stachelrochen reibt ihre Flügel an unserem Lee.

Ich kenne tatsächlich viele Gedichte, von all den Stunden in meiner Arbeitsnische in der Uni-Bibliothek in Boston, wo ich, vor unserem Aufbruch ins Land der festgefahrenen Gewohnheiten, versucht habe, meine Dissertation zu schreiben.

Ironischerweise war einer der Gründe dafür, dass ich mit dem Lyrikstudium aufgehört habe, dass es mir so unfassbar lebensfern erschien im Vergleich zu den Dringlichkeiten, die zwei Kinder mit sich brachten. Aber heute, hier im Inneren des Kleiderschranks, ist die Lyrik für mich so real wie eine Axt. Ich brauche sie dringender als Nahrung.

Einzelne Verse kommen und gehen in meinem Kopf. Ich weiß nicht einmal mehr, wer sie geschrieben hat.

Schlachten werden in demselben Geiste verloren, in dem sie gewonnen werden.

Ich nehme nur sehr wenig zu mir, in der Regel esse ich bloß mit den Kindern zu Abend, und wenn ich Durst bekomme, trinke ich direkt aus dem Hahn im Badezimmer. Während des Tages, wenn ich den Schrank verlassen muss, drücke ich die Klapptür auf und überquere unser mit Teppich ausgelegtes Schlafzimmer auf Socken. Der Körper ächzt. Die Blase drängt. Ich vermeide den Blick in den Badezimmerspiegel. Wenn ich in unser Schlafzimmer zurückkehre, bleibe ich manchmal kurz bei den Fenstern zur Straße stehen, wo Vögel unseren verdorrten Apfelbaum belagern. Ich spioniere sie aus, wie der zufällig vorbeikommende neugierige Nachbar mich ausspioniert. Unser schlicht weißes Haus ist jetzt Ziel des allgemeinen Interesses. Es war in den Nachrichten. Ich sehe, wie die Leute beim Vorbeigehen langsamer werden und wie sie, wenn sie abends paarweise unterwegs sind, einander einen trauervollen Blick zuwerfen.

Vivat denen, die unterlagen!
Und deren Kriegsschiffe sanken in See!
Und denen, die selber sanken in See!

Es stimmt – Geschichte wird von den Siegern geschrieben. Deswegen brauchen wir Dichter.

Um von den Niederlagen zu singen.

25. Januar. 23:00 Uhr. LOGBUCH DER YACHT *JULIET*. Cayos Limones. Frische nordöstliche Winde. Klares Wetter. NOTIZEN UND ANMERKUNGEN: In zwei Tagen segeln wir ostwärts. Kommen vielleicht endlich von den ausgetretenen Pfaden ab. Der Himmel ist unfassbar heute Nacht. Eine Schale voller Sterne. Ich liebe es, nachts an Deck zu sein. Manchmal, nachdem Juliet schon eingeschlafen ist, komme ich hier rauf & krieche in die Segelabdeckung. Man braucht nicht mal eine Stirnlampe, um zu schreiben, so hell ist der Mond. Wie ein Scheinwerfer. Wie die Sonne einer schwarzweißen Welt. Man kann jeden einzelnen Wedel jeder Palme auf der Insel sehen, wie sie in den Passatwinden hin und her schlagen. Der Sand hell wie Schnee. Die Brandung rollt auf den Strand und wieder hinab.

Wenn es nach mir ginge, würden wir den ganzen Globus umsegeln. Wäre ich allein, wäre ich schon auf halbem Weg zu den Marquesas-Inseln. 3 Wochen ohne Land in

Sicht. Dann hätte ich mal eine richtige Nachtwache!! Stattdessen haben wir, damit Juliet beruhigt ist, einen Kurs ausgearbeitet, der sich immer an der Küste von Mittel- & Südamerika entlanghangelt. Panama-Stadt, Cartagena, Caracas. Wenn wir so weit gekommen sind, hoffe ich, dass sie einer Überfahrt zustimmt. Über diesen riesigen Ozean hinweg könnten wir überallhin gelangen.

Monserrat? Punta Cana? Havanna?

Aber bisher bin hier nur ich, mein Kapitänslogbuch & ein paar Hokkos, die ich sehen kann, wenn sich der Baum, auf dem sie ihr Nest gebaut haben, im Wind in die richtige Richtung biegt. Jemand hat auf dem Boot nebenan vergessen, das Fall zu sichern. Am liebsten würde ich rüberschwimmen & das in Ordnung bringen. Schon komisch: Je einsamer man hier draußen wird, desto mehr sehnt man sich nach dem Alleinsein. Man ist immer auf der Suche nach einem Liegeplatz, wo sich niemand sonst befindet. Nur du und die Sterne, Sterne, Sterne. Sterne bringen dich zum Nachdenken.

Wir sind bloß ein Bindestrich zwischen unseren Eltern und unseren Kindern. Das ist es, was man lernt, wenn man die vierzig erreicht hat. In der Regel kann man als erwachsener Mensch durchaus damit leben. Aber immer mal wieder möchte man doch eine Leuchtrakete in die Luft schießen. Und sagen: Ich bin auch hier! Doch das Verständnis deiner Mitmenschen hört sofort auf, wenn du versuchst, deine unbedeutende Existenz interessant zu machen. Dann heißt es bloß noch: Was stimmt denn nicht mit dir? Hältst du dich für was Besonderes?

Man lernt eine Menge über Menschen, wenn man ihnen erzählt, dass man vorhat, mit den eigenen Kindern auf einer Yacht zu leben. Etwa 10 % sagen: Hey, das ist ja toll – gute Reise! Die anderen 90 % aber zögern nicht, dir zu erklären, warum das ein Ding der Unmöglichkeit ist. Und dann wollen sie, dass du ihnen ein paar Stunden lang auseinandersetzt, wie das funktionieren soll, wie man Lebensmittel bekommt, wie man duscht oder erfährt, was in der Welt los ist.

Sobald wir erzählten, dass wir als Familie diese Seereise unternehmen würden, haben sich die Leute auf die unterschiedlichsten Dinge eingeschossen. Einige fragten, ob es Juliets und meiner Ehe guttun würde. Ob das nicht hart sein müsse, rund um die Uhr jeden Tag gemeinsam auf einer 14 Meter langen, schwimmenden Kapsel zu verbringen?

(Eine berechtigte Frage, über die ich selbst immer noch nachdenke.)

Aber wirklich alle machten sich Sorgen um die Kinder. Wie könnt ihr so was mit kleinen Kindern in Angriff nehmen?, fragten sie. Habt ihr keine Angst um ihre Sicherheit? Was, wenn sie über Bord fallen? Was, wenn sie ihr Zuhause vermissen? Warum nicht warten, bis sie 18 sind? Warum nicht warten, bis ihr in Rente geht?

Erstens (hätte ich gern geantwortet, hab's aber nicht getan) lassen einige von euch ihre Kinder nicht mal auf einen Baum klettern, ohne vorher einen Kletterkurs besucht zu haben & ihnen mehrere Sicherheitsgurte umzuschnallen. Deshalb interessiert es mich kein bisschen, was ihr denkt.

Zweitens finde ich die Vorstellung grundsätzlich fragwürdig, dass es vernünftig sein soll, deinen bescheidenen Lebenstraum um mehrere Jahrzehnte aufzuschieben. Was sind wir? Gestalten in einem griechischen Mythos? Die bereitwillig auf den Adler warten, der jeden Tag unsere Leber verspeist, weil das in einem griechischen Mythos eben ganz normal ist?

Ich wusste, meine Mom und meine Schwester würden uns vermissen. Das verstehe ich. Für die beiden ist das wirklich viel verlangt. Aber es gab auch andere Leute, die uns kaum kannten, Fremde, die uns überhaupt nicht vermissen würden und es doch als persönlichen Angriff zu empfinden schienen, dass wir versuchen wollten, auf offener See zu leben. Als würden sie denken: Was ist denn so verkehrt an Highways & Parkplätzen & Ellbogenschonern & Weihnachtsliedersingen? Was ist denn so verkehrt an uns?

Auf Michaels Seite vom Bett: ein gerahmtes Foto von Sybil. Drei Jahre alt, schiefe Zöpfe, göttlich. Selbst in meinen finstersten Tagen, während meiner schlimmsten Tiefpunkte, habe ich es geliebt, das Gesicht meiner Tochter zu betrachten. Auch jetzt werde ich nicht müde, es anzustarren. Schaut euch diese Nase an, denke ich oft – so verdammt süß, so *winzig*. Sybils Gesicht ist herzförmig, breit an den Schläfen, mit einem schmalen, emphatischen Kinn. Die Wahrheit ist: Es ist das Gesicht ihres Vaters. Im weitesten Sinne finnisch, ein Midwestern-Gesicht, sehr offen und freundlich. Man ahnt die Baseballfelder, die viele Cola und die Squaredances, die nötig waren, um so ein Gesicht zustande zu bringen.

Ich dagegen bin das graubraunäugige Kind, das Upstate New York, ein schmuckloses Einfamilienhaus und eine unschöne Scheidung zu dem gemacht haben, was es ist – zusammen mit einigen anderen Dingen, über die ich nicht sprechen möchte. Die Familie meines Vaters – ein Stamm abgebrühter irischer Depressiver – dezimierte ihre Zahl durch passioniertes lebenslängliches Zigarettenrauchen. Die Mutter meiner Mutter wiederum war eine tyrannische Frau aus San Juan, die mir die paar Male, als ich ihr begegnete, große Ehrfurcht einflößte. Meine Mutter sagte immer, sie sei als Kind wie eine menschliche Wäscheklammer behandelt worden: *Stell dich da hin, halt das.*

Mit anderen Worten: Als Sybil zur Welt kam, war ich erleichtert, dass sie nach Michaels Seite der Familie kam. Ich war erleichtert, dass sie nicht aussah wie ich.

Es ist natürlich traurig, erleichtert darüber zu sein, dass dein Kind nicht aussieht wie du. Ist mir klar.

Aber manchmal weiß ich einfach nicht, ob etwas »traurig« ist oder nicht. Ich meine, traurige Gedichte oder Songs sorgen dafür, dass ich mich besser fühle. Ich denke dann: Ja, ganz genau so fühle ich mich. Und dann geht's mir besser.

Andere dagegen scheinen von traurigen Gedichten demoralisiert zu werden.

Früher habe ich mich deshalb immer bei Michael erkundigt, um sicherzugehen. War das ein »trauriger« Film?, fragte ich, wenn wir aus dem Kino kamen. Ist das ein »trauriger« Song? Ich meine – für dich?

Ja, sagte er dann und lachte. *Für jeden.*

Wenn es jemals eine gute Methode gegeben hat, seine Träume mit der Realität abzugleichen, dann ist es der Kauf eines Bootes. Besonders wenn es ein Boot ist, das man noch nie gesehen hat! Die *Juliet* ist eine CSY 44 Walkover von 1988. Zentrales Cockpit, zwei Kajüten & ein Aufenthaltsraum. Ein Bett in der achtern gelegenen Master-Kajüte (größer als King Size). Unterm Bug eine perfekt aufgeteilte Kajüte für die Kinder. Riesiger Kühlschrank, Ofen mit drei Herdplatten. Sehr geräumig. Hauptsächlich Fiberglas. Kein Holzlaminat, nur an den Schotten und der Inneneinrichtung wurde Holz verbaut. Ein dem Horizont zugewandter Bugspriet für mich, Holzschnitzereien in den Schotten für meine Lyrik liebende Frau. Wir mussten das

Boot kaufen, ohne es vorher gesehen zu haben. Natürlich hätten wir lieber eins in der Nähe gekauft. Aber die Tatsache, dass es sich in Panama befand, machte es um 20 Tausend günstiger. Ich hatte bereits alle Yachthäfen von Westpoint bis Larchmont durchforstet. Aber das Geld hatten wir einfach nicht. 60 Tausend hab ich für die *Juliet* auf den Tisch gelegt. Das, was von Dads Lebensversicherung ausgezahlt wurde. Unser Notgroschen. (Apropos Lyrik.) Okay, wenn man es genau nimmt, hatte ich nicht den vollen Betrag zur Verfügung. Aber das Problem habe ich mit ein bisschen Kreativität gelöst.

Wir sind im September hier angekommen, aber nach 2 Wochen in Bocas del Toro war das Boot immer noch nicht im Wasser. Der Rumpf musste abgeschliffen werden, gefolgt von 3 frischen Schichten Farbe. Juliet verbrachte ganze Tage damit, vor dem Super-Mini frittierte Yucca zu essen und auf eine Gelegenheit zu warten, mit jemandem ihr Spanisch zu üben. Irgendwann hatte sie keine Lust mehr, setzte sich an die Marina-Bar & ließ die Kinder becherweise Eis in sich hineinstopfen.

Ich konnte sie von der Bootswerft aus sehen. Ich hatte das Vergnügen, dabei zuzuschauen, wie eine ganze UN aus Seeleuten mit meiner Frau flirtete – Jamaikaner, Australier, Panamaer, die sich an die Bar lehnten und kaltes Stag-Bier tranken. Das Kleinkind auf ihrem Schoß schien ihnen nichts auszumachen & ihr selbst übrigens auch nicht. Juliet hat eine sehr spezielle Art zu lachen, und man konnte sie deutlich über die ganze Werft hinweg hören.

Mit Depressiven verhält es sich so: Wenn sie sich mal ein bisschen besser fühlen, neigen sie zu ausladenden, großzügigen Gesten, denen sie später nicht gerecht werden können.

Monatelang, einen ganzen Winter über, haben wir endlos über Michaels Vorschlag gestritten. Es ist erstaunlich, wie viele gute Gründe mir einfielen, um nicht mit den Kindern ein Leben auf einer Segelyacht zu führen, und wie zugleich keiner dieser Gründe der eigentliche war. Ich konnte mir einfach kein weiteres Scheitern erlauben. Ich hatte »meine Crew« schon einmal im Stich gelassen. Ich wusste, wie sich das anfühlte.

Eines Abends, im Frühling, saßen wir im Bett. Es war schon spät. Wir hatten es uns angewöhnt, nachts zu streiten. Ich hatte eine Schale Popcorn in meinem Schoß. Popcorn ist ein guter Snack zum Streiten. Außerdem ist es im Dunkeln leicht zu sehen. In den Streitpausen waren wir Freunde, und immer wieder fütterte ich ihn damit.

Er sprach, unter anderem, über sein Gefühl, vom Meer »gerufen« zu werden. Er wollte vom Meer lernen. Er wollte »Selbstvertrauen im Angesicht des Risikos« erfahren. Er meinte, das sei Teil seines amerikanischen Erbes. Tapferkeit hat unsere Nation geformt, sagte er. Ich nickte, hörte aber nur halb hin.

Ich möchte das so sehr, dass ich es bis in meine Lenden spüre, sagte er.

Wo genau sind diese »Lenden« eigentlich?, fragte ich träge und leckte mir Salz von den Fingern. Ich meine, sind die ein richtiges Körperteil? Das habe ich mich schon immer gefragt.

Michael seufzte und rollte sich auf den Rücken, die Hand über den Augen. Machte sich bereit für eine weitere meiner aus seiner Sicht absurden Abschweifungen.

Plötzlich tat er mir schrecklich leid.

Ich habe ihn geliebt.

Ich weiß nicht, was Lenden sind, Juliet, sagte er schließlich.

Ich starrte aus dem Fenster, in den dunklen, von Ästen durchkreuzten Nachthimmel.

Na ja, ganz gleich, was sie sind, sie klingen köstlich. Ich wette, wenn wir auf See irgendwelchen Kannibalen begegnen, essen die unsere Lenden als Erstes.

Michael nahm die Hände von den Augen und schaute zu mir herüber. Die Augen eines Ehemanns sehen so leuchtend und emotional aus im Dunkeln.

Er warf die Decke von sich und rannte zu meiner Bettseite herüber. Er kniete sich hin und umschloss meine Hand.

Juliet, sagte er. Ist das ein Ja?

Wie konnte ich mich beschweren?
Dieser ganze verdammte Mist war meine Idee.

Wir kamen mitten in der Regenzeit in Panama an. So einen Regen hatte ich noch nie erlebt. Etwa einmal pro Stunde wurde die Luft ganz ruhig, die Straßen leerten sich und dann, ohne jede weitere Vorwarnung, bekam der Himmel einen Tobsuchtsanfall. Der Regen hämmerte derart laut gegen das Wellblechdach unseres kleinen Apartments über der Werft, dass man schreien musste, um sich verständlich zu machen. Draußen verlieh der Regen der Erde mit hagelkorngroßen Tropfen Pockennarben und machte aus den Straßen Meeresarme, während er blasenschlagend in die Pfützen fuhr, sie in Geysire verwandelte und so der Eindruck entstand, er käme nicht nur von oben, sondern gleichzeitig von unten. Wir waren dermaßen ahnungslos, dass wir unsere Wäsche oft auf der Leine ließen, bis uns auffiel, dass niemand versuchte, während der Regenzeit draußen Wäsche zu trocknen.

In Sachen Leidenschaft konnten es nur meine eigenen dummen Tränen mit dem Regen aufnehmen. In diesen ersten Wochen in Bocas del Toro habe ich jede Nacht geweint – und damit meine ich ganze Stunden voller dumpfer, dehydrierender Heulkrämpfe, während Michael mir manchmal den Rücken streichelte und mir manchmal in den Nacken schnarchte.

Dann aber sagte ich eines Tages zu mir: *Hör mit deiner verdammten Heulerei auf, Juliet. Es ist hier wirklich schon nass genug.*

Die Küche in unserem Apartment in Bocas war so klein, dass man sich gerade so einmal umdrehen konnte, und sie wurde von großen, schlecht gelegten Fliesenbrocken und altem Fugenkitt zusammengehalten. Ein bedruckter Vorhang hing von der Arbeitsfläche neben einem dieser uralten Herde mit zwei Gasplatten, die man mit einem Streichholz anzünden musste. Den Kindern machte das nichts aus. Die Kinder hielten die ganze Sache für eine einzige große Party. Jemand hatte George einen kleinen Fifa-Fußball geschenkt, und mehr brauchte er nicht zum Glücklichsein. Er trug ihn mit sich herum wie ein Haustier. Im Super-Mini auf der gegenüberliegenden Straßenseite gab es *Duro*-Wassereis, dicker, frisch gepresster Saft, der in Plastikbechern gefroren wurde, und dort saßen wir nun und leckten daran wie Rehe am Salz. Sybil mochte das Hupen des öffentlichen Busses, ein Geräusch wie aus einer Zeichentrickserie, und sie liebte es, vor dem Super-Mini zu sitzen und an ihrem *Duro* zu lecken. Immer wenn ein Bus ankam, stürzte sich eine neue Welle von Leuten auf sie und fuhr ihr durchs Haar, als hätte sie jede Stunde einmal Geburtstag.

Das Lustige war, nach dem Monat in Bocas war es gar nicht so schwer, sich an das Leben auf dem Boot zu gewöhnen. Ich fand die Enge an Bord sofort beruhigend, als würde man in eine Zwangsjacke gezurrt. Keine überdimensionierten Ethan-Allen-Couchgarnituren, keine Ottomanen, keine Flachbildschirm-Fernseher, keine Hanteln, keine Ganzkörper-Spiegel, keine Dampfbügeleisen für die Wäsche, Bügelbretter oder Staubsauger, keine sprechenden lebensgroßen Minnie-Mäuse oder Barbie-Häuser mit Fahrstühlen, keine Plastiklaufställe oder Kinderwagen, keine Tortenständer, Auflaufgerichte, Waffeleisen, Dekantierflaschen, keine Familienerbstücke, Antiquitäten und Deko-Schnickschnack, keine gerahmten Zertifikate, keine Acht-mal-zehn-Fotos, keine Coffee-Table-Bücher, kein Essen vom Lieferdienst oder Papierkram aus dem letzten Jahrtausend, kein Glas, keine Vasen oder Wertgegenstände, keine Kunst, nichts, was zerbrechen oder zerschellen oder einen zum Weinen bringen konnte, wenn man es verlor, was natürlich nach und nach meine Beziehung zu Gegenständen veränderte, ja, sie im Grunde auflöste.

Als wir das Boot schließlich zu Wasser gelassen hatten, stießen wir auf eine Reihe von weiteren notwendigen Reparaturen, kleineren & größeren. Nach einer trägen Regenzeit in den Tropen roch die Yacht wie ein benutztes Fitnessstudio-Handtuch. Die Polsterung war ein Witz, ebenso die verschimmelten Schwimmwesten. Ihre Batterien waren tot. Die Toilettenpumpe funktionierte nicht. Ich überlegte hin und her, ob ich ein neues Großsegel kaufen sollte. Nach einer Testfahrt, die ich im Oktober allein absolvierte und bei der ich sah, wie sie krängte, wenn alle Segel gesetzt waren, legte ich das Geld für ein neues Großsegel auf den Tisch. Der Motor funktionierte perfekt. Das aufblasbare Beiboot war ein robustes Gefährt mit einem 8-PS-Außenbordmotor. Sybil taufte es *Ölfleck*. Immer wenn Juliet Zeit für sich brauchte, stiegen die Kinder und ich in die *Ölfleck*, umkreisten die Marina von Bocas und winkten Juliets sämtlichen Verehrern zu. Ich brachte Sybil sogar bei, wie man das Dingi steuert, woraufhin alle Typen am Strand ihr den Kopf tätschelten und ihr sagten, was für eine großartige Seefahrerin sie sei.

Aus 3 Wochen wurden 4, aus 4 wurden 5.

Wenn man schließlich feststellt, wie stark man sein Budget überzogen hat, ist man bereits rettungslos verliebt. Ich weiß noch, wie ich sie das erste Mal sah: Sie lag aufgebockt in der Werft und offenbarte ihren dreckigen Kiel, während sich die Werftarbeiter mit Wasserschläuchen an ihr zu schaffen machten. Ich brauchte ein paar Stunden, um zu begreifen, dass sie wirklich real war & wir es tatsächlich getan hatten, nach so vielen Zweifeln & so viel Hin & Her. Dass wir es einfach hatten geschehen lassen.

Am nächsten Tag machten sie sich daran, das Boot mit zwei ziegelsteinroten Schichten Bewuchsschutz zu streichen. Ich spürte eine stechende Eifersucht, während ich die Männer dabei beobachtete, wie sie auf der Werft ihren Rumpf bemalten. Es kam mir irgendwie intim vor. Okay, ich müsste lügen, wenn ich abstreiten wollte, dass ich vage romantische Gefühle für das Boot hegte, eine Art keusche, zugleich gierige Liebe, die sich kaum von der Anziehung unterschied, die ich für Juliet empfunden hatte, als sie in ihrem dritten Trimester war, mit ihren großen, übermütigen und herrlich ausladenden Brüsten.

(Bitte, lieber Gott, lass Juliet niemals dieses Logbuch finden.)

Die beiden Juliets, das war meine Idee.

Bevor die Jungs in der Werft sie zu Wasser ließen, kratzten wir noch die Schrift vom Heckspiegel und gaben ihr einen neuen Namen.

Bei den Buchstaben gingen wir eher in die kitschige Richtung, wählten eine geschwungene, romantische Schrift.

Und schließlich war sie genau so, wie ich sie mir vorgestellt hatte.

Juliet.

Sobald wir ganz an Bord gingen, wurden unsere Unterschiede offenkundig. Michael war ständig mit irgendetwas beschäftigt. Immer wenn wir vor Anker lagen, wenn die See ruhig war oder die Kinder schliefen, konnte man ihn mit einem Messer oder einem durchgescheuerten Tau antreffen, oder man sah, wie er mit finsterer Miene einen kaputten Schäkel anstarrte.

In Connecticut hatte ich niemals gesehen, dass er eine Tischdecke glatt gestrichen oder ein Kissen aufgeschüttelt hätte. Unser Zuhause, die Kinder – das war meine Sphäre. Ob ich auf diesem Gebiet nun besonders begabt war oder nicht, war unerheblich gewesen. Unbewusst trennten wir alles nach Geschlechtergrenzen auf, von denen ich geglaubt hatte, sie wären längst auf dem Müllhaufen der Geschichte gelandet. Für eine Poetin besaß ich bedauernswert wenig Fantasie, wenn es um meinen Alltag ging – ich verlor mich mitten im Wäschemachen und ließ mich von irgendwelchen faszinierenden Kleinigkeiten ablenken. Was für eine Art Dad Michael war, zeigte sich wiederum, sobald man ihm auch nur einmal die Verantwortung für die Kinder überließ. Sofort schickte er aufgeregte SMS und stellte Fragen, die man bereits am Tag zuvor beantwortet hatte, ohne dass einem zugehört worden war. Die Hälfte der Zeit, die ich außer Haus verbrachte, ging damit drauf, ihm aus der Ferne Hilfestellung zu leisten, wie die Crew-Chefin bei einem NASCAR-Rennen.

Wer sagt eigentlich, Lächeln wäre für Männer nicht wichtig? Wenn er mich um einen Gefallen bat, dann stets mit erbarmungslos guter Laune. Er war immer selbstbewusst, wenn es um das ging, was er tat, ob es nun richtig war oder nicht. Wenn Sybil von einem Fuß auf den anderen hüpfte, weil sie aufs Klo musste, beschäftigte sich Michael geschlagene fünfundvierzig Minuten damit, einen frisch gefällten Weihnachtsbaum auf dem Fahrradträger des Autos zu befestigen, als würden wir auf der Landebahn des Bradley-Flughafens nach Hause fahren.

An Bord aber überlappten sich unsere Sphären, nahmen uns unser Geschlecht. Denn das Boot war nicht bloß ein Boot, es war unser Zuhause. Also verstand er, was es bedeutete, sich darum zu kümmern. An Deck legte er die Leinen in perfekten Formen zusammen. Er polierte mit Vorliebe die Wantenbeschläge und ölte die Winschen. Ich wiederum musste lernen, wie man Fischinnereien über Bord wirft und wie man einen vollgelaufenen Außenbordmotor anschmeißt; es war vollkommen lächerlich, darauf zu warten, dass jemand anderes das erledigen würde.

Anfangs wurden meine Ängste bestätigt – ich war ein ziemlich inkompetentes Crewmitglied. Jeden Tag stieß ich mir an denselben Stellen den Kopf, am Niedergang, an den Regalen über den Kojen der Kinder. Ich lernte es einfach nicht. Ich war ein Erster Maat mit zwei linken Händen, eine Hausfrau auf der Flucht, eine Poetin, der die Verse ausgegangen waren. Ich hatte meinen Abschluss, aber nicht den Doktortitel. Irgendwann, da war ich mir sicher, würde mich wegen meiner Unaufmerksamkeit der Baum treffen und über Bord schleudern, und das Beste am Ertrinken würde sein, dass ich die verdammte Toilette nicht mehr auspumpen müsste. Der Kolben steckte fest. Man musste ihn alle paar Tage mit Olivenöl einschmieren.

Alles auf See kostete Anstrengung. Besonders in den Tropen, wo die Ausrüstung austrocknete und steif wurde oder verrostete oder nach einem Regenguss verklebte und jede Ritze mit Salz verstopfte.

Ich wusste nicht, dass ich eine Seglerin wurde.

Ich wusste nicht, was die See von mir verlangen würde.

Schwarzseher? Wie sich rausstellt, läuft man denen wirklich überall über den Weg.

In der Werft in Bocas gab es einen Typen, der mir so richtig auf die Nerven ging.

Sie geben dem Boot einen neuen Namen?, fragte er.

Er war nicht mal der Vorarbeiter, bloß ein Typ, zu dem die anderen aufzuschauen schienen und der sich selbst für einen großen Macker hielt. Er hatte einen dicken Bauch & dürre Beine und trug amerikanische Arbeiterstiefel, die sonst niemand anhatte. Sogar ich rannte in den Flip-Flops aus dem Super-Mini in der Gegend herum. Während die anderen Männer arbeiteten, hörte dieser Typ nicht auf zu reden. Buchstäblich ohne Pause, und keiner seiner Kollegen unterbrach ihn je dabei. Es war, als würde er sie hypnotisieren mit seinem endlosen Monolog, der nur manchmal vom lauten Dröhnen der Maschinen unterbrochen wurde.

Bringt Unglück, den Namen zu ändern, hatte er zu mir gesagt und den Kopf geschüttelt.

Meinen Sie?, fragte ich und versuchte, freundlich zu bleiben. Hab ich schon mal gehört.

Wir schauten zur *Juliet* in ihrer Wiege auf, ihr Rumpf rot wie die Brust eines Rotkehlchens.

Bringt Unglück, wiederholte er und schüttelte immer noch den Kopf.

Na ja, wissen Sie, sagte ich, die Leute geben ihren Booten doch ständig neue Namen.

Und wissen Sie auch, was mit diesen Booten passiert, mein Freund? Er tippte mir auf den Arm, obwohl ich direkt neben ihm stand. Haben Sie sich mal erkundigt, wie es mit diesen Booten ausgegangen ist?

Ich spürte, wie die Wut in meiner Brust rumorte. Nett von Ihnen, dass Sie sich Sorgen machen, Mann, sagte ich.

Kein Problem.

Ich spüre, Sie meinen's echt gut, vielen Dank.

Kein Problem, sagte er kühl.

Ich ließ ihn stehen, und er schaute mir nach. Dann fing er wieder mit seinem Gerede an.

Während ich den Pfad hinaufging, hörte ich einen Chor aus Gelächter in meinem Rücken.

Hombre muerto, murmelte jemand.

Wir arbeiteten so hart daran, die *Juliet* seetüchtig zu machen, Proviant einzukaufen und den Kurs zu planen, dass wir jedes Zeitgefühl verloren. Nicht einmal an Thanksgiving dachten wir. Andere Segler in Bocas hatten uns gesagt, wir würden wissen, wenn wir bereit wären.

Und plötzlich waren wir es.

Eines Tages war es da, dieses greifbare Gefühl. Der Ozean wartete auf uns wie eine Straße.

Sofort unternahmen wir unseren ersten Über-Nacht-Törn. Zwei Tage über den Golfo de los Mosquitos zur Kolonialstadt Portobelo. Michael ließ das Steuerrad keinen Augenblick los, und wir erreichten unser Ziel mit einem euphorisierten und leicht manischen Kapitän. Anschließend beschlossen wir, in Portobelo zu bleiben und ein ordentliches Weihnachten zu feiern.

Tage verrannen, und Blütenblätter fielen aufs Wasser.

Erst im Januar machten wir unseren Vorstoß zu den San-Blas-Inseln mit einem ersten Halt in Cayos Limones.

San Blas ist der spanische Name. Eigentlich heißt es Kuna Yala. Beinahe vierhundert winzige Inseln, die halbautonome Heimat der Kuna.

Die Kuna gestatten keinerlei Handel, nichts dürfen sie verkaufen, nichts kaufen. Je weiter man in das Gebiet vordrang, desto weniger menschliche Spuren waren auszumachen. Die normalen Touristen blieben fort. Hier gab es nur das Meer. Das Meer und kleine Atolle aus Sand und Palmen. Man fragte sich, ob man, wenn man weitersegelte, irgendwann selbst verschwinden würde. Keine unangenehme Vorstellung.

Ich habe eine sehr klare Erinnerung: Wir waren auf unserem Kurs von Limones in östlicher Richtung auf dem Weg ins Herz der Kuna Yala. Auf halbem Weg über den Mayflower Kanal. Ich saß mit dem Rücken zum Mast, träumte vor mich hin.

Der Horizont hatte diese Wirkung auf mich. Die ungebrochene Grenze von Wasser und Himmel leerte meinen Kopf. Es blieben nur einzelne Gedanken, die ich mühelos, wie Tücher aus dem Hut des Zauberers, hervorziehen konnte. Dazu muss man wissen: Wir waren nie an einem Punkt, wo wir das Land nicht mehr sehen konnten, nicht bis zu unserer letzten Überfahrt. So ließ sich die Angst, wenn sie denn aufkam, damit beruhigen, dass man die Küstenlinie fand, immer.

Sagen wir's, wie es ist: Ich war lausig als Ausguck. Die Perspektivwechsel versetzten mich in Trance. Die verschiedenen Winde ebenfalls, und ich versuchte ständig, ihnen Namen zu geben: fragender Wind, zärtlicher Wind, triumphaler Wind. Wenn ich als Ausguck eingeteilt war, hatte ich nur ein vages Bewusstsein davon, was in der Nähe oder auf dem Boot selbst passierte.

Plötzlich begann Sybil zu schreien.

Mommy! Daddy! Captain Daddy! Segelboot an Steuerbord, Daddy!

Mein Herz setzte aus. Sie hatte recht – ein Segelboot kreuzte unsere Steuerbordseite in seltsam dichtem Abstand. Woher war es gekommen? Offenbar hatte es sich hinter der großen Insel an Steuerbord hervorgeschoben. Überrascht stellte ich fest, dass Michael unter Deck war, und im gleichen Augenblick fiel mir ein, dass er mir vor wenigen Minuten gesagt hatte, er würde das Steuer verlassen. Sinnlos betrachtete ich das Boot, das nicht viel größer war als unseres, aber jetzt den gesamten Horizont ausfüllte. Sein mandelförmiger Rumpf war aus hellem Holz, und die komplizierte Anordnung der vielen Segel erinnerte mich an Origami.

Als ich endlich über die Kabinendecke ins Cockpit geklettert war, stand Michael bereits am Ruder, das Gesicht knallrot vor Anspannung.

Alles klar, Crew, sagte er. Sind wir in diesem Fall der Kurshalter?

Ja, rief ich. Nein? Soll ich schnell nachschauen, Michael?

Er lachte. Nein, Juliet, Schatz. Ich hatte gehofft, du wüsstest es. Wir müssen dem anderen Boot Platz machen. Hier, ich möchte mal sehen, wie du das machst.

Ist das der richtige Zeitpunkt für eine Segelstunde, Michael?

Aber er war bereits vom Ruder weggetreten, und ich musste vorstürzen, um zu verhindern, dass es sich von selbst drehte.

Wir sind nach Backbord ausgerichtet, sagte ich. Wir müssen abfallen.

Ich drehte das Ruder hart herum, und die *Juliet* fiel zurück, wie eine abgewiesene Frau, die dem vorbeifahrenden Schiff die kalte Schulter zeigt.

Das Origami-Schiff glitt vorbei wie ein Gefährt aus einer alten Sage. Wir waren dicht genug, um die Gegenstände im Cockpit zu sehen, die Klampen an Deck.

Ein alter Mann stand am Steuer und hatte seine Arme durch das Ruder gesteckt. Trotz der gefährlichen Nähe unserer Boote schien er unbeeindruckt. Hätte er etwas gesagt, ich hätte ihn gehört.

Er schaute uns mit einer Art altehrwürdiger Geduld an, winkte uns beiläufig zu, und dann war er verschwunden.

Tue ich das Richtige? Verdammt, ich weiß es nicht. Das ist noch mal eine völlig andere Frage.

Ich beginne schon damit, die Vergangenheit umzuschreiben. Ich lasse es so klingen, als wäre das Boot der erste Punkt gewesen, an dem wir wirklich aneinandergeraten wären. Aber nach Connecticut zurückgekehrt, stritten wir uns nicht nur wegen des Bootes. Michael und ich hatten weitaus schwerwiegendere Probleme. Es ging uns nicht gut. Als Paar, meine ich. Wir sahen die Welt nicht auf dieselbe Weise. Wir waren uns fundamental uneinig. Wir waren nicht – wie soll ich das in Worte fassen? Wie soll ich das *jetzt noch* in Worte fassen?

Juliet habe ich das nie gesagt, vielleicht ist es also keine so tolle Idee, es jetzt aufzuschreiben. Ich traue es ihr durchaus zu, mir hinterherzuspionieren. (HEY, JULIET. Wenn du dir die Zeit nimmst, das hier zu lesen, ist dir entweder a) wahnsinnig langweilig oder b) du bist an ein Krankenhausbett gefesselt.) Als ich noch meinen Job bei der Omni-Versicherung hatte, hab ich mich manchmal während der Arbeitszeit zu der Süßwasser-Marina in der Nähe vom Long Island Sound geschlichen. Bloß um mir Boote anzuschauen. In voller Berufsmontur. Niemand hat jemals zu mir gesagt: Was machen Sie denn hier? Niemand hat mir je auch nur eine persönliche Frage gestellt. Als wäre es das Selbstverständlichste von der Welt, dass ein Typ im Businessanzug mitten am Tag an den Anlegestellen herumläuft und die Segler fragt, wo sie gerade herkommen oder wohin sie aufbrechen. Anschließend bin ich dann zurück und hab den Kollegen irgendwas erzählt, wo ich gewesen bin.

Es gab da diese kanadische Familie, Mutter, Vater & zwei Kinder, denen eine unfassbar schöne Segelyacht mit Gaffeltakelung gehörte. Ich habe lange beobachtet, wie die Kinder mit Eimern & Kajaks spielten & Mom und Dad am Boot arbeiteten oder einfach an Deck saßen ...

Eines Tages trat ein älterer Herr an mich heran. Schönes Boot, was?, sagte er.

Allerdings.

Sie leben auf dem Boot, erklärte er mir. Sind damit schon einmal um die Welt gesegelt.

Der alte Typ & ich standen da und betrachteten schweigend das Boot. Ich glaube nicht, dass ich schon einmal etwas so sehr gewollt habe. Ich meine, bis zu diesem Moment hatte ich noch nie jemanden um sein Leben beneidet.

Die Menschen glauben, Weltumsegler würden vor ihren Problemen davonlaufen. Aber sie laufen nicht vor Problemen davon – sie wollen bloß andere. Sie wollen nicht die Papierkram- und Verkehrs- und Politische-Korrektheits-Probleme. Sie wollen die Probleme von Wind und Wetter. Das Problem, nicht zu wissen, welche Richtung einzuschlagen ist.

Ich schaute mir den Mann neben mir an. Er trug einen Vollbart und graues Haar, das seitlich unter seiner MAGA-Baseballkappe hervorspross.

Harry Borawski, sagte er und streckte mir die Hand entgegen. Sie wären überrascht, wie günstig so ein Boot zu haben ist.

Nach Georgie hatte sich etwas verändert in unserer Ehe, und nirgends ließ sich dafür ein Schuldiger finden. Wir waren fast vierzig, und zugleich hatte sich unsere Ehe – ich weiß auch nicht – verdickt, verklebt, wie Haferbrei. Unterschiede zwischen uns, die früher Funken hatten sprühen lassen, schienen nun zu verpuffen. War da Liebe? Ja, ja, aber nur an der Peripherie. Im Zentrum herrschte reine Verwaltungsarbeit. Michael blieb bis sechs oder sieben Uhr abends in der Versicherung. War es so weit, wollte ich nur noch eine Übergabe für die letzte Stunde. Und wenn schließlich beide Kinder in der Badewanne saßen, glitschig und haarlos, und ich versuchte, entweder den einen oder die andere vom Ertrinken abzuhalten, flüsterte ich: *Bitte*, komm nach Hause, *komm nach Hause*.

Die Tage waren lang und dunkel, aber ganz gleich, wie gut oder schlecht ich glaubte, mich als Mutter geschlagen zu haben – die letzte Stunde war immer die schlimmste. Wie sehr die Zeit dahinkroch am Ende des Tages. Ich hatte die Kinder einen ganzen Tag lang am Leben gehalten, in den letzten zehn Minuten aber fürchtete ich stets irgendeine unvorhergesehene Katastrophe nahen.

Manchmal machte es mir die Panik schwer zu atmen. Ich kam mir vor wie ein irisches Mädchen, das mit der Schürze voller Kartoffeln auf dem Feld vom Sonnenuntergang überrascht wird. Sollte ich die Kartoffeln fallen lassen, mich selbst retten und davonlaufen? Oder sollte ich sie in Ruhe und sorgsam durch den dunklen Wald tragen?

Von der Marina wären es acht Seemeilen bis zum Long Island Sound gewesen. Und von dort nach Portugal noch mal 3000 weitere.

Aber ich schwöre, ich habe nicht ein einziges Mal darüber nachgedacht, Juliet zu verlassen.

Ganz gleich, wie schwierig sie sein kann!

Ganz gleich, wie verschieden wir sind.

ICH LIEBE MEINE VERRÜCKTE FRAU.

(Da hast du's, Juliet, du verdammte Schnüfflerin.)

Aber jetzt. Was gäbe ich nicht darum, wenn ich jetzt darauf warten könnte, dass er nach Hause kommt.

Keine Frage, ich mochte Harry Borawski. Wir saßen oft an diesem Picknicktisch, von dem aus man die Marina überblicken konnte, und blätterten Mappen mit Yachten durch, die zum Verkauf standen, oder redeten einfach irgendwelchen Blödsinn, während wir warmen Eistee aus Plastikflaschen tranken. Er verkaufte Yachten, hatte schon eine ganze Menge an den Mann gebracht, aber wann immer ich vorbeikam, schien er nicht das Geringste zu tun zu haben. Vielleicht hatte er seine Beschäftigung auch einfach aufgegeben. Er war einer dieser alten Männer mit enzyklopädischem Wissen in bestimmten Gebieten & riesigen Defiziten bei Dingen, die zum Allgemeinwissen gehörten. Ein großer Mann und ziemlich ungepflegt – man war irgendwie froh, dass es keine Ehefrau gab. Manchmal spürt man einfach eine Verbindung mit solchen schrägen Vögeln, vielleicht aus einem früheren Leben. Allerdings war ich ein leichtes Opfer, wenn ich dort auftauchte – mit der Krawatte um den Hals und meinen Erinnerungen an meinen verstorbenen Dad und die *Odille*. Aus irgendeinem Grund vertraute ich mich Harry an. Ich erzählte ihm Dinge, die ich anderen Leuten nicht erzählte.

Ich erzählte ihm von Juliet.

Ich glaube, Segeln wäre gut für meine Frau, sagte ich zu ihm. Sie leidet an Depressionen. Auch wenn sie es hasst, wenn ich das sage. Ihr ging's gut, bis wir unsere Kinder bekamen. Ich glaube, das hat die Vergangenheit aufgewühlt. Die letzten Jahre sind ziemlich hart gewesen.

Und es ist auch niemand da, der uns helfen könnte, erzählte ich ihm. Mit ihrer Mutter spricht sie nicht. Und ich bin dauernd weg, bei der Arbeit oder auf Dienstreise. Ich bin keine Hilfe.

Dann sagte Harry zu mir: Einige der besten Segler sind Frauen. War schon immer so. Gerade erst ist eine sechzehnjährige Schülerin ganz alleine um die Welt gesegelt. Dem Meer ist es egal, wer du bist.

Das war der erste Moment, an dem mir in den Sinn kam, dass wir es wirklich tun könnten.

Dass das Boot für uns beide gut sein könnte. Und dass dieser Traum, den ich mit mir herumschleppte, seit ich 15 war, tatsächlich in Erfüllung gehen könnte.

Dem Meer ist es egal, wer du bist.

Das klang ziemlich gut!

Nicht jeder kommt mit Juliet klar.

Aber ich dachte: Juliet und das Meer würden gut miteinander auskommen.

Ich kannte eine andere Mutter von der Kita, die sich hatte scheiden lassen und seitdem ziemlich glücklich war. Sie erzählte mir davon, wie sie und ihr Ex die gemeinsame Trennung ganz entspannt durchgeplant hatten und wie erleichtert sich beide nun fühlten. Sie hatten alles geklärt, bevor ihre Kinder alt genug waren, um den Unterschied zu begreifen.

An einem kalten Morgen – in dem Jahr, in dem Sybil drei war, noch bevor George dazukam – ging ich so weit, einen Rechtsanwalt aufzusuchen. Die Kanzlei war ruhig, ohne Luft zum Atmen. Die Sekretärin flüsterte meinen Namen. Ich fühlte mich so geheimnistuerisch, so schuldig. Zitternd stand ich da. Sybil war mit einem Babysitter zu Hause. Einem Mädchen, das in unserer Straße wohnte, Patty und Charlies Tochter von der Middle School, kaum aus dem Alter heraus, in dem sie selbst einen Babysitter brauchte.

Geht's Ihnen gut, Schätzchen?, fragte die Sekretärin.

Ich dachte: Was zur Hölle tun wir uns eigentlich an? Wir lieben uns im Frühling und zweifeln an uns im Winter. Wir geben unseren schweren Herzen wirklich an allem die Schuld.

Tut mir leid, sagte ich.

Ich rannte hinaus. Ich habe das nie jemandem erzählt.

Harry redete wie ein echter Mann aus Ashtabula. Soll heißen, er hatte dieselbe Einstellung wie die Leute bei mir zu Hause. Es gefiel mir, dass ich über Dinge sprechen konnte, die ich nicht einmal im Pausenraum der Omni zur Sprache gebracht hätte, aus Angst, irgendein Denunziant würde die Anwesenheit eines unabhängigen Denkers melden. Es tat gut, offen zu reden & nicht von den Freeganern & Utopisten zensiert zu werden, bei denen man nie wusste, wem man mit irgendeiner Bemerkung auf die Füße trat. Ich habe ständig Angst, bei einer Unterhaltung einen Fehler zu machen, gefolgt von der unvermeidbaren Schuldzuweisungsarie im Mao-Stil. Ich bin ehrlich stolz auf mein Land & mein Leben & verstehe das peinliche Schweigen nicht, das entsteht, wann immer ich das ausspreche.

Ich bin ein ganz normaler Mensch. Mich kann man für bare Münze nehmen. Ich habe auch keine Zeit, riesige Bücherstapel durchzuarbeiten, bevor ich mir eine Meinung bilde. Vielleicht verwirre ich Juliet deshalb so, weil sie in meine Position zu viel hineininterpretiert. Ich will einfach für meine Familie sorgen & ich möchte nicht, dass mir irgendjemand meine Rechte beschneidet. Ganz besonders möchte ich nicht, dass mir jemand meine Rechte nimmt & mir dann auch noch erzählt, es geschähe zu meinem Besten.

Ich bin vielleicht kein Rhodes-Stipendiat, aber ich habe ein Ohr für Heuchelei. Folgendes möchte ich der anderen

Seite sagen, der selbstgerechten Linken, den so leicht Beleidigten und Verletzten: Ihr behauptet, ihr wolltet Zugeständnisse / Veränderungen / soziale Gerechtigkeit, aber seien wir mal ehrlich: Ihr werdet nie Ruhe geben. Nicht, bis euer moralischer Sieg vollkommen ist.

Denn so seid ihr.

Ich hätte bloß einfach gerne, dass ihr es zugebt.

Dass ein Teil von euch auf öffentliche Scheiterhaufen aus ist.

Konvertiert oder sterbt.

Jemand kommt die Treppe herauf. In meinem Schrank wappne ich mich. Ständig klingeln Leute an der Haustür, geben etwas für mich ab, wollen sich nach mir erkundigen. Ich musste meine Privatsphäre aufgeben. Was nicht so schwer war, wie ich gedacht hätte. Ich fühle mich besser, wenn ich das aufgebe, was ich nicht brauche. *Nur zu*, denke ich, *starrt mich an, fragt mich, was immer ihr wollt, macht Fotos von meinem Haus. Die Hauptsache, ihr kommt nicht in meinen Schrank.*

Eine alte Frau betritt das Schlafzimmer. Sie trägt ein steifes T-Shirt, einen Cardigan und Hausschuhe, die sie selbst mitgebracht hat – nur für den unwahrscheinlichen Fall, dass ich besonderen Wert auf saubere Böden lege. Sie setzt sich aufs Bett und seufzt. Unsere Blicke treffen sich durch den Spalt in der Klapptür.

Hallo, mein Schatz, sagt sie.

Hi, Mom.

Sybils Bus kommt gleich, erinnert sie mich.

Du gehst hin und holst sie ab, oder?

Natürlich, klar, sagt sie, sieht aber bedrückt aus. Es ist bloß … vielleicht willst du lieber aus dem Schrank kommen, bevor sie zu Hause ist. Es ist einfach ein bisschen ungewöhnlich. Für ein Kind, das so was sieht, meine ich. Wenn du mich fragst, ist es für dich eine vollkommen nachvollziehbare Sache. Aber für sie …

Du hast recht, sage ich. Ich bin ganz deiner Meinung. Ich sollte rauskommen.

Aber ich rühre mich nicht.

Nach ein, zwei Augenblicken sagt meine Mutter: Möchtest du, dass ich dich allein lasse, Juliet, oder …

Ist schon okay, sage ich. Genau genommen, bleib doch noch eine Minute. Es würde mich freuen. Danke.

Es überrascht mich, dass ich sie in meiner Nähe haben möchte. Sie lebt jetzt schon seit einem vollen Monat bei mir und den Kindern, seit unserer Rückkehr. Sie kam sofort, nachdem ich sie angerufen hatte. Aber es liegt eine greifbare Unbehaglichkeit in der Luft, während wir diese neue Intimität ausprobieren.

Lass dir von niemandem sagen, was du empfinden sollst, sagt meine Mutter nach einer Pause. Als dein Daddy von uns gegangen ist, fühlte sich das für mich an, als wäre ich auch gestorben. Ich wollte nicht, dass es mir besser ging. Und das war auch mein Recht.

Mir fällt eine weitere Lieblingszeile aus einem Gedicht ein.

Es gibt so viele kleine Tode, dass es keine Rolle spielt, welcher davon der Tod selber ist

27. Januar. LOGBUCH DER YACHT *JULIET*. Von Cayos Limones. Richtung Naguargandup Cays. 09° 32.7'N 078° 54.0'W. Nordöstlicher Wind, 10–20 Knoten. Tiefe 2–4 Fuß. NOTIZEN UND ANMERKUNGEN: Bei der Crew ist heute Morgen einiges los gewesen! Während der Motorinspektion und dem Überprüfen des Ölstands hat sich der Erste

Maat einen Finger verbrannt. Einen weiteren kleinen Rückschlag gab es, als die Leichtmatrosin ihre Reis Crispies verschüttete, die in der Bilge landeten.

Heute stoßen wir tiefer nach San Blas vor. Unser Ziel ist eine Insel namens Corgidup. Warum Corgidup? Weil Corgidup »Pelikan-Insel« auf Kuna bedeutet und Sybil Pelikane liebt. Das erste Zusatzartikel der VERFASSUNG DER YACHT *JULIET*, die in unsichtbarer Tinte auf der Rückseite des Parcheesi-Bretts geschrieben steht, lautet: »Allen Mannschaftsmitgliedern wird das Recht gewährt, spontane und willkürliche Änderungen des Reiseverlaufs durchzusetzen.« Ihr wollt in euren Unterhosen mit Kokosnüssen Football spielen? Ihr wollt dasitzen & Ameisen dabei zuschauen, wie sie ein winziges Stück Blatt über einen Ast tragen? Nun denn, solange ihr euch an Bord der *Juliet* befindet, ist es gesetzlich verfügt, dass ihr genau das auch tun müsst.

Wird ziemlich frisch heute da draußen. Alle haben ihre Rettungswesten und die Lifelines angelegt. In einer Minute werden wir den nächsten Schritt unserer unglaublichen Reise unternehmen. Wir werden mit unserem Boot in den Wind stechen & das Großsegel hissen. Dann werden wir diesen uralten Zug spüren.

Als würden wir uns in den Kosmos einstöpseln.

Die kleinen Tode sind so viel schwerer. Die Zwischenräume.

Schaut mich an. Obwohl ich längst in Sicherheit bin, zurück in meinem komfortablen Zuhause, führe ich mich noch immer auf wie ein Flüchtling – plündere, hamstere, beschütze meinen winzigen Raum und warte auf das Ende des Krieges.

Ich werde *überleben*, das weiß ich. Ich werde irgendwann ganz ruhig und reflektiert darüber reden können. Und einige

Jahre später werde ich mit meinem Alltag weitermachen, werde diesen Körper waschen und anziehen und mich um ihn kümmern, wenn auch nur aus Verpflichtung, aus der verlängerten Verpflichtung, am Leben zu bleiben – ich würde gerne sagen »für die Kinder«, aber ich weiß genau, selbst wenn ich keine Kinder hätte, würde ich mit dem Überleben fortfahren, würde essen und trinken, einfach weitermachen. Diese Handlungen werden mein eigentliches Ende aufschieben, das man mir erst gestatten wird, wenn mein Körper aufgibt.

Denn wie sich herausstellt, sterben wir nicht wirklich an gebrochenem Herzen. Leider nicht.

II

Ich bin gerade im Supermarkt, als ich einer meiner Freundinnen aus der Kirchenkeller-Kita über den Weg laufe. Sie ist eine Frau, die mir früher einmal viel bedeutet hat. Unsere Töchter sind gemeinsam in die Keller-Kita gegangen, als sie noch ganz klein waren. Ich freute mich immer darauf, sie mit ihren fantastischen Haaren voller Cornflakeskrümel im Herbstsonnenschein stehen zu sehen. Wir waren eine ganze Gruppe, Mütter, die sich früh am Nachmittag vor der Kita versammelten und darauf warteten, ihre noch ganz kleinen Kinder abholen zu können. Eigentlich hieß die Kita gar nicht Kirchenkeller-Kita. Sie hatte einen viel hübscheren Namen, der mir jetzt aber nicht einfällt, weil ich mich nur noch an die gewaltigen roten Episkopaltüren erinnere und wie die Mütter im kühlen Schatten des steinernen Bogengangs dankbar dicht zusammenrückten, meistens leise miteinander redeten, manchmal aber auch atemlos, oft noch mit einem Säugling im Arm.

Zu diesem Zeitpunkt hatte ich die Abgabefrist meiner Dissertation schon zweimal verpasst, noch fehlte mir aber der Mut, ganz aufzugeben. Wenn ich also grundsätzlich zu früh auftauchte, um vor der Tür der Kita zu warten, dann nur, um den Horror der neurotischen Selbstanklage zu vermeiden. Offenbar hatten andere dasselbe Bedürfnis. Vier oder fünf von uns, in wechselnder Zusammensetzung. Beißend sarkastische Frauen, die penetrant nach Erdnussbutter rochen. Wir waren Fremde, verstanden uns untereinander aber jetzt schon besser als unsere eigenen Ehemänner. Darüber hinaus waren wir fest entschlossen, alles zu vermeiden, wodurch es uns hätte besser gehen können. Mit der Zeit hingen wir alle sehr aneinander.

Als mich die Frau, an der ich einmal sehr gehangen habe, auf der anderen Seite der Obstauslage sieht, entgleisen ihr sofort die Gesichtszüge. Sie lässt fallen, was sie in der Hand hält, und streckt sie mir entgegen wie ein Kind, ein sehnsüchtiges Kind. Ich bin mir nicht sicher, wie ich darauf reagieren soll, denn zwischen uns steht ein ziemlich großer Holzsockel voller Äpfel. Rote und goldene Äpfel, die sorgsam zu Pyramiden gestapelt wurden.

Juliet, stößt sie aus, beinahe unhörbar.

Es war riskant, zum Supermarkt zu gehen, ich weiß. Ich habe hin und her überlegt, aber nachdem ich meine im Schrank verbrachten Tage gezählt hatte, war ich zunehmend beunruhigt. Normalerweise schicke ich meine Mutter, die zurzeit alle Besorgungen für mich erledigt. Alarmbereit wie ein Feuerwehrmann sitzt sie, schon in Stiefeln, am Erkerfenster in der Küche, klappt, sobald ich den Raum betrete, die Lokalzeitung zu und wartet darauf, dass ich etwas sage – diese Frau, die ich kaum kenne. Sie hat Intuition entwickelt. Die Tatsache, dass sie sich nicht länger die Haare färbt, war einer der größten Schocks meines Lebens, und das will einiges heißen. Sie hat immer so viel Wert auf ihr Erscheinungsbild gelegt, und das aus gutem Grund, insbesondere ihre hinreißenden roten Haare waren ihr wichtig. Nun sind sie von grauen Strähnen durchzogen.

Auf der anderen Seite der Äpfel streckt mir meine Freundin noch immer die Hand entgegen. Tränen laufen über ihr Gesicht.

Oh, Juliet, es tut mir so leid, was passiert ist.

Sie muss über uns in der Zeitung gelesen haben. Bestimmt hat sie auch schon beim Lesen geweint.

Sie kommt mir mit offenen Armen entgegen. Das Problem ist bloß: Mir fällt ihr Name nicht ein.

Vielleicht waren wir doch nicht so eng, wie ich gedacht hatte.

Was mache ich jetzt mit meinen Händen?

2. Februar. LOGBUCH DER YACHT *JULIET*. Naguargandup Cays. 09° 30.41′N 078° 47.57′W. NOTIZEN UND ANMERKUNGEN: Wir haben es gefunden. Wir haben das Paradies gefunden.

Geburt und Tod sind Fixpunkte, und die Jahre um die Vierzig ermöglichen einem einen guten Blick auf beides. Michael hatte davon geträumt, in einem Jahr die gesamte Welt zu umsegeln. Ich wollte lediglich das Jahr überstehen, ohne das Boot eigenhändig zum Kentern zu bringen. Wir schlossen den Kompromiss, östlich von Panama durch die Karibik zu schippern. Doch nachdem wir Kuna Yala erreicht hatten, war es uns beiden nicht mehr möglich, dies für einen Kompromiss zu halten: Man konnte problemlos sein ganzes Leben damit verbringen, an diesem Ort zu segeln.

Wir stießen im Licht eines Spätnachmittags auf diese Kette aus kleinen sandigen Inseln, jede von ihnen etwa so groß wie ein Baseballfeld. Sie sahen wie so viele andere Inseln hier aus. Wie Tulpensträuße neigten sich Palmen der heranrauschenden Brandung entgegen, und vergessene menschliche Artefakte – das ausgebrannte Feuer eines Fischers, eine zerbrochene Brille, ein einzelner Schuh – lagen verstreut im Sand.

Wir wussten, dass jede dieser Inseln irgendjemandem gehörte, aber die Eigentümer stellten grundsätzlich kein Schild auf, sie hinterließen nie einen Namen. Die Kuna sehen sich selbst nicht als Bürger Panamas. Sie sprechen kein Spanisch, höchstens, um mit den Menschen von außerhalb Handel zu treiben; sie glauben nicht daran, Land zu kaufen oder zu verkaufen, und sie verwenden auch kein Geld. Die geernteten Kokosnüsse sind ihre Währung. Dieses unwahrscheinliche Wirtschaftssystem hatte den Ort in seiner Ursprünglichkeit erhalten, und wir durchstreiften ihn wie schamerfüllte Gespenster. Die Wahrheit ist: Wir waren mehr oder weniger zufällig in das Gebiet hineingeraten, während wir uns auf unserem Weg nach Osten bemühten, Michaels Liste von Hafenstädten abzuarbeiten. Aber Kuna Yala hatte unsere provinzielle Ignoranz augenblicklich in Luft aufgehen lassen. Uns überfiel Demut angesichts all dessen, was wir nicht wussten und was man nur mit einem Boot erfahren konnte.

Günstige Bedingungen fürs Ankerwerfen, sagte Michael. Wir werden bis auf den Grund sehen können.

Er startete den Motor, und das Boot rumpelte warm vor sich hin. Er ging zum Mast und löste das Fall.

Aber es ist immer noch heikel, warnte er mich. Hier gibt es überall Untiefen. Es gibt keine empfohlene Route, um von dieser Seite der Cays aus einzufahren. Juliet, schau dir die Karte an. Heute wirst du wirklich genau aufpassen müssen, Schatz.

Nach meiner Erfahrung war *überall Untiefen* schlicht die Definition von Kuna Yala – Hunderte von Inseln, die auf einer seichten Meeresbank lagen. Der Segler konnte die unterschiedlichen Tiefen an der Farbe des Wassers erkennen, an dem Patchwork aus Blautönen – am durchsichtigen Türkis des Sandes, dem mütterlichen Blau tiefen Wassers und der lilafarbenen Tönung von Korallenköpfen. Diese Farben waren

50

eine Karte, die zur Gefahr für das Boot wurde, sobald man sie falsch las. Es war oft meine Aufgabe, mich unter der Rettungsleine über Bord zu beugen und alles genauestens zu beobachten, sodass wir nicht auf Grund liefen. Michael traute dem GPS nicht. Ich hielt ihn deshalb für verrückt, bis das System tatsächlich mitten in einem Feld aus Korallenköpfen den Geist aufgab.

Wir waren generell keine Puristen. Wir benutzten das GPS. Wir benutzten unser Satellitentelefon, bis es im Golfo de los Mosquitos über Bord fiel. Wir benutzten unser iPad, wenn wir Empfang hatten, und wir benutzten definitiv unseren Autopilot – in der Hinsicht waren wir absolut promiskuitiv. Wie viele Anfänger unter den Seglern entwickelte ich eine emotionale Bindung an den Autopilot, der seine Arbeit für uns erledigte wie eine zweite Ehefrau, der niemand dankte, die stille, zuvorkommende dritte Hand, auf die wir verzweifelt angewiesen waren.

Während Michael das Großsegel einholte, ging ich ins Cockpit und schaltete den Autopilot ab. *Juliets* Steuerrad summte in meinen Händen.

Sybil saß auf ihren Händen im Cockpit und betrachtete ihren Vater, der, seit wir unsere Fahrt begonnen hatten, langsam, aber sicher zu ihrem Idol geworden war. Er kannte die Bezeichnung von jedem Seil, jeder Schotklemme, jedem Ventil. Er war ein wundervoller neuer Fremder, dieser Captain Michael. Oder, fragte ich mich manchmal, war der andere Mann ein Fremder gewesen, jener Michael, der früher mit einer Tüte Funyuns auf dem Bauch auf der Couch gesessen hatte, das Flackern des Fernsehers in der Iris seiner Augen, ein Mann, der nicht einmal die Namen von Sybils Lehrern und Freunden gekannt hatte?

Corgidup, rief er und verpackte das Großsegel. Woher wusstest du, dass das Pelikan-Insel bedeutet, Juliet?

Ich hab's in dem Buch gelesen, das du mir gegeben hast.

Ich *liebe* Pelikane, erinnerte uns Sybil.

Bringst du uns bitte ein bisschen nach Lee, Schatz?, rief Michael. Wir müssen um die windabgewandte Seite von der kleinen Insel herum. Es gibt eine tiefe Rinne zwischen diesen beiden Inseln. Gut, gut. Ist Corgidup bewohnt?

Na ja, zumindest sind da die Pelikane, sagte ich.

Hm.

Ich musste lächeln. Michael hörte gar nicht wirklich zu. Es war ihm ziemlich egal, ob Corgidup bewohnt war oder nicht. Er stopfte das Segel energisch in die Hülle, während seine Zungenspitze zwischen den Zähnen herausschaute.

Du versuchst mir bloß das Gefühl zu geben, nützlich zu sein, sagte ich.

Was?, fragte er. Ich kann dich nicht hören.

Unbewohnt, sagte ich. Im Inselführer steht, dass Corgidup nur während der Kokosnussernte bewohnt ist.

Großartig. Dann haben wir die ganze Insel für uns.

Am Morgen fiel das Licht durch die Luken, und wir konnten einen ersten guten Blick auf Naguargandup werfen. Wir beeilten uns mit unseren Aufgaben & füllten die *Ölfleck* mit Taucherbrillen, Schwimmflossen & einem Mittagessen & tuckerten Richtung Strand.

Corgidup war zu klein (& es gab übrigens auch keine Pelikane dort). Also fuhren wir zu der größeren Insel hinüber, nach Salar. Die Kinder rannten und sprangen kreischend zwischen den Palmen hin und her. Juliet & ich standen währenddessen im Wind & ich glaube, plötzlich fühlten wir ausnahmsweise das Gleiche. Uns war beiden dasselbe klar, und wir mussten es nicht aussprechen oder benennen. Für mich ist das Liebe.

Salar ist eine perfekte 4-Personen-Insel. Für jeden von uns gibt es eine Ecke. Sybil liebt es, auf die gebogenen Palmen hinaufzuklettern. Doodle bevorzugt das badewannenwarme kleine Meeresbecken, das versteckt zwischen der Insel & den zerklüfteten Korallenhügeln liegt. Es ist der coolste Babypool, den man sich vorstellen kann …

Für Menschen, die über lange Zeitspannen unglücklich gewesen sind, kann sich Glück leicht unbehaglich anfühlen. Sie wissen nicht wirklich, wie sie sich ihm hingeben sollen und ob solch eine Hingabe überhaupt klug wäre.

Auf Salar habe ich dieses Gefühl nicht gleich erkannt – eine überbordende Leichtigkeit, ein nervöses Vibrieren, ein stetiger Impuls zu lachen. Ich beobachtete Sybil in der Palme. Georgie, wie er o-beinig und mit zusammengekniffenen Augen im Sonnenschein stand. Der Wind fuhr in meinen Mund, mein Haar, meine Lungen.

Ich hatte immer noch Probleme damit, den Wind zu beschreiben. Neugieriger Wind. Begieriger Wind. Stumm machender Wind. Es gab so viele Varianten. Im Blätterdach brachte er den Saum von Sybils Strandkleid zum Rascheln. Er bauschte es auf, ließ es wie eine Glühbirne aussehen.

Kindischer Wind.

Ich hatte mir immer ein Mädchen gewünscht, das auf Bäume klettert.

Ich brauchte dich. Ich wollte keinen Jungen,
nur ein Mädchen, eine kleine Milchmaus
von Mädchen, schon geliebt, schon laut im Haus
ihres Ichs.

Wir haben nur sehr wenig gesprochen an diesem Tag. Wir hatten einander verloren und uns dann in den Schattenflecken am Strand wiedergefunden. Ich spielte im Sand mit Georgie, als ich plötzlich aufschaute und bemerkte, dass Michael mich beobachtete. Mich einfach ansah, während er an einem Brotfruchtbaum in der Nähe lehnte – mit einem Ausdruck, den ich noch nie auf seinem Gesicht gesehen hatte. Sanft, ohne etwas vorzuspielen. Zärtlich, unvoreingenommen. Wir starrten einander über die Entfernung hinweg an, bis ich scheu den Blick abwandte. Als ich wieder aufschaute, lächelte er. Wie gesagt, vor der Reise waren wir an keinem guten Punkt gewesen. Ich glaube, wir waren beide sehr besorgt gewesen und hatten unter großer Spannung gestanden.

Doch nun, siehe da, lächelte er.

Danke, sagte er.

Manchmal, wenn ich fürchte, keine gute Ehefrau gewesen zu sein, denke ich an diesen Augenblick.

Georgie stürmte mit Gebrüll in die Büsche, und schon war der Bann gebrochen.

Ich lachte und lief ihm hinterher, ohne Eile, zwischen den rötlichen Palmenstämmen hindurch, bis vor uns eine Feuergrube auftauchte. Kohle und Fischgräten. Schau, sagte ich und zeichnete einen schwarzen Strich auf seinen nackten Arm. Georgie starrte mich voller Ehrfurcht an und malte mir auch einen Strich auf den Arm. Dann war er schon wieder verschwunden, stolperte an einer strohgedeckten Fischerhütte vorbei, wo spröde Farnwedel im Wind raschelten. Geduckt stemmte er sich gegen den unsichtbaren Widerstand des Windes. Als ich ihn aus den Augen verlor, musste ich in den Laufschritt wechseln.

Doooodle, rief ich.

Und da war er, am anderen Ende der Insel, wo die Brandung gegen zerfurchte Korallenköpfe krachte.

Immer mal wieder drehte ich mich um und schaute mich nach der *Juliet* um. Ich konnte sie durch die Palmen hindurch sehen, die Ankerkette entspannt im Wasser, das Deck aufgeräumt und der Mast so gut wie regungslos. Sie dümpelte im Kreis herum, wartete gedankenverloren auf uns.

Es war etwas wie Liebe, das ich zu diesem Zeitpunkt für das Boot zu empfinden begann.

Aber wie immer, wenn es um Liebe ging, stellte ich das Gefühl infrage.

Ich habe nie gewusst, wann ich mich der Liebe hingeben, mich von ihr halten lassen sollte.

5. Februar. LOGBUCH DER YACHT *JULIET*. Naguargandup Cays. NOTIZEN UND ANMERKUNGEN: Großer Tag für Sybil! Bis jetzt hat sie sich beim Schnorcheln immer im Kaulquappenstil an meinem Rücken festgehalten. Heute aber, als wir Salar erkundeten, hat sie einfach losgelassen & nicht zurückgeschaut. Seite an Seite sind wir den ganzen Weg bis hinaus zum Korallenriff geschwommen. Du glaubst vielleicht, diese Dinger wären Felsen, habe ich später zu ihr gesagt. Das ist alles <u>lebendig</u>. Die Fische machen nur einen winzigen Prozentsatz der Meereslebewesen aus. Proportional handelt es sich zumeist um Wirbellose. Dazu gehören Schwämme, Quallen, Korallen, Schnecken & Seeigel. Riesige orangefarbene Gehirne aus Schwämmen und andere, die aussehen wie ausgestreckte rote Finger. Seesterne jeder Farbe. Wusstest du, dass Seesterne bloß so aussehen, als könnten sie sich nicht bewegen? In Wirklichkeit schaben sie ganz langsam mit ihren Zähnen die Felsen ab. All das lebt, nagt vor sich hin, nagt am Leben.

Zeit verging. Verschwand. Wir blieben auf der Leeseite von Salar und verloren den Überblick über die Tage. Nach und nach schwand unser Proviant, aber aus irgendeinem Grund machten wir uns keine Sorgen. Wir gingen von frischen Lebensmitteln zu Dosen über. *Spamghetti*. Kartoffeln, die wir bei Sonnenuntergang über einem Lagerfeuer am Strand rösteten, ein Gericht, das die Kinder für den allerhöchsten Luxus hielten. Michael und Sybil schnorchelten sogar noch weiter hinaus. Sie erstellten Listen von all den maritimen Lebewesen, die sie gesehen hatten. Sie saßen zusammen und entwickelten Theorien und tauschten Kronkorken. Michael band ein Messer an das Ende eines Stocks und versuchte ganze Tage lang, mit dieser neuen Waffe Fische zu fangen.

Und was tat ich? Ich begann wieder zu lesen.

Anfangs las ich bloß die feucht gewordenen Taschenbücher, die ich lustlos in Portobelo gekauft hatte. Ein paar englische Krimis. Eine Biografie von Vasco da Gama. Und dann zog ich eines Tages meine Fachliteratur zur Promotion aus einem Spind, wo sie neben Sybils Sammlung von Hautpanzern ruhte. Die Umschläge waren so vertraut wie Gesichter, die Seiten bedeckt mit meiner eigenen Handschrift.

Ich habe schon immer gelesen, seit ich ein kleines Kind war. Nachdem ich aus dem Graduiertenprogramm ausgeschieden war, hatte ich jedoch monatelang kein Buch angerührt. Ein Buch aufzuschlagen war verbunden mit einem Gefühl der Enttäuschung. Die Tatsache, dass ich mich weigerte zu lesen, ließ mich ungeschützt zurück, als George zur Welt kam. Ohne meine Bücher hatte ich nichts zu interpretieren, abgesehen vom Baby, das eine Mutter haben wollte und keine Literaturwissenschaftlerin. Mein einziger anderer Text war ich selbst sowie die sich anschleichende Angst – ein Zustand, der sich intellektueller Analyse widersetzt, da das depressive Gehirn wie eine Art Doppelagent funktioniert. Zwar erscheint es rational und treu, arbeitet aber heimlich für den Feind.

Es ist so: Während meiner Zeit bei Omni habe ich die Kinder eigentlich kaum gesehen. Was für mich, wenn ich ehrlich bin, ganz okay war. Ich versuche bloß, die Wahrheit zu sagen. Wenn ich von der Arbeit nach Hause kam, wollte ich nur noch rumsitzen & mir anschauen, wie irgendein Ball über irgendeine Art von Spielfeld bewegt wurde. Ich kam mit den Problemen der Kinder nicht wirklich klar & dass ich mit Juliet nicht klarkam, war absolut eindeutig. Ich war eine Eins-zu-eins-Kopie meines Dads oder zumindest meiner Erinnerung an ihn: Ich erledigte meinen Teil der Abmachung, verdiente den Lebensunterhalt, versuchte, nicht herumzubrüllen etc. etc.

Und was habe ich heute getan? Heute, am soundsovielten Februar? Ich habe mitten im Ozean gesessen, meilenweit entfernt von der Küste Panamas, und habe Kronkorken mit meiner Tochter getauscht. Sie wollte meinen Jarrito-Korken. Nein, sagte ich, ich gebe dir meinen Stag. Ich habe eine Million Stags, sagte sie und schüttete sie in den Sand. Ich will deinen Jarrito! Ich hielt den kostbaren orangefarbenen Kronkorken gegen den Himmel, als wollte ich sagen: NIEMALS, SCHÄTZCHEN (fieses Lachen)!

Ich weiß nicht. Die Leute haben sich so viel Sorgen gemacht wegen der Kinder hier draußen. Und vielleicht hatten sie recht. Vielleicht wissen sie etwas, das ich nicht weiß. Aber meine Frage wäre: Wann hat denn Ihr Vater das letzte Mal einen ganzen Vormittag damit verbracht, Ihnen zuzuhören?

Ich könnte ihm niemals einen Namen geben, meinem Zustand. Ich hätte gesagt: »Ich habe eine Depression«, wenn sich das angemessen angefühlt hätte. Aber ich war mehr als bloß depressiv. Ich hatte das Gefühl, ich *wäre* eine Depression. Eine aufgefressene Frau. Außerdem hatte Michael recht – ich hasste Floskeln in jeder Form. »Das innere Kind«. »Mentale Unterstützung«. Ich würde lieber gar nichts sagen, als solche Ausdrücke zu verwenden.

Ertragen konnte ich nur, wie die Dichterinnen und Dichter Traurigkeit beschrieben.

Anne Sexton, Bekenntnislyrikerin der Sechzigerjahre, wurde immer wieder von Depressionsschüben außer Gefecht gesetzt, die nach der Geburt ihrer Kinder eingesetzt hatten. Sie liebte ihre Kinder, aber sich um sie zu kümmern, brachte sie an den Rand des Wahnsinns. Mutterschaft gab ihr das Gefühl, »unwirklich« zu sein. Niemand war damals darauf eingestellt, über die Depressionen einer Mutter zu sprechen. 1956 lernte Sexton bei einer Fernsehsendung, wie man Sonette schreibt. Anschließend schummelte sie sich in ein Lyrikseminar, bei dem sie heimlich einen ihrer hochhackigen Schuhe als Aschenbecher benutzte.

Kurz darauf schrieb sie das Gedicht »Das doppelte Bildnis«.

Böse Engel sprachen zu mir. Schuld,
hörte ich sie sagen, sei ich. Sie hechelten
wie grüne Hexen in meinem Kopf, ließen das Verhängnis
tropfen wie einen undichten Wasserhahn,
als wäre das Verhängnis aus meinem Bauch übergelaufen
                              in dein Babybett,
eine alte Hypothek, die ich auf mich nehmen muss.

Böse Engel, dachte ich, ja, genau das sind sie.
Es sind keine Teufel. Teufel könnte ich ignorieren.

Du wirst das nicht schaffen, sagten meine Engel.

Du hast dich verrechnet.

Du neigst dazu, dich zu verrechnen. Bist nicht vertrauens-würdig.

Du kannst nicht mal deinen eigenen Gedanken vertrauen – schau dich nur an.

Versuchst immer noch alles, um dich nur nicht der nack-ten Wahrheit zu stellen.

Du hast nicht, was es braucht, um eine Mutter zu sein.

Eine Mutter ist ein Haus.

Eine Mutter ist ein Haus bei Nacht, in dem alle sicher in ihren Betten liegen.

Ich lebte in ständiger Angst vor meinem Feind. Denn na-türlich wusste ich, dass die Engel nicht *real* waren – mein Feind war weitaus schlimmer. Mein Feind hatte keine Form, kein Geschlecht, keinen Namen. Selbst die bösartigsten Men-schen hatten *Namen*. Ich wusste nicht, was über mich gekom-men war. Mir war es gut gegangen … na ja, ich hatte mich zusammengerissen. Mein ganzes Leben lang hatte ich mich zusammengerissen. Dann wurde ich Mutter, zweimal, und dann ging es mir nicht mehr gut.

Es war das Gegenteil von gut.

Meinen ersten Anfall hatte ich nach Sybils Geburt. Ich wusste nicht, wie ich meinen Zustand beschreiben sollte, oder wem. Ich hatte keine Sprache, mit der ich darüber hätte sprechen können. Damals gab ich dem Winter die Schuld. Und Michael. Und mir selbst. Die Engel kamen, umschwärm-ten mich monatelang. Ich hielt durch. Ich schluckte meine Geschichte herunter. Schließlich zogen sie wieder ab. Und ich vergaß das alles.

Nachdem George auf die Welt kam, war eine ganze Weile lang alles in Ordnung, gerade lange genug, um sich in Sicher-heit zu wiegen. Dann verdunkelte sich meine Stimmung.

Schon die kleinen Dinge, die man im Haus hat – die Gegenstände, die man in irgendeine gottverdammte Ecke stellt, Blumen oder ein Foto oder ein Vogelhäuschen oder ein Reiseandenken –, brachten mich aus dem Gleichgewicht und ich räumte sie weg. Ich hörte mit dem Saubermachen auf – war sowieso nie allzu gut darin gewesen. Ich bekam Probleme mit dem Schlafen. Schlaflosigkeit ist nichts Besonderes, aber man muss wissen, dass ich immer hervorragend geschlafen hatte, ich war berühmt dafür gewesen, wegdösen zu können, ganz gleich, was für ein Tumult um mich herum tobte. Daher wusste ich mich nicht dagegen zu wehren, und als die Engel erst einmal zurückgekehrt waren, erinnerte ich mich, wie sie sich beim ersten Mal aufgeführt hatten, dass sie nachts am lautesten gewütet und mich im Dunkeln gemaßregelt hatten. *Eine Mutter ist ein Haus … Eine Mutter ist ein Haus bei Nacht, in dem alle sicher in ihren Betten liegen.* Ich stellte fest, dass ich sehr unorganisiert war, Sybil zu spät in den Kindergarten brachte, dass ich mich neben dem kleinen George auf dem Boden ausstreckte, während er seine Bauchlagenzeit absolvierte, und mich fragte, wie er da hingekommen war und warum das arme Kind gezwungen wurde, ein derartig erniedrigendes Exerzitium durchzumachen.

Ich verbarg all das vor mir und anderen. Aber ich erinnere mich an den Moment, in dem ich aufflog. Es war beinahe Frühling, wir hatten es fast durch den Winter geschafft. George hatte gerade damit begonnen, sich an Gegenständen hochzuziehen, und ich beschloss, wieder zur Vernunft zu kommen. Die Kontrolle zurückzuerlangen. In einem wilden Frühjahrsputzanfall entschloss ich mich, Sybils alte Babysachen durchzuschauen. Vielleicht waren je Teile darunter, die ich für ihren Bruder benutzen konnte.

Michael war gerade von einer neuerlichen Reise nach Akron zurückgekehrt, wo Omni eine Regionalniederlassung unterhielt, und mit der Hilfe meiner Kellerkita-Freundinnen und einiger Flaschen Wein hatte ich die Zeit einigermaßen überstanden. Ich nahm an, dass ich aus den Fehlern meiner Vergangenheit gelernt hatte. Ich war nicht mehr einsam in einer großen Stadt, ich versuchte auch nicht, Helen Vendler zu sein. Ich war ein klein wenig gnädiger zu mir selbst. Das heißt: Es war okay, wenn das Kind brüllte. Oreos waren okay. Es kostete zu viel Mühe, jemand Besonderes sein zu wollen oder sich mit besonderen Ansprüchen an sich selbst zu schmeicheln. In diese Falle würde ich nicht noch einmal tappen. Ich schwor mir: Diesmal würde ich als Mutter gerade gut genug sein. Eine Frau, die einfach einen Fuß vor den anderen setzte.

Das jahreszeitbedingte Ausmisten von Kleidung ist ein Ritus, und während man die Stücke, aus denen die Kinder herausgewachsen sind, aussortiert, stößt man auf die vertrauten Outfits des vergangenen Jahres. Die Schuhe sind bittersüß – winzig kleine Sneaker mit Klettverschluss, Gummizehen, Cartoon-Figuren oder schmutzig gewordenem Glitzer, und noch immer steckt der Dreck von weit entfernten Spielplätzen in den Rillen, hat sich Sand unter der Innensohle festgesetzt. Beweise für das Kind des letzten Jahres. Schließlich wachsen Kinder zentimeterweise in die Höhe, während wir uns Zentimeter für Zentimeter unserem Ende nähern.

Was ist denn los, Mommy?

Sybil stand in ihrem Tutu in der Tür. Gebadet in einem Strahl Tageslicht, die Hand am Türknauf. Ungewaschene Haare, kein Schlüpfer.

Was meinst du?

Warum weinst du, Mommy?

Ich *weine* nicht, sagte ich.

Ich legte die Hände auf mein Gesicht. Nahm sie wieder weg – Salzwasser.

Ich weinte immer noch, als Michael nach Hause kam. Ich konnte einfach nicht aufhören. Es war beinahe mechanisch. Als wäre in mir im wahrsten Sinne des Wortes etwas zerbrochen. Michael half mir, meinen Pyjama anzuziehen, und brachte mich ins Bett. Sybil weigerte sich, von der Tür wegzugehen.

Lass sie das nicht sehen, sagte ich zu ihm. Bring sie irgendwo anders hin.

Nach diesem Tag, dem Tag des endlosen Weinens, wusste sie immer, wenn ich traurig war, und das machte mich nur noch trauriger. Weil ich mich nicht verstecken konnte. Ich konnte nicht einfach allein damit sein. Es war nicht mehr meine Traurigkeit.

Sie ließ es nicht zu, dass ich im Bett blieb. Sie hatte genug Märchen vorgelesen bekommen, um ein instinktives Misstrauen gegenüber schlafenden Frauen zu entwickeln. Sie gab einfach nicht auf, keine Sekunde lang. Spähte über die Bettkante, dann öffnete sie ihre kleinen Hände und lockte mich mit einem unsichtbaren Preis.

Mommy, sagte sie. Willst du die Geschichte lesen, die ich gerade am Himmel gefunden habe?

In der Theorie liebte ich die Vorstellung, von meiner Tochter geliebt zu werden. In der Praxis aber ängstigte es mich nur.

Was war das für ein Versprechen, auf dem sie zu beharren versuchte?

Weißt du, was du bist, Mommy? Du bist die *Sonne*. Du bist ein *Geschenk*. Du musst nicht mal ein hübsches Kleid tragen. Du bist ex-tastisch.

Oh, Sybil, sagte ich dann. Hab vielen Dank.

Aber still fügte ich hinzu: *Sag nicht diese Sachen.*

Ich verstehe schon: Ich wäre nie aufgebrochen, wenn Dad nicht gewesen wäre. Aber hier draußen muss ich manchmal laut lachen, wenn mir bewusst wird, was für ein miserabler Segler Dad war. Wir sind damals immer in großen, unsauberen Schlaufen über den Eriesee gesegelt. Er wusste nie, was wir für ein Wetter hatten, er konnte die Wolken nicht lesen, es war ihm auch egal. Er lernte das alles erst, als ich es auch lernte. So ist mein Dad an die Dinge herangegangen. Das war es, was ihn zu einem mutigen, zugleich aber verwirrenden Mann machte. Wie oft wurde einer von uns beinahe bei einer versehentlichen Halse geköpft. Aber Dad tat immer so, als wäre das schnelle sich Ducken vor dem herumschwingenden Baum ein Spiel.

Er war grundsätzlich jemand, der gerne Spaß hatte und anderen Streiche spielte. Die Leute nannten ihn einen »Scherzkeks«, einen »Witzbold« – »ein echtes Unikat«. Auf seiner Beerdigung wussten alle lustige Anekdoten beizusteuern. Ich hoffe, dass ich nie wieder auf eine derart lustige Beerdigung gehen muss.

Es gab nur ein Thema, bei dem mein Vater ernst wurde, und dieses Thema war Ronald Reagan.

Was hat mein Vater Ronald Reagan vergöttert! Ganze Reden hat Dad auswendig gelernt. Sie ließen ihm die Tränen in die Augen steigen. Die eine Sache, über die wir keine Witze machen durften, war, dass Ronald Reagan nicht mehr Präsident war und dass es niemals einen zweiten Ronald Reagan geben würde.

Freiheit ist nie weiter als eine Generation von der Vernichtung entfernt, Mikey, sagte er zu mir. Man muss für sie <u>kämpfen</u>, sonst werden wir unseren Lebensabend damit verbringen, unseren Kindern zu erzählen, wie es einmal war in den Vereinigten Staaten, als die Menschen noch frei sein durften.

Meine Mutter war unpolitisch. Sie schloss sich Dads Meinung an, weil sie ihm grundsätzlich vertraute. Meine Mutter »wusch ihre Hände immer in Unschuld«. Ja, nur zu, Mikey, mach das ruhig, aber ich wasche meine Hände in Unschuld. Als ich klein war, zuckte ich immer zusammen, wenn die Leute sagten, ich sei wie meine Mutter. Wenn mein Vater ein echtes Unikat war, was waren dann meine Mutter & ich?

Das Segeln sollte Dad & mich näher zusammenbringen. Ich ging davon aus, dass er mir Dinge beibringen würde, die ich wissen musste, wenn wir auf dem Boot waren. Aber meistens erzählte er mir bloß lange Geschichten von den kuriosen Missgeschicken seiner Freunde oder Cousins oder von Leuten, die er irgendwann mal getroffen hatte. Außerdem war der Wellengang oft so schlimm auf dem Eriesee, dass wir vollauf damit beschäftigt waren, das Boot vorm Kentern zu bewahren.

Jahre später, als ich wieder anfing, mich für Boote zu interessieren, war es bestimmt kein Zufall, dass ich an Harry Borawski geriet. Oder wie Harry es ausdrückte: Auf See ist der einzige Ort, wo die Regierung dich nicht in ihre verdammten Finger kriegen kann. Auf See kannst du Amerikaner bleiben, zugleich aber dem riesigen, undurchschaubaren Apparat der Regierung entkommen. Harry ersetzte Reagan durch unseren vierten Präsidenten James Madison. »Wenn Engel über die Menschen herrschen würden«, rezitierte Harry, »müsste man die Regierenden nicht kontrollieren. Doch in unserem System herrschen Menschen über Menschen, Mike. Daher muss man die Regierung zwingen, sich selbst zu kontrollieren.«

Der arme James Madison. Schließlich ist die amerikanische Regierung derzeit ihr eigener größter Gläubiger, Schuldner, Darlehensgeber, Arbeitgeber, Konsument, Auftragnehmer, Vermieter, Mieter, Versicherer, Krankenversicherer und Pensions-Garant … Ist wohl klar, was ich sagen will.

Ich bin immer von Menschen umgeben gewesen, die mir ihre Weisheiten mit auf den Weg geben wollten. Das muss irgendwas mit mir zu tun haben. Anscheinend sehe ich aus, als bräuchte ich dringend einen Rat. Auch auf Juliet trifft das zu. Sie hat mich sprachlos gemacht. Es war nicht bloß ihr Sex-Appeal, der nicht zu unterschätzen ist. Es war eher die Tatsache, dass sie frei zu sein schien. Selbstbewusst & ganz bei sich. Ein echtes Unikat.

Wie weit wir politisch voneinander entfernt waren, wurde mir erst lange, nachdem die Kinder auf die Welt gekommen waren, bewusst. Bis dahin, seien wir ehrlich, verhielt ich mich wie meine Mom. Unpolitisch. Ich glaubte, Freiheit und Politik hätten nicht das Geringste miteinander zu tun. Und dann kommt es zu dieser Wahl, und jeder sucht sich sein Lager.

Ich weiß auch nicht, ich habe einfach so gewählt, wie mein Dad gewählt hätte. Er war tot, aber ich wollte nicht, dass auch sein Einfluss auf mich vorbei ist.

Denn irgendwie hat er, auf seine alles andere als perfekte Weise, mir doch beigebracht, wie man ein Mann ist.

Du gehst deinen Weg. Du schaffst das. Du wartest nicht auf einen Retter. Du lässt nicht zu, dass du zu einem Opfer wirst.

Und wenn wirklich gar nichts mehr geht, reißt du einen Witz.

Ich vermisse ihn.

Eins, zwei, drei, vier, fünf
Fünf ist kein Wort
MUTTER ist fort

Die Toten fangen an, dir zu antworten, hier draußen. Wirklich. Ich kann fast hören, wie er vor sich hin murmelt. Kichert. Uns anfeuert. Denn obwohl er seit Jahren tot ist, weiß ich genau, was er über unsere Entscheidung sagen würde. Er wäre völlig begeistert, dass wir mit den Kindern hier draußen sind. Anstatt sie als Helikoptereltern zu lähmen & ihnen beizubringen, Angst zu haben, oder sie darauf vorzubereiten, Opfer zu sein. Denn es ist ja nun mal so: Probleme werden kommen. Im Leben jedes Menschen. Sie marschieren auf dich zu wie ein Sturmtief. Also warum soll man seinen Kindern nicht beibringen, damit klarzukommen? Oder zumindest zugeben, dass man nicht möchte, dass sie damit klarkommen, sodass sie buchstäblich ohne dich nicht leben können?

Und Langeweile? Mein Dad war der Ansicht, Langeweile wäre der Beginn aller großartigen Dinge. Wenn Sybil sagt, dass ihr langweilig ist, entgegne ich: Na, großartig! Zeit, den Außenbordmotor an unserem Dingi auseinanderzubauen. Großartig, dann setz dir deine Taucherbrille auf, du kannst mir helfen, die Krebse vom Bug zu kratzen. Großartig, ich frage Mom, ob du nicht Wäsche einweichen kannst.

Auf diesem Schiff werden wir alle gebraucht, erinnere ich sie.

Und die Sache ist: Sie versteht das.

In manchen Ländern (in unserem eigenen Land) wechseln Kinder in Sybils Alter ihren kleinen Brüdern die Windeln oder gehen (in der tiefsten Provinz) in den Wäldern auf Jagd nach etwas Essbarem. Mein Dad starb, als ich 15 war, und eine ganze Weile mussten Therese & ich den Laden am Laufen halten, bis sich unsere Mutter dazu entschied, dass sie wieder leben wollte. Und? Sind wir daran zerbrochen?

Aus Anne Sextons Tagebuch: *Mein Herz hämmert, und nichts anderes kann ich hören – meine Gefühle für meine Kinder sind nicht stärker als meine Sehnsucht, frei von ihren Ansprüchen auf meine Gefühle zu sein … Was ist los mit mir? Wer würde gerne leben und sich so fühlen?*

Sybil versäumt also ein Schuljahr. Welches Kind würde sich das nicht wünschen? Ich konnte die Schule nicht ausstehen. Konnte nicht stillsitzen. War nichts verkehrt daran. Es war in Ohio. Es waren die 80er. Es war eine ganz normale amerikanische Kleinstadtschule. Einstöckig, hässlich, Backsteine, Flaggenmast etc., miteinander verbundene, dem Pentagon nachempfundene Flure. Tagein, tagaus habe ich Kreisdiagramme beschriftet, Brüche gekürzt, die Geschichte der Pilger gelernt.

Meine Güte, hat mich die Schule angeödet. Schule war lediglich ein Aufschieben des Lebens. Überstanden habe ich das nur, indem ich nach dem Unterricht so hart trainierte, dass ich den nächsten Tag zur Erholung brauchte. Nur wenn ich richtig schlimmen Muskelkater hatte, konnte ich so lange stillsitzen.

All das kam wieder in mir hoch, als ich feststellte, dass ich meine Tochter auf genau denselben Weg setzte. Erste Klasse: das erste von 13 Jahren. Klar, Einzelheiten unterscheiden sich. Heute sind die Turnschuhe beleuchtet, und wir feiern »Winter« statt »Weihnachten«, aber im Grunde ist es genau dasselbe. Man sitzt im Kreis, steht in einer Reihe. Klassenzimmerstimmen. Ich verstehe schon – das ist die Zivilgesellschaft. Ich habe auch gar kein wirkliches Problem mit Kreisen oder Reihen. Es ist bloß –

Ich erinnere mich, wie ich den Körper meiner Mutter studiert habe. Ich erinnere mich an eine tiefe, ehrfürchtige Aufmerksamkeit gegenüber all ihren Körperregionen, von ihrem weichen Dekolleté bis zu ihren lackierten Zehennägeln, die wie Bonbons aussahen. Ich erinnere mich, wie gesagt, an ihren Schrank, wo ich die Seidenstoffe berührt und an den Wollsachen gerochen habe. Ich erinnere mich, wie ich darauf gewartet habe, dass sie mich ruft, vom Fuß der Treppe, dass sie aus meinem Namen vier Silben machte, wie ich es bei bestimmten Vögeln gehört hatte, die dasselbe mit einem einzigen Ton taten, aus reiner Freude:

Ju-li-eh-et.

Eigenartig, dass mir ihre Stimme so vertraut gewesen ist. Und ich sie dann so viele Jahre überhaupt nicht mehr gehört habe.

Hier draußen ist das Meer die Schule der Kinder. Jedes einzelne Riff in Kuna Yala kann ihnen mehr beibringen, als ich in 13 Jahren Biologieunterricht gelernt habe. Man muss sich nur mal die Fische vor Augen halten (und bei Fischen gibt es ja eine unfassbare Vielfalt). Von ihnen gibt es, heißt es, mehr unterschiedliche Arten als von allen Wirbeltieren zusammen. Sie huschen geschäftig um die Korallenköpfe herum. Syb & ich beobachten sie unter Wasser, und anschließend blättern wir unseren Audubon Field Guide durch und finden heraus, was wir gesehen haben/geben an/denken uns Quatsch aus.

Die Fische haben einige geradezu bizarr menschliche Merkmale, große Nasen oder traurige Augen oder missmutig gerunzelte Stirnen, sind groß, klein, dürr, haben Buckel ... Es ist, als würde man an einem Sonntag durch die Shopping Mall spazieren, bloß dass man unter Wasser ist und alle Leute Fische sind. Allein die Farbkombinationen sind unendlich, um nicht zu sagen völlig beliebig. Blau- und Rot- und Gelbtöne, Immergrün & aufblitzendes Silber.

Wie bei den Menschen bevorzugen es einige, sich allein in der Gegend herumzubewegen, andere eher in Gruppen. Wände aus blauem Tang ziehen vorbei wie ein geschlossener Vorhang, während eine einzelne Flunder darunter weghuscht. Andere tun sich zusammen, kleben aneinander, allerdings in merkwürdigen Winkeln. Überall Entdeckungen! Diesen Code können wir, wie's aussieht, niemals knacken.

Meine Eltern waren stille Leute, und ihre Erwartungen ans Leben waren bescheiden. Selbst wenn sie sich stritten, in der langen, langsamen Vorbereitung auf ihre Trennung, entwickelten sie keine wirkliche Leidenschaft. Ihre Hobbys waren gewöhnlich, sie arbeiteten im Garten oder schauten sich Quizshows an. Nur gaben sie immer mal wieder diese großen Partys, als ich klein war. Plötzlich tauchten Leute aus der Versenkung auf – Arbeitskollegen und Eltern von Kindern, die ich kannte –, und dann betranken sie sich rituell.

Ich saß unter dem Tisch und tat so, als wäre ich mir zu fein für all das. Doch insgeheim liebte ich es, wenn die Tischdecke gehoben wurde und ein auf dem Kopf stehendes Gesicht, Shakespeare zitierend, rief: *Juliet, oh Juliet, warum bist du Juliet?* Ich erinnere mich an ihr brüllendes, gemeinschaftliches Gelächter. Jeder, der wie ein Erwachsener lachte, wie Huren oder Farmarbeiter, verdiente keine ehrliche Antwort.

Wie auch immer. Ich konnte die Stimmen meiner Eltern stets aus all dem Tumult heraushören. Nicht nur, weil sie meine Eltern waren und ich hoffnungslos an sie gebunden war. Sondern weil ich glaubte, dass sie über mich wachten.

Unter diesem Tisch fühlte ich mich bemuttert, geschützt.

Und das ist auch der Grund, warum es so furchtbar ist, dass er mich ausgerechnet dort gefunden hat.

Rotfeuerfische sind eine scheue Spezies, aber man sollte ihnen mit Respekt begegnen. Sie können dich töten, einfach indem sie deine Haut berühren. In Limones habe ich einen Typen kennengelernt, der mir davon erzählt hat. Er ist getaucht & hat sich an einem Riff festgehalten, um sich tiefer hinabzuziehen, was man nicht tun soll. Es war bloß ein kurzer Lapsus, eine kleine Fehleinschätzung. Das Nächste, was der Typ sieht, ist dieser riesige Rotfeuerfisch, der seinen giftigen Pyjama in seinem Gesicht ausschüttelt. Und während er fortschwimmt, wird dem Mann klar, dass er gerade von einem der tödlichsten Lebewesen dieses Planeten gestreift worden ist. Er begreift, dass er zu seinem Boot zurück muss, bevor eine Reaktion einsetzt, aber der Rumpf seines Bootes sieht so schrecklich weit weg aus, wie in einer anderen Welt, für die er schon erste Nostalgie empfindet, während er sich daran erinnert, wie sonnig und voller Gelächter sie war. Es jagt ihm schreckliche Angst ein, weil er bereits denkt wie ein Toter. Irgendwie schafft er es zum Boot, indem er sich unter Wasser an der Ankerkette entlanghangelt. Seine Frau & ein anderer Segler auf dem Liegeplatz ziehen ihn an Bord & das Letzte, woran er sich erinnert, ist das Aufklatschen seiner Shorts auf der Polsterbank und wie er denkt: Verdammt, ich hasse es, wenn die Polsterbank nass wird.

Aber ich habe ja schon gesagt, dass ich darüber nicht sprechen werde.

Manchmal kämpft man so hart gegen die Strömung an &
bewegt sich doch kaum vorwärts. In anderen Momenten
spürt man gar nichts und saust einfach aufs Meer hinaus,
wie ein Blatt.

Ja, ich erinnere mich, auf Salar gelesen zu haben. An die willkommene Kapitulation, wieder ein Buch aufzuschlagen. Warum hatte ich mir je die Strafe auferlegt, damit aufzuhören?

Zu meinen Füßen entwickelte Georgie feine motorische
Fähigkeiten, indem er Einsiedlerkrebse aus dem von den Gezeiten gefüllten Meeresbecken fischte. Sein großer Kopf hing
schwer über seinem Oberkörper.

Wir sehen gleich aus, Georgie und ich. Er hat meinen dunklen Hautton, der in nordostamerikanischen Wintern gelblich
wirkt, von der Sonne aber sofort vorteilhaft zum Vorschein
gebracht wird, und meine zedernbraunen Haare, die ihm
dank der Passatwinde permanent vom Kopf abstanden. Selbst
nach einem Bad stellten sie sich, kaum getrocknet, wieder auf
und neigten sich leewärts.

Rebs, sagte er und hob ein Exemplar in die Höhe. Uter
Rebs.

Ist das ein guter Krebs?, fragte ich und versuchte wieder
einmal, mir keine Sorgen über sein eingeschränktes Vokabu-
lar zu machen. Ist das dein Krebs?

'N Rebs, stimmte er zu und ließ das Tier in seinen Eimer
plumpsen.

Dann fiel mir auf, dass ich Michael aus den Augen verloren
hatte. Dass ich mich nicht erinnern konnte, wann ich ihn
zum letzten Mal gesehen hatte. Sybil konnte ich ausmachen,
sie schnorchelte in unmittelbarer Nähe vom Strand. Aber Michael konnte ich nirgends in der Bucht erkennen.

Sybil stand auf, Wasser rann aus ihrem Haar und ihrem

Schwimmshirt. Sie schob ihre Taucherbrille hoch und spuckte mehrere Mundvoll Meerwasser aus.

Hast du Spaß, meine kleine Schönheit?, rief ich ihr zu.

Was?

Hast du Spaß?

Ich habe mit den Fischen gesprochen, sagte sie.

Was hast du denn zu ihnen gesagt?

Ich hab gesagt: Habt keine Angst! Sie sahen aus, als hätten sie Angst.

Weißt du, warum sie sich um dich herum geschart haben?

Nein.

Weil du sie beschützt. Du bist größer als die Raubfische, von denen sie gejagt werden. Du bist wie ein Schutzprogramm für Fische.

Na ja, sagte sie und setzte sich erneut die Brille auf. Dann mach ich mich mal lieber wieder an die Arbeit.

Hey. Wo ist eigentlich Daddy?

Der ist rausgeschwommen.

Raus? Was meinst du? Wohin?

Weiß ich doch nicht.

Es gibt so viele Wracks überall in Kuna Yala, dass man quasi an ihnen entlang navigieren kann. An manchen Stellen sieht man tatsächlich die Masten aus dem Wasser ragen. Unter Seglern gibt es eine besondere Art von Galgenhumor darüber.

Ich konnte ihn nirgends sehen. Nirgends.

Sybie, sagte ich. Komm bitte hier rüber.

Sie sackte zusammen. Warum, Mommy?

Weil ich es gesagt habe.

Müssen wir schon weg? Wir sind doch gerade erst hergekommen.

Sybil, übertreib nicht. Wir sind schon seit dem Frühstück hier.

Ist jetzt Mittagessenzeit?

Sybil. Komm jetzt sofort hierher.

Aber meine Fische …

Jetzt treib mich nicht zur Weißglut, Sybil. Wir müssen Daddy finden.

Daddy ist rausgeschwommen.

Wo?

Hier am Riff. Da ist ein Wrack.

Das hast du mir nicht gesagt, Sybil. Wie weit ist er raus? In welche Richtung?

Sie zuckte heftig mit den Schultern. Im Stillen verfluchte ich Michael. Es sah ihm gar nicht ähnlich. Er hielt sich doch immer pedantisch an die Regeln. Ölte vorsorglich hier und pumpte dort und kontrollierte alles. Aber mir nicht zu sagen, dass er bis zu den hohen Brechern hinausschwimmen wollte? Ich schnappte mir Georgie, der vollauf damit beschäftigt war, sich um seine Krebse zu kümmern, erst wütend aussah und dann zu weinen anfing.

Sybil Partlow. Du kommst jetzt sofort hier an den Strand.

Sie watschelte in ihren Flossen auf mich zu und versuchte, trotzig auszusehen.

Du setzt dich jetzt genau hier hin und rührst dich nicht von der Stelle.

Ich rannte zwischen die Bäume, dann gleich wieder zurück.

Hier. Ich riss einen Müsliriegel auf und gab ihn ihr. Geh nicht weg.

Hier kann ich ja nirgends hingehen, murrte sie. Ich bin auf einer Insel.

Ich trug einen jammernden Georgie zwischen den Bäumen hindurch zur anderen Seite der Insel. Als wir durch die Palmen auf den Strand hinaustraten, schlug uns heulender Wind entgegen, derselbe Wind, der in der Bucht kaum die Blätter in Bewegung versetzte. Der Wind ließ Georgies Weinen augenblicklich verstummen, er relativierte wie immer alles.

Wind, hatte Michael einmal zu mir gesagt, *Wind ist frei!*

Ich sah ihn nicht am äußeren Riff schnorcheln. Aber ich sah ein Ulu, einen Einbaum mit zwei Gestalten darin. Ich watete so weit hinaus, wie ich konnte, dachte, ich könnte sie vielleicht fragen, aber sie waren zu weit weg und gegen den Wind konnten sie meine Stimme nicht hören. Ich beobachtete sie einen Augenblick und ließ meinen Blick über die Wasseroberfläche gleiten. Als Georgie sich freistrampeln wollte, marschierten wir zum Strand zurück.

Hey, sagte Michael.

Er saß mit dem Rücken an eine Palme gelehnt, seine Flossen neben sich in den Sand gesteckt.

Was zum Teufel, sagte ich. Wo zum Teufel hast du gesteckt?

Was? Seine Miene veränderte sich, beim Klang meiner Stimme zog sie sich zusammen. Ich war schnorcheln, Schatz. Ich hab geschnorchelt.

Wo denn, verdammt, in Cartagena oder was?

Er senkte den Blick auf seine sandverkrusteten Beine, dann blinzelte er mich an. Der Himmel hatte sich mit einer dunstigen Helligkeit bezogen. Er sah verständnislos aus. Ich wurde weicher.

Warum hast du es mir nicht gesagt, Michael?, fragte ich. Du hättest es mir sagen sollen. Ich hatte Angst.

Ich hab doch Sybil zu dir geschickt. Hat sie es dir nicht gesagt? Ich hab dich gesehen. Ich dachte, du mich auch.

Hast du nicht. Hat sie nicht.

Georgie kauerte sich hin, um das sandige Bein seines Vaters in Augenschein zu nehmen.

Deh, sagte er, deh-deh.

Ja, genau, kleiner Mann, sagte Michael. Daddy.

Was ist los?, fragte ich.

Nichts, sagte Michael.

Nichts?

Nichts, ich fühle mich bloß …

Sybil trat zwischen den Palmen hervor. Sie hatte ihr Schwimmshirt ausgezogen, stand mit verschränkten Armen vor der nackten Brust da und schnaufte wütend.

Ich hab dir doch gesagt, dass du dich nicht vom Fleck rühren sollst, Sybil.

Ich hab niemanden, der mit mir spielt.

Was, Michael?, fragte ich. Sprich mit mir. Bist du verletzt? Du fühlst dich bloß – wie? Krank?

Er schaute auf.

Verändert, sagte er. Ich fühle mich verändert.

Der soundsovielte Februar. LOGBUCH DER YACHT *JULIET*. Man muss das gesehen haben, wie das Wasser leuchtet rund um die großen Brecher. Es liegt an den Luftblasen. Wie bei einem Nachthimmel, wenn es schneit. Ich bin heute hinausgetrieben, weit hinaus. Ich konnte nichts sehen, außer den Luftblasen & meinen eigenen extrem weißen Armen. Konnte den Grund nicht mehr erkennen. Bloß Umrisse, die sich in meiner Einbildung veränderten. Schließlich sah ich eine schattenhafte Masse unter mir, ganz glatt.

Ich war bereits über das Heck geschwommen, bevor ich es mir zusammensetzen konnte. Vorderdeck, Cockpit. Beinahe erwarte ich, die Mannschaft zu sehen, die in Zeitlupe das Deck aufwischt. Das Licht gibt der ganzen Szenerie einen übernatürlichen Schein. Plötzlich klopft mein Herz. Ich kann meinen Atem nicht kontrollieren. Ich muss mein Gesicht heben und das Mundstück ausspucken, mit den Füßen paddeln, um hoch genug aus dem Wasser zu kommen, das mich so weit draußen mit salzigen Hieben schlägt.

Dann höre ich Stimmen. Ganz in der Nähe sitzen zwei Kuna in ihrem Ulu. Ein Mann und ein Junge im Teenager-alter fischen. Es sieht aus, als seien sie schon lange hier. Aber das ist ein typischer Trick der Strömung. Hütchen-spiele von Nähe und Ferne.

Der Junge hebt eine Hand und winkt.

Hey, brülle ich. Ich bin hysterisch vor Erleichterung, zwei reale Menschen zu sehen – die ersten seit Tagen. Hola! Qué tal!

Qué tal, sagt der Junge und wischt sich mit der Innen-seite seines Handgelenks über die Stirn.

Der Mann lächelt und schaut mich bloß an. Ich bin nah genug bei ihnen, um den Schweiß auf seinen Schläfen zu sehen. Keiner von uns sagt etwas. Einige Male zieht er an einer Leine, beugt sich vor und überprüft sein Netz oder seine Reuse. Ich weiß nicht, was »Hummer« auf Spanisch heißt. Nach einer Weile wird mir bewusst, dass sie mich wieder beobachten. Ich spüre eine Beunruhigung, erinne-re mich an all das, was ich nicht sehen kann. Unter mir schaudert etwas.

Ich weiß, was es ist, bevor ich meine Taucherbrille wie-der aufsetze und hinunterschaue. Im Tal zwischen dem untergegangenen Boot und dem Meeresboden schwimmt eine Schule von Riffhaien wie eine Körperschaft der Schat-ten. Sie huschen über dem Wrack hin und her.

Ich schwimme etwas näher an das Ulu heran. Aber ich kann nicht wegschauen.

Eine lange Zeit schaue ich nicht weg.

Ich saß unter der offenen Luke. Auf unserem Bett. Erstarrt. Wir waren wieder sicher auf unserem Boot. Aber ich hatte Angst gehabt. Michael verstand das nicht. Für ihn war Angst ein zu zahlender Preis. Eine Bestätigung, dass er am Leben war. Für mich dagegen war Angst nicht hinnehmbar. Sich unsicher zu fühlen – nicht hinnehmbar. *Zu vertraut.* Plötzlich wurde mir bewusst, wie wahnsinnig es war, dass eine Frau, die sich so fühlte, einverstanden gewesen war, auf eine Segelyacht zu ziehen.

Der Vater & sein Sohn kommen am Abend zurück. Sie haben den Tag in einer Hütte auf Corgidup verbracht. Ich habe sie mit meinem Fernglas beobachtet. Nachdem sie ihre Netze geleert hatten, verschwanden sie irgendwo im Inselinneren, um sich auszuruhen. Vielleicht gehören ihnen diese Inseln. Schon verrückt. Was würde ich tun, wenn irgend so ein Typ mit seiner Familie in meinem Garten sein Zelt aufschlagen würde? Ich würde die Polizei rufen, genau das würde ich tun.

Gerade überlege ich, Juliet davon in Kenntnis zu setzen, dass wir Gäste haben, da dreht das Ulu bereits neben der *Juliet* bei. Der Junge hält irgendetwas Schweres in die Höhe und fragt: Piña? Ich sollte das Wort kennen, aber ich muss mich vorbeugen und die Augen zusammenkneifen. Oh, sage ich, ob wir Ananas wollen?

Fast fange ich an zu heulen. Na, aber sicher wollen wir das! Ja, sage ich. Sí! Por favor. Mucho piña. Gracias, hombre!

Beinahe falle ich über Bord, als ich meine Hände nach der Frucht ausstrecke. Wir haben seit einem Monat, seit wir Porvenir verlassen haben, keinen Kaufladen mehr gesehen.

Ich frage sie, ob sie noch andere Waren im Angebot haben. Andere Früchte oder vielleicht einen Hummer oder Speisefisch? Hummer, ja, sagen sie. Sie kennen das englische Wort. Sie werden wiederkommen. Ob die *Juliet* dann noch hier sein wird.

Ja, sage ich. Wir werden hier sein.

Iggi watchee?, fragt der Junge.

Die Kuna haben kein eigenes Wort für Zeit. Um mit dem *Merki*, dem Amerikaner, zu sprechen, um mit uns zu handeln, mussten sie sich eins unserer Worte borgen. Sie sagen »iggi« – auf Kuna heißt das »was«, und »watchee« – ihr Wort für das lächerliche *Merki*-Instrument der Selbstversklavung. Iggi watchee? Es ist mir immer peinlich, diese Frage gestellt zu bekommen. Nach dem letzten Mal habe ich meine watchee unter der Matratze in der Heckkoje versteckt.

Ich umfasse mein nacktes Handgelenk.

Ich habe die Zeit aufgegeben, sage ich zu ihnen.

Der Junge und der Mann wechseln einen Blick.

Keine watchee, sage ich. Gar keine watchee mehr.

Sie versuchen nicht, ihr Lachen zu verbergen. Der Junge trägt ein abgenutztes Tanktop, aber der Vater sieht aus, als käme er gerade vom Golfplatz, adrett, samt Polokragen-Shirt.

Ich deute auf meine Brust und sage: Dummer *Merki*.

Nein, nein, sagen sie. Buen hombre.

Ich beuge mich den Niedergang zur Kajüte hinunter & rufe Juliet. Wir haben den Motor angestellt, um die Batterien aufzuladen, und die Mädchen können unten in der

Kombüse nichts hören. Juliet bastelt Papierschneeflocken mit Sybil.

Kommst du bitte mal hoch und hilfst mir?, rufe ich. Ich bin hier gerade am Schwimmen.

Als Juliet an Deck tritt, bauscht der Wind ihre türkisfarbene Tunika auf. Ihr dunkles Haar wird gegen ihre Schultern geschlagen. Sie sieht aus wie ein herabgefallener Himmelsfetzen. Wir drei starren sie an.

Ich räuspere mich.

Wir haben Besuch, sage ich.

Hola, sagt sie und lächelt.

Sie spricht Spanisch wie ein echter Profi, wegen ihrer Großmutter aus Puerto Rico. Und trotz der Tatsache, dass Spanisch nicht die Muttersprache unserer Gäste ist, scheint es doch die beste Lösung für dieses Schwätzchen zu sein. Juliet spricht mit den beiden Spanisch & ich schaue bloß zu.

Der Mann und sein Sohn werden sofort mit ihr warm. Sie bändigt mit dem Handrücken ihre Haare & lächelt. In der Dämmerung ist sie so braun wie eine Nuss. Ihre großen Augen sehen schläfrig aus. Ah, denke ich, es ist wieder so weit, sie angelt sich neue Boyfriends. Sie reden eine Weile. Ich beobachte sie.

Ich kenne sie. Ich kenne sie, seit ich 21 war. Ich verliebte mich damals so sehr in sie, dass es mich völlig aus der Bahn warf. Aber es gab auch Zeiten, in Connecticut, da hat mich ihre Stimme nur noch in den Wahnsinn getrieben. Damals bekam ich von ihr im Grunde nur noch Anweisungen oder Kritik zu hören. Ich habe mich bemüht, unsere körperliche Intimität aufrecht zu erhalten, aber es ist schwer, mit deiner Kritikerin Sex zu haben. Es mag sich großartig anfühlen, aber letztlich dient es nicht deinem eigenen Interesse. Ich kann mir kaum vorstellen, was sie damals über mich gedacht hat.

An die Dinge zu denken, über die wir nie miteinander sprechen konnten, schmerzt. Schon erstaunlich, wie viel Sorgfalt wir auf unsere Geheimnisse verwendet haben, während wir so nachlässig waren mit allem anderen.

Der Kuna-Vater macht einen Witz & Juliet stößt ihr lautes Gelächter aus. Halbherzig stimme ich mit ein.

Jemanden wie Juliet muss man nicht bestrafen.

Das wäre redundant.

Ich erinnere mich, dass das Fall gegen den Mast knallte wie der Schlegel einer Glocke und das Boot ins Schwanken geriet, hin und her gestoßen von den Gegenströmungen. Es war dunkel bei uns im Bett, aber der Mond war sichtbar und schien unsere Nacktheit durch die offenen Luken zu beobachten.

Ménage à trois: Mann, Frau, Mond.

Sich auf dem Boot zu lieben, bedeutete, sich beim Akt noch näherzukommen als ohnchin. Unter der niedrigen Decke berührten wir einander Nase an Nase, und überall waren Ellbogen. Michaels Körper nahm im Mondlicht ein schattiges Blau an. Schon jetzt hatte das Alter ihn berührt, es wuchs aus seinen Ohren und verging sich an seinem Brusthaar. Aber auf See schien ein leichtes Grau durchaus vorteilhaft. Meine Sexualität war seit Jahren, noch lange, nachdem die Kinder zur Welt gekommen waren, an und ausgegangen wie eine Lampe mit Wackelkontakt. An manchen Tagen lief ich ohne jeden Hauch von Lust durch die Welt, wie eine Puppe, an anderen wurde ich, als wäre ich besessen, von meiner Lust schier aufgefressen und als Auslöser genügte schon irgendeine Peinlichkeit, das Bild von Tom Brady mit nacktem Oberkörper am Strand, wie er in eine Muschel blies.

In jener Nacht auf See schien es keine Rolle zu spielen, wie weit ich mich entfernt hatte oder warum. Es spielte keine

Rolle, wie kompliziert Sex für mich selbst an einem guten Tag war – nicht unter diesem Mond. Ich wollte ihn.

Er sah mich. Er beugte sich herab. Fuhr mit dem Kopf verstohlen hinunter und öffnete mich. Und ich kam mir vor wie das farbige Licht, das man in gewissen dunklen Lagunen mit einem Ruder aufrühren kann.

15. Februar. LOGBUCH DER YACHT *JULIET*. Naguargandup Cays. NOTIZEN UND ANMERKUNGEN: Keine Piña mehr, auch keine Naranja, nicht mal Bananen, ein ziemlich langweiliges Obst, das sich für mich aber inzwischen anhört wie die reinste Köstlichkeit. Heute segeln wir zum Festland, um unseren Proviant aufzufüllen. Sybie & ich sind früh auf. Schlagen uns den Bauch voll mit in Kondensmilch gekochten Haferflocken. Ich beschließe, die Gelegenheit zu nutzen und ihr zu zeigen, wie man das UKW-Funkgerät benutzt. Wir sitzen an der Funkstation, Seite an Seite, und der Morgenwind fegt durch die Luken.

Alle Jubeljahre, erkläre ich Sybil, gerät ein Boot in Seenot. Dann muss die Mannschaft einen Notruf absetzen. Wenn das der Fall ist, benutzt du das hier. Ich halte das Handteil hoch. Du hast doch schon gesehen, wie ich da hineinspreche, oder? Ja. Also, auch wenn wir sie nicht sehen können – ganz viele Menschen sind da draußen und hören, was auf dem Hauptkanal gesprochen wird.

Sybie sagt: Ich weiß schon, was ich sagen muss. Mayday! Mayday!, ruft sie. Wir laufen voll! Hilfe!

Sch, sage ich. Deine Mom schläft noch. Aber schon ein guter Anfang. Wir üben das mal. Aber nicht mit Mayday. Damit darfst du auf keinen Fall Scherze machen.

Okay, sagt sie. Dieser Knopf? Ja, dieser Knopf, sage ich. Halt ihn gedrückt. Schauen wir mal, ob wir jemand erreichen. Nur zum Spaß. Nenn als Erstes den Namen deines Bootes. Du musst ihn dreimal sagen. Und dann sagst du: Over.

Hier ist die *Juliet*, sagt sie ins Handteil. Over.

Du musst es sagen, solange du den Knopf gedrückt hältst, okay?

Okay. *Juliet. Juliet. Juliet.* Over.

Sehr gut, sage ich. Und jetzt warte.

Wir lauschen. Nichts. Weißes Rauschen erfüllt die Kabine.

Oh, Daddy, sagt sie und seufzt. Da draußen ist <u>kein</u> <u>Mensch</u>. Wir sind <u>ganz</u> alleine.

Ich muss lachen, weil ich denke: Gott, sie klingt genau wie ihre Mutter.

Wir üben ja bloß, sage ich. Keine große Sache. Aber jetzt müssen wir zwei Minuten warten, bis wir es noch mal versuchen.

Okay. Sie schaukelt wild mit den Beinen. Wir warten.

Dann hören wir es.

Juliet, hier *Adagio*. Over.

Sybils Gesicht hellt sich auf. Hey, Daddy, das sind wir!

Das kriegt mich jedes Mal. Eine Reaktion von der anderen Seite.

Es ist eine Männerstimme. Freundlich, ein wenig verlegen. Mit leichtem Akzent.

Sybil kreischt: Hallo, *Adagio*.

Over, souffliere ich.

Over!

Adagio, sage ich. Hier ist die *Juliet*. Wechsel auf Kanal sechs-acht. Over.

Sybil und ich starren ins Rauschen.

Roger, *Juliet*, erwidert die Stimme. Roger sechs-acht. Over.

Ich scrolle mit dem Drehknopf durch die Kanäle.

Wenn du das Mayday-Signal gibst, sage ich ihr, musst du die Kanäle nicht wechseln.

Aber sie hat bereits nach ihrem Handteil gegriffen. Hallo, *Adagio*!

Hallo, *Juliet*. Spreche ich mit dem Kapitän?

Nein! Sie prustet laut vor Lachen.

Du musst nicht schreien, Schätzchen, sage ich.

Ich heiße Sybil Partlow und bin sieben Jahre alt. Over! Ich lerne, wie man den UKW-Funk benutzt, für den Fall, dass wir sinken. Over!

Warte mal, *Juliet*, erwidert die Stimme des Mannes. Hier ist jemand, mit dem du vielleicht sprechen möchtest.

Hallo?, sagt eine neue Stimme.

Ich stupse sie an. Sag was, Sybil.

Hallo? Hier ist die Yacht *Juliet*. Guten Morgen. Over.

Hallo. Mein Name ist Fleur und ich bin sieben Jahre alt.

Sybil schleudert das Handteil von sich, rast durch die Kabine und klettert auf die Rückenlehne der Sitzbank. Sie macht einen Klimmzug, um durch die Bullaugen sehen zu können, und ihre nackten Füße klammern sich am Schott fest.

Wo bist du, kleines Mädchen?, ruft sie.

Sybil, sage ich lachend. Benutz das Funkgerät.

Sie lässt sich fallen, kommt zurückgerannt.

Hallo?

Auch das andere Mädchen lacht. Wie heißt du noch mal?, fragt sie.

Sybil. Sih. Bull. Sybil Partlow. Aus den Vereinigten Staaten von Amerika!

Ich bin Fleur und ich bin aus Holland. Fleeer. Willst du zum Spielen vorbeikommen?

Hast du Puppen?, brüllt Sybil. Meine Lieblingspuppe ist schon vor <u>Jahren</u> über Bord gefallen.

Ich bringe den Wagen vorm Haus zum Stehen und sitze noch eine Weile hinter dem Steuer. Es ist später Nachmittag. Die höchste Ecke des Hauses wird von der Sonne beschienen, wie ein Eselsohr auf einer Buchseite. Ich kann die Thujareihe sehen, die den Garten hinterm Haus säumt und ebenfalls in Sonnenschein getaucht ist. Der Garten war der Grund, warum wir das Haus vor sechs Jahren gekauft haben. Ich wollte versuchen, mein eigenes Gemüse zu ziehen. Es gab reichlich Platz für Sybil zum Spielen. Uns gefiel der Bach am hinteren Ende des Grundstücks. Tag und Nacht konnten wir ihn gurgeln hören, während er durch den Baumvorhang seinen plätschernden Rosenkranz betete. Und es war dieser Bach, der eine überraschend große Zahl von Vögeln anzog. Hier konnte ich am Ufer sitzen und den Staren dabei zusehen, wie sie sich zwischen Inseln aus Wasserminze badeten.

Jetzt ziehe ich mich aus dem Wagen und sammle meine Einkäufe zusammen. Ich bin mir sicher, dass ich bei meinem Versuch, so schnell wie möglich durch den Kassenbereich zu kommen, nachdem ich meine Freundin getroffen hatte, viele Teile vergessen habe. Das Gewicht der Taschen ist immerhin beruhigend. *Irgendwas* muss ich wohl gekauft haben.

Ich gehe ins Haus und streife meine Schuhe ab. Meine Mutter sitzt am Küchentisch und liest die Zeitung. Ihr Haar ist nass.

Hast du ein Bad genommen?, frage ich.

Mmmm, sagt sie und erhebt sich, um mir die Tüten abzunehmen. Deine Freundin Alison hat schon wieder einen Auflauf vorbeigebracht, sagt sie.

Das ist nett, sage ich.

Sie hat dir eine Nachricht hier gelassen.

Okay, sage ich.

Willst du sie lesen?

Nein, danke.

Sie steht neben mir an der Arbeitsfläche. Komm, ich räume das ein, Juliet.

Okay, sage ich.

Aber dann hält sie inne und schaut mich an. Geht's dir gut? Ist im Supermarkt irgendwas passiert?

Ich mustere sie eingehend. Wie in aller Welt hat sie das mitbekommen?

Was meinst du?, frage ich.

Schon gut, sagt sie und packt die Einkäufe aus. Der Kindergarten hat angerufen, während du unterwegs warst, sagt sie. Sie meinten, Georgie habe leichtes Fieber. Wir sollen uns aber keine Sorgen machen – es sei wohl nur erhöhte Temperatur. Aber es könne sein, dass er etwas ausbrütet. Möchtest du, dass ich ihn abhole?

Diese Neuigkeit trifft mich hart. Ich habe meine Fähigkeit verloren, Schocks zu absorbieren, selbst bei den kleinsten Überraschungen geht es mir so. Ich mache mir Sorgen um Georgie, aber zugleich habe ich Angst. Denn das bedeutet laut Kindergarten-Regeln, dass Georgie ab morgen zu Hause bleiben muss. Dann werde ich keine Zeit haben, in meinem Schrank zu sitzen. Ich werde herumlaufen und einen kompetenten Eindruck erwecken müssen.

Einen Augenblick lang starre ich aus dem Küchenfenster. Ich versuche, mich auf die Spechtmeise zu konzentrieren, die sich an das Vogelhäuschen klammert.

Ja, würde es dir was ausmachen?, sage ich zu meiner Mutter. Könntest du ihn bitte abholen?

Dafür bin ich ja hier, sagt meine Mutter und greift nach den Schlüsseln.

Ich lege meine Hand auf ihre. Ich möchte dir danken, sage ich.

Ist kein Problem.

Ich möchte dir dafür danken, dass du hier bist. Dass du so

kurzfristig hergekommen bist. Dafür, dafür, dass – ich weiß nicht, was ich tun würde …

Bitte dank mir nicht, Juliet. Bitte lass uns kein weiteres Wort darüber verlieren.

Kann man »vor seinen Problemen davonlaufen«? Natürlich nicht. Man läuft bloß von einem Problem in die Arme eines anderen Problems. Doch was ich vielleicht früher nicht wusste, als ich ein Kind war … gewisse Probleme sind fest in einem selbst verankert. Ich meine Widersprüche. Zum Beispiel, dass in 99 % der Zeit unsere Eigeninteressen im Widerspruch stehen zu jeder Art von sozialer Verabredung. Wir sind gepolt auf Betrug & Verrat und hoffen einfach nur, dass diejenigen, die wir lieben, unbeschadet bleiben.

III

Schließlich stießen wir auf schlechtes Wetter. Es war unvermeidlich, dass es irgendwann so kommen würde, und doch hatte die pfauenblaue Karibische See etwas derart Heiteres an sich gehabt, dass wir es schlicht vergessen hatten. Es war keine Hurrikansaison. Bequemerweise hatte ich daraus geschlossen, dass es überhaupt keine Stürme geben würde, dass einfach nur ein wolkenloser Tag nach dem anderen von Gottes frisch gedrucktem Kalender gerissen würde.

Tja, das Sprichwort ist ja bekannt: Das Wasser wird immer erst tiefer, bevor es wieder flacher wird.

Also, Crew, alle mal herhören, sagte Michael vom Kabinendach aus. Wir haben eine Woche – oder zwei oder drei, wir haben ja jedes Zeitgefühl verloren – hier in Naguargandup verbracht, in diesem Paradies. Und sehet: Uns sind die Bananen ausgegangen. Außerdem bedürfen wir des Propangases und des Benzins für unser Beiboot. Außerdem müffeln unsere Kleider gar fürchterlich und wir müssen Süßwasser finden für die Wäsche.

Daddy, sagte Sybil lachend. Sie schaute mit strahlenden Augen zu mir auf. Daddy hat *müffeln* gesagt.

Außerdem müssen wir die Weltmeere durchkreuzen, um Prinzessin Fleur zu finden, die mit Sybil spielen möchte.

Jaaaa, brüllte sie. Fleur finden!

Doch bevor wir also in See stechen, sollten wir uns von unserer Lieblingsinsel verabschieden – er drehte sich und machte, eine Hand um den Mast gelegt, eine tiefe Verbeugung. Ich war froh, dass sich sonst niemand an der Ankerstelle befand, Kronkorken-Eiland, auch bekannt als Salar, oder, in gewissen Kreisen, als Home Run Island. Vielleicht liegt es am Wasser. Oder an den Brotfruchtblüten. Irgendetwas hier bringt einen Mann dazu, vorm Altar seiner ihm angetrauten Gattin niederzuknien ...

Jetzt war ich an der Reihe mit Protestieren. *Michael*, sagte ich.

Aber all das spielt keine Rolle! Wir sagen Lebewohl zu alledem! Auch wenn ich hinzufügen möchte: Vergangene Nacht habe ich mich der Liebe meiner Frau sehr sicher gefühlt. Hab Dank, Bab Dummad, Großer Vater der Kuna. Oder sollte ich lieber einer weiblichen Göttin danken? Nuit? Frigg?

Michael –

Ganz egal, ich werde als ein glücklicher Mann aus dem Leben scheiden. Okay, Crew, es folgt eure Sicherheitseinweisung. Achtet immer auf eure Sicherheit, okay? Baut keinen Mist. Alles klar? Kinder bleiben im Cockpit angebunden und werden Mommy nicht wegen irgendeinem Blödsinn rufen. Okay? Und nun sprecht mir nach, Crew. Lebewohl, Salar!

Lebewohl, Salar, riefen Sybil und ich im Chor.

Er drehte sich um und verneigte sich vor der nächsten Insel.

Lebewohl, Corgidup. Auch wenn wir nie auch nur einen verdammten Pelikan auf dir gesehen haben.

Lebewohl, Corgidup!

Lebewohl, Ukupsui! Ich habe keinen Schimmer, was ich über dich sagen soll!

Lebewohl, Ukupsui!

Alles bereit im Cockpit? Damit bist du gemeint, Leichtmatrosin.

Ja, kreischte Sybil, schrill wie ein Papagei.

Alles bereit am Ruder? Ich meine dich, Sexy.

Ich bin bereit, Mr. President, sagte ich.

Und bist du bereit, kleiner George, um … um in die Ferne zu schauen und dabei an einer Gummigiraffe zu knabbern?

Er ist bereit, stieß Sybil fröhlich aus.

Juliet, kannst du einen leichten Steuerbordkurs halten? Wie viel Tiefe haben wir?

Siebzehn Fuß, lese ich hier. Achtzehn. Fünfundzwanzig.

Okay, Schatz, stell mal für eine Sekunde auf Autopilot. Du kannst den Niederholer und die Großschot auffieren.

Darf ich das machen, Daddy?

Bleib sitzen, Sybil, habe ich gesagt. Michael, deinetwegen ist sie ganz überdreht.

Michael löste das Fall von der Mastklampe und legte es zweimal um die Winsch neben mir, während er mir lüstern zuzwinkerte.

Du schnappst wirklich über, Partlow, sagte ich.

Er begann, das Segel zu hissen.

Es muss noch ein- oder zweimal um die Winsch, Schatz, rief er über seine Schulter. Danke! Siehst du, du wusstest ganz genau, was ich meine, Juliet.

Rechts von mir war Georgie an seinen Autositz geschnallt und sprach über das Geräusch des Motors hinweg mit sich selbst. Sybil, die ihren Vater nicht aus den Augen ließ, hüpfte auf dem Cockpitkissen neben mir auf und ab. Nachdem wir so lange vor Anker gelegen hatten, fühlte sich die ganze Aktion des Segelhissens für uns alle wie etwas völlig Neues an.

Los, Daddy, kreischte sie. Daddy ist so stark.

Juliet, vor dem Wind, bitte. Okay. Vor dem Wind.

Sorry, sagte ich und kniff die Augen zusammen. Die Trimm-fäden sind direkt in der Sonne.

Achte nicht auf die Trimmfäden, du brauchst keine Hilfs-mittel, sagte er. Folge einfach deinem Instinkt.

Tut mir leid. Tut mir leid, sagte ich.

Er kam zurück ins Cockpit geklettert und schnappte sich eine Winschkurbel.

Hör auf dich zu entschuldigen, sagte er und begann zu kurbeln. Ich dachte, du wärst Feministin.

Ich ignorierte ihn. Soll ich jetzt den Motor ausstellen?, fragte ich.

Was denkst du?, antwortete er. Du musst so was einfach draufhaben, Juliet.

Ich muss so was nicht draufhaben, sagte ich. Du bist doch hier.

Und wenn ich *nicht* hier wäre?

Ich starrte ihn an; die Vorstellung empörte mich. Wir sind mitten auf dem Ozean, sagte ich. Wo solltest du denn sonst sein?

Schaut, rief Sybil.

Das Großsegel füllte sich. Wir hielten inne und schauten zu, wie es sich aufblätterte wie eine riesige Orchidee, bis es, straff und bauchig, stillstand. Die *Juliet* reagierte. Am Ruder fühlte ich mich mit Energie durchflutet und erhoben, auf ge-radezu magische Weise weitergetragen, wie ein Kind auf einem Karussellpferd.

Ich stellte den Motor ab. Es war immer besser, die Stille des Segelns zu hören. Die Stille machte Platz für den Wind. Wind, Wind, Wind. Und das Gurgeln sanften Wassers unten am Rumpf. Michael klemmte das Fall fest und stand da, schaute nach vorn, die Hände in die Hüften gestemmt, sein Tanktop flatternd. Ich blieb am Steuer, denn ausgerechnet dort fühlte ich mich wohl. Sybil drehte sich um und starrte zu

Salar zurück, unserer Insel, die achtern rasch hinter uns zurückfiel. Nach einer Weile holte sie ihr Prinzessinnenmalbuch hervor und legte sich mit ihren Filzstiften bäuchlings auf den Cockpitboden.

Wir verstummten, während wir weiter ins blaue Wasser vorstießen. Im Norden öffnete sich die Sicht. Nichts unterbrach den Saum von Himmel und Meer. Wir sahen uns einer unbedingten Flachheit gegenüber, an der wir die gewaltigen Entfernungen ablesen konnten, die uns umgaben und von denen wir vergessen hatten, dass es sie überhaupt gab.

Was für ein Boot. Wenn die *Juliet* segelt, dann <u>segelt</u> sie. Sie wird regelrecht lebendig. Sie greift sich den Wind. Dann spürt man, wie sie sich in ihn hineinschiebt. Wie sie die See beiseitedrängt. Als wäre sie ein Dampfzug, der den Schnee teilt, mit zwei großen Gischtfontänen auf jeder Seite.

Ein Segler will sich seinem Boot gegenüber als würdig erweisen.

Die Meeresoberfläche anzuschauen, hat etwas Hypnotisierendes. Die Zeit dehnt sich. Die Oberfläche wird in Schatten getaucht oder von der Sonne geblendet. Der Wind gibt dem Wasser Textur, macht es sichtbar. Wenn sich eine Böe nähert, kann man sehen, wie sie die Oberfläche aufraut, eine Stampede herbeihastender Gespenster, Fußabdrücke, die über die Wellen springen und verschwinden, kurz bevor die kühle Gewalt der Abwesenheit durch sie hindurchweht.

Heute werde ich einen Fisch fangen, sagte ich in die Runde.

Keiner beachtete mich. Michael las in seinem Elektronik-auf-Yachten-Ratgeber, George war eingeschlafen und Sybil schrieb einen Brief an den Präsidenten.

Einen schönen saftigen Bonito, sagte ich. Oder einen Thunfisch. Dann reibe ich ihn mit Salz ein. Knoblauch. Jede Menge Zitronensaft. Ich werde die Leine auswerfen und einen Bonito fangen.

Wir haben keine Zitronen, sagte Michael.

Hör auf, übers Essen zu reden, Mommy, sagte Sybil.

Ich seufzte. Ich konnte es selbst nicht glauben, aber ich entwickelte mich zu einer ziemlich anständigen Anglerin. Mein Geschick, hin und wieder einen Fisch zu fangen, war an Bord immer ein Grund zum Feiern. Nicht zuletzt weil Michael und die Kinder so gern dabei zusahen, wie ich das Ding auf den Boden des Cockpits hinabrang: Frau gegen Fisch.

Am meisten vermisse ich Salat, fuhr ich fort. Ich hätte nie gedacht, dass ich mich mal nach Kopfsalat verzehren würde.

Ich vermisse Hamburger und Pommes und Hähnchensticks und Pizza und Kuchen und Eis, sagte Sybil.

Endlich stand ich auf. Ich ging ans Heck des Bootes, um zu sehen, ob ich etwas an der Leine hatte.

Und dann erstarrte ich.

Eine riesige, bucklige Wolke ragte hinter uns auf. Vor gerade einmal einer Stunde, als ich die Angelleine ausgeworfen hatte, war der Himmel blau und unbefleckt gewesen, lediglich ein paar zarte Kumulusschwaden waren am Horizont entlanggezogen. Aber als wollte der Himmel auf sein Recht zur Veränderung pochen, war er nun nicht wiederzuerkennen. Ich stand mit offenem Mund da, während die Wolke die Sonne verdeckte und die *Juliet* in Dunkelheit tauchte.

Michael!, rief ich.

Das ist bloß ne kleine Sturmfront, sagte er und stand plötzlich direkt neben mir. Ein Gewitter.

Ich starrte ihn an.

Du hast Angst, sagte ich.

Sie starrt mich an, als würde ihr erst jetzt bewusst, dass ich ein fehlbarer Mensch & ein unerfahrener Seefahrer bin & als müsste sie nun eine lange Liste von Grundannahmen neu bewerten. Ich habe das Gefühl, dass sie gleich durchdrehen wird. Ich hatte ihr versprochen, dass wir in Sicherheit sein würden.

Ich werde mal runtergehen, meine Lifeline holen und das Funkgerät anschalten, sage ich. Ich denke, ich kriege das Segel runter, bevor uns der Sturm trifft.

Juliet sagt nichts. Ihr Blick fällt hinter mich, auf die Kinder im Cockpit.

Juliet, sagt er. Es ist normal, dass man in Sturmfronten gerät. Es ist höchstens merkwürdig, dass uns das bisher noch nicht passiert ist.

Aber sie sagt: Wie kann es sein, dass wir darauf nicht vorbereitet sind? Wie kann es sein, dass wir das nicht haben kommen sehen? Ich sage ihr, dass wir absolut vorbereitet sind (während achtern ein Blitz vom Himmel fährt). Wir haben uns schon Monate, bevor wir hier herausgekommen sind, vorbereitet. Aber jetzt ist es besser, wenn wir in die Gänge kommen, Baby.

Können wir nicht davon wegsegeln?, frage ich ihn.

Nein, sagt er. Jetzt nicht mehr.

Aber wir würden es doch ganz schnell bis zur Küste schaffen.

Die Küste ist voller Felsen, Juliet.

Aber sie fährt mich bloß an: Ich will Richtung Land segeln!

Wir schaffen es nicht, da hinzukommen und vor Anker zu gehen, Schatz.

Das weißt du doch gar nicht!

Schau doch mal. Er deutete aufs offene Meer. Leewärts haben wir gar nichts zu befürchten. Nichts steht uns im Weg. Nichts, in das wir hineinknallen könnten. Keine Riffe, keine anderen Schiffe. Da haben wir perfekte Position. Wir können da einfach durchschaukeln. Yachten sind für genau solche Fälle gebaut, sagte er. Wir werden da durchgleiten wie eine verkorkte Flasche.

Panisch stöhne ich auf. Wie eine verkorkte Flasche?

Eine Flasche, die auf den Wellen auf und ab hüpft, sagte er.

Daddy?, sagt Sybil. Warum ist es so dunkel?

Ich lege ihr meine Hände auf die Schultern und schüttle sie einmal freundschaftlich.

Ich werde jetzt das Großsegel reffen, sage ich. Du gehst mit den Kindern nach unten. Du schließt alle Luken und Öffnungen. Du wirst genau darauf achten, dass auf keinen Flächen irgendein Mist herumliegt. Wir reiten da einfach durch. Es wird in Nullkommanichts vorüber sein. Es ist ein culo del pollo. Kurz und heftig. So was kommt hier zu dieser Jahreszeit oft vor.

Aber ich war erstarrt. Erstarrt.

Daddy?

Jetzt, Juliet, sagte er. Hörst du mich?

Und genau in diesem Augenblick, wie um die Pointe auch wirklich zu setzen, begann der Regen.

Ich löse die Großschot von der Winsch.

Aus irgendeinem Grund setzte ich die Kinder um den Tisch im Aufenthaltsraum. Um den Schein der Normalität zu wahren? Ich gab beiden Kindern eine Handvoll Soda-Cracker und einen Plastikbecher Wasser. Sybils Augen waren zwei Nummern größer als sonst und fraßen mich schier auf. Wir hörten Michaels dröhnende Schritte an Deck. Ich verspürte ein gewisses Erfolgsgefühl: Wir hatten es geschafft, alle Krebsaugen, Kronkorken und Seesterne einzusammeln, die in der Gegend herumgelegen hatten. Vielleicht, dachte ich absurderweise, würde ja doch alles gut gehen, weil wir uns ans Protokoll gehalten hatten. Georgies Blick wanderte vom Gesicht seiner Schwester zu mir. Er griff nach einem Soda-Cracker, nur um feststellen zu müssen, dass die Cracker von allein auf ihn zumarschiert kamen. Voller Ehrfurcht beobachtete er, wie sie, einer nach dem anderen, über die Tischkante und in seinen Schoß hüpften, gefolgt von seinem Wasserbecher, der sein WHALE-OF-A-TIME-Shirt durchnässte. Er schaute mich empört an, weinte aber nicht. Dann wurden wir, wie Astronauten, die für den Raketenstart trainieren, nach hinten gerissen, bis wir gegen das Schott gedrückt wurden, zur Kombüse hinaufschauten und darüber hinaus durch die Bullaugen bis zum stürmischen Himmel. Über dem Protest des Bootes – dem Ächzen und Kreischen – war das Geräusch zu hören, das für uns mit der Zeit vollkommen selbstverständlich geworden war, nur eben sehr viel lauter: Wind.

Brüllender Wind. Vernichtender Wind.

Gottverdammt, Michael, flüsterte ich. Sieh zu, dass du endlich das Segel runterbekommst.

Ich hörte, wie sich der Inhalt der gesamten Kabine verschob, unsichtbare Kartons und Flaschen wegrutschten und gegen Widerstände prallten. Alles hielt, abgesehen von einem Spind, dessen Tür aufflog und der Plastikgeschirr zu Boden spie. Zusammen mit einigen Kochbüchern und Audubon-Reiseführern, die wir mit einem Gummiseil zusammengebunden hatten und die nun auf uns herniederprasselten und gegen die Bänke unter unseren Füßen krachten. Nicht weinen, sagte ich zu den Kindern. Keine Sorge! Aber sie weinten nicht. Georgie lag mit dem Rücken gegen das Schott gepresst und sah verwirrt aus. Ich schlang die Arme um ihn und schaute auf. Die Steuerbord-Bullaugen waren unter Wasser, als wären wir in einer Videokonferenz mit der geschundenen See. Ich erinnerte mich an den Begriff, den Michael in der Vergangenheit benutzt hatte, wenn das Boot krängte. Er nannte es gern *ein bisschen schief liegen*.

Achtung, Partlows, jetzt liegen wir gleich wieder ein bisschen schief!

Währenddessen kletterte meine Tochter den Fußboden des Bootes *hinauf*. Sie bewegte sich, als wäre es nicht das erste Mal, im Schiebetanz von der Couch zum Türrahmen der Bugkajüte. Sie hielt inne, sah sich nach uns um und winkte mit den Fingern. Komm, Mommy!

Sich bei so einer Schieflage zu bewegen, ist eine ziemliche Zumutung. Man wird nicht nur von der Neigung des Bootes niedergedrückt, sondern auch von seiner Geschwindigkeit, als säße man in einem Sportwagen, der sich gerade in die Kurve legt.

George schlang seine Arme um meinen Hals. Wir folgten ihr.

Die v-förmige Bugkajüte der *Juliet* hatte zwei Kojen, eine auf jeder Seite des Bootes. Die Kinder liebten ihre Kojen. Jede hatte ein Leesegel, eine Art Schürze, die einen davor bewahrte herauszurollen, und wenn das Leesegel hochgezogen war, bauten sich die Kinder kleine Welten. Sybils Koje war gefüllt mit abgelegten Kleidungsstücken und Malbüchern und Stofftieren, die mit ihren Plastikaugen rollten, wenn das Boot auf und nieder schwang. Beide Kinder sprangen in Sybils Koje, und sofort waren sie aufgehoben wie in einem Kokon.

Ich glitt hinunter auf den Boden, presste meinen Rücken gegen die Koje.

Atme, Juliet.

Ich ließ den Kopf zwischen meine Beine hängen. Der Bug des Bootes hob sich – ich klammerte mich an alles, woran ich mich klammern konnte –, hing kurz in einem unmöglichen Winkel und stürzte dann hinab, abgeworfen von der anderen Seite einer Welle, die ich nicht sehen konnte.

Die einzige wahre Seglereigenschaft, die ich hatte, war eine Immunität gegen die Seekrankheit. Darauf war ich stolz. Aber in der Kajüte, wo wir rauf und runtergeworfen wurden *wie eine verkorkte Flasche*, übertraf meine Anstrengung, mich nicht zu übergeben, noch die Angst vorm Kentern. Ich angelte in der feuchten Tasche meiner Shorts nach einem Pfefferminzbonbon, Kopf zwischen den Beinen. Eine verkorkte Flasche. *Wir liegen gleich ein bisschen schief!* Regen hämmerte auf das Deck, ein Geräusch, das nur noch übertroffen wurde vom Krachen der See gegen den Rumpf. Es klang, als wären die Wellen voller Steine. Man denkt: *Da ist bloß Fiberglas zwischen uns und dem da draußen?* Michael hatte eine Plastikabdeckung über der Kajütenluke angebracht, und zum Glück öffnete er diese jetzt, wobei er einen enormen Windstoß in die Kabine hineinfahren ließ. Er brüllte irgendwas – fröhlich. Haltet euch schön fest, da unten, Crew! Die Fock ist schon aufgerollt, und jetzt werde ich das Segel reffen! Unser Boot schlägt sich fantastisch!

Kurz bekam ich sein triefend nasses Haar und seine Stirn zu sehen. Dann war er wieder weg.

Die Reffleinen haben eine Farbmarkierung. Rot steht für die erste, grün für die zweite Schot, dann kommt die blaue. Aber während mir der Regen so ins Gesicht klatscht, vergesse ich, welche welche ist. Außerdem – wo zur Hölle ist die Dirk? Man muss direkt in den Regen hineinblinzeln & die Schoten auffieren. (Es muss ein besseres System geben.) Ich hätte die Dirk zuerst sichern müssen – jetzt hängt der Baum zu tief. Wieder was gelernt. Als das erledigt ist, kehre ich zu den Reffleinen zurück. Dann fällt mir ein, dass rot die erste ist, weil rot für Panik steht. Gott segne Harry. Er sagte, er würde ein Boot für mich finden, dass man leicht allein bedienen könne. Ich weiß noch, wie ich dachte: Warum sollte ich das tun müssen? Na, egal, es dauert etwa eine halbe Stunde, aber ich schaffe es, das Segel zu reffen. Dann muss ich nur noch das Großsegel trimmen, was bedeutet, dass ich zum Mast an der Kabinendecke kriechen muss, was im Augenblick eine Art riesige Wasserrutsche ist, und dann muss ich wieder zurück, um das Großsegel im Cockpit festzuzurren. Als ich zurückkrieche, knalle ich irgendwie gegen die Winschkurbel & sie poltert aufs Seitendeck hinaus, wo sie nur von der Fußreling aufgehalten wird. Auf allen vieren krieche ich darauf zu. Aber gerade, als ich mich aus dem Cockpit hinauslehne, krängt das Boot erneut. Die Winschkurbel rutscht das gesamte Seitendeck hinab wie eine Flipperkugel in ihrer

Rinne und saust dann ganz geschmeidig über den Heckspiegel. Versinkt mit suizidaler Schwere. Um sich der Schicht aus Winschkurbeln anzuschließen, die den Meeresboden bereits bedeckt.

Ich verfluche die See & alle Boote & die Menschheit & den Regen. Ich bin so nass, dass ich spüren kann, wie das Wasser in meine Gehörgänge läuft und in meinen Hintern. Die *Juliet* aber kämpft sich voran. Sie ist unbeeindruckt. Was für ein Boot!

Michael, sagt das Boot zu mir, manchmal segeln wir und manchmal werden wir gesegelt.

ICH HÖRE DICH, *JULIET*, brülle ich in den undurchdringlichen Regen.

Ich bin nicht unglücklich.

Unter dieser Belastung gab die *Juliet* so viele Geräusche von sich. Man konnte hören, wie sie sich hin und herwarf, stöhnte, sich gegen den Wind stemmte. Unter Wasser sackte ihr Kiel ab, dann richtete sie sich wieder auf. Als würde sie sich daran erinnern, wer sie war. Ihr Selbstbewusstsein zurückerlangen. Die Kisten und Flaschen rutschten wieder zurück. Und mein Körper fühlte sich ein klein wenig leichter an.

Das Geräusch der brechenden Wellen wurde leiser, und ich konnte wieder das Brummen des Motors hören. Michael fuhr mit laufender Maschine in den Wind, und noch immer tobte sich die See an uns aus.

Heilige Mutter Gottes, flüsterte ich und hielt mir den Kopf.

Eine Hand griff nach mir. Was für eine kleine, starke Hand. Sie legte sich um meinen Hals, zog mich näher heran.

Alles ist gut, Mommy, sagte sie hinter ihrem Segel. Das haben wir gut gemacht. Wir haben alle Seesterne gerettet.

Die See schlägt um sich, tobsüchtig. Die See hat den Verstand verloren. Bizarr zu sehen, wie etwas so Ernstes & Ruhiges sich in eine derartige Höllengrube verwandeln kann. Als würden sich unter der Oberfläche eine Million Haie an ihren Opfern mästen.

Ich bin mir sicher, dass ich nicht der erste Seefahrer bin, der das Gefühl hat, dass es dem Meer besser ginge, wenn es unser Boot zum Sinken brächte. Dass es ihm, wenn auch nur für einen Augenblick, eine Befriedigung verschaffen würde, unser winziges Gefährt zu verschlucken.

Der Wind begann sich zu legen. Licht kroch durch die Luken. Selbst hier unten konnte ich spüren, wie die barometrische Spannung abebbte und ein merkwürdiges, gereinigtes Gefühl zurückließ. Eine Leere.

Die Kinder spähten hinter dem Leesegel hervor.

Hey, sagte ich. Wir haben es durch unseren ersten Sturm geschafft, Partlows.

Sybil zog die Absicherung beiseite und ließ sich auf den Kabinenboden fallen. Sie rannte den Niedergang hinauf und hämmerte gegen die Plastikabdeckung.

Daddy?, brüllte sie.

George kletterte auf meinen Arm.

Bo weg, sagte er. De-de weg.

Wir bahnten uns den Weg durch den Aufenthaltsraum, traten über Bücher und Teller.

Luft. Himmel. Die Überraschung einer üppigen Küstenlinie. An Steuerbord raste eine Cessna über den Himmel auf eine nicht erkennbare Landebahn auf einer grünen Insel zu.

Michael tauchte in unserem Blickfeld auf. Er machte einen völlig euphorischen Eindruck.

Könnt ihr das glauben?, sagte er. Der Sturm hat uns direkt nach Narganá geblasen!

Ich starrte ihn an. Er stand im Cockpit, mehrere Zentimeter tief im Wasser, sein roter Windbreaker leuchtete, sein Haar klebte ihm an den Schläfen. Er sah aus, als wäre er voll bekleidet schwimmen gegangen. Eine Beule zeichnete sich auf seiner Stirn ab und begann bereits, lila zu werden. Das Cockpit der *Juliet* war völlig durchnässt. Meine neuen Kissen waren verschwunden. Sybil stapfte durch eine mehrere Zentimeter tiefe Pfütze.

Michael trat auf mich zu, nahm mir Georgie aus den Armen.

Na, wie geht's dir, mein Freund?

Bo, sagte Georgie. Bubble gut auf. Ut auf!

Wirklich, sagte er. Sind Bubble und du rauf und runter geschaukelt?

Michael schaute mich schuldbewusst an. Wie war es da unten?

Die *Juliet* tuckerte voran, auf den Yachthafen von Narganá zu, als wäre nicht das Geringste passiert. Die Fock war aufgerollt, und der Regen brachte das Deck zum Leuchten.

Wir haben bloß ein bisschen schief gelegen, sagte ich.

Von den Tormentas erfuhr ich damals in Bocas, an dem Abend, bevor wir über den Golfo de los Mosquitos segeln wollten. Ich hatte fünf bis sechs Stunden lang versucht, einen neuen Kompressor einzubauen. Wir waren bereit, in See zu stechen, aber ich dachte ständig, es müsste noch mehr zu tun geben, dass es einfach noch nicht perfekt wäre. Wir waren nicht vollkommen einsatzbereit, also ging ich zur Bar im Yachthafen, um ein Bier zu trinken und mich etwas zu beruhigen.

Die Marina-Bar bestand bloß aus einer rechteckigen Holzplatte mit Hockern davor, und der Barkeeper war so gut wie nie da, sodass man einfach die Hand ausstrecken und sich selbst ein Stag schnappen konnte. Der Abend war mild, allerdings ziemlich windig. Weihnachtsbeleuchtung schaukelte in der Brise. Die Bar befand sich auf einem holprigen Feld in einiger Entfernung der Außengebäude. Ich nahm mir ein Bier & trank es sofort zur Hälfte aus. Während der Regenzeit schien alles in Eile stattzufinden. Man wusste nie, wann der Himmel das nächste Mal aufbrechen & dir neuen Regen auf den Schädel hämmern würde.

Der Mann tauchte wie aus dem Nichts auf. Es gab keine Straßenlaternen. Am Kai hing eine einzige Lampe, hell wie für ein Verhör, drumherum aber herrschte bloß nächtliche Schwärze, die alles andere verbarg.

Hola, sagt er und setzte sich auf einen Hocker mir gegenüber.

Es war Señor Alleswisser, der Wichtigtuer von der Bootswerft. Ich blinzelte und nahm einen langen Schluck von meinem Stag, bevor ich antwortete. Entweder erinnerte er sich nicht daran, dass er sich über mich lustig gemacht hatte, oder er glaubte tatsächlich, wir stünden auf gutem Fuß miteinander.

Was liegt an?, fragte ich.

Sie stechen bald in See?, sagte er. Ihr Boot sieht wirklich – er schnalzte bewundernd mit der Zunge – gut aus. Sie ist eine schöne Yacht.

Danke, sagte ich. Sie und Ihre Leute haben gute Arbeit geleistet.

Ja, die sehen alles, meine Leute. Sie sehen jede Art von Boot. Jede Art von Problem. Er griff hinter die Bar, zog ein Bier hervor und löste den Kronkorken mit einem Ruck an der Thekenplatte. Alle machen Halt hier in Bocas. Deshalb kommen auch alle zu uns und fragen, was los ist. Wo man sie über den Tisch zieht. Ob es Piraten gibt. Wo man hängen bleibt. Ja. Ich glaube, bei Ihnen ist alles okay. Außer, dass Sie Ihrem Boot einen neuen Namen gegeben haben …

Ja, das haben Sie mir schon gesagt.

Und dass wir Sturmzeit haben.

Na ja, es ist keine Hurrikan-Saison, sagte ich.

Trotzdem: Sturmzeit, sagte er. Keine Hurrikans, aber Stürme.

Plötzlich konnte ich es nicht mehr aushalten, dort zu sitzen. Trotz all der Arbeit hatte ich es nicht geschafft, den Kompressor richtig einzubauen – er war nicht ganz in Ordnung & ich wusste es –, und ich hatte 10 Minuten für ein Bier, bevor ich zu einer wütenden Ehefrau und meinen Kindern zurückkehren musste, denen vor lauter Regen schon Schwimmhäute zwischen den Zehen wuchsen. Schon am nächsten Morgen würde ich mit ihnen über den Golfo de los Mosquitos segeln.

Schönen Dank noch mal für den Rat, sagte ich.

Kein Problem, sagte er.

Ich klopfte meine Hemdtaschen ab, weil ich zahlen wollte. Nichts. Ich klopfte gegen die Taschen meiner Shorts. Ich hatte mein Portemonnaie vergessen.

Mein Freund deutete mit seinem Bier auf mich.

Keine Sorge, sagte er. Ist ne Ehrensache. Sie zahlen, wann immer Sie wollen. Sie zahlen in ein paar Jahren, wenn Sie auf dem Rückweg mit Ihrem Boot wieder hier vorbeikommen. Sie kommen direkt aus dem Kanal hierher und nehmen sich ein Bier. Erzählen mir, wie's war. Sagen: Was liegt an? Dabei imitierte er meine Stimme. Was liegt an?, wiederholte er amüsiert. Was liegt an? Kennen Sie mich noch? Ich bin's: Dave Cowboy.

Aus irgendeinem Grund fand auch ich das jetzt witzig. Er machte mich ziemlich gut nach, sprach mit einer übertriebenen amerikanischen Studentenverbindungs-Kehligkeit.

Was geht?, gurgelte er. Kennen Sie mich noch? Ich schulde Ihnen zwei Dollar für ein Bier, das ich vor zehn Jahren getrunken habe!

Das ist gut, sagte ich. Sie müssen mich unbedingt spielen, wenn mein Leben verfilmt wird.

Darüber musste er auch lachen, schlug mit der flachen Hand auf die Bar. Jetzt fühlten wir uns wohl beide besser.

Ich stand auf, um zu gehen. Es schien ihn traurig zu machen. Vermutlich war ihm diese Situation nur allzu vertraut. Er brauchte dringend ein Publikum, war aber ein so unerträgliches Arschloch, dass niemand es lange genug bei ihm aushielt. Er hörte auf zu kichern & nickte in meine Richtung.

Sie segeln jetzt also um die Welt, ja?, fragte er und bemühte sich, aufrichtig zu klingen.

Ich weiß nicht, sagte ich. Wahrscheinlich nicht. Ich habe nur ein Jahr.

Bleiben also schön in der Karibik? Ist ja nicht verkehrt. Sie sind ein glücklicher Mann. Sie haben Ihre Lady-Ehefrau und Ihre Boot-Frau. Deshalb haben Sie auch das Boot umbenannt. Für den Fall, dass die Frau abhaut. Dann heiraten Sie das Boot.

Okay, sagte ich, trank den letzten Rest aus und umklammerte fest den Flaschenhals.

No, en serio. Hüten Sie sich vor den Stürmen, sagte er. Im Ernst. Sie könnten in einen Hühnerarsch geraten.

Hühnerarsch?

Der Sturm. Tormenta. Hühnerarsch-Sturm.

Ich musste lachen, ein müdes Lachen. Das klingt – ich muss schon sagen, das klingt lustig, Mann.

Nicht lustig. Seine Miene verdüsterte sich. Der Sturm ist nicht lustig.

Ich glaube Ihnen.

Sie sind ein Arschloch, wenn Sie denken, das wäre lustig, sagte er.

Mein Freund, sagte ich und lehnte mich schwer an die Theke. Ich <u>bin</u> ein Arschloch. Fragen Sie meine Frau.

Damit drehte ich mich um und begann meinen müden Marsch den Hügel hinauf zu Juliet & den Kids.

Culo del pollo, rief er in meinem Rücken. Denken Sie dran.

Ich winkte, ohne mich umzudrehen.

Alle wollen vor Anker gehen! Ankern Sie nicht bei culo del pollo. Ankern ist das Schlimmste. Fahren Sie aufs offene Meer. So offen wie möglich, okay?

Als ich nicht antwortete, sagte er, laut genug, dass ich es hören konnte: Hijo de puta.

Warum konnten wir es einfach nie durchhalten, Michael und ich? Warum konnten wir die kleinen Momente des Erfolgs nicht in eine ganze Saison umwandeln? Ich schaue jetzt in all diese Fenster in unserer Vorortstraße. Es ist Abend, aber noch nicht dunkel. Die Fenster funkeln, opak. Ich kann nicht hineinsehen. Wie machen es andere? Ich halte den Atem an: Der Abend ist ganz still. Wenn die Leute streiten, tun sie es ganz leise.

17. Februar. LOGBUCH DER YACHT *JULIET*: Narganá. 09° 26.47′N 078° 35.24′W. NOTIZEN UND ANMERKUNGEN: Sitze an Deck und warte auf den Sonnenaufgang, während wir am Festland festhängen. Die ganze Nacht über

haben Juliet & ich uns hin und her gewälzt. Wir hatten das Ungeziefer vergessen. Hier auf dem Festland ist das Ungeziefer der Herrscher der Welt. Die Fliegen sind so groß wie Pflaumen mit Flügeln. Sie knallen die ganze Nacht gegen die Spinde. Aber es sind die Moskitos, die dich wirklich fertigmachen. Das Boot hat sich in die reinste Folterkammer verwandelt. Öffnet man die Luken = Moskitos. Macht man die Luken zu = Erstickungstod. Öffnet man die Luken nur einen Spaltbreit = Tod durch Diskomusik. Bum! Bum! Bum! Bum-da-bum! Von meiner Position aus (ich liege in der Segelabdeckung auf dem Baum) kann ich sämtliche Dialoge von einer Folge *Law & Order* verstehen, die aus einem Haus am Strand zu mir dringen. Als wäre Sam Waterston in meinem Kopf. Ich bin in der Hölle.

Es ist ein bisschen stressig gewesen. Wir haben gestritten. Man weiß nicht so recht, wohin mit dem Adrenalin, wenn man durch Unwetter segelt. Aber das Problem mit Juliet ist, dass sie es hasst, nicht recht zu bekommen. Wenn sie glaubt, dass man eine Auseinandersetzung für sich entschieden hat, kommt sie immer wieder darauf zurück. Versucht einen Zusammenhang zu konstruieren zwischen dem Streit, bei dem sie unterlegen war & irgendeiner ganz anderen Sache.

Wir spazieren also durch Narganá, was wirklich die reinste Scheißstadt ist, ganz im Ernst, und schauen uns nach Proviant um & irgendwie sind uns beiden die Leute sympathisch, weil sie so gut drauf sind. Sehr freundliche Kids, selbst die Hunde auf den Dächern wedeln mit dem Schwanz. Aber zugleich leben sie im Dreck, umgeben von Müll und leeren Chichaflaschen. Und das ist besonders deprimierend, wenn man bedenkt, dass ihre traditionelleren Verwandten draußen auf dem Meer sind, im Wind leben & mit ihren Vorfahren reden & die *Uaga*, die Fremden, die

Merki, einfach ignorieren – uns also. Diese Festland-Kuna haben all das aufgegeben. Ihre Geschichte. Ihre Unabhängigkeit. Ihr Meer.

Sybil & George gehen mit ernsten Gesichtern durch die verdreckten Straßen. Ich möchte, dass sie das sehen. Ich möchte, dass sie wissen, wie viel Glück sie haben, in Connecticut so ein schönes, großes Zuhause zu haben. Aber ich bin der *Uaga*, und es geht mich verdammt noch mal nichts an, was die Leute hier machen. Ganz im Ernst: Ich würde es glauben, wenn man mir sagte, dass sie hier glücklicher sind als wir.

Aber Juliet muss darauf herumreiten.

Eine wunderschöne Insel, sagt sie. Wenn man mal davon absieht, dass überall Müll rumliegt. Dass die Menschen ihre Toiletten ins Meer leeren. Aber Gott sei Dank gibt es keine Regulierung von der Regierung, nicht wahr, Michael? Sie haben vielleicht keinerlei Hygiene in ihrem Leben, aber zumindest haben sie ihre Freiheit.

(Sie spricht das Wort aus, als wäre es etwas Schmutziges.)

Oh, sage ich. Mir war gar nicht klar, dass der Unterricht schon angefangen hat. Ist das jetzt der Kurs Moralische Überlegenheit?

Sehr witzig, sagt sie.

Ich hebe Doodle hoch und setzte ihn auf der anderen Seite einer Pfütze wieder ab.

Ich dachte, wir wären Gäste hier, Juliet, sage ich. Mir war nicht bewusst, dass die Menschen in diesem Land unsere Studienobjekte sind. Und die armen Primitiven wissen es nicht mal.

Ein Volleyball rollt vor meine Füße. Ich gehe zu den Teenagern hinüber, die mich lächelnd anschauen. Ich lüpfe ihn über das Netz.

Die Vorräte sind begrenzt. Wir ergattern ein paar Zitronen, Bananen & etwas Wurzelgemüse – eine ziemlich deprimierende Ausbeute. Wir ziehen noch ein paar Pakete Cornflakes und haltbare Milch aus dem Regal. Ich kaufe den Kindern einige glänzende Mylar-Tüten mit dieser hellgrünen Zuckerwatte & Juliet straft mich mit ihrem angefressensten Blick. Wir sind alle ziemlich zerzaust & das Adrenalin in unserem System baut sich ab. Vielleicht vermissen wir auch Naguargandup. Vielleicht fragen wir uns so langsam, ob es nicht bloß Einbildung gewesen ist, dass wir dort gewesen sind und uns so frei gefühlt haben. Die Zeit aufgegeben haben.

Wir finden einen Laden, in dem Kuna-Brot verkauft wird, und wir bestellen mindestens 50. Wundersamerweise haben sie auch Hühnerschenkel auf der Karte. Sybil lebt sofort auf. Juliet sitzt am Tisch und hält ihr Bier in beiden Händen, und ich denke: Okay, alles ist wieder gut.

Aber Juliet kann einfach keine Ruhe geben.

Sie schnauft verächtlich und sagt: Ich dachte, du liebst das Meer.

Was meinst du?, frage ich. Klar liebe ich es.

Wie kannst du dann deinen gleichgültigen Umgang rechtfertigen, wenn es darum geht, es zu schützen? Deregulierung und all das?

Ich seufze. Na, wir müssen uns doch bloß mal dein eigenes Beispiel anschauen, sage ich. Du bist empört, weil sie den Inhalt ihrer Toiletten ins Meer kippen. Du möchtest, dass diese Menschen Toiletten mit Wasserspülung bekommen? Solche Toiletten bedeuten eine wahnsinnige Wasserverschwendung. Was die Leute hier machen, ist viel besser für den Planeten. Dir gefällt einfach nur nicht, wie es aussieht. Es deprimiert dich.

Man nennt das Empathie, sagt sie. Man nennt es Besorgtsein. Seit wann ist es etwas Schlechtes, wenn man sich um andere Menschen Sorgen macht?

Seit Politiker es für ihre Zwecke missbrauchen und damit rechtfertigen, dir deine Freiheiten zu nehmen.

Freiheit, Freiheit, sagt sie. Ich habe jede Menge Freiheit.

Ja, noch hast du sie.

Sie stöhnt laut auf.

Mommy und Daddy, sagt Sybil streng. Esst euer Essen.

Juliet gibt dem Kellner ein Zeichen. Noch ein Bier.

Du redest immer über Freiheit, murmelt sie. Aber du meinst bloß deine eigene.

Es dauerte ziemlich lange, bis unsere Meinungsverschiedenheiten wirklich eine Rolle spielten. Wir waren beide ehrgeizige weiße Menschen aus frigiden Arbeiterklassestädten im Landesinneren. Unsere Familien waren mittlere Mittelklasse – wenn's gut lief. Wir haben beide in Kenyon studiert, Herrgott. Unsere Freunde auf dem College sind später Journalisten geworden, Anwälte oder kulturbeflissene Geschäftsleute. Es gab keinen Grund, davon auszugehen, dass wir nicht dieselbe Partei wählen würden. Aber Michael hatte die Fähigkeit, gut sichtbar zu sein und sich gleichzeitig zu verstecken. Er mochte keine Konfrontationen. Und so war ich völlig schockiert, als er mir sagte, wem er 2016 seine Stimme gegeben hatte. Seine Konversion hatte in aller Stille stattgefunden.

Du hast mich nicht einmal gewarnt, sagte ich.

Du hättest mir keine Ruhe gelassen, bis ich meine Meinung geändert hätte, sagte er.

Ich konnte ihm das nicht verzeihen. Und ich konnte es einfach nicht verstehen.

Er war so weich. Als Daddy ließ er sich immer herumkriegen, war immer nachsichtig. Die Kinder waren seine kleinen

Engel. Die Leute mochten ihn. Hunde mochten ihn. Aber als er älter wurde, nahm ich manchmal eine Gnadenlosigkeit wahr, die zwischen seinen Worten aufschien. Es gab in Michael eine innere Kammer, in die er vorhatte, sich ohne uns zurückzuziehen, wenn der unvermeidbare Fall einer Menschheits- oder Naturkatastrophe eintreten würde. Er liebte uns, aber im »großen Lauf der Geschichte« spielten wir keine Rolle. Nicht wirklich. Vor allem anderen glaubte er an Eigenverantwortlichkeit. Aber wie soll so ein Mann seinen Platz in einer *Familie* akzeptieren – in einem lauten, unordentlichen Schicksalskreisel, von dem jedes Mitglied genährt und gleichzeitig deformiert wird? Ich glaube, dass er auf einer grundsätzlichen Ebene gar nichts vom Konzept der Familie hielt, zugleich aber war er schlicht zu sentimental, um sich von seiner loszusagen.

Die ideologische Quelle, auf die er sich am häufigsten bezog, war sein Vater, ein Mann, der das traditionelle und unangefochtene Oberhaupt der Familie gewesen war, bis er bei einem Autounfall ums Leben kam, als Michael fünfzehn war. Woraufhin seine Mutter in Panik geriet und zwei Jahre lang das Bett nicht verließ. Niemand hatte sie je auf ein Leben allein vorbereitet.

Am meisten machte mir zu schaffen, wie loyal Michael an dieser Vision eines Lebens festhielt, obwohl sogar er selbst erkannte, wie altmodisch und überholt sie war. So viel hatte sich verändert, die Welt änderte sich. Automobilwerke zogen nach Mexiko. Wir wählten einen Schwarzen zum Präsidenten. Veränderung ist konstant. Wie sollte man in all dem Um-sich-Schlagen und Geschrei etwas anderes sehen als einen kollektiven Tobsuchtsanfall der weißen Männer?

Im Gegensatz zu vielen anderen verstand Michael Geschichte. Er wusste viel darüber. Er war einer dieser Jungs gewesen, die gerne Bücher über Kriege lasen und den Namen von jedem einzelnen General kannten. Er wollte seinen Abschluss in Geschichte machen, aber in einer großen Opfergeste, die dem Andenken seines Vaters gewidmet war, der von ihm erwartet hatte, eine Familie ernähren zu können, wählte er das BWL-Studium. Und trotz seiner Bildung, trotz seines Wissens über die geschichtlichen Zusammenhänge, schien ihn eine in Bernstein konservierte Vergangenheit magisch anzuziehen. Nicht, weil er sie für besser und richtig hielt, sondern schlicht, weil sie zu ihm gehörte.

Ich wusste, dass er in wirtschaftlichen Fragen konservativ war. Und offen gestanden glaubte ich auch, seine Theorien wären in dieser Hinsicht ganz in Ordnung. Ökonomie langweilt mich, und ich werde sie auch nie verstehen. Aber seiner Meinung nach waren die Amerikaner immer weniger zu Sparsamkeit in der Lage, immer weniger autark, und er hatte diesbezüglich einen starken Abscheu entwickelt. Während der Yes-We-Can-Jahre hatte ich mehr Hoffnung als er. Ausgerechnet ich, Nancy-Negativ. Selbst meine Hoffnung ekelte ihn auf gewisse Weise an, galt sie ihm doch als Symptom der allgemeinen liberalen Dominanz. Er glaubte, die Politiker würden meine Hoffnung lediglich anfachen, um den Menschen Freiheiten nehmen zu können, und dass die Leute dumm genug wären, ihnen dabei auch noch behilflich zu sein. Von Natur aus war er ein fröhlicher Mensch, aber der politische Gezeitenwechsel machte ihn ziemlich düster.

Ganz langsam, und ohne je mit mir darüber zu sprechen, entwickelte er im Laufe der Jahre seinen ganz eigenen Verfolgungswahn. In Connecticut verstand eben niemand Ashtabula, Ohio. Niemand respektierte Ashtabulas Werte, Ashtabulas Lehren und Ashtabulas Vergangenheit. Es wusste ja noch nicht einmal irgendwer, wo es lag. Michael war die National Rifle Association vollkommen egal, und es war ihm egal, ob jemand im Laufe des Lebens das Geschlecht wechseln wollte.

Aber er hasste linksliberalen »Gruppenzwang«. Er hatte das Gefühl, Freunde und Kollegen würden sich von ihm abwenden, wenn er ihrer Meinung auch nur ansatzweise widersprach.

Also stellte er sich auf die Hinterbeine und bewegte sich Millimeter um Millimeter davon, bis wir uns plötzlich auf unterschiedlichen Seiten eines gewaltigen Grabens wiederfanden.

Die Linksliberalen lieben Veränderung. Wenn man sich irgendeiner Veränderung widersetzt, ist man für sie sofort ein Neandertaler & von diesem Augenblick an wartet die liberale Machtstruktur eigentlich nur noch darauf, dass man endlich stirbt. Und wenn man eben ein skeptischer Mensch ist, der ein überzeugendes Argument braucht, bevor er die Traditionen über Bord wirft? Mein Gott, ich weiß noch, wie Bill Clinton seinerzeit über das Freihandelsabkommen gesprochen hat und ich dachte: Das wird kein gutes Ende nehmen. Damals war ich 17 Jahre alt! Ich war noch nicht mal erwachsen und habe es doch schon kommen sehen.

Bin ich aufgestanden und habe während meiner Zeit im College irgendwas dazu gesagt? Nein. Ich war der reinste Opportunist in Kenyon. Ich hätte alles gesagt und getan damals, hätte den anderen immer zugestimmt. Schließlich erinnerte meine Mutter mich immer wieder daran, wie stolz Dad auf mich gewesen wäre, weil ich es auf so ein College geschafft hatte etc.

Ich hatte geglaubt, beim Studium ginge es darum, Dinge infrage zu stellen, aber mir wurde bald klar, dass ich einfach nur dasitzen und Die Wahrheit aufsaugen sollte. Die Wahrheit von einigen alten Männern, die ausschließlich

Kord trugen. Und damit meine ich: Kord von Kopf bis Fuß. Wie konnte man sich derart als Anti-Establishment aufspielen, wenn man in einem gigantischen Haus in der Wiggin Street lebte und faktisch eine sichere Anstellung auf Lebenszeit genoss?

Im Fachbereich BWL hingen einige Pseudo-Konservative herum, aber davon abgesehen herrschte absolute ideologische Einigkeit an unserer Uni. Später machte mich das wahnsinnig wütend. Man hatte mich dazu gebracht, Ideen zu schlucken, die gegen mein eigenes Interesse gerichtet waren. Juliet tut überrascht. Warum spielt das eine Rolle, will sie wissen. Es spielt eine Rolle, weil es der Kampf um meine Eigeninteressen ist, der mich zu einem vernunftbegabten Lebewesen macht. Nur darum geht es.

Ich verstehe durchaus, dass sich die Welt geändert hat seit 1776. Aber lest mal die Verfassung, Leute, sie ist die Grundlage unseres Landes. Wie würde es Juliet wohl gefallen, wenn jemand plötzlich anfangen würde, Emily Dickinsons Gedichte umzuschreiben? Punkte zu setzen, Wörter umzudrehen … Einen heiligen Krieg würde sie entfachen, daran besteht kein Zweifel.

Es gab diesen unangenehmen Moment bei einer Party in der Nachbarschaft, kurz vor unserem Aufbruch nach Panama. Ich stand in der Küche, trank Wein und redete mit einigen der anderen Eltern aus unserer Gegend. Ich kannte sie nicht gut. Ich langweilte mich und hatte schon mein zweites Glas Wein.

Die Leute in der Küche redeten über einen Konflikt, der sich vor kurzem anlässlich einer Geburtstagsparty zugetragen hatte. Die Eltern des Geburtstagskinds hatten vorgehabt, unter anderem die *Reise nach Jerusalem* zu spielen. Die anderen Eltern hatten sich gesträubt, und peinliche Verhandlungen waren die Folge. Einige Kinder durften nicht mitspielen. Mehrere Eltern, die in der Küche um mich herumstanden, waren mit dem Einwand einverstanden – *Reise nach Jerusalem* sei ein traumatisierendes Spiel, das die Angst nährte, ausgeschlossen zu werden.

Genau in diesem Moment kam Michael mit einer Cola in der Hand herein.

Gibt's schon wieder ein neues Verbot?, fragte er. Jetzt dürfen Kinder auch nicht mehr *Reise nach Jerusalem* spielen?

Zu darwinistisch, sagte einer der anderen Väter.

Heiland, sagt Michael lachend. Wir machen Marshmallows aus unseren eigenen Kindern.

Na ja, sagte ich. Seien wir ehrlich. *Reise nach Jerusalem* ist eigentlich nur ein Training für angehende Kapitalisten. Es geht darum, die verfügbaren Ressourcen zu kontrollieren. Ich glaube, die Welt braucht wirklich nicht noch mehr Halsabschneider und Kapitalisten-Arschlöcher.

Das Gelächter verstummte. Michael fixierte kurz mein Weinglas und legte nach.

Na ja, aber wenn hier *niemand* ein Kapitalist wäre, Juliet, hättest du wohl kaum genug Freizeit, um online Schnickschnack für den Haushalt zu shoppen. Das ganze Zeug würden nämlich nicht *hergestellt* werden, und wenn doch, hättest du nicht das Geld, um es dir zu leisten. Ach ja, und unsere Eltern und unsere erwachsenen Kinder würden übrigens bei uns leben. Und du müsstest sie unterstützen, wie das in den meisten Teilen der Welt der Fall ist.

Ich schnaufte verächtlich.

Menschen können ja so *lästig* sein, sagte ich.

Ich verdrehte die Augen in Richtung der Frau, die neben mir stand. Sie schaute weg. Ich spürte, wie sich die Stimmung gegen mich wendete. Ich trank einen Schluck Wein.

Ich schlage vor, wir deportieren sie, verkündete ich.

Wen?, fragte einer der Väter.

Alle Kinder und alle alten Leute. Sie sind eine Bürde für die Wirtschaft. Außerdem, finde ich, sollten wir alle Muslime, Mexikaner, Homosexuelle, alte Leute und Kinder deportieren. Nein – nicht *alle* Kinder, bloß die, die es nicht schaffen, bei der *Reise nach Jerusalem* einen Stuhl zu erwischen.

Ich lachte, war aber die Einzige. Michael schaute mich mit versteinerter Miene an.

Du machst dich bloß über meine Einstellung lustig, sagt er. Was anderes fällt dir nicht ein.

Ich kann deine Einstellung nicht *fassen*.

Du hast mich immer für dumm gehalten. Warum gibst du's nicht zu?

Im Raum wurde es sehr still. Manche traten peinlich berührt von einem Fuß auf den anderen.

Ich halte dich nicht für dumm, sagte ich. Ich glaube einfach, du bist blind. Das ist was anderes.

Herrgott, sagte er. Wie soll ich mit dir reden? Du gibst mir das Gefühl, bloß ein Wurm zu sein.

Und damit ging er aus dem Zimmer.

19. Februar. LOGBUCH DER YACHT *JULIET*. Puyadas. 09° 48.3′N 078° 51.6′W. NOTIZEN UND ANMERKUNGEN: Heute haben wir uns mit der Yacht *Adagio* getroffen. Mein Gott, was für eine Augenweide. Sie haben uns heute Morgen über Funk aus dem Bett geholt. Wie sich rausstellte, waren sie bloß einen Steinwurf entfernt. Vier Besatzungsmitglieder sind an Bord, Tomas, Amira & ihre Töchter Nova (10) und Fleur (7). Allesamt gebürtige Holländer, nur Amira stammt ursprünglich aus Marokko. Tomas ist ziemlich witzig. Seit Wochen habe ich mich mit niemandem außer Juliet so richtig unterhalten, schon gar nicht mit ei-

nem Mann. Ist es okay, dass ich Erleichterung empfinde? Er hat mir sein ganzes Schiff gezeigt. Es ist aus <u>Stahl</u>. Quadratische Zugänge. Und ein doppelter Mast. Sieht aus wie aus dem Bilderbuch. Na ja, sagte ich zu ihm, hier läufst du dir wenigstens nicht ständig selbst über den Weg.

Endlich sind sich Juliet & ich mal in einer Sache einig. Wir werden einige Tage mit den Leuten von der *Adagio* verbringen.

Das einzig Gute an Narganá war ein stabiles WiFi-Signal, daher konnte ich auf Juliets Laptop meine Mails abrufen. Nicht zu fassen, was sich da alles angesammelt hatte. Beinahe alle stammten von Harry Borawski, der mir eine Mail pro Tag geschickt hatte (manchmal auch mehrere), seit wir in Portobelo aufgebrochen waren. Ich las ein halbes Dutzend seiner Mails, dann fingen meine Augen an zu brennen. Ich sagte mir, ich würde mich im nächsten Hafen darum kümmern.

Ich schrieb Mom & auch Therese. Entschuldigte mich dafür, dass ich mich so lange nicht gemeldet hatte. Ich schrieb ihnen, wie es uns allen ging, und betonte besonders, wie hervorragend sich die Kinder machten. Eheliche Differenzen erwähnte ich nicht – aber überrascht hätte es sie wohl nicht.

»Diese Welt ist wunderschön«, schrieb ich. »Freiheit ist möglich. Lasst euch von niemandem was anderes weismachen.«

Vielleicht war es genau das, was wir brauchten: andere Menschen, mit denen wir reden konnten. Etwas Abstand zwischen uns.

Sie waren so attraktiv, diese groß gewachsenen Menschen auf ihrem seltsamen Boot. Sie standen vor ihrem Steuerhaus und warteten auf uns, und der Wind drückte den Stoff ihrer Kleidung gegen ihre Körper. *Ahoi!*, riefen wir.

Das kleine Mädchen schaukelte an seiner Sicherheitsleine. *Hoi!*, rief es.

Sofort gab es ein Einvernehmen zwischen uns, wie ich es in meinem Leben bei niemandem empfunden hatte, nur unter Seefahrern. Ich ließ mich mit der wunderschönen Amira im geschlossenen Cockpit nieder und genoss das Eis, mit dem sie mein Glas füllte, ebenso wie die dicken Ananasstückchen auf einem angeschlagenen Teller. In der Nähe quietschten die Mädchen. Fleurs Stimme war hoch und wehleidig, schwer zu verstehen. Sie sprach in einem holländisch-amerikanischen Kauderwelsch, das Sybil tatsächlich irgendwie zu entschlüsseln schien. Ihre ältere Schwester Nova dagegen sprach Englisch mit kontinentaler Klarheit. Sie bewegte sich zwischen den Erwachsenen hin und her und hielt dabei ihre Hände hinter dem Rücken verschränkt wie eine Gelehrte. Welches Buch?, warf sie ein, während die Erwachsenen sich unterhielten. Wer ist gestorben? Was ist passiert?

Ich bin auf den Philippinen in die Wehen gekommen, erklärte mir Amira. Für zweihundert Dollar habe ich Fleur in einem entzückenden Krankenhaus in Manila zur Welt gebracht. Eine Woche später sind wir wieder in See gestochen. Sie kennt nur das Leben an Bord. Sie ist ein Kind des Meeres. Nova dagegen kann sich immer noch an unsere Wohnung in Rotterdam erinnern.

Ihr seid überall gewesen?, fragte ich.

Überall? Amira lachte. Nee. Aber an ziemlich vielen Orten. Wo hat es dir am besten gefallen?

Amira seufzte. Gott, ich weiß nicht. Neuseeland habe ich geliebt. Wir sind da mehrere Wochen geblieben. Thomas hat als Segelmacher gearbeitet. Die Kinder sind sogar eine Zeitlang zur Schule gegangen. Wart ihr schon dort?

Wir sind erst seit vier Monaten unterwegs, sagte ich. Und in dieser Zeit haben wir uns nicht von der Küste Panamas wegbewegt. Wir sind keine echten Seefahrer.

Natürlich seid ihr das!

Michael ist der Seefahrer. Ich sitze nur daneben.

Amira sah ernst aus, also versuchte ich, mich genauer auszudrücken. Na ja, ich kann fischen, sagte ich und merkte, dass ich rot wurde. Und Lyrik rezitieren. Tut mir leid, dass ich so rumplappere! Ich habe seit Monaten mit niemandem mehr wirklich gesprochen. Außerdem hast du diesen ruhigen, entwaffnenden Blick. Eure Kinder sind entzückend. Sie vermissen das Leben an Land nicht?

Ich weiß nicht. Nova, rief Amira dem Mädchen zu, das ganz in der Nähe an Deck stand. Vermisst du das Leben an Land?

Nee, sagte sie. Da wird mir schwindlig.

Amira lachte. Ich glaube, es gibt kein Zurück, sagte sie. Auf Gedeih und Verderben.

Hat es euch näher zueinander gebracht?

Nachdenklich strich Amira die Decke über ihren Beinen glatt.

Die Kinder sind beste Freunde, sagte sie. Sie sind oft stundenlang im Ruderboot unterwegs. Sie müssen nicht um unsere Aufmerksamkeit konkurrieren. Sie haben sie.

Aber was ist mit dir und Tomas? Entschuldige. Ist das eine zu persönliche Frage?

Sie blieb eine ganze Weile stumm.

Wir waren sehr ehrgeizig, als wir losgefahren sind, sagte sie. Mit unserer Weltumsegelung. Haben nie wirklich irgendwo lange gehalten. In unseren ersten Monaten auf See wollte Tomas unbedingt eine lange Überfahrt zu den Marquesas durchziehen, obwohl schlimmes Unwetter vorhergesagt war. Ich konnte mich nicht durchsetzen. Unnötig zu sagen, aber natürlich sind wir tagelang hin und her geworfen worden wie ein Spielzeug. Die Kinder waren krank. Tomas war krank. Aus irgendeinem Grund war ich als Einzige nicht seekrank. Dann gab es einen Wassereinbruch. Ich war die Einzige, die in der Lage war, es auszupumpen. Das ist wahre Einsamkeit, habe ich damals gedacht. Und dann wurde mir bewusst, dass diese Einsamkeit überhaupt nichts Neues für mich war. Dass ich tatsächlich schon sehr lange einsam gewesen war.

Warum?

Weil mein Mann und ich uns gar nicht kannten. Wir wussten nicht, wie wir einander helfen oder zusammenarbeiten sollten. Und doch waren unsere Schicksale aneinandergebunden. In der Theorie. Damit meine ich unsere Ehe. Das ganze Arrangement war völlig unlogisch.

Papa!, rief Fleur an Deck.

Daddy, schau! Sybils Stimme klang wie ein Echo.

Ich sah, wie meine Tochter am Steuerhaus vorbeischwang, ein winziger Tarzan an einer Liane.

Ah, sie fliegen, erklärte Amira.

Fliegen?

Am Rigg. Die Kinder schwingen sich den ganzen Tag daran hin und her. Wie reizend. Schau dir deine Sybil an. So stark.

Erstaunlich. Ich lachte. Ist das das Fall?

Scheu geworden in der Stille, schauten wir eine Weile stumm zu, wie die Kinder sich um das Cockpit drehten.

Als ich mich Amira zuwandte, schaute sie mich an. Sie tupfte Ananassaft von ihrem Handgelenk.

Ehen haben ihre Schwachstellen, genau wie Boote, sagte sie. Man segelt mit seinem Boot durch ein Unwetter, und schon werden die Schwachstellen sichtbar, nicht wahr? Oder wär's dir lieber, sie gar nicht erst zu kennen?

Ihr Blick war ruhig und freundlich. Ich schaute sie nur an.

Wenn du die Schwachstellen lieber nicht kennen willst, sagte sie, solltest du nicht auf hoher See segeln.

Ich frage mich wirklich, wie diese Familie es schafft, so lange hier draußen zu bleiben. Woher nehmen sie das Geld? Ich habe mich entschlossen, Tomas zu fragen. Er ist ein Segelmacher. Er arbeitet, wenn ihnen das Geld ausgeht. Amira hat einen Blog. Mit Sponsoren & allem Drum und Dran. Sie schreibt über das Leben auf der Yacht mit den Kindern und dem ganzen Rest. Erzielt ein paar Werbeeinnahmen. So bekommen sie das absolute Minimum zusammen. Gerade genug, um auf See bleiben zu können. Aber es ist ihnen egal. Auf materielle Dinge legen sie keinen Wert, sie wollen bloß mehr Zeit.

Ansonsten sind sie gut damit beschäftigt, sich um die *Adagio* zu kümmern. Tomas sagt, es gebe nichts auf seinem Schiff, das noch nicht kaputtgegangen sei. Ich frage: Was ist mit dem Mast?

Und er sagt: Na toll, ich nehme an, der ist dann wohl als Nächstes dran. Danke, mein Freund.

Er macht Witze, sagt, er würde nachts heimlich zu uns rüberkommen & unser Segel in der Mitte durchschneiden, damit er wieder Arbeit bekommt.

Gott, bitte nicht, sage ich, es ist brandneu. Dieses Großsegel hat mich zehntausend Dollar gekostet.

Ich sage: Ganz unter uns, ich habe mein Budget extrem überzogen. Ich will meine eigenen Entscheidungen treffen, aber ich habe einen … da gibt es diesen Typen. Einen Teilhaber. Den hätte ich da nie mit reinholen sollen, aber …

Tomas schaut mich an, er überlegt, wie er mir helfen kann. Er ist wirklich ein guter Mensch, das merke ich. Ich glaube ganz im Ernst, dass das Segeln die Menschen reiner macht. Es gibt hier draußen so viel weniger aufgesetzte, unehrliche Scheiße.

Schon gut, sage ich. Ich kann mich eigentlich nicht beklagen.

Du kannst es mir ruhig erzählen, sagt Tomas.

Aber ich erzähle es ihm nicht. Ich habe es selbst zu verantworten, dass ich Schulden habe. Dabei hasse ich es, anderen etwas schuldig zu sein. Und ich hasse es, mich zu beklagen. Sich beklagen ist auch eine Art des Nehmens.

Vielleicht verkaufe ich einfach die Kinder, sage ich stattdessen lachend. Kennst du zufällig jemanden, der nette, gesunde, weiße Kinder haben möchte?

Ha, hat ne ziemliche Wertminderung gegeben bei amerikanischen Kindern in letzter Zeit. Sorry.

Ich zucke nicht mal mit der Wimper, so liebenswert ist er.

Keiner versteht, was ihr da in Amerika macht. Wir glauben, ihr habt einfach den Verstand verloren. Ihr wart mal so ein leuchtendes Vorbild, alle haben euch bewundert – aber das hat euch nicht gefallen? Und deshalb entschließt ihr euch … wie nennt ihr das, wenn man sich die Hosen runterzieht und allen den nackten Arsch zeigt?

Mooning, sage ich.

Das habt ihr jedenfalls mit der ganzen Welt gemacht, sagt Tomas mit einem Lachen.

Und, haben wir einen schönen Arsch?, frage ich ihn.

Nein! Tomas kriegt sich kaum ein vor Lachen.

In diesem Augenblick sehe ich, wie Sybil am Steuerhaus vorbeischwingt. Am Fall!

Tomas sagt, seine Kinder hätten das schon vor langer Zeit gelernt. Früher hätten sie Fleur stundenlang in ihrem Korb vom Mast herabhängen lassen, während sie das Deck geputzt oder andere notwendige Aufgaben erledigt hätten.

Die Leute sagten dann immer: Wird sie bestraft? Und sie antworteten: Nein, nein, sie ist total glücklich da oben.

Wir schauen zu, wie ihre ältere Tochter an die Reihe kommt. Sie ist schon fast so groß wie ihre Mutter. Sie schwingt so weit raus, dass es geradezu verrückt ist. Ich denke: Das hätte ich geliebt als Kind.

Ich sage zu Tomas: Diese Kinder haben so ein Glück.

Die Leute verstehen Segelfamilien nicht, sagt er. Sie glauben, wir würden unsere Kinder mitschleifen. Aber es wäre an Land viel einfacher für Amira und mich, von ihnen wegzukommen, wann immer wir wollten. Da könnten wir sie zur Schule schicken oder sie bei Babysittern lassen.

Jetzt fliegen Fleur und Sybil gleichzeitig. Sie segeln übers Deck und klammern sich an derselben Leine fest. Kreischen. Ihre Röcke flattern im Wind & sie lachen.

Vorsicht, ruft Tomas. Passt auf die Amerikaner auf! Die verklagen uns, wenn was passiert!

Es ist Morgen. Georgie schläft nebenan sein Fieber aus. Meine Mutter ist gerade aufgebrochen, um Sybil zur Bushaltestelle zu bringen. Von meinem Schlafzimmerfenster aus sehe ich zu, wie sie gemeinsam über den Bürgersteig gehen. Sybil trägt ihre schmatzenden Galoschen und eine knallgelbe Jacke. Sie sieht aus wie der Kapitän eines Fischkutters, der sich für ein Unwetter präpariert hat. Meine Mutter wirft sich ihren hauchdünnen Schal über die Schulter. Der Frühlingswind spielt damit. Und dann verliere ich sie aus den Augen.

Ich stehe hier am Fenster, schaue auf den leeren Bürgersteigabschnitt und denke, dass ich Sybil nicht zu einem so späten Zeitpunkt im Jahr in die Schule hätte schicken sollen. Aber ich bin ja in diese Stadt zurückgekehrt, damit alles wieder normal werden kann.

Normal.

Normal.

Was für ein abnormales Wort.

Es fühlt sich groß und fett an in meinem Mund.

Ich trete vom Fenster weg. Wo war ich? Ach ja, ein weiterer Tag, an dem ich am Leben bleiben soll. Einen Schmerz aushalten, der so groß ist, dass er alles verdrängt, was ich bin. Für mich spricht immerhin, dass ich wirklich sehr wenig von mir erwarte. Ich mache das Bett. Sehr gut! Ich gehe zum Fenster, um zu sehen, ob meine Mutter schon zurückkommt. Einen schwindligen Moment lang habe ich Angst vor diesen wenigen Minuten, die ich mit Georgie allein im Haus bin. Das Haus kommt mir riesig vor, absurd geradezu. Ich ziehe die Schranktür auf, sinke auf den Boden und auf meine Kissen und spüre sofort Erleichterung.

Nach einer Weile öffnet sich die Haustür. Meine Mutter schlurft herein. Ich höre Teller klappern in der Küche. Ich sitze ganz still da und lausche ihren Bewegungen. Eine Stunde vergeht.

Ich sehe nach Georgie. Ich beuge mich über sein Bett und schaue zu, wie er ohne Mühe atmet. Sein Gesicht ist dem trüben Licht zugewandt, das durchs Fenster fällt. Träumt er vom Boot? Ich berühre seine Stirn. Warm, aber nicht heiß. Seine Lider flattern.

Es gibt eine Art von Schwindelgefühl, die es dem Seefahrer nahezu unmöglich macht, an Land zu leben. Das Innenohr gewöhnt sich derart an die ständige Bewegung, dass Bewegungslosigkeit unerträglich wird. Ich weiß noch, wie ich zum ersten Mal wieder an Land erwachte, in einem Hotel in Kingston, nachdem ich das mit Michael erfahren hatte. Als wäre es nicht schon schlimm genug gewesen, dass ich versuchen musste rauszufinden, wie ich dort hingekommen war, als wäre es nicht schon schlimm genug gewesen, dass ich mich diesem ersten niederschmetternden Tag als Witwe stellen musste, nun fing auch noch das Zimmer an zu schwanken wie ein Bild an einem Nagel. Ich klammerte mich an der Matratze fest. Und selbst jetzt, wenn ich aufrecht stehe, überfällt mich dieses Schwindelgefühl. Ich lege den Kopf in meine Hände.

Ist alles gut?

Ich zucke zusammen, presse die Hand auf mein Herz.

Meine Mutter schaut mich vom Türrahmen aus an.

Du hast mich erschreckt, flüstere ich.

Tut mir leid. Alles okay? Wie geht's George?

Gut, sage ich. Er schläft.

Ich verlasse den Raum auf Zehenspitzen und schließe hinter mir die Tür. Einen Augenblick stehen wir gemeinsam im Flur.

Er konnte schon immer gut schlafen, sage ich.

Du auch, sagt meine Mutter.

Wirklich?

Oh, ja. Als Kind konntest du überall einschlafen. Sogar am Esstisch. Einmal bist du am Strand losgezogen und hinter einer Düne eingeschlafen. Wir waren außer uns vor Sorge. Bis wir dich im Sand gefunden haben, schnarchend.

Ich lehne mich an die Wand. Schöne Erinnerungen.

Michael konnte nie schlafen, sage ich. Er brauchte auch höchstens ein paar Stunden pro Nacht. Müde war er trotzdem nie. Er war so effizient. Wenn man drüber nachdenkt, ist schlafen doch die reinste Verschwendung. Ich meine, warum produziert der Mensch nichts, während er schläft? Ein Ei zum Beispiel, oder Seide?

Meine Mutter lacht leise. Wir hören das Zischen einer Hydraulik. Die Müllabfuhr kommt langsam die Straße raufgefahren.

Du solltest dir wegen George keine Sorgen machen, sagt

sie. Ist bloß ein bisschen Temperatur. Es ist bestimmt schwer für dich zu glauben, dass es wirklich nichts Schlimmes ist. Aber das ist es nicht. Glaub mir.

Ich werfe ihr einen raschen Blick zu. Aus irgendeinem Grund setzt mir das zu. Sie ist zu weit gegangen.

Ich glaube, ich lege mich eine Weile hin, sage ich.

Ja, gut, sagt sie.

Vor unserer Schlafzimmertür drehe ich mich noch mal um.

Oh, sage ich. Heute ist Sybils Arzttermin. Nach der Schule.

Du meinst bei der … der …

Sie kann es nicht aussprechen.

Bei der Psychologin.

Der Kinderpsychologin, sagt sie.

Ja. Die Psychologin möchte natürlich auch mit mir sprechen. Sie braucht die Zusammenhänge.

Aber so früh schon?, sagt meine Mutter.

Ist es früh?, frage ich. Ernst gemeint.

Mir kommt es vor, als wären hundert Jahre vergangen seit unserer Rückkehr.

Unser Schlafzimmer. Warum nenne ich es immer noch so?

IV

22. Februar. LOGBUCH DER YACHT *JULIET*. Snug Harbor. 09° 19.66'N 078° 15.08'W. NOTIZEN UND ANMERKUNGEN: Wie lautet das Sprichwort? Wenn du Gott so richtig zum Lachen bringen willst – mach Pläne. Wir mussten unsere Freunde zurücklassen & weiterziehen. Unser Plan war/ist, Kolumbien anzusteuern. Hier & da vor Anker gehen, neue Paradiese & noch mehr Seesterne finden & den Fluss hinaufsegeln und uns die Friedhöfe von Sugandi Tiwar anschauen … Aber die Vorräte, die wir in Narganá an Bord genommen haben, waren zu dürftig. Uns ist aufgefallen, dass wir so schnell wie möglich Proviant brauchen. Juliet sagt, wir würden in Kürze anfangen, an den Schotten zu knabbern. Also sind wir hier nach Snug Harbor gesegelt, um unsere erste große Überfahrt zu planen. Nach Cartagena. Und dann? Göttliches Lachen von oben.

Snug Harbor. Ich weiß noch, wie ich am Bug stand und versuchte, aus dem Wasser schlau zu werden. Im Wissen, dass der Kiel der *Juliet* die Riffe nur um Haaresbreite verfehlte. Michael schrie vom Ruder aus. Es war immer am furchtbarsten bei starkem Wind. Der Wind brachte mich durcheinander.

Was?, schrie ich. *Ich kann dich nicht hören!*

Ankern bringt das Schlimmste in uns zum Vorschein. Vom Heck bis zum Bug liegen 12 Meter zwischen uns. Es ist schwer zu schreien, ohne wütend zu klingen. Und dann, sobald man Mist baut, bildet sich eine Menschenmenge und alle schauen zu.

Die Sonne stand hoch, aber es gab keine hellen Kontraste auf dem Grund, nur Abstufungen von Braun. Das war neu für mich: Schlamm. Der Bug der *Juliet* schoss voran. Ich konnte meinen eigenen Schatten zusammengekauert am Bug sehen, gefangen in den Schatten des Riggs, wie eine Spinne im Netz.

Hier liegen noch 3 andere Yachten vor Anker. Trotz des so behaglich klingenden Namens ist Snug Harbor kein beliebter Halt bei Ausländern, es ist also einfach bloß Pech. Während J & ich uns streiten, kommen die Mannschaften der anderen Boote an Deck. Ich nehme an, es gibt nichts Unterhaltsameres, als einem verheirateten Paar dabei zuzusehen, wie es sich in einer kitzligen Situation in die Haare bekommt.

Ein Teil von mir ist gar nicht wirklich hier. Ich bin nicht bei der Sache. Mein Segelführer liegt unter Deck. Snug Harbor … Hat der Führer ein Korallenriff im Südwesten oder im Südosten der Insel erwähnt? Das GPS wählt sich noch ein, dann startet es neu. Noch keine Untiefen bisher. Ich schalte das verdammte Ding aus.

Ich kann den Grund nicht sehen, schrie ich zu Michael hinüber. Der Grund ist hier nicht sandig.

Was?, schrie er aus dem Cockpit zurück.

Ich sagte, es ist nicht sandig. Es ist schlammig. Es sieht tief aus, wie tiefes Wasser.

Aber das ist der Grund, Juliet. Der Tiefenmesser zeigt fünfzehn Fuß an.

Wie viel Fuß?

Fünfzehn!

Schrei mich nicht an, rief ich.

Ich schreie nicht, schrie er.

Was ist mit dem GPS?, fragte ich. Schau aufs GPS.

Das ist nutzlos in so einer Situation, Schatz. Es ist viel besser, wenn du …

Verdammt.

Was?

Setz zurück!

Setz zurück, Daddy.

Ruhe, Sybil. Rückwärtsgang!

Er legte mit Vollgas den Rückwärtsgang ein. Der riesige Korallenkopf direkt vor uns fiel weiter zurück, und die Brandung spülte über seinen fetten, rutschigen Buckel. Ich konnte mir *Juliets* Kiel vorstellen, der uns unter Wasser blind vertraute.

Was zur Hölle sollte das, Schatz?

Na ja, wir waren nur einen halben Meter davon entfernt, auf Grund zu laufen, das sollte das, Captain.

Okay, wir fahren zurück. Bitte sag das nicht so ironisch, Juliet.

Was?

Captain.

Sei nicht gemein, Mommy.

Halt dich da raus, Sybil, sagte Michael. Und hör bitte auf zu singen. Ich brauche Ruhe, sonst kann ich Mommy nicht verstehen.

Ich drehte mich um und legte beide Hände um meinen

Mund. Benutz das GPS, Michael. Ich bin keine Hellseherin. Ich kann das nicht sehen, sage ich dir. Nicht, wenn der Grund derartig schlammig …

Auf dich ist mehr Verlass als auf das GPS, Juliet.

Aber das GPS bekommt keine Angst, Michael.

Du willst mir sagen, dass du uns wegen eines Gefühls nicht navigieren kannst?

Ich stieß ein schrilles Lachen aus. Na ja, wenn du gern wissen möchtest, wie das ist, Gefühle zu haben, beschreibe ich's dir mal bei Gelegenheit.

Schreit nicht, Mommy und Daddy, sagte Sybil.

Halt dich da raus, sagten wir gleichzeitig.

Wir schauten zum nächsten Boot hinüber, wo mehrere Gestalten in einem überdachten Cockpit saßen. Wir boten ihnen eine ziemlich gute Show.

Hallo, da drüben! Michael winkte.

Niemand antwortete. Es war ein makelloses, teures Beneteau. Den trägen, modischen Gestalten im Cockpit nach zu urteilen, handelte es sich um eine gecharterte Yacht. Eine, auf der der Kapitän weiße Shorts tragen und Geschichten davon erzählen muss, wie er bei der Handelsmarine dreißig Meter hohe Wellen überlebt hat. Ich hasste sie.

Ich atmete tief ein, kletterte auf die Kabinendecke und umklammerte den Mast. Sybil saß im Cockpit neben ihrem Bruder und flüsterte ihm etwas ins Ohr.

Was machst du denn, Juliet?, fragte Michael. Du musst am Bug bleiben.

Hör zu, sagte ich. Wir werden schrecklich nah an dieses Boot heranmüssen, wenn wir es hier durch schaffen wollen. Die versperren uns den Eingang. Sollen wir um sie herumfahren? Und es vielleicht woanders versuchen?

Michael dachte darüber nach, schaltete auf Leerlauf. Sybil spähte gespannt zu uns herauf. Aber ich wusste schon, dass er

nicht nachgeben würde. Er hatte diesen Kurs schließlich aus
Prinzip eingeschlagen.

Ach, Quatsch, sagte er. Wir sind nun schon mal hier. Ist ja
nicht unsere Schuld, dass die keine Ahnung haben, was sie da
tun.

Okay, es ist definitiv eine enge Nummer, aber müssen die
gleich in Panik ausbrechen? Die Passagiere auf der Yacht,
die unsere Einfahrt blockiert, werfen ihre Fender über die
Reling und fangen an zu schreien. Passt auf! Passt auf! Jemand holt sogar ein Schiffshorn hervor, und uns schlagen
ein paar ohrenbetäubende Tut-Signale entgegen, während
wir versuchen, uns einzufädeln. George bringt das zum
Weinen. Aber ich kenne die *Juliet*. Sie ist schlanker, als sie
aussieht. Ich beobachte meine Frau am Bug. Irgendwas an
den herumschreienden reichen Amerikanern beruhigt sie.
Mit einem Fuß auf dem Bugkorb sieht sie aus wie eine Er-
oberin und navigiert uns noch ein, zwei Meter näher an
die Yacht heran, kaltblütig wie nie. Im allerletzten Augenblick gibt sie mir das Zeichen, hart nach steuerbord zu
drehen. Wir sind im Riff.

Wir warfen den Anker am östlichsten Punkt des Liegeplatzes
aus, eindeutig der mieseste Teil, denn sonst war niemand
dort. Da wir aber inzwischen ohnehin die unbeliebteste Yacht
in Snug Harbor waren, passte es perfekt. Wir mussten nur
noch ausführlich darüber debattieren, welcher Anker sich für
schlammigen Untergrund eignete. Als wir die passende Stelle
gefunden hatten, waren wir alle erschöpft. Georgie weinte
vor Hunger, und Sybil saß unter Deck und schaute wie ein
Häftling durch die Luke zu uns herauf. Michael hatte es sich

zur Gewohnheit gemacht, den Anker mehrmals zu testen. Wir setzten ihn und überprüften ihn zehnmal, aber dann musste er immer noch das Boot mit voller Kraft zurücksetzen, »nur um ganz sicher zu gehen«.

Bitte, lass uns aufhören, sagte ich. Bitte. Die Kinder haben nichts gegessen. Es gibt keinen Wind. Aber nein, Michael bestand auf dem Ankertest. Er setzte zurück. Die Ankerkette straffte sich, aber genau in dem Augenblick, als er auskuppelte, gab etwas nach.

Was zur Hölle, brüllte Michael. Was zur Hölle war das denn?

Die *Juliet* ließ ein ungewohntes Rasseln hören, dann aber entspannte sie sich wieder. Der Motor lief, aber es gab keinen Schub. Das Gefühl ließ sich mit Händen greifen.

Michael überprüfte das Kielwasser. Da war nichts.

Er tauchte in den Niedergang hinab und öffnete die Motorluke. Ich stand an Deck und schaute in den Himmel, versuchte, nicht nachzudenken, versuchte, mir keine Sorgen zu machen. Wir sind in Snug Harbor, sagte ich mir, wo wir es ganz gemütlich haben, wie der Name schon sagt. Ich schnallte Georgie von seinem Kindersitz, und er kletterte auf meinen Schoß. Beide Kinder schauten jetzt schweigend und mit Begräbnismienen zu, wie Michael auf und ab lief. Sie spürten immer, wenn die Kacke am Dampfen war.

Michael kam langsam die Leiter herauf.

Es ist das Getriebe, sagte er.

Was ist damit?

Hin.

In diesem Moment fällt mir etwas ein: Das ist nicht das erste Getriebe, das bei mir den Geist aufgibt. Nach der Westsail hatte sich mein Dad noch ein weiteres Mal besonders weit aus dem Fenster gelehnt und sich einen 1984er Pontiac Fiero in Weiß gekauft. Mit meinem besten Freund Nate auf dem Beifahrersitz fuhr ich damit immer durch Ashtabula. Der Wagen war weitaus langsamer, als er aussah, aber Dad war furchtbar stolz auf das Ding. Er schärfte uns ein, auf keinen Fall zu rasen. Also rasten wir ununterbrochen. Von Ampel zu Ampel über leere Ohio-Kreuzungen. Eines Nachts hakte der Fiero ein bisschen beim Gänge-Einlegen. Als hätte er Zweifel. Und dann, als ich vom ersten zum zweiten raufschalten wollte, löste sich der Schaltknüppel & begann in meiner Hand herumzueiern. Wie sich herausstellte, war es die Kupplungsscheibe. Nate & ich hatten sie geschrottet. Deshalb fange ich sofort an zu beten, als die *Juliet* uns in Snug Harbor den Dienst aufkündigt: Bitte, lass es die Kupplungsscheibe sein. Denn es könnte sehr viel schlimmer kommen.

Es war unser heißester Tag in Kuna Yala. Es wehte kein Lüftchen am Liegeplatz, und während wir in der unverschleierten Sonne saßen, bekamen wir einen ersten Vorgeschmack davon, wie heiß es werden würde, wenn der karibische Sommer erst begann. Nichts rührte sich in Snug Harbor. Unsere Nachbarn waren alle unter Deck, tranken vermutlich Moscow Mules vor der Klimaanlage. Georgie spielte in dem Baby-Pool, den wir oben im Cockpit aufgestellt hatten, damit wir uns aufs Sorgenmachen konzentrieren konnten. Sybil lag im Schatten des Sonnenverdecks auf dem Rücken, störte sich nicht an dem Mangel an Kissen und knabberte aufmerksam an einer Zuckerkette – eins unserer letzten vorrätigen Lebensmittel. Michael und ich saßen derweil schwitzend im Cockpit und versuchten herauszufinden, was zu tun war. Auf halber Strecke zwischen zwei Häfen saßen wir buchstäblich fest.

Oh, na toll, sagte ich. Missionare.

Was?, fragte Michael geistesabwesend.

Missionare. Schau.

Denn da waren sie: In weißen Kurzarmhemden und dunklen Hosen kamen sie mit einem kleinen Motorboot auf uns zu.

Und ich dachte schon, dieser Tag könnte nicht mehr schlimmer werden, sagte Michael.

Warum sind die so schick angezogen?, fragte Sybil und spähte aus dem Cockpit.

Michael und ich schauten einander an. Er hatte sein Muskelshirt an, und seine ungewaschenen Haare hatten sich zu einzelnen blonden Strähnen verfilzt. Ich trug eines seiner T-Shirts über einem Sarong. Und die Kinder – schweigen wir lieber. Sybil war oben ohne, abgesehen von ein paar Mardi-Gras-Ketten um ihren Hals. Sie trug Shorts über langen Hosen. Wir mussten lachen. Ich streifte Sybil ihr Shirt über.

Lieber Gott, sagte ich. Was wir für einen Anblick abgeben.

Du sollst den Namen des Herrn nicht missbrauchen, sagte Michael.

Hallo!, rief uns einer von ihnen zu, eine Bohnenstange von einem Jungen. Wir haben gehört, Sie hätten Probleme.

Oh, sagte ich. Sie wollen uns helfen.

Können wir neben der *Juliet* beidrehen?

Oh, natürlich, rief Michael zurück.

Ein weiterer Junge warf ein Tau, und Sybil band es rasch an unserer Klampe fest. Sie waren zu dritt in ihrem Boot und sahen in ihrer Kleidung und mit ihrem kurz geschorenen Haar nahezu identisch aus. Einer der Jungen hob seine Sonnenbrille. Er wirkte älter als die anderen, aber immer noch sehr jung.

Wir sind aus Playón Chico, sagte er, direkt auf der anderen Seite von Snug Harbor. Ich bin Teddy, das ist Mark, das ist John.

Wir stellten uns vor und erklärten unser Problem mit dem Getriebe.

Verdammtes Pech, wenn man ausgerechnet hier draußen eine Reparatur benötigt, sagte der ältere Junge. Aber da kann man was machen. Es gibt hier einen Einheimischen mit einem Flugzeug. Er könnte Sie nach Panama-Stadt bringen, und da könnten Sie sich Ersatzteile besorgen, wenn Sie das wollten.

Wir haben uns gerade überlegt, was wir machen sollen, sagte Michael. Wir sind mit unserem Latein am Ende.

Verdammtes Pech, sagte der Junge erneut. Es schien ihm ehrlich leidzutun.

Selbst wenn ich das Ersatzteil hätte, erklärte Michael, könnte ich die Reparatur nicht selbst erledigen.

Die Jungs nickten ernst.

Aber Sie könnten segeln, sagte einer von ihnen hoffnungsvoll. Ich meine, Ihr Boot ist doch intakt.

Ich schaute Michael an, der völlig in Gedanken versunken zu sein schien.

So wie die Leute das früher getan haben, ergänzte der Dritte. Viele machen es ja immer noch so. Wie die Kuna.

Mein Mann ist ein sehr guter Segler, sagte ich. Er könnte uns ohne Motor nach Cartagena segeln. Das ist nicht weit.

Michael schaute mich überrascht an.

Ich kann um den Mast fliegen, verkündete Sybil. Wollt ihr das sehen?

So oder so brauchen wir ein Zarpe, sagte Michael. Wir dürfen ohne Genehmigung nicht aus Panama raussegeln.

Dafür müssten Sie dann zurück nach Porvenir, sagte Teddy.

Michael blinzelte. Warum?

Der Typ an der Grenze nach Kolumbien ist ein Wichser. Entschuldigen Sie meine Ausdrucksweise. Aber in Porvenir gibt man Ihnen eine Ausreiserlaubnis, ohne Probleme.

Das ist eine gute Idee, sagte ich.

Porvenir liegt gegen den Wind, Juliet, sagte Michael. Es würde ewig dauern, da ohne Motor hinzusegeln.

Ich zuckte mit den Schultern. Dann musst du da allein hinfahren. Auf der Straße.

Michael verzog spöttisch das Gesicht. Und euch soll ich hier lassen?

Wir schauten uns alle sechs auf dem Liegeplatz um. Friedlich und unbewohnt. Reiher saßen in den Bäumen.

Wir könnten Sie bis Tigre mitnehmen, sagte Teddy. Von dort legen ständig Boote nach Porvenir ab.

Wir könnten ja ein bisschen auf Ihre Familie achtgeben, bot einer der anderen Jungen an. Mit den kleinen Kindern im Ausland und so weiter.

Vielen Dank, sagte Michael. Er sah traurig aus. Wir werden uns das durch den Kopf gehen lassen.

Gut. Also ... Die Jungs warfen einander Blicke zu. Würde es Ihnen etwas ausmachen, wenn wir ein Gebet für Ihr Boot sprechen?

Na ja, sagte Michael seufzend. Schaden kann's nicht.

Teddy stand auf und legte eine Hand auf das Vorstag der *Juliet*. Alle drei senkten die Köpfe.

Himmlischer Vater, sagte Teddy.

Ich versetzte Michaels Arm einen Klaps. Dann neigte auch er den Kopf.

Du bist immer bei uns. Denn Deine Liebe reicht überallhin. Über die Wolken und tief ins Meer. In die Helligkeit des Tages und durch die dunkle Sternennacht. Ich weiß, Deine Hand wird mich behüten. Oben am Himmel und über Brücken, durch tiefste Täler und über steile Felsen. Du beschützt mich. Du wachst über mich. Und ich will mein Vertrauen in Dich legen.

Ich schaute auf, aber die Jungen runzelten ihre Stirn noch immer hoch konzentriert.

Wenn mein Boot nicht hält, weiß ich, wirst Du mich leiten, himmlischer Vater. Du wirst mich nicht allein lassen auf den Wassern, Du wirst mir den Weg weisen. All meine Ängste lege ich in Deine Hand, denn Du wirst mein Herz Vertrauen lehren. Und im Gegenzug will ich Dich lieben und Dein Wort verkünden, oh, himmlischer Vater. Amen.

Endlich entspannten sich ihre Gesichter und sie richteten ihren Blick auf uns. Am Himmel waren die Wolken weitergezogen, und um sie herum glitzerte das Wasser. Sie machten einen zufriedenen, ja, geradezu erleichterten Eindruck.

Wir kommen später noch mal vorbei und schauen, wie Sie sich entschieden haben. Wäre das okay?

Klar, sagte Michael. Wir wissen das zu schätzen. Vielen Dank.

Die Jungen tuckerten davon, und Sybil schaute ihrem Kielwasser hinterher.

Was sind Missionare?, fragte sie.

Missionare sind Leute, die wollen, dass jeder an ihren Gott glaubt. Sie sind hier, um die Kuna zu »retten«.

Was haben denn die Kuna für Probleme?

Gar keine.

Ich glaube an Gott, sagte Sybil. *Ich* glaube den Missionaren.

Schön, sagte ich und strich ihr über das schweißnasse Haar. Wir können wirklich jede Hilfe gebrauchen.

Lieber Gott. Wusstest du, dass bei Quallen der Mund an derselben Stelle sitzt wie das Poloch? Lieber Gott. Wusstest du, dass man von einem Mädchen zu einer Frau werden kann, aber nicht von einem Mädchen zu einem Nashorn? Wir stammen vom Affen ab (weißt du ja). Wir haben bloß all unsere Haare verloren. Aber wenn man ein Nashorn werden will, muss man bis zu seinem nächsten Leben warten.

Ich glaube, wir werden immer wieder von vorn geboren. Das ist bloß das erste Leben.

Lieber Gott, bist du bloß im Himmel oder auch im Wasser? Ich glaube, auch im Wasser. Wenn das Boot ganz schnell fährt und ich über die Reling schaue, hab ich schon gesehen, wie du zu mir hochgeschaut hast. Oh, himmlischer Vater. Hast du meine kleine Nugget gefunden? Sie trägt ein rotes Kleid und einen weißen Rock und hat große begeisterte Augen. Ich sage nicht immer die Wahrheit, himmlischer Vater. Ich sage die Wahrheit, aber meine Knochen lügen. Baby Nugget ist über Bord gefallen. Ich hätte nicht mit ihr an Deck spielen sollen, oh lieber Gott. Außerdem kneife ich manchmal meinen Bruder, wenn Mommy nicht hinschaut. Lieber Gott und Vater. Bitte beschütze die Chinesenkinder in China und die Australienkinder in Australien und die Kunakinder in Kuna Yala und beschütze auch meinen Daddy auf seiner Reise, oh Herr.

Wir haben stundenlang darüber debattiert. Ob ich nun ohne sie nach Porvenir fahren sollte. Ich wäre 2 Nächte fort. Eine, um bis nach Porvenir zu kommen, und die zweite, um mich in Sabanitas mit neuen Vorräten einzudecken.

Mir gefällt die Vorstellung nicht, sage ich.

Du glaubst, ich käme hier alleine nicht klar, sagt sie. Du ermutigst mich dauernd zu segeln, aber tief im Innern denkst du, ich könnte nichts alleine auf die Reihe kriegen.

Ich zucke mit den Schultern. Beiße nicht an. Ich sage ihr, dass ich nicht weiß, was mir am meisten Sorgen macht. Wenn ich mit frischen Lebensmitteln & der Ausreiseerlaubnis zurück bin, haben wir immer noch keinen funktionierenden Motor. Ich werde anschließend immer noch ohne Motor nach Cartagena segeln müssen. Und das würde selbst einen erfahrenen Seefahrer nervös machen.

Sie mustert mich. Ich kenne dich nun so viele Jahre, Michael, sagt sie, und du hast immer einen klaren Kopf behalten. Das bewundere ich. Aber hier draußen ist es mehr als das. Du bist ein <u>Seefahrer</u>. Du verstehst die See.

Ich schaue zu ihr hinüber. Ihre Wangen sind gerötet von den letzten Schlucken Narganá-Wein. Ihre Augen haben einen unerschrockenen Ausdruck unter schweren Lidern. Sie hat die Haare mit einem Bandana zurückgebunden, das sie vorn auf der Stirn verknotet hat, wie Rosie, die Nieterin, auf den alten Propagandaplakaten. Ich starre sie einen Moment an, versuche darauf zu kommen, an wen sie mich erinnert.

Dann fällt es mir ein.

Sie erinnert mich an Juliet.

Ich werde fahren, sage ich.

Auf der Yacht kehrte meine Schlaffähigkeit zu mir zurück. Lange Tage voller Sonne und Wind ließen mich schlaff in der Koje liegen, als wäre ich aus großer Höhe hineingefallen, während das amniotische Rauschen der Wellen durch meine Träume zog. Währenddessen erreichte Michaels Energie völlig neue Höhen. Er schien sein Schlafbedürfnis endgültig abgelegt zu haben. In meinem tiefen Schlummer spürte ich nur, wie er die Koje verließ. Hörte seine Schritte an Deck. Doch in der nächsten Minute war er schon wieder zurück, lag auf seiner Seite, starrte mich an.

In der Nacht, bevor er nach Porvenir aufbrach, ging ich hinauf, um ihn zu suchen. Ich vermisste seinen Körper im Bett.

Er saß am Rand des Kabinendachs mit dem Rücken zu mir und schrieb. Der Wind war stark auf See, aber an Land absorbierte ihn die Dschungelwand. Der Himmel war wolkenlos, funkelnd im Mondschein. Der Polarstern schien unverwandt über das Festland. Ich überlegte, ob ich seinen Namen sagen sollte, aber ich tat es nicht. Ich überlegte, ob ich ihn zurück ins Bett rufen sollte, aber ich tat es nicht.

Es ist so ermüdend, das Gewicht von nie gesagten Worten mit sich herumzutragen.

Sie werden kleiner & kleiner. Juliet hält George im Cockpit auf dem Arm, aber Sybil ist zur Hälfte den Mast heraufgeklettert & hängt direkt unter der Saling. Juliet winkt. Sie fordert George auf, es ihr gleichzutun, aber er kneift nur die Augen zusammen, weil er mich in der Ferne nicht mehr erkennen kann. Der Himmel ist bewölkt, dennoch blendet er. Ich werfe ihnen Küsse zu. Aber nur Sekunden, nachdem wir den Liegeplatz verlassen haben, schaltet der junge Teddy den Außenbootmotor an & ich knalle beinahe mit dem Kinn gegen den Bug.

Ich setze mich direkt neben den Motor, als würde mich ein Platz so weit achtern näher bei Juliet & den Kindern sein lassen. Dabei verliere ich sie sofort aus den Augen, als wir in Snug Harbor abdrehen und dem Strand folgen.

Meine christlichen Freunde liefern mich am Dock von Tigre ab wie ein Paket. Ich bedanke mich bei ihnen, verabschiede mich & springe auf eine verbeulte Plancha. Ich beginne, meine Schritte zurückzuverfolgen. Bewege mich rückwärts durch unsere Reise. Mache sie ungeschehen. Das Motorboot rauscht westwärts. Wir kommen an Culebra Rock vorbei, Spokeshave Reef, Puyadas. Schneller als erwartet fädeln wir uns zwischen den Farewell Islands ein & kurz darauf erreichen wir die geschäftige Küstenlinie von Narganá, wo wir Halt machen, eine Kiste mit Kokosnüssen sowie ein totes Nabelschwein aufladen. (Der Gestank treibt mir die Tränen in die Augen, selbst als wir unsere lebensmüde Höchstgeschwindigkeit entlang der Küste wieder aufgenommen haben.) Ich bin erleichtert, als wir Richtung Küste eindrehen & ich nicht die gesamte Reise ohne die *Juliet* nacherleben muss. Das Motorboot macht schließlich nur allzu deutlich, wie ineffizient das Segeln eigentlich ist. In einem Tag werde ich eine Entfernung zurücklegen, für die wir Monate gebraucht haben. Und diese Monate waren, das muss ich wirklich sagen, die besten meines Lebens …

Während ich die Palmen & Mangroven & die Dörfer & den Rauch an uns vorbeiziehen sehe, wird mir bewusst, dass ich das Gefühl gefunden habe, wegen dem ich hergekommen bin. Ich weiß nicht, was Freiheit ist, aber ich weiß, was Freiheit nicht ist. Es ist nicht das Leben, das wir zu Hause geführt haben. Jahre, die ich damit zugebracht habe, auf den Moment zu warten, da die Ampel umschlägt und ich nach rechts auf den riesigen Omni-Parkplatz biegen muss, Jahre, in denen ich mich vorangeschleppt habe, obwohl ich so gelangweilt war, dass ich hätte heulen können, in denen ich versucht habe, ein anständiger Mensch und Kollege zu sein und kein Säufer oder notorischer Miesmacher. Aber ganz gleich, was ich tat, immer wurde ich daran erinnert, und zwar von meinen eigenen Landsleuten, dass ich ein Ausbeuter / Umweltverschmutzer / Unterdrücker war. Dabei hatte ich den Eindruck, dass meine Privilegien lediglich dazu dienten, mir peinliche Networking-Mittagessen mit Freunden zu verschaffen, die während der Rezession ihre Jobs verloren hatten, sowie zu Hause verbrachte Urlaube & den Luxus, nicht bei Routine-Verkehrskontrollen von Cops erschossen zu werden. Hätte ich es wenigstens <u>genossen</u>, andere zu unterdrücken, hätte ich mir einen runtergeholt auf meinen sogenannten Ausbeuterlebensstil, dann hätte das alles wenigstens auf kranke Weise Sinn ergeben. Aber ich hörte einfach nur auf, mich gut zu fühlen. Ich hatte nicht mehr das Gefühl, überhaupt das Potenzial zu haben, gut oder edel zu sein.

Hier draußen gibt mir niemand so ein Gefühl. Das Meer macht alle gleich. Jeder kann hier überleben & jeder kann hier sterben. Wir alle schlagen uns durch dieselben Unwetter, nicht nur die Segler, auch diejenigen, die in ihren fragilen Häusern an der Küste leben. Meine Familie & ich bewohnen 14 Quadratmeter. Und abgesehen davon, dass wir ins Meer pinkeln, lassen wir es völlig unberührt. Wir verbrennen weniger Benzin, als es jemals möglich wäre, wenn wir mit dem Auto reisen würden. Außerdem gibt es auf See nur minimale Regeln für das Zusammenleben. Man hält Kurs oder lässt andere passieren. Man hält immer Ausschau. Man trägt die Bürde des eigenen Lebens.

Ich vermute, es wird der Zeitpunkt kommen, wahrscheinlich schon bald, an dem ich mir bewusst werde, dass das alles nicht real ist. Dann werde ich zu Omni zurückkehren. Zurück zu der Straße, auf der man nur nach rechts abbiegen kann.

Schwindel überwältigt mich, wenn auch nur kurz. Beim Gedanken an meinen Blinker, der im Regen leuchtet. Als wäre dies die eigentliche Definition von Wahnsinn.

Vor mir hebt ein Vater die Plane, die er über seine Töchter gebreitet hat, um sie vor der Gischt zu schützen. Die Geste tut mir weh. Ich vermisse die Kinder.

Die Typen, die das Boot steuern, sind moderne Kuna und nicht weniger unsentimental als Taxifahrer in New York. Sie rauschen derart dicht an einem alten Fischer in seinem Ulu vorbei, dass er beinahe kentert. Ihre Hemden flattern arrogant im Wind.

Rotes T-Shirt. Gelber Doppeldecker. Totes Nabelschwein. Die Hügel von San Blas heben und senken sich zum Hafen. Ich döse ein, meine Stirn bis zwischen die Schenkel gesenkt.

Als ich wieder aufwache, bin ich umgeben von Wasser. Wir haben einen Kurs eingeschlagen, der vom Land wegführt. Einen, den ein nervöser *Merki* niemals wählen würde. Wir sitzen in einer Konservendose von Boot und überall um uns herum blaues Wasser. So übervoll, dass die Butterfische aussehen, als wären sie auf einer Ebene mit uns. Niemand hier trägt eine Rettungsweste. Ich drehe mich um und sehe eine Insel in unserem Kielwasser. Für andere Ausländer sieht sie womöglich aus wie jede andere, vollkommen austauschbar. Aber ich erkenne Salar.

Gib mir deinen Jarrito!

Niemals!!!

Jemand schüttelt mich an der Schulter. Ich bin im Weg. Ein Nylonsack wird heruntergereicht. Das Boot taucht unter ein Betondock, von dem die Algen tropfen. Der Himmel ist trüber.

Sientete, sagt der Fahrer. Hinsetzen. Er schiebt den Sack unter meinen Sitz. Ich spüre, wie das darin gefangene Geschöpf mein Bein erforscht. Der langsame Todestanz eines Hummers.

Ohne weitere Umschweife schießen wir wieder hinaus aufs Meer. Die Plancha ist wie eine Biene, die die Inseln bestäubt, die immer schäbiger & überfüllter werden, je näher wir zum Hafen kommen.

Wie weit noch bis Porvenir?, brülle ich gegen den Wind. Eh?, sagt der Fahrer. Porvenir?, sage ich. Er zuckt mit den Schultern, macht eine Geste mit seinem Kinn. Ich kneife die Augen zusammen und sehe das Blitzen von Glas. SUVs, Busse & kalte Betonbauten.

Zivilisation.

Je länger wir in den abgelegensten Orten blieben, desto schneller fühlten wir uns beengt. Ich spürte es auch; wir veränderten uns. Wir lernten Dinge, die wir nicht wieder verlernen konnten.

Vor Michaels Aufbruch segelten wir die *Juliet* östlich von Snug Harbor zu einem winzigen leeren Liegeplatz, der von einem Dschungelhalsband eingefasst wurde. Michael glaubte, dort wären wir sicherer. Ich ging davon aus, dass wir vollkommen allein sein würden, aber nur wenige Augenblicke, nachdem Michael mit den Missionaren davongetuckert war, hörte ich das Platschen eines Paddels.

Hallo, ertönte eine Stimme. Hallo, Freunde!

Es war Ernesto, der *Sahila* von Gaigar. Zumindest hat er sich vor uns als solcher bezeichnet. Es ließ sich an nichts ablesen, ob es stimmte oder nicht. Er lebte als Chief des Dorfes allein in einem strohgedeckten Haus zwischen den Mangroven. Ich erinnere mich, wie er seine knorrige Hand um die Rettungsleine der *Juliet* legte und fachmännisch das Gleichgewicht in seinem Ruderboot hielt – ein fetter alter Kasten mit Ruderdollen und allem Drum und Dran, ungewöhnlich für diese Gegend.

Hier geht nie jemand vor Anker, verkündete der Mann. Es ist so flach. Nur ganz besondere Seefahrer finden den Weg zu dem Platz, an dem Sie geankert haben. Juliet! Sie sind ein Genie. Und Sie segeln ohne Motor.

Oh. Ich zuckte mit den Schultern. Nein, unser Getriebe ist kaputt. Deswegen haben wir den Motor nicht benutzt.

Hervorragend, rief Ernesto. Sie können hier in Gaigar bleiben, während Sie es reparieren.

Ich schaute zu ihm hinab. Ein gedrungener alter Mann mit O-Beinen. Seine Haut war alt und von der Sonne gegerbt, seine Zähne aber strahlend weiß. Er zeigte ein hübsches Lächeln.

Entschuldigen Sie, *Sahila*, sagte ich und legte eine Hand

auf meine Brust. Aber wie kommt es, dass Sie so perfekt Englisch sprechen?

Sein Gesicht wurde ernst. Kein Römer und kein Gringo waren jemals so verbrecherisch wie die Spanier, sagte er. Niemand hat die Erde je dermaßen gebrandschatzt, wie die Spanier es bei uns getan haben. Sie haben den ersten Ökozid der Geschichte begangen. Er hob den Zeigefinger. Deshalb weigere ich mich, Spanisch zu sprechen. Ich lasse auch nicht zu, dass es in Gaigar gesprochen wird. So bleibt nur Englisch, um mit den *Uaga* zu kommunizieren. Es sei denn, wieder lächelte er, Sie sprechen Kuna, meine Königin.

Nein, sagte ich. Tut mir leid.

Außerdem, fügte er hinzu, habe ich eine Schwester in Miami. Da habe ich Englisch gelernt.

Der alte Mann wandte sich Sybil zu und fragte: Möchtest du, dass ich dir das Lesen beibringe?

Kann ich schon, sagte Sybil vorlaut. Ich kann jedes Buch lesen. Ich bekomme Unterricht von meinen Eltern.

Nein, sagte Ernesto. Ich bringe dir bei, die Mangroven zu lesen. Kommt und besucht mich später mal, Freunde!

Dann ruderte er davon. Seine Schultern waren die eines sehr viel jüngeren Mannes.

Für meine Ausreisegenehmigung stehe ich seit zwei Stunden in der Schlange. Inzwischen habe ich dem Hafenmeister so lange dabei zugeschaut, wie er mit einem Einheimischen redet, dass ich das Gefühl habe, ihn zu kennen. Ich beobachte seine sich verändernden Gesichtsausdrücke. Seine Angewohnheit, mit einem Fingerknöchel in seinem Ohr herumzufuhrwerken. Sie lachen, amüsieren sich großartig. Manchmal verstummen sie sogar & schauen aufs Meer hinaus. Niemand in der Schlange sagt irgendwas. Es ist, als würden wir gar nicht existieren. Hey, Mann, sage ich und deute mit großer Geste auf die Schlange. Der Typ gibt mir einen ironischen Salut. Und dann warten wir weiter.

Dieses Gebäude ist spartanisch wie eine Kaserne. Hunde kommen hereingetrottet & ziehen wieder ab – hintereinander und ordentlich aufgereiht vom Kleinsten zum Größten. Die Hunde sind besser organisiert als die Menschen. Der Tag wird mild. Die Männer, die SUVs nach Panama-Stadt und zurück fahren, stehen rauchend vor den Wagen. Schließlich stelle ich mein Paket ab, setze mich drauf & schreibe.

Ich muss <u>Geduld</u> haben. Ihnen geht's <u>gut</u>.

Nachdem Ernesto uns besucht hatte, konnten Sybil und ich nicht stillsitzen. Plötzlich schien es gar nicht mehr wichtig zu sein, dass unser Getriebe den Geist aufgegeben hatte und Michael nicht da war. Wir waren nach Gaigar eingeladen worden! Vom *Sahila!* Sybil setzte sich ihren Safarihut mit Nackenschutz auf, schnappte sich ein Schmetterlingsnetz und ihr Emily-Erdbeer-Notizbuch. Georgie zog ich von Kopf bis Fuß an, badete uns alle in Insektenspray und schnappte mir unsere zwei Meter lange Ruderstange.

Als wir im Dingi saßen und ablegten, hatte sich der Himmel bereits bezogen. Tiefe, schnell dahinziehende Wolken verdunkelten den Grund des Liegeplatzes, aber sobald wir unter den ersten tief hängenden Bäumen hindurch waren, wurde das Wasser durchsichtig und offenbarte das eng verzweigte Wurzelgeflecht.

Ich stellte den Außenbordmotor ab, und die Abwesenheit des Geräuschs hinterließ eine eigentümliche, nur von einzelnen Lauten unterbrochene Stille. Wir glitten ins Zentrum des Mangrovenhains.

Still, sagte ich zu den Kindern. Was hört ihr?

Georgie starrte den Sumpf mit offenem Mund an.

Ich höre Ungeziefer, sagte Sybil.

Eine Wolke winziger Fliegen, nicht größer als Schneeflocken, surrte ums Boot. Georgie streckte die Hand aus und schnappte sich einen Käfer mit herabhängenden Beinen.

Hände bleiben im Boot, sagte ich.

Ich hab was platschen gehört, sagte Sybil.

Wir drehten uns um und sahen, wie sich das Wasser kräuselte.

Etwas ist ins Wasser gesprungen, sagte ich. Was das wohl gewesen ist?

Wir stießen uns mit der Ruderstange an Ernestos Behausung vorbei, dem einzigen Bauwerk in Sichtweite. Es war eine große, einladend aussehende Hütte, deren Strohdach im Luftzug vor sich hin flüsterte. Durch die Wände aus Zuckerrohrstangen konnten wir keine Bewegung ausmachen.

Vielleicht ist er ausgegangen, sagte ich.

Aber wohin?, fragte Sybil und starrte in den Dschungel.

Ich hatte angenommen, dass Michaels Abwesenheit mich nervös machen würde, aber aus irgendeinem Grund fühlte ich mich ganz ruhig im Mangrovenhain. Die Kinder und ich verfielen in einträchtiges Schweigen und schauten zu, wie die Schatten der Blätter und Seevögel über die flache Wasseroberfläche glitten. Was mich beruhigte, war das Fehlen von Wind. Auf einer Yacht ist es schwer, ganz für sich zu sein, aber wovon sich der Segler wirklich niemals befreien kann, ist der Wind. Selbst unter Deck pfeift er, stellt Fragen und reißt an allem.

Die Mangrovenufer bildeten eine massive Vegetationswand, und erst, als wir dicht an den Dschungel heranglitten, spürten wir die Kühle, die aus ihm hervordrang, als würde er ausatmen. Die Wurzeln der Mangroven vervielfachten sich nach außen und tauchten in riesigen, komplizierten Knoten ins Wasser. Sybil und ich machten ein Spiel daraus, eine Wurzel bis zu ihrem Stamm zurückzuverfolgen. Wir waren noch immer damit beschäftigt, als Georgie plötzlich auf das dichte Blattwerk über uns zeigte.

Deh-deh! Wir ignorierten ihn. Deh-deh!, sagte er.

Sei still, du, sagte Sybil. Ich muss mich konzentrieren.

Wir waren inzwischen so dicht am Ufer, dass die Ranken in unsere Haare fuhren. Ich bemerkte die Schlange zu spät. Sie hing bereits in Schlaufen über unseren Köpfen. Ich schrie auf, stieß das Boot mit der Stange zurück. Die Schlange starrte mich böse an und ließ sich in den Sumpf hinabgleiten. Georgie schaute ihr mit weit aufgerissenen Augen nach.

Deh-deh, erklärte er erneut.

Ich legte meine Hand aufs Herz.

Sybil war entnervt. Warum kann er nicht einfach *Schlange* sagen, stieß sie aus.

Ange!, sagte Georgie. Ange!

Du hast ihm wohl gerade das Wort beigebracht, stellte ich fest und beförderte uns so rasch wir möglich zurück ins offene Wasser.

Der Aufruhr hatte Ernesto auf den Plan gerufen.

Meine Freunde, sagte er, als er durch den dichten Vegetationsvorhang trat und sein Hemd zuknöpfte. Willkommen in Gaigar. Entschuldigt mein Zuspätkommen.

Ich stellte fest, dass ich grinsen musste. Hallo, *Sahila*.

Wie lautet der Name eures Dingis?, rief Ernesto.

Ölfleck, erwiderte ich.

Er legte seine Hand an ein Ohr.

Ölfleck!

Der *Sahila* erbittet Erlaubnis, eure *Ölfleck* zu besteigen.

Sybil schaute mich an und schnaufte. Warum redet der so?

Er ist ein Chief, sagte ich. Er kann reden, wie er möchte.

Wenn ihr euer Gefährt an meinem Steg anlegt und mich zusteigen lasst, rief er, zeige ich euch Gaigar.

Ich legte die Ruderstange über meine Beine. Der alte Mann stand da, glattrasiert in einem zerknitterten Hemd, mit einer Blüte im Knopfloch und knorrigen Beinen, die aus Laufshorts im *Merki*-Stil ragten. Mir wurde bewusst, dass er sich für mich in Schale geworfen hatte. Zu meinem Leidwesen erhöhte sich mein Puls.

Georgie stand auf und stürmte über das Boot.

Ange!, rief er Richtung Ufer.

Ernesto legte seine Hände auf die Knie. Hast du eine Schlange gesehen? Weiß deine Mutter etwa nicht, dass man sich nicht unter den Feigenbaum wagen darf? Pass mal auf.

Ernesto stampfte mit dem Fuß auf dem dünnen Brett, auf dem er stand – seinem Landesteg –, und augenblicklich schossen mehrere kleinere Schlangen durch den Tang.

Cool!, sagte Sybil. Wir kommen.

Er erfasste meine Hand mit hartem, starkem Griff, trat in unser Boot und setzte sich neben Sybil. Dann navigierte er mich durch den Sumpf, ohne sich umzuschauen, ohne auch nur den Kopf zu drehen. Er war vermutlich zu alt dafür, aber mir gefiel der Gedanke, dass er schlicht respektierte, dass ich die Kapitänin meines Bootes war. Die Kuna-Frauen lernen das Segeln schon als kleine Mädchen. Ich selbst hatte bereits wunderschöne Frauen in überladenen Ulus bei starkem Wind auf offener See gesehen.

Es sieht aus, als gäbe es hier nur *einen* Dschungel, aber eigentlich sind es viele, sagte Ernesto zu Sybil. Siehst du diese Pflanze? Sie wächst aus dem Stamm einer Palme. Nein, nicht die, die andere. Schau dir die Blätter an. Groß. Wie Flügel. Wie Stechrochen. Deswegen nennt man sie *Nidirbi Sakangid*. Rochenfarn. Diese Pflanze heilt Schwindelgefühle. Wird dir manchmal schwindelig?

Nie, sagte Sybil.

Oder diese dort. Die wird deinem Bruder gefallen. *Bachar.* Damit behandelt man Schlangenbisse. Schau dort. Siehst du den großen Baum, kleiner Mann? Blätter wie offene Hände. Das ist der *Beno.* Kocht man das Benoblatt, heilt man die Haut. Schaut euch den guten alten *Ari* an. Seht ihr den Leguan, meine Freunde?

Wir schauten angestrengt hoch in den Baum, und schon neigte sich das Boot gefährlich. Ernesto setzte sich lachend um. Keiner von uns konnte den Leguan sehen.

Ari ist sehr faul. Manche nennen ihn das Asthuhn.

Wo ist er?, rief Sybil.

Du kannst also doch nicht lesen, zog Ernesto sie auf. Nicht alles.

Ange!, sagte Georgie.

Dein Bruder hat ihn gesehen.

Ange!

Das ist nicht fair, sagte Sybil. Er nennt jetzt alles Ange. Oh, sie schnappte nach Luft, jetzt sehe ich ihn.

Das Tier hielt liebevoll einen Ast umschlungen und schüttelte seine weichen Stacheln.

Ich verstehe, was Sie damit meinen, wenn Sie sagen, Sie lesen den Dschungel, sagte ich. Man muss wirklich sehr genau hinschauen.

Der alte Mann lächelte geschmeichelt, sagte aber nichts mehr.

Wir schoben uns weiter vorwärts. Die Sonne stand mittlerweile achtern von unserem Boot, und die Kinder schwiegen. Ihnen war heiß, ja, aber sie waren auch völlig in den Bann geschlagen. Wäre ich nicht zur See gefahren, ich hätte nie herausgefunden, dass Kinder so mutig sein können. Was nicht heißen soll, dass sie auf See nicht gequengelt oder in den schlimmsten Momenten auch geheult hätten und verhät-

schelt werden mussten, doch wie sich herausstellte, waren sie
zu einem ungeheuer tiefgreifenden Erleben fähig. Auf eine
Weise, die mir unmöglich war, *wurden* sie zum Meer, *wurden*
sie zum Sumpf. Ihre Erfahrung war total, ohne Einschrän-
kungen. An diesem Tag im Sumpf freute ich mich unfassbar
für sie, aber ebenso für mich selbst, denn ich wusste, auch ich
musste als Kind einmal genauso gewesen sein.

Ich erinnerte mich an den Verlust meiner Kindheit nur
allzu gut. Aber ich vergaß zu oft, dass sie mir lange Jahre doch
gehört hatte.

Als Ernesto seine Hand auf meinen Arm legte, musste ich
mir mit dem Handgelenk die Augen trocken wischen.

Madam, sagte er mit sorgenvollen Augen.

Mir geht's gut, sagte ich und legte meine Hand auf seine.

Falls sich schon mal jemand gefragt hat, wo unsere schrott-
reifen Schulbusse zum Sterben hingehen: Ich weiß es.
Nach Mittelamerika, wo sie ausgeschlachtet, angemalt &
anschließend gezwungen werden, Bergstraßen zu erklim-
men und jeden mitzunehmen, der den Daumen raus-
streckt. Als ich in Sabanitas heute Nachmittag den Hühnerbus bestieg, war er bereits voll. Niemand zuckte auch
nur mit der Wimper, als ich mich samt 5 Säcken voller Lebensmittel mit hineinquetschte. Ich konnte die genaue
Brustform & Körbchengröße der Frau spüren, die direkt
hinter mir stand, aber ihr schien das nichts auszumachen.
Dann wurden ihre Brüste vom harten Bauch eines Mannes abgelöst, der ihr seinen Platz angeboten hatte. Musste
mich ziemlich anstrengen, nicht auf den Mann vor mir zu
fallen, der, wie Jesus, im Gang stand, ohne sich festzu-
halten, während wir über die einspurigen Straßen zurück
auf die andere Seite des Berges ratterten.

Kleine Freuden. Das Gefühl von sauberen Haaren. Bis zur Taille in Ernestos Sumpf, wo Süßwasserströme in den Mangrovenhain flossen, tauchten Sybil und ich unsere Körper zum ersten Mal seit Wochen nicht in Meerwasser. Kalt wie der Mai war es, und neben unserem Becken schaukelte Georgie auf einer Liane. Nachdem wir uns monatelang auf dem Heckspiegel mit einem Duschkopf besprenkelt hatten, kam mir das Baden im Süßwasser geradezu wie ein religiöses Erlebnis vor. Wir hatten uns längst daran gewöhnt, dass unsere Haare steif waren vom Salz. Schwer wie Satteldecken lagen sie auf unserem Rücken. Aber nicht an diesem Tag in Gaigar. In Gaigar waren wir sauber.

Heute Abend gibt's keine Busse mehr zurück nach San Blas, wie sie mir sagen. Ningunos. Portobelo ist der letzte Halt. Ich finde ein Hostel mit abblätternder Fassade hinter zwei Jacarandas. Okay, ich liebe Portobelo. Vor Monaten haben wir hier Weihnachten gefeiert. Aber es ist eben nicht so nah an Juliet und den Kindern, wie ich es gerne hätte. Der Eingangsbereich des Hostels ist voll mit Rucksacktouristen. Amerikaner. Sie fläzen auf den Sofas herum wie wirbellose Tiere. Die Beine der Mädchen sind weit gespreizt & über die Beine der Jungen gelegt. Die Jungs aber sind an dieses Paradies aus Fleisch so sehr gewöhnt, dass sie nur auf ihren Handys herumtippen, die Beine ignorieren, während ihre verschwitzten Bizeps im schwachen Licht glänzen.

Als ich eintrete, schauen alle gleichzeitig auf.

Hey, Leute, sage ich und stelle meine übervollen Einkaufssäcke ab.

Einer der Jungs hebt die Hand und salutiert ironisch.

Ich bekomme ein kleines Einzelzimmer am Ende eines

dunklen Flures, pfirsichfarben gestrichen wie das Innere einer Schnecke. Es ist früher Abend. Ich bin müde, versuche, mich hinzulegen, aber sobald ich die Augen schließe, fängt das Bett an zu schaukeln. Beim Öffnen der Augen hört diese Bewegung derart plötzlich auf, dass ich mich mit den Händen festklammern muss. Der Raum ist zu starr. Alles ist zu sehr, was es ist. Der kleine Schreibtisch ist ein kleiner Schreibtisch & der Stuhl ist ein Stuhl & nichts bewegt sich. Von Übelkeit übermannt, setze ich mich auf. Ich kurble das Fenster auf & tauche mein Gesicht in die frische Luft. Einheimische Teenager plaudern ganz in der Nähe unter der Jacaranda. Zwei Mädchen & ein Junge. Sie ziehen einander auf, nicht anders als die Jugendlichen, auf die man in Hartford treffen würde. Ich beobachte sie eine Weile. Der Junge hat ein Auge auf das größere Mädchen geworfen. Seine Blicke wandern immer wieder zu ihren tief sitzenden Jeans.

Ich ziehe mich an und gehe nach draußen.

Portobelo ist eine wunderschöne, verfallene Kolonialstadt. Früher von Bedeutung, ist sie inzwischen von Moos überwuchert & vergessen. Die Spanier hatten sie seinerzeit als Ausgangspunkt benutzt, um Südamerikas Reichtümer zu plündern & zu König Ferdinand nach Hause zu verschiffen. Die Ruinen der spanischen Festung stehen immer noch auf dem Hügel im Schatten. Nachdem wir unseren erste Nachtsegel-Törn über den Golf von Bocas del Toro überlebt hatten, sind wir hier an Land gegangen & die Kinder haben stundenlang auf den alten Kanonen gespielt.

Hey, sage ich zu den Teenagern, halb aus Einsamkeit. Teléfono, por favor? Teléfono público?

Das große Mädchen dreht sich um & schaut mich an, immer noch mit dem hinreißenden Lächeln auf den Lippen, das für den Jungen bestimmt ist. Mir stockt beinahe der Atem. Sie ist strahlend schön, während sie sich dort an die kühle, abblätternde Wand der Conquerors lehnt.

Por allá, sagt sie, und ihr Lächeln wird schwächer.

Das Telefon ist nicht zu übersehen, direkt auf der anderen Seite der kleinen Plaza.

Muchas gracias, sage ich.

Ich stehe eine Weile vor dem Apparat, bevor ich wähle. Auch in Connecticut ist jetzt Abend. Er nimmt ab, fuhrwerkt umständlich am Hörer herum, wie man sich das bei einem alten Mann vorstellt.

Hallo?

Hallo? Harry? Ich bin's, Michael Partlow.

Michael Partlow, sagt Harry. Wo zur Hölle hast du gesteckt?

In Panama, Mann. Genau wie ich's gesagt habe.

Seit zwei Monaten versuche ich, dich zu erreichen.

Du wirst es mir nicht glauben, aber ...

Ich hab dir E-Mails geschrieben. Hundert Mal angerufen.

Stell dir vor. Unser Satellitentelefon ist über Bord gefallen. Gerade ein paar Stunden, nachdem wir losgesegelt waren.

Einen Augenblick sagt Harry nichts.

Ich bin jetzt an einem öffentlichen Telefon, hier irgendwo im Nirgendwo von Panama. Harry?

Ich bin hier, sagt er schließlich. Wie ist das Boot?

Wundervoll.

Wie segelt es sich?

Oh, es ist sehr ausbalanciert. Außerdem ist es ganz ruhig hier unten. Meine Siebenjährige könnte es segeln.

(Pause.)

Das ist schön zu hören.

Ein wundervolles Boot.

Na, das ist großartig. Du wirst einen Batzen Geld rausschlagen, wenn du es wieder verkaufst.

Ich schaue über die Plaza. Die Jugendlichen sind immer noch da und schauen mit großen Augen in die Welt. Jetzt kommt ein neues Pärchen dazu, novios. Haben sich füreinander schick gemacht. Gekämmt. Sind ernst.

Ich habe mich ziemlich an das Boot gewöhnt, Harry.

Er sagt nichts.

Du solltest es sehen, sage ich. Ich hab ihr ein neues Großsegel verpasst, neue Verkabelung, neue Farbe. Wir haben bei einem Sturm ein paar Cockpitkissen eingebüßt, aber davon abgesehen ist es …

Es ist ein großartiges Boot.

Das ist es.

Aber es gehört nicht dir, Michael. Es gehört auch mir. Erinnerst du dich?

Ich lache, bin zum ersten Mal nervös. Na ja, es ist unseres. Es gehört uns.

Ich würde auf diesem Punkt jetzt nicht rumreiten, Michael, wenn ich in der Lage gewesen wäre, mit dir zu <u>reden</u>. Die Welt ist doch vollständig vernetzt heutzutage. Du hättest mir eine Mail schicken können. In jedem gottverdammten Hafen gibt es WiFi. Es ist nicht mehr möglich, einfach zu verschwinden.

So hast du nicht gesprochen, als du versucht hast, mir ein Boot zu verkaufen, stelle ich klar.

Du arbeitest für eine Versicherung, sagt er bitter. Man sollte meinen, dass du verlässlich wärst.

Ich zahle dich aus, wenn dir das Arrangement nicht passt …

Das wollte ich nicht … Das war nicht …

Aber ich möchte dir jetzt eigentlich ungern Geld geben,

sage ich. Wir haben in Bocas so viel auf den Tisch gelegt, um das Boot startklar zu machen. Und jetzt …

Was?

Jetzt brauchen wir ein neues Getriebe. Vermutlich.

Es herrscht Schweigen am anderen Ende. Die Teenager haben sich umgedreht, schauen mich an. Als könnten sie das Drama wittern, das sich hier abspielt.

Hör zu, sagt Harry. Es gibt keinen Grund, irgendwelche Entscheidungen übers Knie zu brechen. Wir haben unsere Abmachung. Und du hast dein gutes Leben und dein sehr schönes Zuhause. Das du als Sicherheit angegeben hast für den Fall, dass du in Zahlungsrückstand geraten solltest, wenn du dich erinnerst. Also. Wenn du so weit bist – irgendwann, bevor das Jahr zu Ende ist –, segelst du das Boot hierher zurück, sodass ich es mit Gewinn verkaufen kann. Ich bekomme mein Geld zurück und gebe dir wieder, was du gezahlt hast, plus was du noch reininvestieren musstest. Siehst du nicht, dass ich dir hier einen Reibach anbiete? Gerade gestern war so ein Typ aus Greenwich hier, der nach einem Boot wie der *Windy Monday* gesucht hat.

So heißt sie nicht, sage ich zu ihm.

Was?

Ich habe ihr einen neuen Namen gegeben. Sie heißt *Juliet*. Und komm mir jetzt nicht mit: Es bringt Unglück, ein Boot umzubenennen. Ist mir nämlich scheißegal.

Okay, okay. Ich will dich nicht verärgern, Michael. Ich wollte nur sichergehen, dass du dich nicht mit unserem Boot aus dem Staub machst.

Du hast doch gerade gesagt, es wäre unmöglich zu verschwinden.

Wir haben einen gesetzlich bindenden Vertrag.

Wir sind Co-Eigentümer. Aber <u>ich</u> bin der Kapitän, Harry.

Ja. Du bist der Kapitän der – wie heißt sie noch?
Juliet. Sie ist die *Juliet.*

Wir waren fertig angezogen und warteten. Ich trug ein weißes
Strandkleid mit Spaghetti-Trägern, die Abendbrise bauschte
es auf. Sybil hing auf dem Bugspriet über der Lagune und
spähte in Richtung Gaigar. Ernesto war zum Abendessen eingeladen.

Ist Daddy jetzt in Porvenir?, fragte mich Sybil.

Das hoffe ich.

Bekommt Daddy in Porvenir ein neues Getriebe?

Nein, Mäuschen. Dafür müssen wir nach Cartagena segeln.

Sie schien überrascht – geradezu erschüttert. Die Haare
fielen ihr über die Augen.

Wir müssen weg aus Kuna Yala?, fragte sie.

Möchtest du nicht von hier fort, Sybil?

Niemals, sagte sie.

Niemals? Du meinst, du möchtest die *Juliet* niemals verlassen?

Ich möchte die *Juliet* niemals verlassen.

Wirklich? Du vermisst unser Zuhause gar nicht?, fragte
ich. Du vermisst Audrey und das Ballett und dein eigenes
Zimmer nicht? Oder die Besuche von Grandma, all so was?

Sie starrte mich an, versuchte, sich zu erinnern. Ich sah,
wie ihr Gesichtsausdruck weicher wurde.

Grandma vermisse ich, aber …

Deh-deh, seufzte Georgie.

Er kommt bald zurück, Georgie.

Sybil schnappte sich das Fall. Sie trippelte am Süll entlang,
stieß sich ab und begann einen langsamen, meditativen Flug
am Mast vorbei, bevor sie wieder vor mir landete.

Wo wird Daddy heute übernachten?, fragte sie.

In einem Hotel in Porvenir. Das war zumindest der Plan.

Kann er uns über Funk Hallo sagen?

In Hotels gibt es keine Funkgeräte, Mäuschen. Die sind nur dazu da, um sich von Schiff zu Schiff zu unterhalten. Und vergiss nicht, unser richtiges Telefon ist über Bord gefallen. Also …

Sybil schob sich ihr langes Haar hinters Ohr. So sauber und seidig hatte ich es schon lang nicht mehr gesehen.

Sybil seufzte und drückte die Wange gegen den Mast. Ich vermisse Grandma wirklich, und mein Zimmer auch. Aber Audrey vermisse ich nicht. Audrey mogelt.

Na ja, manchmal kommen selbst Freundinnen nicht so gut miteinander aus, sagte ich. Menschen sind kompliziert.

Ich mag das Meer, sagte Sybil. Mit dem Meer komm ich gut aus.

Ich mag das Meer auch, sagte ich. Und ich versuche zu lernen, keine Angst vor ihm zu haben. Hast du nie Angst?

Sie drehte sich um und ließ ihren Blick schweifen. Ihre nackten Schulterblätter strahlten im letzten goldenen Licht.

Nein, antwortete sie, und ich wusste, dass sie die Wahrheit sagte.

Georgie streckte die Finger aus.

To! To, rief er.

Er hatte achtern Ernesto entdeckt, der vom Dorf aus auf die *Juliet* zu ruderte.

Hallo, Juliet, rief der alte Mann. *Bienvenue!*

Der Dschungel warf seine Stimme als Echo zurück, und eine Horde Kapuzineraffen kreischte zur Antwort.

Ernesto schleuderte seine Fangleine an Deck, und Sybil vertäute ihn mit der *Juliet*.

Ich streckte ihm meine Hand entgegen, aber der alte Mann war bereits aus seinem Boot auf den Heckspiegel getreten. Sybil zupfte an seinem Hemd.

Weißt du was?, sagte sie. Ich kann Kuna sprechen.

Er lachte. Die *Merki*-Kinder wissen mehr über Kuna Yala als die Kuna selbst.

Erst als der Kauf des Bootes in trockenen Tüchern war, stellte sich heraus, dass es doch etwas mehr kostete, als ich geschätzt hatte. Okay, sehr viel mehr. Okay, eigentlich hatte ich mich vollkommen verschätzt. Ich hatte die Kosten der Gutachten, der Reparaturen, der Genehmigungen, die Vorauszahlung für die Slipanlage in Bocas nicht mit einberechnet, im Grunde nur an das Boot selbst gedacht. Eigentlich bin ich nie so, stecke nie den Kopf in den Sand. Eigentlich bin ich nicht der Typ, der eine Slipanlage für sein 12-Meter-Boot mietet, nur um anschließend gesagt zu bekommen, dass es eine Gesamtlänge von 14 Meter aufweist, woraufhin er gegenüber seiner Frau eingestehen muss, dass er schlicht und einfach die Abkürzungen in den Bootspapieren nicht verstanden hat. Ich arbeite für eine Versicherung. Was mich zu einem Menschen macht, der schon von Berufs wegen auf Details achtet. Aber ich nehme an, ich hatte mich einfach verliebt. Da hilft es auch nicht, dass wir bei Schiffen die weibliche Form benutzen. Verliebt wie ich war, habe ich mich dem Schiff gegenüber genauso verhalten wie damals, als ich Juliet kennenlernte. Ich wusste, sie war klüger als ich, und ich wusste auch, dass sie halb verrückt war. Ich wusste, ich konnte sie mir nicht »leisten«. Soll heißen: Ich hatte bereits den Verdacht, dass ich nie einen zufriedenstellenden Ehemann für sie abgeben würde. Aber abgehalten hat mich das trotzdem nicht.

Habe ich sie angelogen? Natürlich. Ich habe sie in dem Augenblick angelogen, als ich vorgab, jemand zu sein, dem sie ein Leben lang vertrauen konnte. Wie sollte ich es wissen?

Sie hat dieselbe Lüge benutzt.

Aber wie sollte sie wissen, dass sie aufhören würde, mich zu lieben?

Ich weiß es nicht. Es ist zu viel verlangt. Wir kommen aus dem Nichts & kehren ins Nichts zurück, doch in der Zwischenzeit sollen wir ein würdevolles, ein mutiges Leben führen?

Lesen Sie diese Bäume da, sagte Ernesto zu mir und streckte den Finger aus. Die beiden, die sich über das Wasser beugen.

Ich lachte. Ist das ein Test?

Ja, sagte er.

Der Abend war still, nur einige Vögel quäkten in den Bäumen. Georgie schlief in seiner Koje, und Sybil döste in meinem Schoß. Der alte Mann und ich saßen im Cockpit und tranken nach dem Abendessen warmen Whiskey aus Michaels Flachmann für »medizinische Notfälle«.

Der eine Baum ist eine Palme und – ich versuchte, mich zu erinnern – der andere eine Feige.

Die Palme und die Feige, sagte er. Sehr gut. Wie Sie wissen, meine Königin, kämpft im Dschungel alles ums Licht. Sehen Sie, wie die Feige an der Palme hinaufklettert? Wie sie die Palme benutzt, um näher ans Licht zu gelangen? Sobald die Feige Erfolg hat, wird die Palme ins Wasser stürzen und dabei beide töten, sich selbst und die Feige.

Das machte mich traurig. Die Parabel von der Feige und der Palme.

Waren Sie je verheiratet?, fragte ich ihn.

Ob ich, Ernesto, verheiratet war?

Ja.

Natürlich! Was glauben Sie? Ich hatte meine eigene Königin! Wussten Sie, dass wenn zwei Menschen in Kuna Yala heiraten, der Mann auf die Insel der Frau ziehen muss? Und das habe ich getan. Jahre später, als meine arme Frau diese Erde verließ und unser großer Vater Bab Dummad sie zu sich holte, bin ich dann hierher nach Gaigar zurückgekehrt.

Haben Sie sich gut vertragen, Sie und Ihre Frau? Ich meine, worüber haben Sie gestritten?

Gestritten? Ernesto schaute zum Himmel. Ich habe ihrer Familie nicht getraut, sagte er. Ihrer Familie ging es immer bloß ums Geld. Sie haben alles verkauft, was sie finden konnten. Heilige Gegenstände. Sie haben ihren Kindern Spanisch beigebracht. Sie sind westlich, ihre Verwandten. Darüber haben wir gestritten.

Ernesto seufzte schwer. In Kuna Yala lernen wir nicht mehr unsere eigene Sprache. Sie wird als »Dialekt« angesehen. Wir zwingen unsere Kinder, Spanisch zu lernen. Die Muttersprache wird durch das Spanische ersetzt. Damit die kleinen Indios *weniger* wie Indios sind. Warum soll der Gungidule Dule lernen, sagen sie, wenn er die Sprache sowieso schon spricht? Nun, sage ich, warum haben die großen Universitäten in Spanien Spanisch-Institute? Schauen Sie mich an. Ich muss die *Merki* unterrichten, weil meine eigenen Leute mich für verrückt halten. Aber ich bin nicht verrückt. Ich bin Ernesto, *Sahila* von Gaigar. Ich bin kein *Cholo*.

Was bedeutet das?, fragte ich. *Cholo?*

Ein *Cholo* ist ein zivilisierter Indio. Aber Ernesto lässt sich nicht cholo-isieren. Ich werde es nie satthaben, ein Indio zu sein. Die *Uaga* werden bis in alle Ewigkeit kommen. Sollen sie. Ich werde nie müde werden. Ich werde nie aufhören, der verrückte Ernesto zu sein. Du willst eine erotische Salsa-Show? Gut. Dann sei ein *Cholo*. Du willst alle Schildkröten töten und sie an die *Uaga* verkaufen? Gut. *Cholo*. Ohne Seele bist du nur ein Komiker. Ich lache über dich, auch wenn du glaubst, dass du über mich lachst.

Er starrte angestrengt in die Ferne.

Ich habe das früher meiner Frau auch so gesagt, seufzte er. Aber sie ist zu Bab Dummad gekommen, ohne es verstanden zu haben. Und so wird es immer dieses Missverständnis zwischen uns geben.

Sybil murmelte im Schlaf, und ich strich ihr übers Haar.

Mein Mann und ich sind sehr verschieden, sagte ich. Wir streiten uns wieder und wieder über dieselben Dinge. Wir streiten, aber wir ändern nie die Meinung des anderen. Wir entfernen uns bloß immer weiter voneinander.

Ich nahm noch einen Schluck. Die *Juliet* schaukelte langsam an ihrem Anker hin und her.

Er glaubt, es wäre unser Eigeninteresse, das uns am Leben hält, sagte ich. Aber wenn das wahr wäre, wäre es doch besser, wir blieben allein, oder? Aber das ist nicht wahr. Das allein lebende Tier stirbt früher.

Ernesto schloss die Augen und lauschte.

Ach, wen interessiert das schon, sagte ich und trank noch einen Schluck.

Ich wollte den Kauf des Bootes schon abblasen. Der vernünftige Teil von mir sagte: Es sind einfach nicht genug $ auf der Bank, es sei denn, wir verkaufen das Haus. Ich könnte a) das Boot sofort erwerben, hätte dann aber nichts mehr übrig für Reparaturen oder andere Ausgaben, oder b) auf das Boot einen Kredit aufnehmen, was den Druck einer weiteren Hypothek mit sich brächte, Zinsen, Zahlungen aus dem Ausland …

Das Haus zu verkaufen, kam nicht infrage. Juliet wollte es noch nicht einmal vermieten. Was, wenn wir doch früher nach Hause zurückkehren wollten? Auf Nummer sicher zu gehen, ist teuer. Aber ich habe es dann doch nicht abgeblasen.

Ich saß schon im Wagen, war kurz davor loszufahren. Wir hatten monatelang nach dem perfekten Boot gesucht, Harry & ich. Hatten jede Menge Ordner durchgeblättert an unserem Picknicktisch, im Sandwichladen nebenan über Schleifmaschinen debattiert. Mittlerweile dachte ich schon, wir würden nur zum Spaß darüber reden. Vielleicht bloß, um Zeit miteinander zu verbringen. Er schien einsam zu sein. Und ich – ich hatte keinen Dad. Harry war meinem Dad in keiner Weise ähnlich, das könnte ich wirklich nicht behaupten. Mein Dad war immer gut gekleidet gewesen & hatte sich auch viel darauf eingebildet. Harry trug Sachen, die aussahen, als hätte er sie umsonst aus irgendwelchen vor die Tür gestellten Kartons gezogen, zerknitterte Sweatshirts. Mein Dad war agil gewesen, immer für einen Witz oder eine gute Geschichte zu haben. Harry schien zu müde zum Lachen. Seine Vergangenheit hing über ihm wie Smog. Das Einzige, worüber Harry redete, war das Segeln. Er verstand das Leben über Winschen und Klampen.

Aber in seiner Nähe zu sein … ich weiß nicht. Vielleicht hatte ich das physische Vorhandensein eines Vaters vermisst. Vielleicht wollte ich einfach nur, dass es irgendeinen alten Mann interessierte, wo ich im Leben stand.

Harry hatte seine Hand auf mein Autodach gelegt. (Ich denke jetzt mit einer gewissen Bitterkeit daran zurück.) Als wollte er mich vom Wegfahren abhalten. Wochenendurlauber bogen mit ihren Wagen und Kühlboxen auf das Marinagelände. Er beugte sich herab & sagte: Michael, ich bin jetzt mal ganz ehrlich zu dir, weil du auch zu mir ehrlich gewesen bist. Was du dir wünschst, ist doch nichts anderes als ein heiliges menschliches Grundrecht, und das solltest du nicht aufgeben.

Ich wollte ihn nicht vor den Kopf stoßen. Ich sagte: Welches Recht soll das sein, Harry?

Die Bürde zu fühlen, dein eigenes Leben in der Hand zu halten. Nur du und deine Familie und dein Boot. Keine Stützen, keine Ausreden.

Ich musste beinahe lachen. Für wen hielt er sich, zur Hölle? Zugleich stellte ich halb benommen fest, dass ich ihm zu hundert Prozent recht geben wollte.

Du kannst natürlich hierbleiben und einfach aufgeben, wie alle anderen auch. Überlass dich deinen Verpflichtungen und deinen Annehmlichkeiten. Aber dann bist auch du bloß ein weiterer Platzhalter.

Wir starrten aufs Wasser hinaus. Wie rasch der Connecticut River floss, bemerkte man nur, wenn irgendein tapferer Ruderer in einem Kanu vorbeiglitt.

Wenn du mein Sohn wärst, sagte Harry, würde ich dir sagen: Mach die Tour. Fahr los. Und das ist die reine Wahrheit.

Als ich ihn daran erinnerte, dass mir 20 Tausend fehlten, sagt er: Zur Hölle, ich geb sie dir! Ich zahle die Differenz. Du musst nur einverstanden sein, das Boot in einem Jahr wieder hierher zurückzubringen. Es hierher zurückzusegeln. Dann verkaufe ich es für dich, bekomme mein Darlehen zurück, und wir machen beide noch einen Reibach. Oder kommen im schlimmsten Fall auf null.

Ich schaute zu ihm auf. Wenn ich mein Boot haben wollte, musste ich lediglich einem einsamen alten Mann das Versprechen geben, dass ich zurückkommen & wieder Zeit mit ihm verbringen würde.

Nur das, und mein Traum würde wahr werden.

Abgesehen von einigen Ausflügen in den Supermarkt nach unserer Rückkehr, habe ich acht Monate lang kein Auto mehr gefahren. Und nun, da ich mit sanftem Druck aufs Gaspedal die Main Street hinuntersause, wird mir bewusst, dass Autofahren zu den Dingen gehört, über die man besser nicht zu viel nachdenkt, während man sie tut. Die gelben Markierungen auf der Straße hypnotisieren mich, die Abstände zwischen ihnen und der am Fahrbahnrand drohenden Gefahr sind winzig. Ein Zucken zur Seite, und schon verlässt man diese sterbliche Welt. Das Lenkrad eines Wagens ist, im Gegensatz zum Ruder eines Bootes, schrecklich empfindlich. Man könnte das Ruder der *Juliet* einmal komplett herumdrehen, bevor sich ihre Richtung auch nur ein klein wenig ändert. Und mit der entfernten Küste in Sichtweite kommt einem das Segeln auch nie sonderlich schnell vor. Trotzdem darf jeder Vollidiot mit fünfundsechzig Meilen pro Stunde oder mehr in einem Auto durch die Gegend rasen, während die Welt verschwommen an den Scheiben vorbeirauscht wie eine betrunkene Erinnerung.

Links von mir sehe ich die großen roten Türen der alten Kirchenkeller-Kita. Ihr gegenüber die Bibliothek, in der wir früher lange Stunden damit zugebracht haben, das Oeuvre von *Clifford, dem großen roten Hund* zu erschließen. Weiter vorn, in der Nähe der Highway-Auffahrt, ist der Supermarkt, der Schuster, das Feuerwehrhaus … Ich halte mich am Steuer fest, versuche, meine Aufmerksamkeit nicht davonwandern zu lassen.

Vielleicht hatte meine Mutter recht. Es ist »zu früh«.

Autofahren, Psychologinnen, reden, all das.

Ich werfe einen Blick in den Rückspiegel.

Wie geht's dir, Mäuschen?

Super, sagt Sybil automatisch.

Ihr Haar, das heute Morgen bei ihrem Aufbruch zur

Schule ordentlich zu Zöpfen geflochten war, hat sich um ihr Gesicht gelöst. Ihre Augen sehen leer aus, ihr Gesicht schwer. Ich habe sie für ihren Termin bei der Kinderpsychologin Doktor Julie Goldman direkt von der Schule abgeholt. Früher habe ich mit Michael immer Witze darüber gemacht, dass auch ich eines Tages in der Lage sein würde, mich Doktor zu nennen. Das wäre dann sehr nützlich im Falle eines lyrischen Notfalls. *Lassen Sie mich durch – ich bin Doktor der Literaturwissenschaft!*

Es ist auch okay, wenn's dir nicht super geht, sage ich. Ich komme damit klar.

Ihr Blick trifft meinen im Spiegel. Ich sehe, dass es hinter ihrer Stirn arbeitet.

Mir geht's aber super, sagt sie schließlich.

Das ist toll, sage ich. Wir sind gleich bei Dr. Goldmans Praxis. Wenn du irgendwelche Fragen hast zu dem, was wir da machen, dann frag mich einfach. Jederzeit.

Sie wendet den Kopf und schaut gespannt und mit gehobenen Brauen aus dem Fenster.

Sie hält inne, als wollte sie noch etwas sagen, aber dann scheint sie es wieder vergessen zu haben.

Die Vorstellung, durch den dichten Verkehr bis nach Hartford fahren zu müssen, hat mich in Panik versetzt, also habe ich mich für eine Praxis hier in der Vorstadt entschieden. Nachdem wir den furchterregenden Highway wieder verlassen haben, gleiten wir zurück auf eine langsamere, zweispurige Straße und ziehen durch farblose Wohnviertel, bis wir das anonyme Praxisgebäude erreichen. Ich biege auf den Parkplatz.

Da sind wir, Sybil, sage ich.

Ich lächle. Und sehe mein Lächeln im Rückspiegel. Warm, aufrichtig – es entsetzt mich.

Wie sich herausstellt, ist Dr. Goldman etwa in meinem

Alter. Sie trägt eine lose Bluse, Stretchhosen und eine lange, komplizierte Kette. Sie ist weitaus hipper, als ich sie mir vorgestellt hatte. Sie lächelt nachsichtig, strahlt die endlose Geduld aus, die Psychologen brauchen, um die langen Phasen der Verdrängung ihrer Patienten durchzustehen. Sie sieht auch leicht entschuldigend aus, als würde es ihr insgeheim leidtun, dass sie vorhat, einem in Kürze die Psyche aufzuknacken wie eine Nuss.

Ich versuche zurückzulächeln – schwierig. Ich bin wahnsinnig eifersüchtig auf ihre Selbstbeherrschung. Ich beneide sie darum, wie Sybil sofort mit ihr warm wird, all die Puppen und Marionetten und die Bastelsachen berührt, die Dr. Goldman in Kisten unter dem Fensterbrett aufbewahrt. Zugleich bin ich erleichtert für Sybil, die merklich munterer geworden ist. Es ist nicht »zu früh« für Sybil, um über das zu sprechen, was passiert ist. Tränen brennen in meinen Augen, also versuche ich nur umso inbrünstiger zu lächeln. Die Anstrengung hat mich abgelenkt, und ich bekomme nicht mit, dass Dr. Goldman mich ins Wartezimmer führen will. Sie muss meinen Namen mehrere Male wiederholen.

Mrs. Partlow?

Ja?

Ich hätte jetzt gern ein bisschen Zeit mit Sybil. Nur wir zwei. Ich hole Sie dann aus dem Wartezimmer dazu, wenn wir für heute fertig sind.

Ich mag Dr. Goldman. Ich habe sofort Vertrauen zu ihr, aber als ich mich im Wartezimmer umschaue, bin ich mir nicht sicher, ob ich die folgenden dreißig Minuten wirklich durchstehe. Erst einmal gibt es hier keine guten Zeitschriften. Ich nehme mir eine Ausgabe der *WebMD*. Ich schlage sie auf, beobachte aber eigentlich die anderen beiden Menschen im Raum. Ein Mann und eine Frau sitzen nebeneinander, und ihre Gesichtsausdrücke sind absolut identisch. Ihre Blicke wandern unkonzentriert im Zimmer hin und her. Sie berühren einander nicht. Sie sind beide gut angezogen, in lässigen Business-Outfits. Schließlich begegnet mir der Blick der Frau, und ich zeige ihr mein eingefrorenes Lächeln.

Woher soll man wissen, ob die Distanz zwischen einem Mann und einer Frau am Geschlecht liegt oder an der Persönlichkeit?

Ich weiß noch, wie ich Michael bei einem Streit angeschrien habe: *Deine Unfähigkeit, Emotionen zu zeigen, gibt mir unentwegt das Gefühl, einsam zu sein!* Woraufhin er zurückschrie: *Dann heirate doch eine Frau!*

Es ist so ein hässlicher Streit gewesen. Aber jetzt, hier im Wartezimmer von Dr. Goldman, muss ich kichern. Der war nicht schlecht, Michael! Die Frau und der Mann werfen mir gleichzeitig einen Blick zu.

Heute werden Sybil und ich uns einige ausgedachte Geschichten erzählen, hatte mir Dr. Goldman erklärt, als ich vor ihrem Schreibtisch Platz genommen und versucht hatte, nicht zu weinen. Sonnenlicht war durch die großen, sauberen Fenster auf Dr. Goldman und Sybil gefallen. Diese Geschichten werden mir dabei helfen, Sybil kennenzulernen, hatte sie hinzugefügt, und sie werden uns auch dabei helfen, eine gemeinsame Sprache zu entwickeln, wenn Sie so wollen. Damit uns, wenn wir beginnen, über die Geschehnisse im wahren Leben zu sprechen, Metaphern zur Verfügung stehen, auf die wir zurückgreifen können. Diese Geschichten sind eine Art *Eingang*.

Oh, sagte ich. Das macht bestimmt Spaß.

Sybil nickte auf ihrem Sitzsack.

Sybil hat sehr viel Fantasie, sagte ich. Und dann, unfähig, mich zurückzuhalten, plapperte ich weiter: Sie erzählt *endlos* Geschichten. Sie fängt morgens an, und wenn ich sie abends ins Bett bringe, erzählt sie immer noch dieselbe Geschichte.

Sie ist meine kleine Scheherazade. Aber Sie wissen schon: alles nur, um bloß noch nicht schlafen zu müssen! Manchmal wünschte ich natürlich, sie würde sich ein bisschen kürzer fassen. Am Ende des Tages bringen einen diese tausend niedlichen …

Ich verzog das Gesicht vor Dr. Goldman, die geduldig mein Lächeln erwiderte, aber nicht gelacht hatte.

Na schön, Sybil. Dann wollen wir mal. Wir haben jetzt ein bisschen Zeit, um zusammen über ein paar Dinge zu plaudern. In diesem Raum darfst du über alles reden, über das du reden möchtest. Über großartige Dinge oder über Dinge, die dir Angst machen. Ich höre zu. Deine Mom sagt, du erzählst gern Geschichten. Es macht doch Spaß, sich so kennenzulernen. Würdest du mir gerne eine Geschichte erzählen?

Eine Geschichte worüber?

Ganz egal, über irgendwas auf der Welt.

Irgendwas auf der Welt?

Ja. Was du möchtest.

Okay. Es war einmal eine Kuh, aber die Kuh konnte keine Milch machen, sie machte Saft. Dann traf sie eine Fee, und die hieß Juice. Ihr Haar bestand aus frisch gewaschener Wäsche. Nein, Moment. Es waren einmal mehrere Feen. Sie hießen Cathy, Jill, Junis und Blatch. Sie lebten in einem Kreis. In einem großen, rosa Kreis …

(…)

Und was passierte dann?

(…)

Sybil?

Was?

Was passierte dann?

Nichts. Nichts passierte dann.

V

25. Februar. Snug Harbor. NOTIZEN UND ANMERKUN-
GEN: Gott sei Dank. Habe es zurückgeschafft. War noch
nie in meinem ganzen Leben so froh, die Bande wieder-
zusehen. Aufgereiht an Deck, gaben sie eine ziemlich run-
tergekommene Crew ab. Doodle mit seinem dreckigen
Gesicht & die Leichtmatrosin, die die Hand zum Salut erhoben hatte und angezogen war wie eine Landstreicherin.
Juliet, die sich ans Vorstag lehnte und mich mit diesem
sehr vertraulichen Lächeln musterte. Okay, ich nehme dieses Lächeln an. Ich werde versuchen, mich ihm würdig zu
erweisen. Ich danke dir, Gott.

Die Feige und die Palme.

Es war nicht immer so.

Nicht einmal damals, als wir nicht genug Licht hatten.

Winter in Boston ohne Geld. Das Beste draus machen,
Pläne schmieden fürs Baby. Sparsamkeit sexy wirken lassen,
das war der Preis, den ich dafür zahlen musste, die Straßen
von Cambridge entlangzuwandern, über die schon meine
Heldinnen der Lyrik spaziert waren. Der Preis dafür, nicht an
einem idiotischen Ort – wie beispielsweise Connecticut – leben zu müssen.

Dann kam sie zur Welt – ein Farbklecks des Lebens. Wir

brachten sie nach Hause, ihren hängenden Kopf über meiner Schulter, gewindelt und den Stramplerreißverschluss bis zum Hals hochgezogen. Wir machten nervöse Witze. Sprachen mit lustigen Akzenten. *Isch glaube, es ist Seit für das Wechsöln dör Windöln.*

Ich war, wie ich schamerfüllt feststellte, keineswegs ein Naturtalent. Vom allerersten Tag an musste ich lernen, eine Mutter zu sein. Ich musste lernen, mich nicht vor meiner Liebe zu ihr zu fürchten. Denn die Liebe ist Gezeiten unterworfen; sie geht, sie kommt, sie geht wieder. Das hatte ich nicht gewusst.

Mit der Zeit hörte dieses Auf und Ab auf, mich zu ängstigen, wiegte stattdessen mein Gewissen in den Schlaf. Wenn wir aus Sparsamkeit die Heizkosten senken mussten, hielten das Baby und ich uns unter Decken gegenseitig warm. Ich huschte in Bademantel und Hausschuhen durch die Wohnung, aufgeregt, als hätte ich einen Gast zu bewirten. Ich habe keine gute Singstimme, aber wie sich herausstellte, öffnete das Muttersein eine ganze Schatzkiste von Wiegenliedern aus meiner Erinnerung. Woher waren sie gekommen, und wie konnte es sein, dass ich mich an jedes einzelne Wort erinnerte?

Nachdem er sich eine einzige Woche bei Bingham & Madewell freigenommen hatte, ging Michael wieder arbeiten. Mir machte das nichts aus. Ich hatte mein Baby. Ich studierte die Reinheit ihrer Haut, die engelsgleiche Amnesie in Sybils Augen. Sie hatte das perfekte Gewicht, für das es kein würdiges Metrum gab. Ich zählte in ausgedachten Sprachen ihre Finger ab.

Ich glaubte, das Muttersein würde mir endlich erlauben, die Bauarbeiten an meinem Herzen abzuschließen.

Ich würde endlich in der Lage sein, die Gerüste wegzunehmen.

Doch dann fing sie an zu schreien.

Und damit meine ich: *Die ganze Zeit.*

Ich habe es versucht (mich würdig zu erweisen). Aber wenn man ein großes Problem in Angriff zu nehmen hat, wählt man nicht immer sofort die richtige Lösung. Als Sybil in Boston ihre Koliken bekam, mussten wir so schnell wie möglich von dort verschwinden.

Ich hatte über Milbury in einer Zeitschrift gelesen, in einem dieser Magazine, die alles bewerten. »Die besten Kleinstädte in den USA«. Ich dachte: Connecticut – klar. Ich hatte eine vage Erinnerung an eine glitzernde Küste, die ich aus dem Fenster des Vermonter Zugs betrachtet hatte, an einen Yachthafen nach dem anderen, an winzige Brücken, Muschelhütten, Bibliotheken, daran, wie ich gedacht hatte: Wow, hier leben wirklich Menschen? Also – permanent? Das waren meine Erinnerungen an Connecticut.

Aber es ist ja so: Wir »erinnern« uns nicht wirklich.

Wir picken bloß die Rosinen aus der eigenen Vergangenheit raus.

Drei Monate lang, einen ganzen Winter über, war es das Einzige, was unser wunderschönes Baby tat: Es schrie – mit Hingabe, als wäre es sein pflichtschuldiger Einsatz in Kriegszeiten. Manchmal ging ich mit Sybil aus dem Haus, wenn ich mich am Rand des Wahnsinns befand, und das war eigentlich immer der Fall. Im Januar spazierten wir über die salzgestreuten Pfade des Harvard Yard, im Februar wateten wir durch den angetauten Wintermatsch, im März zogen wir am angeschwollenen Charles River entlang. Unsere mitleiderregenden Spiegelbilder in den Schaufensterscheiben verfolgten uns, und nur ganz selten spitzte ich die Ohren, um einen einzigartigen Klang aufzuschnappen: den des Nicht-Schreiens. Doch diese Momente waren so kurz, dass sie mir nie genug Zeit ließen, um mir Unterstützung zu besorgen oder auch nur eine noch so oberflächliche Freundschaft zu schließen.

Hinzu kam: Michael war *die gesamte Zeit über* nicht da.

Hinzu kam: Er verstand nicht, wie entnervend es ist, das Wehklagen eines Babys anhören zu müssen. Es war, als würde mein vor so langer Zeit verletztes Ich nach Hilfe schreien, und niemand kam. Wieder einmal.

Hinzu kam: Die Verlängerungsfrist meiner Dissertation lief ab, und mein Kopf enthielt keinen einzigen Gedanken über weibliche Bekenntnislyrik in der zweiten Hälfte des zwanzigsten Jahrhunderts.

Hinzu kam: Es war durchaus möglich, dass wir aufgehört hatten, einander zu lieben. (Auch wenn dies unser geringstes Problem zu sein schien.)

Ich war aufrichtig überrascht, dass das Muttersein die Wunde nicht heilte.

Genau genommen war die Wunde größer geworden. Schließlich musste ich mich der Möglichkeit stellen, dass ich womöglich kein besseres Muttersein anbieten konnte, als ich selbst erfahren hatte.

Ein Berufsleben, das daraus bestand, Lyrik zu lesen – ich glaube, das war es, was ich mir immer gewünscht hatte. Ich wollte irgendwo in einer ruhigen Ecke sitzen, meine Fingerspitzen befeuchten und die wispernden Seiten der Manuskripte umblättern. Wenn ich mir diese Wunschvorstellung ausmale, wie ich irgendwo, wo es still ist, Lyrik lese, finde ich dort nirgendwo einen Ehemann, und keine Kinder. Ich bin vollkommen allein. Und vollkommen sicher. Die Lyrik umschließt mein Leben. Ich *bin* die Lyrik.

Ich war mir sicher, der Umzug nach Milbury würde wie von Zauberhand alle Probleme lösen. Als das nicht passierte, fühlte ich mich umso machtloser. Fing an, nachts lange aufzubleiben & stieß zufällig online auf die Philosophie der Prepper. Ich ließ mir ihre Kataloge schicken. Und die arbeitete ich mit weit mehr Energie durch als meine Omni-Berichte. Was man alles kaufen konnte, um dafür zu sorgen, dass die eigene Familie große Katastrophen überlebte! Faszinierend. Alles nur Erdenkliche: Fässer, um Regenwasser aufzufangen. Saaten. Funkgeräte. Pfeile & Bögen.

Als Juliet mit George schwanger war, meldete ich mich nur zum Spaß bei einem Survival-und-Katastrophenschutz-Training im Litchfield Nature Center an. Und da traf ich dann diesen Typen, Don Alley.

Bist du vorbereitet?, fragte mich Don Alley.

Vorbereitet? Worauf?, fragte ich. Gibt's hier ne Prüfung?

Ich schaute mich in der Gruppe um. Wir waren zu sechst in unserem Kurs. 3 Männer & 3 Frauen. Gemeinsam standen wir in Spießershorts und mit dicken Knien im Schatten der Bäume.

Nein, sagte Don. Vorbereitet auf den sozialen und ökologischen Kollaps.

Ich hab mir das hier selbst zum Geburtstag geschenkt, sagte ich.

Happy Birthday, sagte Don.

Also, worauf genau bereitet ihr euch denn eigentlich vor?, wagte ich zu fragen.

Die meisten von uns sind auf alles vorbereitet, erklärte Don. Such's dir aus: Dürren, Überflutungen, Meteoriteneinschläge. Obwohl ich persönlich ja glaube, das wahrscheinlichste Szenario ist, dass wir vollkommen durchdigitalisiert werden und jemand das Internet zusammenbrechen lässt. Dann geraten alle in Panik und werden gewalttätig. Wir werden sein wie Babys auf Entzug. Aber ich nicht, sagte Don. LeeAnn und ich nicht.

Wir sahen zu, wie LeeAnn einen Mann namens Isaac ganz alleine auf eine Trage wuchtete. Isaac schrie nicht wie wir anderen, als er das Opfer spielte. Er stöhnte eher wie eine Frau in den Wehen. Er war absolut nicht bereit mitzuhelfen, indem er sich in die richtige Richtung schob. Er bestand nur noch aus hundert Kilo sterbendem Gewicht.

Er ist richtig gut, sagte ich.

Er ist der Beste, sagte Don.

Dann wandte sich Don zu mir um und sagte, ziemlich vertraulich: Wir wissen, dass manche Menschen wieder wie Primitive leben. Ich meine, moderne Menschen. Es gibt da diesen Typen in Syrien, der ist Kinderzahnarzt oder so, und der lebt bereits in einer ausgebombten Version seines früheren Lebens. Er lebt jetzt schon wie ein Mensch im Altertum. Zerhackt seine Möbel und macht Feuer damit. Ist völlig autark. Dreh die Uhr ein Stück weiter, und du wirst es genauso machen.

Ich schaute durch eine Mückenwolke zu ihm hinüber. Er schien meine Gedanken lesen zu können.

Du willst gerettet werden?, fragte er. Von wem denn? Vom verschissenen Superman? Vom Westen? Du weißt, was Obama Assad hat durchgehen lassen? ALLES, WAS ER WOLLTE. Das ist der Obama, der den Friedennobelpreis gewonnen hat. Erinnerst du dich an den Superdome? Heilige Scheiße. Satan persönlich könnte sich diese Scheiße nicht ausdenken. Da geht beim Katrina-Sturm die Welt unter, sie schicken dich zum Superdome, weil dein Haus weggeflogen ist, und da wirst du dann mit vorgehaltener Waffe ausgeraubt und vergewaltigt. Demokratie? Wir treten unserer Demokratie in den Arsch, als wäre sie ein Football. Wir sind zu barbarisch für die Demokratie. Wir streiten uns wie siamesische Zwillinge, die einander nicht ausstehen können. Du bist also ein privilegierter weißer Mann, gesegnet von der Geburt bis zu dem Moment, wo du deinen Platz in der herrschenden Klasse einnimmst? Wie schön für dich. Im nächsten Leben wirst du wahrscheinlich als siebte Tochter eines Bauern aus Eritrea wiedergeboren. Aber JETZT bist du, was du bist, und es ist nicht deine Schuld und ganz sicher nicht dein Verdienst, es ist eben dein Leben. LeeAnn und ich haben keine Kinder. Ich glaube, es ist unmoralisch, zu diesem Zeitpunkt Kinder in die Welt zu setzen. Aber ich kümmere mich um meine Mutter. Ich habe einen eigenen Stromgenerator für ihr Dialysegerät. Einen Keller voller Nahrungsmittel, Wasser, Saaten. Das volle Programm. Bin ich nun glücklicher? Nein. Ich glaube, Glück ist eine irrelevante Maßeinheit zu diesem Zeitpunkt der Menschheitsgeschichte. SCHEISS aufs Glück. Aber habe ich Angst? Nein, ich habe KEINE Angst, Michael. Ich bin vorbereitet.

Nun, Don kennenzulernen, hat seine Spuren bei mir hinterlassen.

Eigentlich bin ich in meiner Ehe mit Juliet seit jeher der Stabile gewesen. Juliet ist die Poetin, der Hitzkopf, diejenige, die weint. Wir haben uns früher darüber gestritten, dass ich so ausgeglichen war. Als wäre das eine Art Schuld. Sie sagte immer: Es ist nicht fair, einfach nicht fair, dass du so unverwundbar bist.

Aber nach meinem Survival-Training und nachdem George zur Welt gekommen war und ich anfing, darüber zu reden, bei Omni zu kündigen, als ich anfing, von dem Boot zu sprechen, hat sie meine alte Unverwundbarkeit bestimmt vermisst.

Ich habe die Kinder geliebt. Verdammt, ich liebe sie so sehr. Aber als das zweite da war, kam es mir so vor, als würden sie unentwegt auf dicht befahrene Straßen zukriechen oder den Tod auf andere Weise in Versuchung führen. War ihnen langweilig, verhielten sie sich wie Waschbären bei Nacht, stießen einfach irgendwelchen Mist um, nur um zu sehen, was passiert, spielten im Mülleimer oder steckten Pennys in die Lenksäule. Nur um zu sehen, wie viel Stress wir aushalten konnten.

Irgendwann habe ich dann einen gnadenlos ehrlichen Elternratgeber gelesen, den mir ein Kollege geliehen hatte. Er meinte, das Buch habe geholfen, seine Ehe zu retten. Ich kann mich nicht erinnern, ihm gesagt zu haben, dass auch meine gerettet werden musste, aber vermutlich war es offensichtlich. Im Buch ging es darum, wie wichtig es für Kinder ist, in einer stabilen Ehe aufzuwachsen. Der Autor behauptete, Kinder sollten sich der Beziehung der Eltern unterordnen, weil sie so begriffen, dass sie nicht den Mechanismus zerstören konnten, der ihre Sicherheit garantierte.

Das Kind versucht, die Ehe seiner Eltern zu zerstören, hofft aber gleichzeitig, bei dem Versuch zu scheitern.

Wenn ich das Buch richtig verstanden habe.

Angesichts des langsamen Fortschritts bei meiner Dissertation hoffte ich, dass der Umzug nach Connecticut helfen würde. Weniger Mühen, weniger Existenzkämpfe. Keine historischen Altbautreppenhäuser mehr, durch die man die Kinderwagen hinaufwuchten musste. Michael hatte ohne große Probleme einen Job bei Omni gefunden, einer Versicherungsgesellschaft in einem Firmenkomplex direkt vor Hartford, der eigentlich ein eigener Stadtstaat war. Michael pries die regulären Arbeitszeiten, das firmeneigene Fitness-Studio, und es rührte mich, wie sehr er sich anstrengte, es vielversprechend klingen zu lassen.

Wir fanden ein solides, weißes, komplett renoviertes Haus, mitten in einem belebten, kinderreichen Viertel in der Nähe eines künstlich angelegten Teichs. Es war seltsam einfach, Cambridges Charme gegen einen großen Garten inklusive Rasenfläche und Gemüsebeeten einzutauschen. Hinter unserem Haus in Milbury gab es einen breiten Streifen unbebauten Landes, wo wir über einer rustikalen Feuerstelle unsere Marshmallows rösten konnten. Das Haus war nur einen Steinwurf entfernt, aber es fühlte sich doch abgeschieden und weit weg an. Außerdem hatte ich jetzt, dank all der zusätzlichen Vorstadtquadratmeter, ein offizielles eigenes Arbeitszimmer. Hell und rechteckig. Nicht zu groß, nicht zu klein. Michael fuhr seine ganze Heimwerkerzauberei auf: Einbaumöbel, indirekte Beleuchtung. Wir steckten weitaus mehr Arbeit in diesen Raum als in Sybils Kinderzimmer, das demgegenüber eine ganz eigene skandinavische Nüchternheit annahm.

Vielleicht steckte ich etwas zu viel Ehrgeiz in das Arbeitszimmer. Denn ständig dachte ich, es würde noch irgendetwas fehlen. Ein Teppich. Ein anderer Teppich. Mehr Fotos. Keine Fotos. Ich brauchte lange, bis mir klar wurde, dass es nur eine Sache gab, die dem Arbeitszimmer fehlte: ich, die darin *arbeitete*.

Doch nachdem ich die Dissertation zwei Jahre lang nicht angerührt hatte, verstand ich sie nicht mehr. Ich erinnerte mich nicht mehr, was ich hatte sagen wollen. Ich holte mein Manuskript hervor, wenn Sybil im Kindergarten war, und versuchte, die erste Seite zu entschlüsseln. Aber im wahrsten Sinne des Wortes hatte ich alles vergessen. Hatte vergessen, was daran wichtig war. Da ich aber wenigstens in irgendetwas vorankommen wollte, wurde ich eine Ninja-Meisterin der Prokrastination. Was auch immer es für Aufschubtechniken gibt – ich habe sie zur Vollendung gebracht. Ich formatierte und re-formatierte meine Verzeichnisse. Ich änderte die Schriftarten. Ich rückte meinen Schreibtisch näher ans Fenster. Ich überlegte, ob ich das Thema wechseln sollte. Ich versuchte, mit der Hand zu schreiben. Ich betete. Versuchte es mit Kombucha. Strich das halbe Badezimmer in Schwammtechnik. Ich kaufte mir eine Schachtel Zigaretten. Ich schob den Schreibtisch dorthin zurück, wo er vorher gestanden hatte. Ich beneidete. Ich hungerte. Ich vermisste meine Tochter, um die man sich im Keller einer Kirche kümmerte, *damit ich meine Dissertation abschließen konnte*. Nichts funktionierte.

Ich befand mich im intellektuellen Tiefschlaf. Okay, okay, das war nicht ideal, aber es würde ja auch nicht auf Dauer so bleiben. Ich konnte um eine weitere Fristverlängerung ansuchen. Ich war immer noch pro forma in der Graduate School eingeschrieben, und ich konnte auch nach Boston fahren, wenn ich Hilfe brauchte.

Connecticut ist sehr friedlich, schrieb ich meiner Doktormutter. *Ich habe gerade mit dem Geist von Wallace Stevens geplaudert. (Scherz!)*

Die positive Kehrseite meines neuen Lebens: Nachts musste ich nicht mehr heulend vor dem offenen Kühlschrank stehen. War nicht mehr eingezwängt in 46 Quadratmeter. Hatte keine Angst mehr vor dem Morgengrauen. Musste mir nicht mehr mit den Fäusten gegen den Kopf schlagen, um sie davon abzuhalten, meinem eigenen Kind wehzutun. Musste im Badezimmer keine Schachereien mehr mit Gott veranstalten.

Meine bösen Engel waren weitaus gemütlicher in Milbury. Es gab mehr Platz für ihre räudigen Flügel.

Manchmal vermisste ich Juliet, obwohl sie direkt vor mir saß.

Keine Ahnung, wann dieses Gefühl angefangen hat. Als sie mit Sybil schwanger war, war sie unfassbar schön, einfach gigantisch. Ich war so stolz, sie an den Fingerspitzen herumzuführen, während sie durch die Stadt schwankte. Ich habe geweint, als Sybil zur Welt kam! Ich habe mein ganzes Büro bei Bingham & Madewell mit Fotos eines glatzköpfigen, schielenden Wesens zugepflastert. Ich bin im wahrsten Sinne des Wortes ein besserer Mensch geworden.

Und doch habe ich Juliet vermisst.

Wir lernten uns im Abschlussjahr in Kenyon kennen. Ein Freund von mir trat bei einer Theateraufführung auf, und ich ging hin. Die Götter meinten es gut mit mir, denn ich saß direkt neben Juliet, die eine Tüte Weingummi aß & mit dem Jungen neben ihr lachte. Wir hatten nie miteinander gesprochen, aber ich hatte ein ganzes Semester lang ihr gegenüber im Ethikseminar gesessen und sie dabei beobachtet, wie sie sich endlose Notizen machte. Mir war oft in den Sinn gekommen, sie anzusprechen. Doch als ich nun neben ihr saß, neben der echten, lebendigen Juliet Byrne, fiel mir nicht viel ein. Es würde hoffentlich nicht zu seltsam klingen, aber ob sie wisse, dass sie einen kleinen Kreis mit ihrem Mund bildete, wenn sie sich stark konzentrierte?

Sie starrte mich an, und die Lichter gingen aus.

Dann wurde es noch peinlicher. Wie sich herausstellte, tat mein Freund in dem Stück so, als würde er Sex mit einem Pferd haben. Nackt, meine ich. Da war er, mitten auf der Bühne, direkt vor mir, sein Schwanz im vollen Scheinwerferlicht. Er war eigentlich kein enger Freund, aber der Punkt war: Er hatte dieses vollkommen andere Leben, von dem ich nichts wusste. Ein Leben, in dem er auf einer Bühne stand und der ganzen Welt seinen Schwanz zeigte.

Und niemandem sonst schien das etwas auszumachen. Die anderen Zuschauer sahen ihn an. Sie waren bewegt. Für sie war sein Schwanz einfach nur Teil des Stücks. Sein Schwanz war nicht wichtig, außer als Teil des Stücks.

Ich bin mir nicht sicher, was das über mich aussagt, aber die ganze Sache hat großen Eindruck auf mich gemacht. Ich meine, ich stand kurz vor meinem Abschluss. Aber wo war ich gewesen? Hatte im Fachbereich BWL abgehangen, mich an die Rettungsleinen geklammert und immer bloß allen recht gegeben, während sich andere Leute in Theatern & Kellern & Cafés versammelten und ihre Fesseln abwarfen. Juliet jedenfalls beeindruckte mich in ihrem dämlichen Mantel & mit ihrem Pony, der so ungehobelt aussah, als hätte sie sich mit der Stichsäge die Haare geschnitten. Sie lachte, wenn sie etwas witzig fand, selbst wenn sie damit allein war. Sie war anders. Im wahrsten Sinne des Wortes. Ich meine: Sie war etwas anderes, kein »Mädchen«, keine »Freundin«. Als hätte sie keine Geduld für irgendwelche diplomatischen Spielchen, bei ihr hieß es: ja oder nein.

Ironischerweise konnte ich Anne Sextons Lyrik weit besser verstehen, als ich es nicht schaffte, über sie zu schreiben. Sie war ebenfalls eine Hausfrau in der Vorstadt gewesen, mit zwei kleinen Kindern und einem Ehemann, der sich häufig auf Geschäftsreisen befand. Sie mühte sich mit ihren Gedichten ab, während ihre Kinder Schallplatten hörten.

Aber wie sollte ich das meiner Doktormutter in Boston erklären? Vor allem, nachdem meine zweite Verlängerungsfrist ergebnislos verstrichen war. Dass ich Lyrik liebte. Ich liebte ihre Dichte, ihre Vieldeutigkeit. Die Schatten, die sie warf. Ich liebte die Trance, in die sie mich versetzte. Ich spürte, wie mein Kopf weiter wurde, wenn ich Lyrik las, dass meine Vorurteile aufbrachen wie Eis im Frühling. Wenn ich Lyrik las, hatte ich keinen Körper. Gerade das war für jemanden wie mich eine besonders willkommene Erleichterung.

Meine Doktormutter aber wäre entsetzt gewesen, dass das alles war, was mir dazu einfiel. *Liebe? Trance?* Sie erwartete offenkundig mit großer Vorfreude den Tod der Lyrik, damit sie eine Autopsie veranstalten und die Resultate veröffentlichen konnte.

Damals, vor meinem Abschluss, als ich noch die Vorzeigestudentin im Fachbereich Englische Literatur von Kenyon gewesen war, hatte mir niemand gesagt, was ich jetzt weiß: Je größer die Liebe zur Lyrik, desto geringer die Fähigkeit, eine Dissertation über sie abzuschließen.

Einmal war Juliet tatsächlich einverstanden, mit mir segeln zu gehen. Auf einem kleinen Kielboot, das ich für einen Tag am Erie-See mietete.

Es war ziemlich stürmisch, genau wie ich es von früher in Erinnerung hatte. Sie schrie andauernd Fragen gegen den Wind. Werden wir kentern? Werden wir untergehen? Juliet hat einen starken Körper, und obwohl sie nie zuvor segeln war, wirkte sie wie das reinste Naturtalent, als sie die Schoten dichtholte. Ich konnte sie nur anstarren, völlig fassungslos.

Als wir andockten, sprang sie sofort aus dem Boot. Ich dachte, sie würde davonlaufen. Also rief ich ihr nach: Wann sehen wir uns wieder?

Machst du Witze?, brüllte sie und griff nach der Festmacherleine. Jetzt wirst du mich nie wieder los!

Während dieser ersten Jahre in Milbury, der Baby-gegen-Dissertation-Jahre, war das Einzige, was mich wirklich in den Bann ziehen konnte – das Einzige, was ebenso wahnsinnig und unorganisiert war wie ich –, das Internet. Ich gab kostbare Stunden der Gelehrsamkeit auf, um online Kundenbewertungen für Produkte zu lesen, die ich selbst besaß, oder über deren Kauf ich nachdachte, bis ich einen unwiderstehlichen Drang verspürte, meine eigene Meinung hinzuzufügen und zuzuschauen, wie sich die Likes vermehrten. Bis ich die Tatsache nicht länger ignorieren konnte, dass mehr Menschen von meiner Meinung über Acryl-Häkeldecken profitieren würden als je von meinen Gedanken über Bekenntnislyrikerinnen.

Ich glaube, das war der Anfang vom eigentlichen Ende.

Wer hätte gedacht, dass ich, Jahre später, nach Hause kommen und sie weinend auf dem Boden vorfinden würde? Was ist los? Was ist denn los?

Ich weiß nicht.

Sybil stand im Türrahmen. Geht's dem Baby gut?

Ja, ja. Er schläft in seiner Wiege.

Sybil kniete sich hin, streichelte ihre Schulter. Es ist okay, Mommy. Möchtest du einen Eisbeutel, Mommy?

Wir brachten sie ins Bett. Ich machte Sybil Abendessen, las ihr vor, sagte ihr Gute Nacht. Und plötzlich ist da diese Stimme in meinem Kopf: Hey, vielleicht bist du ja das Problem, ist dir das schon mal in den Sinn gekommen, Einstein?

Konnte ich mir einreden, dass das Aufgeben meiner literaturwissenschaftlichen Arbeit eine Sache des Prinzips war? Schließlich waren einige der Dichterinnen, in deren Werk ich mich vertiefte, selbst solipsistisch gewesen, künstlerisch undiszipliniert und ausgesprochen wehleidig. War mein Hauptgegenstand, Anne Sexton, überhaupt eine gute Dichterin? Darüber ließ sich streiten. Ihr Thema war sie selbst, ihre eigene Sehnsucht und ihre eigene Verrücktheit.

Davon abgesehen: Was brachte Lyrik überhaupt zustande? Konnte ein Gedicht ein Loch graben, eine Wunde heilen oder Brot backen? Die Schöpfung von Kunst basiert auf einem unbewussten Wegschauen, sei es auch nur für die kurze Dauer, die man braucht, um es zu verfassen. Oder wie Adorno es ausgedrückt hat: *Nach Auschwitz ein Gedicht zu schreiben, ist barbarisch.*

Ich würde also aufhören, Gedichte zu lieben. Dieser von niemandem bemerkte Akt der Selbstberaubung sollte mein Protest sein.

Etwa zu dieser Zeit begann ich, zum Yachthafen zu fahren. Ein- oder zweimal pro Woche. Während der Arbeitszeit. Ich war einfach bloß da, um mit einem 60-jährigen Mann mit vorstehendem Bauch Zeit zu verbringen, doch irgendwie hatte es immer den Hauch des Illegitimen. Mir fiel immer eine neue Ausrede ein. Meine Teamleiterin tat so, als wäre sie nicht genervt, denn Genervtsein gehörte nicht zur Unternehmenskultur von Omni. Doch bald schon hatten wir einige ziemlich angespannte Meetings. Stritten uns über unwichtige Kleinigkeiten. Vielleicht wollte ich, dass sie mich an die Luft setzte, damit ich endlich einen Grund hatte, segeln zu gehen.

Nachts betrachtete ich immer wieder Juliet, während sie schlief. Wie viele Male ich sie beinahe geweckt hätte, um ihr alles zu erzählen. Ich hatte nicht den Mumm. Ich nehme an, letztlich hatte ich Angst, mit Juliet zu reden.

Wie konnte ein erwachsener Mann <u>Angst</u> davor haben, mit seiner eigenen Frau in der Privatsphäre des eigenen Schlafzimmers zu sprechen? Gute Frage.

Es ist wie bei einem Matrosen, der seinem Schiffskameraden nicht mitteilt, dass Wasser in den Frachtraum dringt.

Dann wurde mir klar, dass sich niemand einen Scheiß dafür interessierte, was ich tat, so oder so.

Hätte ich mir mehr Mühe geben müssen? Ehrlicher sein müssen? Ein besserer Kommunikator? Natürlich. Aber Teil des Problems mit Juliet ist, dass sie bei allem so furchtbar übergenau ist. Sie ist zu anderen ebenso streng wie zu sich selbst. Und es ist schwer, mit ihr zu streiten. All das ungenutzte akademische Training. Ich konnte nicht mit ihr reden, wenn sie richtig aufdrehte. Dann war sie wie John Calvin bei einem Poetry Slam. Mein <u>erbärmlicher</u> Mangel an Sensibilität brachte sie zur Weißglut! Meine Handlungen waren <u>nicht zu rechtfertigen</u>! Sie konnte meine <u>Indifferenz</u> nicht ertragen! Ich hätte am liebsten gesagt: Juliet, weißt du überhaupt noch, worüber wir gerade gesprochen haben? Ich nämlich nicht. Und wenn du meinst, diese Worte haben irgendwas in einer dämlichen Auseinandersetzung zu suchen, in der es darum geht, wie wir mit unserem gemütlichen Zuhause oder mit unseren gesunden, wunderbaren Kindern umgehen, musst du dringend mehr rausgehen.

Kann man seine Liebe wegreden?

Denn ich liebe sie & ich glaube, irgendwie liebt auch sie mich immer noch.

Die Wahrheit ist: Wir kriegen das mit dem Timing einfach nicht hin.

Offenbar lieben wir uns nie zur selben Zeit auf dieselbe Weise.

Ich schlage das Logbuch zu.

Dann trete ich aus dem Schrank, blinzelnd, versuche, in diese Welt zurückzukehren, in diesen Raum. Dem Licht nach zu urteilen ist es zwei oder drei Uhr am Nachmittag. George ist heute wieder in die Schule gegangen, sein Fieber war bloß eine dieser bedeutungslosen Kleinigkeiten.

Genau in diesem Augenblick kommt meine Mutter mit einem Korb voll Wäsche im Arm ins Schlafzimmer.

Oh, sagt sie. Du hast mich erschreckt.

Ganz sicher sehe ich seltsam aus für sie. Wie ich mitten im Schlafzimmer stehe. Einfach nur dastehe, ohne etwas zu tun.

Ich dachte, du wärst da drin, sagt sie und wirft dem Schrank einen Blick zu.

Oh, sage ich. Ja. Ich brauchte eine Pause.

Mir fällt auf, dass ich noch immer das Logbuch in der Hand halte. Ich lege es auf den Nachttisch und setze mich aufs Bett.

Ich sehe, wie der Blick meiner Mutter darauf fällt.

Das ist Michaels Logbuch, erkläre ich. Über unsere Reise. Und andere Sachen. Es ist eigentlich mehr eine Art Tagebuch.

Oh, sagt sie. Und du liest es?

Natürlich lese ich es, sage ich.

Sie nickt, unsicher, was sie mit dem Korb anstellen soll.

Ich strecke die Hände aus, um ihn ihr abzunehmen. Aber das sieht aus wie eine Klagegeste, und irgendwie zerreißt mich das. Ich schlage die Hände vors Gesicht und fange an zu schluchzen.

Meine Mutter lässt den Korb auf den Boden fallen.

Sie greift meine Hände und fragt flehentlich: Juliet, was ist geschehen?

Das ist Folter, möchte ich ihr sagen. Es ist eine Folter, und ich bin mir nicht sicher, ob ich sie verdient habe.

(Aber andererseits, vielleicht habe ich das.)

Arme Juliet, sagt sie, während ich an ihrer Schulter weine. Oh, meine Tochter. Ich wünschte, ich könnte dir den Schmerz abnehmen.

Wir sitzen auf dem Bett. Ich lehne mich an sie.

Du musst nicht darüber reden, sagt sie. Du kannst einfach weinen. Weine ruhig den ganzen Tag, wenn du das brauchst. So ist's gut. So ist's gut.

Damals in Connecticut habe ich sie zum Beispiel immer beobachtet, hinterm Haus, bei der Gartenarbeit. Irgendwas in mir ist einfach … geschmolzen. Sie hat die Pflanzen angeschrien und geflucht, als könnten sie sie hören. Dann beugte sie sich in ihren erfreulich kurzen Shorts über die Pflanzen und drohte ihnen, keinerlei Anspannung in ihrer Pose, keinerlei Krümmung im Knie & schon raste mein Puls, weil sie so real war & so ein wunderbares Werk der Natur & weil sie meine Frau war.

Meine Juliet.

Dann kam sie auf mich zu. Das Gefühl überwältigte mich & ich wollte es ihr gerade mitteilen, aber dann sagte sie etwas wie: Gottverdammter Giftefeu. Und fuchtelte mit einer ganzen Handvoll davon vor meinem Gesicht herum. Ich habe dir doch bestimmt schon hundertmal gesagt, dass du das Zeug einsprühen sollst, Michael!

Die Frühlingstage werden länger. Eine Ahnung von himmlischem Flieder umrandet die Häuser auf der anderen Straßenseite. Ich stehe vor dem Schlafzimmerfenster und schaue hinaus. Die Straßenlaterne schaltet sich ein. Ihr Lichtkegel: leer. Wartet darauf, dass jemand hineintritt.

Unten höre ich das Tirilieren von Sybil, während sie meiner Mutter eine Frage stellt. Die tiefere Stimme meiner Mutter gurrt die Antwort. Ihre Unterhaltung ist ein Vogelzwitschern: bloße Töne. Und George ist auch da. Unbeholfenes Quaken. Bald – jeden Augenblick – werde ich runtergehen. Ich werde sagen: Wow, was für ein wunderschönes Gemälde, Doodle. Hast du heute eine gute Note in der Schule bekommen, Sybie? Das ist ja super.

Jeden Augenblick werde ich das tun.

Gambier, Kenyon College. Januar. Man würde an Unterkühlung sterben ohne die Laternenpfähle, die sie überall auf dem Campus aufgestellt hatten. Sie beleuchteten deinen betrunkenen Weg durch den Winter.

Ich mache *was* mit meinem Gesicht, wenn ich mir etwas notiere?, fragte ich den Jungen, der vor mir stand.

Du machst so – er rundete seine Lippen, und dann berührte er das kleine O mit den Fingern. Genau so.

Es war Winter, sehr kalt. Ich trug einen Männermantel, den ich bei der Heilsarmee von Gambier gekauft hatte. Die Freunde, mit denen ich zu der Theateraufführung gegangen war, hatten sich verabschiedet, sie lachten noch über mich, über ihre Schultern hinweg.

Ich hob die Brauen.

Das sollte keine Kritik sein, sagte er und wurde rot.

Ich starrte seine praktische Winterjacke an, seine ordentlich geschnürten New-Balance-Sneaker.

Moment. Du beobachtest mich während der Seminare? Findest du das okay?

Nein, ich beobachte dich nicht die ganze Zeit! Ich schaue nur manchmal nach. Ist sie noch da? Gut.

Warum sollte dir das wichtig sein?

Ich weiß nicht, sagte er lachend. Ich bin bloß ein dummer Junge vom Arsch der Welt. Offensichtlich ein Idiot! Ich weiß nicht, warum du mir wichtig bist.

Ju-li-eh-et, ruft meine Mutter von unten.

Komme, sage ich.

VI

Ein neuer Tag. Ich binde mir vor dem Flurspiegel einen Schal um. Der Schal ist aus Seide, ein gewagtes Fuchsia-rot. Michael hat ihn mir vor einigen Jahren von einer Geschäftsreise mitgebracht. Ich habe nie eine Gelegenheit gefunden, ihn zu tragen. Na ja, bis jetzt. Und jetzt ist er natürlich schrecklich unangemessen.

Meine Mutter kommt aus dem Gästezimmer und reibt sich die Augen.

Ich hab geschlafen wie ein Stein, sagt sie. Ist es schon Zeit für den Bus?

Ja, sage ich. Ich wollte dich schlafen lassen.

Sie blinzelt mich an. Auf der einen Seite ihres Kopfes sind die Haare plattgedrückt.

Gehst du zur Bushaltestelle?, fragt sie ungläubig.

Ich dachte, ja, sage ich. Ich dachte, ich *sollte*. Es versuchen. Rausgehen und mich den Menschen stellen.

Sie schaut sich im Zimmer um, befeuchtet ihre Lippen.

Ja, sicher, sagt sie. Es würde ihr ganz bestimmt viel bedeuten.

Ich sehe, dass sie einen kurzen Blick auf den Schal wirft.

Verunsichert nehme ich ihn wieder ab. Pink macht mich blass, sage ich.

Ich reiche ihr den Schal. Meine Mutter steht da und hält ihn wie einen Pelz in den Händen.

Hast du wieder in Michaels Tagebuch gelesen?, fragt sie.

Ich zucke mit den Schultern. Mein verkrampftes Lächeln taucht auf. Der Halloween-Kürbis.

Ich habe mich gefragt … Meine Mutter verlagert ihr Gewicht. Ich will dir keinen unerwünschten Rat geben, aber vielleicht solltest du das Tagebuch weglegen? Bloß für eine Weile. Bis du dich stärker fühlst, bereit.

Aber ich komme grad zum besten Teil, sage ich, bevor ich mich stoppen kann.

Zum besten Teil? Sie kneift die Augen zusammen.

Der Geschichte, sage ich. Der beste Teil der Geschichte. Der ganz zufällig der schlimmste Teil meines Lebens ist.

Ich glaube nicht, dass du diese Geschichte lesen *musst*, Juliet. Du?

Ich seufze. Du stellst gute Fragen, sage ich. Aber jetzt sollte ich wirklich zur Bushaltestelle gehen.

Eins noch, sagt sie.

Ich warte, die Hand auf dem Türknauf.

Dass ich hier bin, sagt sie. Ich möchte bleiben. Ich werde bleiben, solange du mich hierhaben willst. Aber versprich mir, dass du mir sagst, wenn du lieber allein wärst. Sag es mir einfach. In diesem Fall würde ich es nicht persönlich nehmen.

Mein Herz klopft. In Wahrheit ist mir die Möglichkeit, dass sie wieder fortgehen könnte, nicht mal in den Sinn gekommen. Ich weiß, sie hat ihre eigene Wohnung in Schenectady, nicht weit entfernt vom Haus meiner Kindheit und ihrer besten Freundin Louise. Auch wenn ich diese Wohnung noch nie gesehen habe, sehe ich die Bilder an den Wänden genau vor mir, ebenso wie die Sukkulenten auf den Fensterbänken. Ich sehe, wie meine Mutter eifrig zur Wohnungstür rein und raus eilt, im Ruhestand, aber in einem bescheidenen Leben, in dem sie mit wenig auskommt. Wie sie ehrenamtlich Nachhilfe gibt. Und mit Louise wenig beachtete New-England-Museen besucht.

Juliet?, sagt meine Mutter. Hab ich dich verletzt?

Das Gefühl ist vertraut. Woran erinnert es mich? Dann fällt es mir ein.

Der Gedanke, meine Mutter könnte fortgehen, fühlt sich an wie der Moment, wenn kein Land mehr in Sicht ist.

27. Februar. FRÖHLICHER ABSCHIEDSTAG VON DER CREW DER YACHT *ADAGIO*. Hafen von Snug Harbor. 09° 19.66′N 078° 15.08′W. Zeit: 9:15 Uhr. Kurs: NW. Wind: SE 10 Knoten. NOTIZEN UND ANMERKUNGEN: Volle Batterieleistung. Fahrlicht funktionstüchtig. Luken gesichert. Schoten entwirrt. Unter mir üben die Leichtmatrosin und der Erste Maat den Motor-Check. Ich erlaube ihnen das, da der Motor zurzeit keine Rolle spielt, weil er ja sowieso nicht funktioniert. Es widerstrebt mir heute Morgen, irgendetwas zu delegieren, weil ich nicht möchte, dass kleine Pannen entstehen, die dann mitten im Golf von Urabá zu echten Krisen werden. J scheint traurig zu sein, also frage ich sie, was los ist. Sie sagt, sie habe Bedenken. Ist ja ganz toll, denke ich. Ich gebe ihr einen sanften Klaps gegen den Arm und sage: Wir schaffen das. Dann vertraue ich meinem alten Freund, dem GPS-Gerät, unseren Kurs an. Damals in Connecticut, als das alles noch ein Traum war, sah ich mich immer mit dem Zirkel über Meereskarten aus Papier gebeugt. In den letzten Monaten bin ich aber erwachsen geworden & zum Erwachsenwerden gehört, jede zur Verfügung stehende Technologie zu nutzen. Ich überprüfe zum millionstenmal das Wetter. Heiter, heiter, heiter.

Es muss lediglich 2 Tage halten. Trotzdem bin ich hibbelig.

Georgie lässt sich in meinen Schoß fallen.

Bereit, Doodle?, sage ich. Nächster Halt: Cartagena.

Es passierte, ohne dass wir es bemerkten. Wir waren so damit in Beschlag genommen, den Anker zu lichten und davonzusegeln, von den Geräuschen der Segel und des Riggs, die so viel lauter waren ohne Motor, ohne jede Möglichkeit, den Motor anzuwerfen, dass keiner von uns zurückschaute, bis die Küste, ohne jedes Trara, verschwunden war.

Dann gab es keine Wahrzeichen mehr, keine Leuchtsignale, keine Bojen, keine Docks, keine Masten, keine Dächer, keine Ulus, keine Felswände, keine Hügel, keine Inseln, keine Feuer, keinen Rauch, keine Geräusche, keine Umrisse, keine Formen, egal, wohin man sah – bloß ein Nichtvorhandensein der Menschheit, als wäre man auf dem Mond. Dreihundertsechzig Grad um uns herum nur Wasser.

Aber wie ich schon sagte: So etwas wie einzelne »Ozeane« gibt es nicht. Es gibt nur ein endloses, ungetrenntes Meer.

Dass es nichts gab, was man anschauen konnte, kam mir vor wie eine Art Blindheit.

<u>Das</u> ist es. Das hier ist <u>das Leben</u>. Eine Reise ohne Wegweiser. Das Meer rauscht in alle Richtungen dahin. Es ist da, und nur durch die Gnade Gottes

Ich musste meine Augen schließen, der Anblick tat beinahe weh. Ich versuchte, mir nicht vorzustellen, wie wir von oben aussahen. Ein bloßes Accessoire. Eine winzige Paillette auf dem Meer.

gehe ich

Eine Weile fragte ich mich im Stillen, ob der Mensch, der ich in den vergangenen Jahren geworden war – skeptisch, ängstlich, wütend –, wirklich ich war oder nicht bloß das Ergebnis meiner mich deformierenden Geschichte.

Frei. Ich bin frei.

Aber auf See – wie der Wissenschaftler, der seine letzte Notiz zu Papier bringt – gab es nichts, was mich davon hätte abhalten können, die Frage zu beantworten. Nichts stand der Selbsterkenntnis im Weg. Es gab nur immer noch mehr und noch mehr Horizont, leer in jeder Richtung, ein Fehlen jeglicher Einmischung, ein Ausblick ohne jede Vermittlung – reines, beängstigendes Bei-Sich-Sein.

27. Februar. LOGBUCH DER YACHT *JULIET*. Von Snug Harbor nach Cartagena. 09° 53.5′N 077° 47.96′W. Zeit: 20:15. Kurs: NW. Wind: SE 5 Knoten. NOTIZEN UND ANMERKUNGEN: Meine erste Nachtwache auf der Überfahrt. Noch nie ist mir der Einbruch der Nacht so bewusst gewesen wie heute. Ich schaue zu, wie der Osten dem Westen Licht schenkt & der Westen dem Osten Dunkelheit. Ohne Kampf geht das vonstatten. Stundenlang schaue ich zu, wie der Himmel Licht austauscht. Es kommt mir vor, als würde ich in etwas eingeweiht. Ich sehe dabei zu, wie sich endloser Raum verändert. Man sollte meinen, dass das langweilig werden würde, aber das ist es nie. Mit

der Zeit beginnt man bloß, selbst zu denken wie der Himmel. In langsamen Explosionen. Beginnt sich ohne jeden Widerstand in die Veränderung zu stürzen.

Sybil möchte, dass ich festhalte, dass wir gerade von einer großen Schule Delphine begrüßt wurden. Sie sind uns ein Stück weit in den Golf von Urabá gefolgt und dann verschwunden. Jetzt sehen wir mehreren gigantischen Tankern dabei zu, wie sie weit in der Ferne in ihren Fahrrinnen unterwegs sind. Ihre Lichter sind schwer von tief stehenden Sternen zu unterscheiden. Man kann hier draußen an den merkwürdigsten Stellen Gesellschaft finden. Gerade eben ist ein kleiner Seevogel vorbeigekommen und hat sich auf dem Heckkorb ausgeruht. Wir haben uns sehr angestrengt, ihn nicht aufzuschrecken, aber schon im nächsten Augenblick stieß sich der Vogel ab, breitete die Flügel aus & ließ sich davontragen.

Ich sage zur Leichtmatrosin: Das ist es. Das ist Segeln. Wie gefällt es dir?

Ich liebe es, sagt sie.

Keine Menschenseele in Sicht. Nur wir und das Meer.

Juliet bewegt sich unter Deck, als wäre sie in einer Waldhütte. Sie macht George bettfertig. Das Boot ist erfüllt von Licht. Ein helles Zimmer, das sich über dunkle Wasser bewegt.

George war der Einzige von uns, für den bei der Überfahrt Sauberkeit kein Thema war, weil er immer noch ins Spülbecken der Kombüse passte. An diesem Abend schrubbte ich ihn mit Schwamm und Seife und rubbelte ihn mit einem Handtuch trocken, während ich mich gegen den Seegang stemmte. *Er* wusste nicht, dass kein Land mehr in Sicht war, *er* wusste nicht, dass wir keinen Motor hatten. Ich beneidete ihn darum. Ich versuchte, fröhlich zu sein, aber ich hatte Angst.

In diesem Augenblick spürte ich sie – dort, mitten auf dem Meer –, die Anwesenheit der bösen Engel. Den kalten Hauch ihrer raschelnden Flügel. Die fahlen, mitleidlosen Mienen, mit denen sie auf mich herabblickten. Sie kamen – und das hätte ich wissen müssen – immer, wenn ich mich ängstigte, wenn ich mich unsicher fühlte: Sie nährten sich von meiner Scham.

Lasst mich in Ruhe, sagte ich.

Georgie schaute mich, die Finger in seinem Mund, mit großen Augen an.

Nicht du …

Ich umarmte ihn fest. Dann legte ich ihn langsam in sein Bett.

Als ich mich aufrichtete, stieß ich mir den Kopf an dem Regal über seiner Koje. Fest genug, um Sterne zu sehen.

Ich würde es nie lernen. Ich würde es nie, nie lernen.

Meine Güte. Gottverdammte Juliet. Schafft es einfach nicht, ein Teamplayer zu sein. Sybil & ich sind mitten in einer Partie Dame, als eine starke Böe das Boot neigt. Ich höre, wie Juliet in der Toilette herumpoltert. Die Steine gleiten vom Cockpittisch, und Sybil geht sofort auf die Knie und angelt nach ihnen.

Tut mir leid, Schatz!, rufe ich zu Juliet hinunter. Hat dich das umgeworfen?

Sie brüllt etwas zurück, das ich nicht verstehe.

Hier draußen, ohne die gewohnten Orientierungspunkte, ist es sehr viel schwieriger, den Wind einzuschätzen. Es ist nicht bloß das Fehlen einer sichtbaren Küste. Das Meer selbst ist anders. So massiv. Es gibt uns keine Zeichen. Dafür herrscht eine Art Kommunikation zwischen dem Wind & der See, aber die ist zu privat, um sie verstehen zu können.

Ich steuere das Boot näher an den Wind & trimme das Segel. Es gleicht sich wieder aus.

Scheiße, Michael, ruft Juliet von unten. Das Spülbecken in der Küche ist voller Salzwasser!

Worauf ich frage: Hast du das Seeventil am Zulaufschlauch zugedreht, bevor wir losgefahren sind?

Ob ich das Seeventil am was zugedreht habe?

Dann wohl nicht, Schatz. Na ja, warte einfach, bis es abgelaufen ist. Oder lass dir von der Leichtmatrosin helfen, das Becken auszuschöpfen. Okay?

Das Becken <u>ausschöpfen?</u>, ruft sie zurück. Womit denn?

Hör zu, Juliet, nichts für ungut, aber ich versuche hier oben, das Boot zu steuern.

Komm mir nicht mit dieser Scheiße, Michael!

Mommy!, sagt Sybil. So was sagt man nicht.

Der Kopf meiner Frau taucht von unten auf, eingerahmt von der Kajütenluke. Ihr Blick ist finster und anklagend.

Tut mir leid, dass ich dich mit häuslichen Dingen belästigen muss, murmelt sie. <u>Captain</u>.

Ich klammere mich kurz ans Ruder. Ich stehe nur da, im Cockpit, umgeben vom Meer. Dann weiß ich auch nicht, was plötzlich passiert. Ich gehe hinüber & knalle meine Hand aufs Kabinendach. Unten steht Juliet, den Blick aufs Spülbecken gerichtet, und zuckt zusammen.

Wie wär's denn damit, sage ich: <u>Du</u> kommst hier rauf und steuerst das Boot. Und ich schöpfe das Becken aus. Und dann mache <u>ich</u> verschissene Sandwiches und schneide scheiß Schneeflocken aus Papier.

Daddy! Das sagt man nicht!

Juliet sieht schockiert aus. Sie kommt zum Fuß der Leiter.

Fluch nicht vor Sybil, Michael.

Schrei Daddy nicht an, Mommy.

Juliet wirft Sybil ein schmerzliches Lächeln zu. Sybil, Schätzchen, warum setzt du dir nicht deine Kopfhörer auf und hörst dir ein Hörspiel an?

Aber Sybil sagt bloß: Nein, danke.

Aber ich kann nicht aufhören. Warum kann ich nicht aufhören?

Das hier ist jetzt die Realität, Juliet, brülle ich. Wir segeln ohne verfickten Motor. Entschuldige die Ausdrucksweise, Leichtmatrosin. Du musst <u>jetzt</u> deine Einstellung ändern.

Juliet steigt die Leiter zur Hälfte hinauf. Was soll das jetzt, Michael? Bist du sauer, weil ich das Seeventil offen gelassen habe?

Nein, das ist mir vollkommen egal. Ich habe schon hundert Fehler gemacht. Ich möchte, dass du <u>das Boot segelst</u>. Einmal. Es einmal <u>versuchst</u>.

Warum, Michael? Sie hat Tränen in den Augen. Warum ist dir das so wichtig?

Weil du auch mal kämpfen musst, sage ich. Deshalb.

Und dann sage ich das, was ich nicht sagen sollte.

Seit Jahren schaue ich dir dabei zu, wie du ein Opfer bist. Das, was dir wehgetan hat, ist vor <u>vielen Jahren</u> passiert. Aber weiter weg als hier wird es nie sein, Juliet. Es wird nie weiter weg sein!

Sie starrt mich fassungslos an.

Weißt du, warum du die ganze Zeit über Gleichstellung redest? Ich brülle. Du willst, dass alle gleichgestellt sind, damit du nie für deine Fehler zur Rechenschaft gezogen werden kannst! Wenn alle gleich sind, verdeckt das alle persönlichen Schwächen. Wie dein endloses Festbeißen an der Vergangenheit. Deine endlosen Ausreden, um Dinge aufzuschieben. Wahrscheinlich sagst du, das hätte alles mit der Unterdrückung von Frauen zu tun. Aber nein! Ich glaube, du liebst deinen Schmerz. Dein Schmerz ist deine Poesie!

Juliets Blick wandert von mir zu Sybil und wieder zurück.

Ich fasse es nicht, dass du so was sagst vor ...

Herrgott, stoße ich völlig erledigt aus. Es tut mir leid.

Daddy, fleht Sybil.

Es tut mir leid, sage ich.

Vor unserer ...

Es tut mir leid, aber es wird ziemlich windig hier oben und ich bin ... Juliet. Juliet!

Aber sie ist bereits unter Deck verschwunden. Ich höre, wie unsere Kojentür zugeschlagen wird.

Scheiße, sage ich. Scheiße.

Ich lehne mich übers Heck, klammere mich an die Reling.

VERFICKTER SCHWANZLUTSCHENDER GOTT-VERDAMMTER DRECKSSCHEISS.

Ich drehe mich wieder zum Steuer um.

Tut mir leid, Leichtmatrosin. Das musste einfach raus.

Ist okay, Daddy, sagt sie. Aber sie sieht blass aus.

Ich atme mehrmals tief ein. Ich überprüfe die Spannung an den Segeln. Ich checke den elektronischen Kartenplotter. Aber ich zittere.

Wir haben keinen Empfang für die Wetter-App, aber alles sieht gut aus.

Heiter, heiter, heiter.

Was kann ich tun, hat er mich immer gefragt. *Wie kann ich helfen?* Wie wär's, wenn du einfach mal von dir aus eine winzige Kleinigkeit beisteuern würdest? Wie wär's, wenn du mich eine Dusche nehmen lassen würdest, ohne den Hahn abzudrehen, damit ich das Schreien der Kinder höre? Und wenn du schon nicht in der Lage bist, die Kinder vom Schreien abzuhalten, wenn du nicht in der Lage bist, Nein zu sagen, für sie die Kappen auf die Filzstifte zu tun, Erdbeeren so zu schneiden, wie sie es mögen, oder sie mit Sonnencreme oder Insektenschutz einzureiben, wenn du tatsächlich nicht in der Lage bist, pünktlich nach Hause zu kommen oder meine Gefühle zu verstehen, mich nach meiner Arbeit oder nach meinen Träumen oder meinen Enttäuschungen zu fragen, könntest du dann nicht wenigstens versuchen, dir vorzustellen, was es bedeutet, ich zu sein?

Damals ist mir klargeworden, dass Männer bereit sind, immer dümmer zu werden, nur um sich selbst nicht dumm fühlen zu müssen. Wenn sie merken, dass sie dir in einem bestimmten Bereich unterlegen sind, entwickeln sie neue, unfassbar dumme Höchstleistungen der Dummheit – eine Metadummheit –, die sie vor sich her tragen wie ein Banner, als wäre die Dummheit eine Strategie, als wäre sie von Anfang an der Plan gewesen. Ihre Dummheit, behaupten sie, ist eine notwendige Taktik, um sich gegen weibliche Intelligenz zu wappnen. Sie haben keine andere Wahl, als auf demonstrative Weise unsagbar dumm zu werden.

Unter Deck presste ich mein Gesicht ins Kissen und schluchzte auf.

Ich weiß, ich weiß. Was habe ich mir nur gedacht? Ich bin nicht nur ein Arschloch. Ich bin auch ein beschissener Kapitän ohne Crew.

Aber ganz im Ernst: Ich weiß nicht, was aus der Juliet geworden ist, neben der ich vor so vielen Jahren in jenem dunklen Theater gesessen habe. Wer auch immer dieses Mädchen gewesen ist, ich habe sie gern gehabt. Sie war verrückt, das stimmt, und sie war ein bisschen schlampig und laut, aber sie war auch eine Kämpferin. Mann, konnte sie angepisst sein. Ich wusste von Anfang an, dass ich ihre Reise nie ganz begreifen würde, aber ich liebte sie genug, um sie dabei zu begleiten, wo auch immer der Weg hinführte.

Ich wusste, was ihr als Kind passiert war. Ich versuchte, es immer mit zu bedenken. Aber es war das Leben, das später kam, nach unserem Collegeabschluss, nach Sybil, das häusliche Leben, das für Juliet zum Treibsand wurde. Sie kam damit nicht klar. Ich meine die ganz simplen Alltagsprobleme. Je weniger sie tat, desto unfähiger erschien sie. Wie eine Verkümmerung kam es mir vor. Einmal bekam ich während eines Meetings einen panischen Anruf. Ich ging raus, um ihn anzunehmen. Juliet roch Gas im Haus.

Warum rufst du mich an?, fragte ich. Ruf die Feuerwehr!

Sie hatte Ausbrüche von Klarheit, in denen sie wieder die Alte war, sich gewissermaßen wieder scharfstellte. Juliet hat schon immer in ihrem Kopf gelebt. Ganz tief da drin.

Es muss schwer sein, von dort wieder herauszufinden.

Ich bin hier, sagte ich manchmal zu ihr, mitten in der Nacht. Schau, wo wir sind. Schau, was du jetzt hast. Das andere ist vorbei. All das liegt hinter dir.

Ich wachte von dem Geräusch auf, mit dem das Fall gegen den Mast schlug. In der Kajüte war es dunkel, die Luken waren geschlossen. Ein Windstoß kam den Niedergang herabgeweht. Wo war ich? Ich fühlte mich so allein, dass ich das Gefühl hatte, mich aufzulösen. Ich drückte meine Hände gegen das Bullauge. Die schwarze See hob und senkte sich. Ich schaute auf meine Armbanduhr. Halb vier. Ich streifte mein durchgeschwitztes Tanktop ab und tastete mich zur Toilette. Dort stellte ich mich dem grellen Lampenlicht. Die Lippen geschwollen vom Heulen. Ein Sonnenfleck, der sich auf meiner linken Wange entwickelte. Ich fuhr mir mit den Fingern durch die Stirnfransen. Ich pinkelte. Spritzte mir Wasser ins Gesicht. Sweatshirt. Windbreaker. Rettungsweste und Lifeline.

Vielleicht bin ich herzlos. Vielleicht ist das eine tatsächliche anatomische Behinderung.

Ein Mann mit Herz hätte, im Wissen, was sie durchgemacht hat, niemals diese Dinge zu ihr gesagt.

Mit dem, was ich selbst nicht übers Segeln weiß, könnte man Enzyklopädien füllen. Aber ich bin bedacht & ich bin praktisch & ich bin respektvoll dem Meer gegenüber. Ich kann Probleme lösen & ich kann ruhig bleiben. Ich habe uns so weit gebracht mit nur wenigen Patzern.

Aber wenn es um meine Frau geht? Bei ihr habe ich zwei linke Hände. Juliet ist mein unerreichbarer Punkt auf dem Weg.

Es ist wunderschön – das sollte man wissen –, nachts auf einem Boot. Ist der Himmel klar, ist der Mond so hell wie eine abgedämpfte Sonne. Man kann die Anzeige seiner Armbanduhr lesen. Man kann den Gesichtsausdruck eines Menschen am anderen Ende des Bootes deutlich erkennen. Der

Mond schmeichelt der See. Er elektrisiert die Gischt, die das Boot aufsprüht. Er macht die Wolken lebendig, gibt ihren aufgeworfenen Rändern einen weißen Schein. In seinem Züngeln bauen die Wolken sich auf und stürzen ab. Alles türmt sich ins Gigantische.

Im Cockpit schlief meine Tochter unter einer Decke, sie hatte den Kopf auf ihren Stoffhasen gelegt. Michael und ich beobachteten sie, ohne zu sprechen. Die Brise war sanft, streifte sacht ihr Haar.

Burua, sagte ich.

Was?, fragte Michael.

Burua. Das ist das Kuna-Wort für »Wind«. Fiel mir gerade ein.

Er schwieg. Wusste nicht, was er sagen sollte. Und ich konnte ihn nicht anschauen.

Die Bedingungen sind optimal, sagte er nach einer Weile. Die See ist ganz ruhig. Natürlich fühlen sich die Wellen hier draußen generell riesig an. Und hin und wieder ist der Wind ein bisschen heimtückisch.

Was soll das heißen?, fragte ich.

Na ja, manchmal kommt er plötzlich aus einer anderen Richtung. Dann beschreibt der Mast da oben große Kreise. Wenn der Baum herumkommt, musst du eher in Richtung Segel steuern als in die eigentliche Richtung.

Angst überfiel mich. Was bedeutete das?

Also. Je voller die Segel sind, desto besser bewegen sie das Boot …

Das weiß ich, sagte ich.

Okay, sagte er mit erhobenen Händen. Ganz im Ernst: Ich habe keine Ahnung, was du weißt und was nicht.

Das weiß ich. Du weißt, dass ich das weiß.

Was ich sagen will: Wenn du von Hand steuern willst, damit wir vorwärtskommen, kannst du das gerne tun. Wenn wir während deiner Wache etwas vom Kurs abweichen, ist das okay. Halte das Boot nur in Bewegung. Probier ein bisschen was aus. Und wenn du nur hier sitzen und dir die Sterne anschauen willst, mit eingeschaltetem Autopilot, ist das auch in Ordnung. Deine einzige wirkliche Aufgabe besteht darin, dich umzuschauen. Mach alle fünfzehn Minuten einen Scan. Wenn du dir Sorgen machst, wenn du irgendwas siehst, hol mich. Kann gut sein, dass du gar nichts sehen wirst. Aber wenn dir irgendwas Komisches auffällt, hol mich einfach.

Ich nickte.

Und falls dir der Sinn des Lebens aufgeht, hol mich auch.

Ich lächelte nicht.

Wenn du dich erst mal ans Mondlicht gewöhnt hast, ist es fast so hell wie …

Du solltest jetzt etwas schlafen, sagte ich.

Gut. Ein oder zwei Stunden. Das sollte genügen.

Er machte einen Schritt auf mich zu.

Geh schlafen, sagte ich. Ich übernehme die komplette Wache. Ich bin an der Reihe.

Ich habe es versucht. Ich habe versucht, ihren Schmerz zu teilen. Aber mit einem depressiven Menschen zusammenzuleben, ist schwer. Es ist, als wäre man mit den Gezeiten verheiratet.

Ein depressiver Mensch verändert sich ständig. Wenn man das Zimmer verlässt, ist alles okay, aber wenn man wieder reinkommt, weint er. Man weiß nie so genau, wo der depressive Mensch ist. Ich meine, man kann nie voraussehen, wo Juliet als Nächstes sein wird.

Manchmal fragte ich sie ganz direkt. Ich war im Schlafzimmer, zog mich für die Arbeit an, während sie bewegungslos im Bett lag. Sie schien wach zu sein, aber nicht fähig aufzustehen. An den Rändern der zugezogenen Vorhänge drang Sonnenlicht in den Raum. Ich machte mir Sorgen, dass sie nicht in der Lage sein würde, sich um die Kinder zu kümmern. Sollte ich zu Hause bleiben? Sollte ich meine Mutter anrufen? Sie darum bitten, für eine Weile zu uns zu kommen und uns zu helfen? Würde Juliet sich selbst verletzen? Ich versuchte, ihr diese Fragen zu stellen, ohne sie vor den Kopf zu stoßen.

Hey, Juliet, sagte ich zum Beispiel. Sind die schlimmen Gedanken ein bisschen besser heute?

Sieht aus, als hättest du wieder dein Tief.

Na, Schatz, bist du heute wieder ein bisschen down?

Bläst du Trübsal?

Hast du den Blues?

Einmal fuhr sie mich an: Michael, wenn du noch einen Euphemismus verwendest, schreie ich.

Also habe ich die Klappe gehalten. Und zwar ein für allemal. Gar nichts mehr habe ich gesagt.

Als die beiden unter Deck gingen, war ich über alle Maßen allein. Während ich das Meer beobachtete, konnte ich hören, wie er sich in der Kabine hin und her bewegte, wie er Sybil ins Bett brachte. Sah, wie er ins Licht trat und wieder heraus.

Ich mache jetzt die Kabinenlampe aus, Juliet, rief er leise zu mir heraus. An Deck kannst du besser sehen, wenn sie aus ist.

Dann Dunkelheit. In dem kurzen Intervall, in dem ich gar nichts sah, hielt ich den Atem an. Nach und nach konnte ich die Schaumspitzen auf dem Wasser erkennen, sah, wie das Mondlicht von Welle zu Welle weitergereicht wurde, und dann das Boot selbst, die Segel aufgebläht, das Deck weiß wie Porzellan, die Flaggen und die Trimmfäden im Windspiel. Bedachte man, wie unwahrscheinlich es war, was die *Juliet* hier tat, wie sie den Ozean durchkreuzte, war sie sehr still. Ich hielt das Steuer fest umklammert.

Burua. Das war das richtige Wort. Ganz genau das richtige Wort. *Burua*.

Es gab so viele Arten von Wind. Ernesto hatte mir gesagt, dass die Kuna jedem einzelnen davon einen Namen gegeben hatten. *Sagir Burua* kommt vom Río Chagres. Dann *Dii Burua*. Das ist der Wind, der aufkommt, kurz bevor es regnet.

Und dieser hier, fragte ich Ernesto im Stillen, wie heißt dieser Wind? Er blies hinter uns, traf uns am Achterdeck. Die von ihm gesandten Wellen hoben die *Juliet* zuerst am Heck, dann an der Breitseite, an der Vorpiek, senkten sie aber ohne jedes Aufspritzen wieder ab, ganz sanft, nur mit einem leichten Erschauern, dem Gefühl, dass unter uns eine enorme Kraft vorbeigezogen war. Über uns standen mehrere aufgebauschte Wolken am Himmel, die passiv, wie Ballons, weiterwanderten. Wolken waren die Kühe des Himmels, schien mir. Sie hatten nichts anzubieten, außer ihrer schieren Größe, die Bäuche voller Mondschein.

Als Kind banden wir Zettel mit unserem Namen und unserer Adresse an die Schnüre von Heliumballons. Wir standen auf einem Feld und ließen sie los. Wessen Ballon am weitesten fliegen würde, bekam einen Preis. Ich weiß noch, wie ich meinem dabei zusah, wie er höher und höher stieg, bis ich nicht mehr sagen konnte, ob ich ihn noch sah oder es mir nur einbildete. Sie mussten mich ins Haus zurückrufen.

Als ich Kind war, gehörte Louise, die beste Freundin meiner Mutter, ganz selbstverständlich zu meinem Leben. Ihr erster Mann war gestorben, als sie noch sehr jung gewesen war, und als sie schließlich bei uns Anschluss fand, lebte sie immer noch allein in ihrem Haus, ohne Kinder, und machte jede Menge sarkastische Scherze über ihr eigenes Pech. Ich konnte von meinem Fenster aus in Louises Wohnzimmer sehen. Ich sah ihren Hinterkopf und das Buch, das sie las – in den seltenen Momenten, wenn sie nicht bei uns war. Ich wünschte oft, sie und ihr toter Ehemann hätten sich beeilt und eine Tochter bekommen. Dieses Mädchen wäre dann meine beste Freundin geworden. Wir hätten uns über die Wäscheleine Nachrichten schicken können, hätten mit unseren billigen Rädern die Morry Road rauf- und runterfahren können, bis zu dem Punkt, wo die Straße in einem Haufen Zedernspäne als Sackgasse zwischen unseren Häusern und dem Wald endete. Ich mochte Louise. Ich verstand, warum sie sich nicht gleich wieder in eine neue Ehe mit irgendeinem Mann stürzen wollte. Sie war eine schwergewichtige Frau, war ein stiller Mensch, außer wenn sie lachte, was häufig vorkam. Sie und meine Mutter lachten andauernd. Meine Mutter war nicht besonders witzig. Aber es war, als gäbe es doch eine Art von Humor in ihr, den außer Louise niemand verstand. Sie sprach die Louise-Sprache. Und Louise die Lucinda-Sprache.

Ich war nicht eifersüchtig. Ich liebte es, sie miteinander lachen zu hören. Louises überschäumendes Prusten, das vom verschwörerischen Kichern meiner Mutter beantwortet wurde. Schon von früher Kindheit an hatte ich gewusst, dass meine Mutter unglücklich war, und ich wollte, dass uns beiden diese Bürde genommen würde. Ich wünschte mir, dass meine Eltern glücklich miteinander wären, aber sie waren es nicht, also musste man sich an neue Freundschaften halten.

Bisweilen tranken die beiden Frauen zu viel. Und es fällt mir schwer, meine Mutter heute mit der Frau übereinzubringen, die ich im Sommer, als ich zehn Jahre alt war, wild hinterm Haus im Garten lachen hörte.

Louiiise, hörte ich meine Mutter sagen. Sie zog das Wort stark in die Länge. Es gibt solche Liebesgeschichten und *solche*. Aber die meisten Liebesgeschichten sind gequirlte Scheiße.

208

Das kannst du laut sagen!

Ich lehnte meine Wange gegen die Fensterscheibe und lauschte. Hinter ihrem wirklich leisen Gespräch das Geräusch der Laubfrösche.

Aber es gibt auch klassische Liebesgeschichten, die ziemlich realistisch sind, sagte meine Mutter.

Ja, Lucinda, kann sein.

Hast du mal die Geschichte von Narziss und Echo gehört?

Erzähl sie mir, Lucinda. Oh, Gott, ich kann's nicht abwarten. Dann lachte sie wieder.

Also: Narziss war verliebt in sein eigenes Spiegelbild. Er wollte mit niemandem reden, sich bloß immerzu selbst anstarren. Echo wiederum versuchte dauernd, mit ihm zu sprechen, aber ihr fielen keine eigenen Worte ein. Sie konnte immer nur wiederholen, was andere sagten. Trotzdem waren sie dazu verurteilt, für immer beieinander zu bleiben, im ewigen Widerspruch. *Das* nenne ich mal eine realistische Liebesgeschichte, sagte meine Mutter.

Louise lachte nicht.

Noch im selben Jahr ließen sich meine Eltern scheiden.

Plötzlich machte die *Juliet* Rabatz.

Das Killen der Segel klingt so animalisch wie ein riesiger Vogel in der Falle.

Hoppala, sagte ich laut und borgte mir damit einen Ausdruck von Louise.

Es stimmte – der Wind schwang herum. Ich schaute auf zum Mast und sah, dass alles, was Michael gesagt hatte, stimmte. Das Topplicht wirbelte so schnell im Kreis herum, man konnte es nicht anschauen, ohne dass einem schwindlig wurde. Ich drehte den Kopf, um den Wind zu spüren und ihn in den Ohren zu hören. Abfallen, hatte er gesagt. Ich fiel ab, und die Segel füllten sich. Ich atmete tief ein. Das Boot beruhigte sich.

Hoppala. Das hatte Louise andauernd gesagt.

Hoppala, Juliet, sagte sie einmal im Sommer zu mir. Ich habe einen sehr netten neuen Verehrer.

Dann blies sie eine zyklonartige Wolke Zigarettenrauch in unsere Küche.

Weißt du, Juliet, Schätzchen, er ist ein echter Gentleman.

(*Gentleman.* Das Wort löst heute alle Alarmglocken in mir aus.)

Setz deinen dicken Hintern in Gang, Louise, sagte meine Mutter. Wir müssen uns für die Party fertig machen.

Eine Party. Meine Eltern gaben eine Party. Was sonst sollte meine Mutter auch mit ihren fantastischen Haaren anfangen? Sie wurden ja vollkommen verschwendet in der Morry Road in Schenectady. Ihre Krone aus sonnenuntergangsrotem Haar ließ sie aussehen wie eine Berühmtheit. Dabei war sie bloß eine kleine Angestellte.

Ich zwang mich, aus der Erinnerung auszusteigen. Ich wollte nicht weitergehen. Aber das Meer stülpt dir dein Innerstes nach außen. Unser Kielwasser, hinter uns, war eine Straße, die sich, kaum angelegt, wieder auflöste. Das zu beobachten, machte mich leer. So viel Zeit verging damit, achteraus zu schauen, und bald bemerkte ich, dass ich die eine einfache Aufgabe, die mir auferlegt worden war, vergessen hatte – den Horizont vor uns im Auge zu behalten.

Aber da war nichts und noch mehr nichts, am Saum von Himmel und Meer. Zum ersten Mal fühlte ich mich geschützt. Sie war auch mein Boot. Meine *Juliet.* Dabei war ich ein Mensch, der keinen Besitzanspruch auf etwas stellen wollte. Meins, meins, meins, sagten die Kinder. Meins, meins, sagte Michael. Meinetwegen, sagte ich. Eures, eures, eures.

Ich gab alles ab, als täte ich damit den anderen einen Gefallen, und nicht, als wäre es eine bewusste Strategie, um Verlust zu vermeiden.

Und wie heißt du?

Juliet. Wie heißen Sie?

Ich bin Gil. Louises neuer Freund.

Warum sitzen Sie unter dem Tisch, Gil? Unter dem Tisch sitzen doch nur Kinder.

Ich brauchte mal ne Pause. So viel Gerede. Du findest mich bestimmt seltsam.

Nein.

Ist es seltsam, wenn man mal ne Pause braucht von dem ganzen Ärger der Erwachsenen?

Nein, Sir.

Wer ist das?

Koffein.

So heißt dein Bär?

Jep.

Hallo, Koffein. Ich bin Gil.

Hallo, Gil.

Was macht ihr zwei hier unten?

Wir schauen einen Film in unserem Kopf.

Ha. Ist es ein guter Film?

Ja.

Es ist so schön, dich hier spielen zu sehen. Du hast so eine tolle Fantasie.

Okay.

Dich hier spielen zu sehen, hat schon genügt. Schon fühle ich mich besser, und meine Probleme kommen mir nicht mehr so schlimm vor.

Okay.

Glaubst du, dass Erwachsene Probleme haben?

Klar.

Aber Kinder haben auch Probleme, oder?

Klar.

Weil ihr keine Cola trinken oder Süßigkeiten essen dürft und so was. Ich weiß noch, wie schwer es war, ein Kind zu sein, wenn man nie seine eigenen Entscheidungen treffen oder seine eigenen Sachen aussuchen durfte. Geiseln der Zukunft, das sind Kinder.

Wenn Sie meinen.

Darf ich später noch mal hier runterkommen und Hallo sagen? Nein. Dann bin ich weg.

Ha, großartig. Ich mag es, wie du Dinge auf den Punkt bringst, Juliet. Keine Fassade. Und du bist genauso hübsch wie deine Mutter. Nur dass du keine roten Haare hast, oder? Noch nicht.

In diesem Augenblick wurde mir klar, dass ich mich geirrt hatte, was die Wolken betraf. Sie sind nicht passiv. Sie sind auf wunderschöne Weise plastisch und expressiv. Man muss sie nur eine lange Zeit beobachten. Sie zogen über den Himmel, riesig wie Kontinente. Die ganze Masse walkend und sich zusammenziehend, ausgreifend und sich zurückziehend, bis die Wolke es irgendwie geschafft hatte, über den gesamten Himmel zu wandern und den Mond auszulöschen.

In neuer Dunkelheit zog die *Juliet* aufspritzend über das Meer.

Es ist ganz einfach: Will man etwas sehen, muss man sein Verständnis von Licht ausweiten.

Oben, am Rand der Wolke, war ein süßes Glühen.

Ich dachte: *Ich bin nicht allein.*

Ich habe mich gefragt, ob du mir nicht noch ein bisschen mehr über euer Leben auf dem Boot erzählen möchtest, Sybil. Wie euer Alltag so ausgesehen hat. Also, hast du zum Beispiel mit deinem Bruder gespielt? Hattest du Aufgaben an Bord, hast du deinen Eltern geholfen?

Klar. Ich hab den Kompass poliert – das mochte ich. Die Krebse vom Bug abgekratzt. Das hab ich nicht gemocht. Ich hatte einen Eimer. Den hab ich mit Meerwasser gefüllt für die Teller zum Abwaschen, so Zeug halt. Und wir hatten auch Unterricht. Das war gut. Krabbenaugen-Mathe. Malen. Briefe schreiben an berühmte Leute …

Cool. Klingt wie ein ganz normales Leben. Nur auf dem Meer.

Ja.

Waren deine Mom und dein Dad glücklich auf dem Boot?

Oh ja. Aber manchmal haben sie geschrien.

Sie haben sich angeschrien?

Oh ja.

Und warum haben sie sich gestritten?

Wegen Gemüse, Steinen, wegen dem Wetter. So Sachen …

Und was hast du gemacht, wenn sie sich angeschrien haben?

Ich hab gesungen.

Du hast gesungen? Das ist eine gute Lösung.

Manchmal hab ich für Doodle gesungen. Baby-Lieder. »I'm a Little Teapot«, so was. Oder ich habe gelesen. *Der Kater mit Hut.* Oder ich habe mir eigene Geschichten ausgedacht. Das ist immer am einfachsten.

Ha, nicht für jeden.

Der Kater fiel um, platsch! – runter vom Ball, und alles dazu, mit einem schrecklichen Knall!

28. Februar. LOGBUCH DER YACHT *JULIET.* Auf der Fahrt von Snug Harbor nach Cartagena. 09° 75.59′N 077° 10.02′W. Zeit: 16:00 Uhr. Kurs: NW. Wind: SO 2–3 Knoten. NOTIZEN UND ANMERKUNGEN: Später Nachmittag unseres zweiten Tages auf der Überfahrt nach Kolumbien. Langsames Vorankommen. Wir brauchen eindeutig mehr Wind. Juliet & die Kinder ruhelos. Juliet sagt zu mir: Wenn ich mich noch einmal bereit erkläre, dieses verdammte

Kater-mit-Hut-Buch vorzulesen, töte mich bitte. Das kannst du auch gern in dein beschissenes kleines Tagebuch schreiben.

Es ist höllisch heiß. Durch das Fehlen von Wind kommt es einem noch heißer vor. Wir sind alle ganz zappelig. Dann schaut Juliet sich um & sagt mit ausdruckslosem Gesicht: Ich will schwimmen gehen.

Mein erster Gedanke ist: Schwimmen? Mitten im offenen Ozean? Aber dann wird mir klar, dass dies eine Möglichkeit sein könnte, dass wir uns alle wieder fangen.

Die Katze war aus dem Sack. Zumindest war jetzt klar, was Michael über mich dachte. Mein Problem war, dass ich fürchtete, er könne nicht ganz unrecht haben. *Liebte* ich mein Unglücklichsein? Hatte es schon zu mir gehört, lange bevor ich einen Grund gehabt hatte? Ich meine, schon vor meinem Missbrauch? Entschied ich mich, als ich meine Kinder bekam, für mein Unglücklichsein anstatt für sie?

Ich war ein Einzelkind, also streifte ich ständig gelangweilt und neugierig in der Gegend herum. Einmal belauschte ich meine Mutter, als sie in der Küche mit Louise über mich sprach.

Sie ist so ein Trauerkloß, sagte meine Mutter. Ich kann nichts tun, um sie aufzuheitern.

Na ja, seufzte Louise. Wie heißt es so schön? Du kannst immer nur so glücklich sein wie dein unglücklichstes Kind.

Na großartig, sagte meine Mutter. Das sind ja schöne Aussichten – mit Juliet.

Also sage ich: Na schön, Crew. Mommy möchte schwimmen gehen. Auf jeden Fall ist Zeit fürs Mittagessen. Deshalb werden wir jetzt beidrehen.

Yay!, sagt Sybil und klatscht in die Hände. Was heißt das?

Ich schaue Juliet an, die am Kabinendach lehnt und an einer Strähne ihres Haares zupft. Das bedeutet, wir werden …

Ich weiß, was das bedeutet, schnappt sie.

Ach ja?

Ja. Ich habe alle Bücher gelesen, die du mir gegeben hast. Du – sie kneift die Augen zusammen, erinnert sich – du führst eine Wende aus, nach der die Fock back steht. Du bringst das Boot in eine ruhige Lage.

Heilige Scheiße, Juliet, sage ich. Ich bin beeindruckt.

Gut gemacht, Mommy!

Ich habe nicht behauptet, ich könnte es auch <u>tun</u>, sagt sie.

In Wahrheit müssen wir gar nicht beidrehen, um bei diesem schwachen Wind vom Boot aus schwimmen zu gehen. Aber ich habe mir selbst versprochen, dass ich sie dazu bringen werde, zu üben. Sie sollte diese Dinge einfach wissen.

Na ja, sage ich, erst einmal müssen wir das Boot mit dem Bug in den Wind stellen.

In welchen Wind?, murmelt Juliet.

Ich lache, aber als Juliet sich nicht von der Stelle rührt, trete ich vor und wende das Boot selbst.

Endlich kommt auch Juliet zu mir ans Steuer. Ich trete beiseite, stelle mich hinter sie. Sie ist angespannt, rammt mir aber keinen Ellbogen in den Bauch oder Ähnliches. Ich erkläre ihr, wie wir das Boot wenden, ohne die Fockschot loszumachen. Das Ruder setzen wir nach Luv, und das Großsegel steht im Windschatten des Vorsegels.

Wir starren beide zu den Segeln hinauf. Die Fock bauscht sich nach hinten über dem Vordeck auf.

Schaut, sagt Sybil. Die Fock ist umgekrempelt!

Langsam, langsam, sage ich zu Juliet. So. Spürst du, dass du weniger steuern musst?

Ja.

Genau da! Spürst du, wie es zum Stillstand kommt? Stell das Ruder fest.

Wir treten auseinander. Als hätten wir uns aneinander verbrannt.

Sehr gut gemacht, sage ich.

Sie schaut mich einen Augenblick durchdringend an. Dann zieht sie sich ihr Shirt über den Kopf. Sie trägt ein Bikini-Oberteil, das ich noch nie an ihr gesehen habe. Mein Puls beschleunigt sich.

Denk dran, es kann immer noch sein, dass wir etwas abtreiben, Schatz, sage ich. Du musst dich am Boot festbinden. Und nimm das Schwimmbrett mit.

Sie schaut mich über die Schulter an.

Natürlich, sagt sie und klemmt sich das Brett unter den Arm. Was glaubst du? Dass ich verrückt bin?

Ich erinnere mich, wie ich in jenem Herbst durchs Land gefahren bin. Mit Gil. Es ist gar kein Problem, sagte er, mal eben von New York State aus nach Vermont durchzubrennen. Über die Grenze, rüber nach Vermont, und schon ist alles hübscher. Dieselben Scheunen und Bauernhöfe, aber hier sind sie frisch gestrichen. Und die Heuballen sind ordentlicher. Die Kühe sind gewaschen. Warum in aller Welt sollte man seine zehnjährige Tochter mit einem Mann, der nicht ihr Vater ist, derart lange Autofahrten machen lassen? Dieser Teil der Geschichte ist mir zu hoch. Ich vermute, es lag daran, dass er in einer echten Krise auftauchte. Das machte ihn wohl vertrauenswürdig. Außerdem war er so anständig, Louise einen Ring an den Finger zu stecken. Natürlich gingen alle davon aus, er *wäre* mein Vater. Ist es okay, wenn Ihre Tochter das mal probiert?, fragte eine Frau mit Ahorn-Bonbons in der Hand. Ich liebte Ahorn-Bonbons. Ich liebte das feuchte, zuckrige Gefühl der zu Ahornblättern geformten Süßigkeiten im Mund. Sie ist nicht meine … Gil hielt inne. Blitzartig überzog sie beide eine Schamesröte, die Dame mit dem Bonbon-Teller und Gil. In diesem Moment nistete er sich in mir ein. Mein psychischer Splitter. Mein Gehirn wächst immer noch darum herum. (Menschen leben damit, leben mit Schrapnellen in ihrem Körper. Muskeln umschließen den Fremdkörper, der wie ein Nagel in einem Baum steckt.) Klar kann sie eins haben, sagte Gil schließlich. Möchtest du ein Bonbon, Schätzchen?

Und schon geriet die ganze geschäftige Welt wieder in ihre alte Spur. Danke! Danke! Wir stiegen ins Auto. Die Erde drehte sich mit mehr als tausend Stundenkilometern, und doch blieb der Wagen irgendwie auf der Straße. Den ganzen Weg zurück bis nach Schenectady.

Ich nehme an, auf seine ganz eigene schreckliche Weise war er verliebt in mich.

Die Fahrten fanden nun regelmäßig statt. Beinahe an jedem Wochenende, bis tief in den Winter hinein. Wann immer meine Mutter und mein Vater ihr Leben entwirren mussten – eine sehr komplizierte Aufgabe, wie mir heute klar ist –, riefen sie Gil an, und Gil fuhr mit mir in der Gegend herum. Warum niemals Louise? Die beiden heirateten in einer recht preisgünstigen Zeremonie kurz vor Weihnachten.

Wenn wir parkten, verriegelte er die Autotüren. Das musste er nicht: Ich hatte nicht vor, irgendwo hinzugehen. Aber das Verriegeln weckte meine Aufmerksamkeit. Es versetzte mich kurz in Angst. Ich versuchte, ihm zuzuhören, aber was er sagte, bot nie einen Hinweis darauf, um was es hier eigentlich ging: Gut gegen Böse, Mensch gegen Natur. Gutmütig streichelte er meine Schultern, spielte mit den Fingern meiner schweißnassen Hände. Manchmal wurde er sehr still, dann kicherte er, versetzte sich selbst eine leichte Ohrfeige und kaufte mir ein Eis. Nur einmal tat er mir weh. Aber dieses eine Mal enthielt die ganze Folter der Tage mit ihm. Es verwandelte mich für Jahre in Eis.

Man glaubt, Kinder würden das Geheimnis für sich behalten. Es stimmt nicht. Sie sprechen darüber, allerdings nicht immer auf eine Weise, die Erwachsene hören können. Am Tag nach dem Vorfall erzählte ich meiner Mutter, was Gil getan hatte. Sie schickte mich auf mein Zimmer. Danach erzählte ich die Geschichte eine sehr lange Zeit nicht mehr. Ich tat so, als würde sie mir gehören, als würde ich sie aus voller Absicht für mich behalten. Die Geschichte war machtvoll. Ich hatte ihre Wahrheit meiner Mutter offenbart, und die Geschichte hatte sie blind gemacht – sie hatte mich auf mein Zimmer geschickt und nie wieder darüber gesprochen. Aber sie hatte mich auch nie wieder mit Gil allein gelassen. Ich wurde mit einem richtigen Babysitter belohnt – einem Mädchen.

Ich verstand, dass es nicht darum ging, ob sie mir glaubte oder nicht. Ich denke, auf einer bestimmten Ebene hat meine Mutter mir geglaubt. Aber sie wollte keine Szene. Sie wollte nicht, dass das beschämende Missverständnis an Boden gewann. Sie befand sich mitten in einer Scheidung. Sie konnte es sich nicht leisten, Louise zu verlieren. Ich vermute, auch Gil war das klar gewesen. Deswegen wusste er, dass ich entgegenkommend sein würde.

Siehst du die Narben, wo der Wald gebrannt hat? Siehst du die nachwachsenden Bäume?

Gott. Wie erbärmlich unzureichend mir diese Art von nachträglicher Sequenzierung immer vorgekommen ist. So vollkommen neben der Sache.

Ich tauchte wieder an die Oberfläche, um Luft zu holen, und sah Michael auf dem Heckspiegel stehen. Das Boot schien vollkommen bewegungslos, ausbalanciert wie eine weiße Motte auf dem Wasser. Es war überraschend, als das Schwimmbrett, an dem ich mich festhielt, in meinen Händen zog. Das Wasser unter mir war so klar, dass ich in unendliche Tiefen hinabblicken konnte, Bruchstücke aus Licht ohne ein Ende. Schwindel erfasste mich. Ich musste nach Luft schnappen.

Hast du denn auch Freunde gefunden, als ihr segeln wart, Sybil?

Oh ja, ich hab überall Freunde gefunden. Kuna-Freunde. Amerikanische Freunde, Freunde aus Lost Vegas …

Kannst du mir etwas über diese Freunde erzählen?

Da gab es ein kleines Mädchen, das magische Kräfte hatte.

Was konnte sie denn?

Sie konnte fliegen. Sie mochte französisches Essen. Na ja, Gemüsesuppe und so was.

Konntest du oft mit ihr spielen?

Nicht wirklich. Ich weiß nicht mehr. Aber wir haben mit Barbies gespielt.

Klingt toll.

Da, wo sie herkam, gab's keine Barbies. Sie war aus Holland. Wir haben gesagt, wir wollen uns nie vergessen.

Und siehst du, du hast sie auch nicht vergessen.

Wir haben auch einen Mann getroffen, einen König!

Einen König? Im wirklichen Leben war er ein König?

Er hat mir beigebracht, wie Pflanzen heißen. Er war ein *Chief*.

Du lächelst, Sybil.

Was?

Du lächelst. Das ist eine schöne Erinnerung. Die Erinnerung macht dich glücklich.

Ja.

Wie sich's anhört, gab es jede Menge wunderbare Momente auf dem Boot.

Ja. So viele. Ich habe das Boot geliebt. Daddy hat das Boot auch geliebt. Wir alle haben das Boot geliebt.

Ja, ich verstehe, warum.

Bis wir in Cartagena waren.

Hmm. Möchtest du mir mehr darüber erzählen, Sybil?

(…)

Sybil?

Ja?

Was ist in Cartagena passiert?

1. März. LOGBUCH DER YACHT *JULIET*. Von Snug Harbor Richtung Cartagena. 010° 06.44′N 076° 28.72′W. Zeit 2:15 Uhr. Kurs. NW. Wind: NULL Knoten. NOTIZEN UND ANMERKUNGEN: Wir sind in einer absoluten Flaute. Kein Wind. Verschwunden. Ich habe die Segel so flach wie möglich getrimmt. Bin auf & ab getigert. Habe der *Juliet* einen Klaps auf den Rumpf gegeben. Komm schon, Schätzchen! Meine Stimme klingt, als würde ich in einem leeren Hörsaal sprechen. Hier draußen gibt es keinerlei Bewusstsein ohne den Wind.

Ich sitze auf dem Bug. Lasse die Beine baumeln.

Also, ich will verdammt sein.

Wenn es eine Möglichkeit gäbe, ohne Wind zu segeln, wären die Seefahrer schon vor Jahrhunderten darauf gekommen. Beten? Singen? Alles über Bord werfen? Ich habe gehört, man könne in einer Flaute sein Boot ans Dingi binden und sich von dessen Außenbootmotor ziehen lassen.

Ich werfe einen Blick zurück auf die *Ölfleck*, die achtern auf und ab wippt.

Vielleicht soll das aber auch meine Strafe sein.

Schwer, es nicht so zu verstehen. Alles hier draußen ist so gottverdammt biblisch.

Zum Beispiel hat mich gestern Abend ein Fisch getroffen. Ich stehe auf Deck und bekomme einen Fisch an den Hinterkopf geknallt. Ich dachte, Juliet hätte ihn nach mir geworfen. Aber es war ein fliegender Fisch. Juliet war nicht mal an Deck.

Ich schaue in Richtung Kolumbien. Die See hebt und senkt sich weiter. Das Schlagen des Wassers gegen den Bug klingt wie ein Kichern. Jemand lacht.

Harrys Stimme nagt an mir. »Sie gehört nicht dir, Michael.«

Zur Hölle, das werden wir noch sehen, sage ich laut.

Wer hat uns das hier eingebrockt? Ich. Und ich bin auch derjenige, der uns hier wieder rausholt. Gerade mal vor zwei Tagen habe ich die Leinen losgemacht. Wie ein Matrose in den Zeiten der Galeonen. Meine Frau stand am Bug, barfuß, gebräunt von der Sonne. Drehte sich um, warf noch einen letzten Blick aufs Land. Die Spätnachmittagssonne verfing sich im Rot ihrer Haare …

Sie gehört <u>mir</u>. Sie gehört <u>uns</u>.

Harry kann sie nicht bekommen.

Herrgott, der fehlende Wind reibt einen auf. Ich kann ohne ihn nicht denken. Meine schlimmste Angst ist, morgen erst nach Sonnenuntergang in Cartagena anzukommen und im Dunkeln einen Liegeplatz finden zu müssen. Die Sonne wird jetzt bald aufgehen. Selbst wenn wir den ganzen Tag mit Höchstgeschwindigkeit zurücklegen, wird es knapp. Ich werfe einen Blick auf die *Ölfleck*, die auf dem Wasser vor- und zurücktreibt. Ich beuge mich vornüber &

beginne, sie an mich heranzuziehen, als plötzlich, wie aus dem Nichts, eine Brise aufkommt.

Das Großsegel füllt sich. Ich renne los, um es zu trimmen.

Hier!, brülle ich dem Wind entgegen & gebe ihm mehr und mehr Segel zum Aufblähen.

NIMM ES! NIMM ES!

Ein sanfter, geisterhafter Druck erfasst uns.

Und dann setzen wir uns in Bewegung.

Ich sehe sie an der Ecke stehen. Drei Frauen unter einem Baum. Sie sehen so reizend aus, als wären sie eigens dafür arrangiert worden. Zwei von ihnen sind schlank, die dritte ist kräftig, mit Kurven. Es ist warm und mild heute, und der Wind bauscht ihre losen Blusen auf. Der Wind kommt aus meinem Rücken. Ein böiger Nordost. Als sie sich umdrehen und sehen, wie ich mich ihnen nähere, drückt sich der Wind gegen ihre Brüste, klappt ihre Sweater auf, wischt ihnen das Haar aus dem Gesicht und offenbart komplizierte Mienen. In dem Monat, seit ich wieder hier bin, haben sie mich noch nicht einmal an der Bushaltestelle gesehen.

Ich hebe eine Hand. Sie reagieren umgehend mit schwungvollem, fröhlichem Winken.

Oh, diese Vorortidylle. Früher habe ich die Augen verdreht. Ein Haus wie das andere. Rechtecke mit hellen Türen. Jeder Vorgarten geht fließend in den nächsten Vorgarten über, nur hier und da bilden Hecken eine durchlässige Barriere. Die Einfahrten sind glatt geteert. Das Lachen der Kinder ist unkompliziert. Sobald sie aus dem Bus steigen, streifen sie Jacken und Schuhe ab.

Früher habe ich es nicht gemocht, das Gefühl, das mir diese Nachbarschaft gegeben hat. Wie hatte ich in derselben Art von Nachkriegsvorstadt landen können, die damals, als es

Anne Sextons Generation hierher gezogen hatte, noch etwas Neues gewesen war? Ein ganzer Abschnitt meiner Dissertation war dem Symbol des Erkerfensters gewidmet – jener großen Glasscheibe, durch die die Vorstadtfrau zugleich sah und gesehen wurde, wo sie sich verzehrte und in Pose gestellt war. So sehr ich es auch versuchte, ich konnte es nicht verhindern, mich durch meines beobachtet zu fühlen. Aber es war ohnehin das Beobachten, das hier alles zusammenhielt: Gemeinsam beobachteten wir die Kinder, überall Kinder, sogar in den Bäumen, und die Erwachsenen in den Häusern waren in stetiger Alarmbereitschaft, bis sich schließlich jede einzelne Haustür öffnete, eine nach der anderen, und die Kinder hereingerufen wurden.

Ich zwinge mich, weiterzugehen.

Juliet!, sagt die kurvige Frau und tritt als Erste auf mich zu, die Arme weit ausgestreckt. Wie schön, dich zu sehen.

Sie umarmt mich, bevor ich überhaupt die Arme heben kann. Ich spüre ihre Wärme durch ihr Shirt. Eine der anderen Frauen macht ebenfalls einen Schritt und legte eine Hand auf meine Schulter. Als sie lächelt, fällt mir ein, dass ich die Lücke zwischen ihren Vorderzähnen immer attraktiv gefunden habe, weil sie nie auf die Idee kam, sie richten zu lassen, und trotzdem immer lächelte, mehr als jeder andere Mensch, den ich kannte.

Meine Freundin ist als Letzte dran, Alison. Unsere Töchter lieben es, miteinander zu spielen. Alison und ich umarmen uns. Ich sehe sie zum ersten Mal seit unserer Rückkehr.

Ich weiß, ich habe dir noch keine Karte geschrieben und mich bedankt, sage ich zu Alison. Aber wir haben jeden einzelnen Auflauf gegessen, den du uns vorbeigebracht hast. Bis auf den letzten Bissen, direkt aus der Form. Wir haben nicht mal Teller benutzt. Ich möchte nur, dass du weißt, wie dankbar wir dir sind.

Das freut mich sehr, sagt Alison.

Wir treten auseinander. Ihre Augen sind feucht. Sie tupft sie mit dem Ärmel ab.

Alison, sage ich und nehme ihre Hand. Mindestens eine Woche lang hast du jeden Tag einen Auflauf gebracht. Ich hatte mich regelrecht daran gewöhnt! Ich habe schon immer auf der Treppe vor unserer Tür nachgesehen. Aber du hast nie geklingelt. Du warst unsere Auflauf-Fee.

Ich wollte dich nicht stören, sagt Alison lachend. Ich wollte dir nicht das Gefühl geben, reden zu müssen.

Und genau das stimmte, sage ich. Es war so freundlich, und zugleich so sachlich. Du wusstest, wir brauchten was zu essen, genau so war es. Meine Mutter ist eine schreckliche Köchin. Sie schüttet immer nur irgendeine Dose in einen Topf und wirft irgendwas dazu, was sie gerade im Kühlschrank findet. Fleischbällchen, gefrorenen Mais …

Die anderen Frauen beobachten mich mit leicht schief gelegtem Kopf.

Also, jedenfalls vielen Dank. Ich glaube, du kannst dir gar nicht vorstellen, wie viel uns das bedeutet.

Bitte, sagt Alison. Ich weiß, dass du dasselbe für mich getan hättest.

Ich starre sie an. Ihr Gesicht ist so fein konstruiert, so empfänglich. Aber beinahe muss ich lachen. Ich hätte niemals dasselbe für sie getan. Das ist es ja gerade. Ich hätte vielleicht ein Gedicht für sie geschrieben. Ich hätte mir für sie die Arme geritzt, mir für sie die Haare abgeschnitten. Aber ich hätte ihr im Leben keinen Auflauf gekocht.

Wir hören, wie sich ein Fahrzeug nähert. Wir drehen uns um, erwarten den Schulbus, aber der ist es nicht. Es ist ein Polizeiwagen, der uns mit ausgeschaltetem Blaulicht entgegenkommt. Wir schauen ihm hinterher, als er an uns vorbeirauscht und die Straße hinabfährt. Ein Polizeiwagen in unserer Straße ist etwas Besonderes, also bekommt er unsere volle Aufmerksamkeit. Er fährt am Haus der Reynolds vorbei und an dem der Olivieras und an dem der Lehman-Rosses.

Mein Haus ist das letzte an der Ecke, bevor die Straße nach links Richtung Teich abzweigt oder nach rechts Richtung Innenstadt. Die Straße hat eine ganz leichte Steigung, sodass man unser Haus selbst aus dieser Entfernung noch gut sehen kann. Der Polizeiwagen hält direkt davor. Zwei Gestalten steigen aus, finster wie Krähen vor dem grau gewordenen Asphalt der Straße und dem blassen Grün des Frühlings. Sie ziehen sich ihre Mäntel über.

Ich habe eine Idee, sagt Alison, als wäre gerade etwas Fantastisches passiert. Wie wäre es, wenn ich Sybil heute mit zu uns nehme, wenn der Bus kommt? Zum Spielen?

Die anderen Frauen nicken eifrig. Sie bemühen sich angestrengt, nicht in die Richtung unseres Hauses zu schauen, diesem Ort des reinen Unglücks.

Cora fragt schon so lange. Sie würde so gern mit Sybil spielen, fährt Alison fort. Es ist schwer, sie im Zaum zu halten. Bitte, Juliet.

Endlich nähert sich der Schulbus. Die Wischer haben zwei Brauen auf die dreckige Windschutzscheibe gezogen, hinter denen die alte, verlässliche Matrone von Busfahrerin sitzt. Bilde ich's mir ein, oder starrt auch sie mich misstrauisch an?

Das ist eine großartige Idee, sage ich zu Alison. Sybil wird begeistert sein.

VII

Meine Mutter steht völlig aufgelöst an der Haustür und wartet auf mich. Sie reißt die Sturmtür auf.

Juliet, flüstert sie. Die Polizei ist hier.

Zwei Körper in dunkler Kleidung stehen hinter ihr im sonnendurchfluteten Wohnzimmer. Ich streife mir in aller Ruhe die Schuhe ab.

Weswegen?, flüstere ich zurück.

Um mit dir zu sprechen, sagt sie. Mehr wollen sie nicht verraten. Wo ist Sybil?

Bei Alison. Bleib bei mir.

Wir gehen ins Wohnzimmer. Ein Mann mit breiten Schultern schaut, die Hände in den Taschen, ganz entspannt in den Garten hinaus, als würde er überlegen, das Haus zu kaufen. Eine junge Frau mit streng gebundenem Pferdeschwanz steht auf der anderen Seite des Zimmers. Sie lächelt, als ich eintrete.

Ich bin Detective Duran, sagt sie und streckt mir die Hand entgegen.

Durahn, so spricht sie den Namen aus. Sie trägt kein Make-up und keinen Schmuck. Sie sieht aus wie frisch gewaschen, vollkommen makellos. Den anderen Officer stellt sie als Detective Ross vor. Er streckt ebenfalls seine Hand aus, über die Couch hinweg. Die Frau fragt, ob ich Zeit habe, mit ihnen zu reden. Ja, sage ich.

Meine Mutter und ich setzen uns nebeneinander auf die Couch. Es kann gut sein, dass meine Mutter eigentlich nicht dabei sein sollte, aber sie akzeptieren es.

Detective Duran hebt beide Hände, zuckt schicksalsergeben mit den Schultern.

Mir ist klar, dass Sie gerade eine sehr schwierige Zeit durchmachen, sagt Duran. Mein allerherzlichstes Beileid.

Vielen Dank, sage ich.

Herzliches Beileid, wiederholt Ross, immer noch am Fenster zum Garten.

Ich wünschte mir immer, ich könnte mehr tun, um den Menschen ihren Schmerz zu erleichtern, sagt Duran. Aber unser Beruf ist im Grunde sehr beschränkt. Wir müssen uns um die Einhaltung der Gesetze kümmern. Ganz gleich, was sonst noch passiert.

Natürlich, sage ich. Das heißt, es geht gar nicht um Michael?

Nicht ganz. Es geht um jemanden, den er kannte. Wir haben uns gefragt, ob Sie uns irgendetwas über Harry Borawski sagen können.

Ich blinzle. Neige den Kopf zur Seite wie ein Vogel. Der Mann, der uns das Boot verkauft hat?, frage ich.

Ja.

Warum? Was will er denn?

Er wird vermisst. Wir wissen nicht, wie lange schon, da er keine Frau und keine Kinder hat, die über seinen Aufenthaltsort informiert wären. Aber er hatte einmal im Monat eine Verabredung zum Mittagessen mit einigen alten Segelfreunden, und diese Treffen hat er noch kein einziges Mal versäumt. Als er diesen Monat nicht erschien, waren seine Freunde sehr beunruhigt. Wir haben seine Wohnung durchsucht und keine Spur von ihm gefunden.

Das ist seltsam, sage ich.

Wir haben uns seine Mails angeschaut, sagt Duran. In den vergangenen Monaten hat er Dutzende Mails …

Dutzende und Aberdutzende, fügt Ross hinzu.

… an Ihren Mann geschickt.

Die alle unbeantwortet geblieben sind, stellt Ross klar.

So wie es aussieht, hat Mr. Borawski einige davon in einem ziemlich verwirrten Zustand geschrieben, sagt Detective Duran und hebt die Brauen. Daher verstehen wir, warum Ihr Mann nicht geantwortet hat. Aber es ist komisch. Wie Sie wissen oder wie Sie vermutlich wissen, waren die beiden formal gesehen Co-Eigentümer Ihres Bootes. Ihr Boot mit dem Namen … Duran blättert durch ihre Notizen.

Die *Juliet*, sage ich.

Beide schauen auf.

Das Boot hatte den Namen *Juliet*, genau wie ich. Michael hat es nach mir benannt.

Oh, sagt Detective Duran und legt sich eine Hand aufs Herz. Wie reizend.

Ein hübscher Name, stimmt Ross zu. Manchmal geben die Leute ihren Booten ja wirklich eigenartige Namen: *Jetzt bin ich pleite* zum Beispiel oder *Niemals wieder*. Wie schlechte Scherze. Warum machen die so was?

Beide schauen mich gut gelaunt an. Ich bin mir nicht sicher, was ich sagen soll.

Meine Mutter räuspert sich. Was genau wollen Sie denn nun von meiner Tochter?, fragt sie.

Detective Duran nickt. Guter Einwurf, sagt sie. Und dann, zu mir: Ehrlich gesagt versuchen wir einfach nur, den Mann zu finden. Wir halten es durchaus für möglich, dass er sich nicht mehr hier in der Gegend aufhält. Vielleicht ist er nach Mittelamerika aufgebrochen, um mit Ihnen und Ihrer Familie Zeit zu verbringen. Wir wissen, dass er schon mehrere Male dort gewesen ist, um günstig Boote zu erwerben. Um sie dann zurück in die Staaten zu segeln und sie mit Profit weiterzuverkaufen.

Völlig legale Art, seinen Lebensunterhalt zu verdienen, fügt Ross hinzu.

Könnte es sein, dass er sich dort mit Ihnen getroffen hat?, fragt Duran.

Nein, sage ich. Ich habe ihn in Cartagena nicht gesehen. Ich bin ihm in meinem ganzen Leben nicht begegnet.

Duran stößt ein kurzes, frustriertes Schnaufen aus.

Ross nimmt den Faden auf. Wir haben mit einem anderen Kunden von Mr. Borawski gesprochen, der sagt, er habe ihm ein Boot namens *Windy Monday* abkaufen wollen. Wir haben ein bisschen recherchiert. Das war der Name Ihres Bootes, bevor …

Bevor Ihr Mann es nach Ihnen benannt hat, beendet Duran den Satz.

Wir hatten nicht vor, die *Juliet* zu verkaufen, sage ich. Ich wüsste nicht, wie der andere Mann auf diese Idee gekommen sein sollte.

Ich nehme an, Mr. Borawski hat ihm gesagt, Sie würden es bald zurückbringen.

Na ja, sage ich, das war der ursprüngliche Plan.

Glauben Sie, der Plan hatte sich geändert?, fragt Duran. War das immer noch der Plan, als Ihr Mann … als er …

Ich schaue Duran ruhig an. Ich konnte Michaels Gedanken nicht lesen, sage ich.

Das ist ein ziemlich ungewöhnliches Arrangement, sagt Ross. So eine Art Abkommen auf Treu und Glauben. Normalerweise werden Kredite für Boote von Banken ausgestellt. Wie eine Hypothek auf ein Haus, unpersönlich.

Die Sache ist die, sagt Duran. Mr. Borawski hat das Boot immer noch zur Hälfte gehört, aber selbst wenn er nur eine Minorität besessen hätte, wäre es, rein formal, sein Recht ge wesen, es in Besitz zu nehmen. Falls Ihr Ehemann sein Wort nicht gehalten hätte. Falls er die eine Sache nicht getan hätte, die er ihm versprochen hatte.

Wir versuchen also bloß herauszufinden, ob genau das womöglich passiert ist, sagt Ross.

Mein Blick wandert zwischen den beiden hin und her.

Nun, der einzige Mensch, der ihnen darüber Auskunft geben könnte, ist tot, sage ich.

Duran zuckt zusammen. Ross schaut respektvoll zu Boden.

Michael ist tot, sage ich erneut. Ich mache mir die Worte zu eigen, diesmal lauter, hart und trocken. Ich habe sie noch nie zuvor ausgesprochen. Diese drei Worte zusammen. Sie bedeuten etwas Unfassbares, aber genau deshalb muss ich sie sagen.

Wenn er nicht tot wäre, fahre ich fort, würde er es Ihnen sagen. Er war ein sehr ehrlicher Mensch.

Meine Mutter greift meine Hand und drückt sie, als wollte sie sagen: Das stimmt.

Und ich habe jetzt jede Menge Geld, fahre ich fort. Michaels Lebensversicherung. Mr. Borawski kann das alles haben. Er kann auch das Boot haben und alles andere, was er will. Ohne ihn hätten wir dieses Boot niemals gekauft. Wir wären niemals nach Panama aufgebrochen. Wir wären niemals irgendwohin gesegelt und meine Kinder hätten einen Vater.

Dann kommen die Tränen. Mein zweiter Weinkrampf in zwei Tagen.

Bitte. Meine Mutter erhebt sich und gestikuliert mit den Händen. Bitte hören Sie auf. Ihr fällt das alles ohnehin schon so schwer. Sie hat zwei kleine Kinder –

Die beiden stehen auf.

Es tut uns sehr, sehr leid, sagt Detective Duran.

Wissen Sie, sagt Ross, niemand hat es gern, wenn wir vorbeikommen.

9. März. BIENVENIDO A COLOMBIA. Nachdem wir letzte Woche nach Cartagena Bay gesegelt sind, wurde uns die Erfüllung all unserer Wünsche gestattet. Denn es steht geschrieben in der VERFASSUNG DER YACHT *JULIET*, dass NACH DER ANKUNFT IN EINEM AUSLÄNDISCHEN HAFEN, OHNE DASS EIN MITGLIED DER CREW ÜBER BORD GEGANGEN IST, JEDER DAS HABEN DARF, WAS ER SICH GOTTVERDAMMT NOCH MAL WÜNSCHT.

Mein Wunsch: ein Cappuccino. Sybil wollte ganz schnell laufen, ohne stehen bleiben zu müssen. Doodle wollte ein Eis. Und die tapfere Juliet wollte die Yacht für eine Nacht gegen ein Hotel eintauschen. Wie sich rausstellt, wird ihr dieser Wunsch sogar für längere Zeit erfüllt. Gerade sind wir ins Hotel Casa Relax gezogen, während das Getriebe der *Juliet* von einem hervorragenden Schiffsmechaniker namens Arturo repariert wird. Arturo ist einer dieser Typen, die gebaut sind wie Oscar de la Hoya, und der sich etwas nebenbei verdient, indem er Touristen über den Río Magdalena nach Mompox fährt. Man kann sich gut vorstellen, wie er ganz nebenbei mit einem Alligator einen Ringkampf veranstaltet & gewinnt.

Aus alledem folgt: Die Stimmung ist viel besser. Cartagena ist atemberaubend. Was könnte ich sagen über diese Stadt? Unmöglich, sie zu beschreiben. Mir wurden direkt neben einem betörend duftenden Frangipani-Busch 50.000 Pesos geklaut. Alle hier versuchen, dich zu betrügen oder dich anzufassen & man kann nachts nirgendwo in Sicherheit herumlaufen, aber es ist auch die lebendigste Stadt, die ich jemals erlebt habe. Der reichste Bürger lebt direkt neben dem Schuhputzer, der mit heraushängenden Beinen in seiner Schubkarre schläft. Dann gibt es hier diesen Freiluftmarkt namens Bazurto. So groß wie Milbury, besteht er aus unzähligen einzelnen Ständen. Meilen über Meilen, und man sieht kein Ende. Jede Reihe benannt nach dem, was dort verkauft wird. Man kann alles bekommen, was es auf Erden gibt. Eine ganze Reihe nur mit Schuhen für Frauen. Eine Reihe mit lebenden Krebsen. Händler stehen hinter ihrem Obst, das so hoch aufgestapelt ist, dass man nur ihre Köpfe sieht. Früchte, von denen ich noch nie etwas gehört habe. Stachelannone. Cherimoya. Grüne Kochbananen. Wassermelonenberge. Stapelweise getrockneter Fisch. Hängematten. Krüge. Schweinsköpfe. Parfüm in Großhandelsmengen. Alles, was man womöglich kaufen wollte, im unwahrscheinlichen Fall, dass man im allgemeinen Gedränge an der Ecke der Reihen Fisch & Schweinefleisch nicht seine Brieftasche eingebüßt hat.

Als die Polizei weg war, konnte ich mich nicht sofort in meinen Schrank zurückziehen. Erst einmal musste ich Georgie aus der Tagesbetreuung holen, mich um die Schmutzwäsche und das Abendessen kümmern, und dann klingelte Alison mit Sybil an der Tür. Meine Mutter und ich wuselten mit Tupperdosen und Wäschekörben umeinander herum. Wir verhielten uns inzwischen wie ein verheiratetes Paar. Völlig unfähig, eine längere Unterhaltung zu führen.

Als Georgie seinen Stofftier-Seehund mit den großen blauen Augen verlor, ohne den er nicht sein kann, wurden wir noch zusätzlich in Bedrängnis gebracht. Wäre er bloß ein ganz normaler Junge, an einem ganz normalen Tag, wäre sein Wehklagen vielleicht zu ertragen gewesen. Aber da er ist, wer er ist, ein Junge, der gerade seinen Daddy verloren hat, tut uns sein Weinen zu weh. Wir suchen überall. Sogar Sybil. In Schränken, unter Betten. Schließlich findet sich Sealie hinterm Klo.

Dann, in letzter Sekunde, bevor es mich zerreißt, gehe ich, ohne irgendjemandem ein Wort zu sagen, in meinen Schrank und schließe die Tür. Ich setze mich, ziehe das Logbuch aus dem Schuhkarton und lese weiter.

Michael, sage ich laut. Was. Hast. Du. Getan.

Das Wort Cappuccino ist die Verniedlichungsform des italienischen Wortes für »Kapuze«, benannt nach der Farbe der Kapuzinermönchskutten im Italien des 16. Jahrhunderts. Aber nur wenige wissen, dass das Getränk eigentlich nicht aus Italien stammt, sondern aus Österreich. Die Österreicher kochten ihre »Kapuziner« aus Kaffee, Zucker, Sahne & Eischnee. Dann tauchte ein Genie namens Angelo Moriondo auf. Was man heute auf einem Cappuccino sieht – auf denen zum Beispiel, die hier im Carullos-Markt serviert werden (übrigens, beste Cappuccinos der Welt = Carullos) –, ist natürlich kein Eischnee, sondern das Ergebnis von Moriondos magischer Espressomaschine. Duelle sind ausgefochten worden wegen

Herrgott noch mal, sage ich.
Blättere vor.

Wir bringen unseren Kindern bei, was für tapfere Leute die Pilger waren, aber hier, wie auch überall sonst in der Neuen Welt, war die Ankunft des weißen Mannes eine vollständige Katastrophe für die Einheimischen. Vorsichtige Schätzungen gehen davon aus, dass die Todesfälle durch aus Europa eingeschleppte Krankheiten am Ende des 17. Jahrhunderts bei 90 % lagen. Errichtet auf den Ruinen dieser Zivilisation war Nueva Colombia eine Verbindung des modernen Kolumbiens, Panama, Venezuela & Ecuador, die allesamt von den Spaniern regiert wurden. Dann warf Napoleon 1808 König Ferdinand ins Gefängnis, und die Kolonialisten lernten ziemlich schnell, ohne König klarzukommen.

Zwei große politische Parteien, die Konservativen & die Liberalen, kämpften während der nächsten gefühlten Ewigkeit um die Macht, bis sie sich dazu entschlossen, im Turnus alle 4 Jahre abwechselnd die Regierung zu bilden.

Keine schlechte Idee! Muss ich mal an meinen Senator weitergeben.

Was so erstaunlich ist an Cartagena & was einen einfach nicht loslässt, ist die Tatsache, dass sich hier niemand die Mühe gemacht hat, die Vergangenheit zu zerstören. Man hat sogar die spanischen Folterkammern erhalten. Die übrigens einen Besuch wert sind. Sybil & ich haben ein Faible für den Inquisitionspalast entwickelt. Steinerne Bogengänge, sonnenbeschienene Höfe, in denen Palmen wachsen, blühende Schlingpflanzen … Und dann betritt man diese dunkle Kammer mit all den Folterinstrumenten. Sybil mag besonders den aufrecht stehenden Sarkophag, in dem man Menschen bei lebendigem Leib begraben hat und in den man sich hineinstellen darf (er bleibt dabei offen). Macht ihr gar nichts aus, sie ist fasziniert. Clevere Kinder wie sie versuchen immer, solche Dinge zu verstehen. Sie akzeptieren alle Informationen, ohne ihre Unschuld zu verteidigen, nur damit es Mommy & Daddy besser geht. Ich erkläre ihr, dass genau das passiert, wenn eine Regierung dem Volk die Freiheit nimmt. Auf der sonnenbeschienenen Plaza sieht man noch die Kohlespuren der Scheiterhaufen, auf denen Ketzer und Hexen und Juden verbrannt wurden. In dieser Stadt allein waren es grob geschätzt 800

Menschen, was für die katholische Kirche eine ziemlich miese PR gewesen ist. Man sollte ja meinen, dass sich Folter schlecht mit der göttlichen Botschaft übereinbringen lässt, aber da sieht man's mal wieder.

Neigt sich der Lauf der Geschichte in einem Bogen größerer Gerechtigkeit zu? Nun, es gibt keinen <u>Bogen</u> der Geschichte. Wäre es anders, hätte sie ein Ende, wie ein Regenbogen. Nein. Sie beugt & beugt sich einfach bloß immer weiter ...

Ich zucke zusammen – jemand klopft an die Schranktür.

Juliet, flüstert meine Mutter durch die Holzlamellen. *Juliet*.

Hier drin, sage ich.

Sie zieht die Schranktüren auf und späht herein. Ihre feuchte Haut sieht strahlend aus im sanften Licht. Wir starren einander einen Augenblick an.

Schlafen sie?, frage ich.

Ja.

Komm rein.

Sie sieht skeptisch aus. *Da* hinein? Mit dir? Bist du sicher?

Ich räume mein Sweatshirt, Bücher, Decken, den Laptop beiseite, mache ihr Platz, und ganz langsam lässt sie sich neben mir nieder. Ihre alten Knie knacken. Sie schlägt die im Weg hängenden Ärmel von Michaels Hemden zurück.

Dann starren wir kurzsichtig in das Logbuch. Ich blättere wieder vor.

Er hatte ja wirklich viel zu sagen, murmelt meine Mutter.

Er war schon ziemlich aufgeblasen manchmal, sage ich.

12. März. Heißer als im Hades. Die Kinder haben den Tag im winzigen Swimmingpool im Casa Relax verbracht. Ein

Regenschauer am späten Nachmittag hat uns dann alle aufs Zimmer gescheucht, wo es dieses exotische Ding namens KLIMAANLAGE gibt. Wir haben alle im kühlen Luftzug gebadet … unfassbar. Die Hitze reißt nicht ab, bevor die Sonne untergegangen ist. Alle befinden sich im Zustand aufgestauter Aufgekratztheit. Den Vögeln ist es zu heiß zum Fliegen, den Hunden zu heiß zum Bellen, allen ist es zu heiß, nur nicht den Moskitos. Die warten, bis es dunkel ist, dann veranstalten sie ein Festgelage auf deinen Knöcheln. Wir reiben die Kinder von Kopf bis Fuß mit Mückenschutz ein. Ich persönlich kann das Zeug nicht ausstehen.

Habe widerstrebend ein neues Satellitentelefon gekauft. Wird dabei helfen, Pläne mit anderen Seglern abzustimmen & mit Therese & Mom in Kontakt zu bleiben. Außerdem kann man uns im Notfall orten.

Zudem hab ich es endlich geschafft, Harry anzurufen, ihn zu fragen, wie's ihm geht, denn

Da, sagt meine Mutter. Das ist der Mann!

das war ich dem Mann schuldig. Aber kaum redeten wir miteinander, fing Harry auch schon wieder mit seiner alten Leier an. »Warum bringst du das Boot nicht jetzt zurück, dann verkaufen wir es, machen jede Menge Kohle, oder du lässt es im Yachthafen liegen, wenn du nicht verkaufen willst, fährst mit ihm den ganzen Sommer über durch den Long Island Sound etc.« Plötzlich denke ich: Womöglich geht's ihm überhaupt nicht ums Geld. Es sieht eher aus, als würde er _mich_ vermissen.

Ich lasse mir diesen Gedanken durch den Kopf gehen,

als er plötzlich aus heiterem Himmel sagt, dass er nach Cartagena kommen wird.

Ich lache nervös, sage so was wie: Ach ja?

Ja, sagt er. Ich liebe diese Stadt. Hab immer gedacht, ich könnt mich dort vielleicht mal zur Ruhe setzen.

Als ich nicht »Toll!« oder »Kann's nicht erwarten, dich zu sehen« sage, nimmt seine Stimme einen verletzten Tonfall an. Er sagt, es gebe noch ein anderes Boot, das er da unten kaufen wolle.

Ich werde dich nicht belästigen, sagt er. Er habe ein Hotel, wo er immer absteige. In Getsemani.

Bevor ich mich beherrschen kann, platze ich heraus: Unser Hotel ist auch in Getsemani.

Wie heißt es?

Casa Relax.

Dann ist alles wieder gut. Als wäre er erleichtert, wenigstens diesen kleinen Fetzen Information bekommen zu haben. Jetzt weiß er, wie er mich finden kann. Und ich denke: Juckt mich nicht. Ruf den Typen an. Häng mit ihm ab. Ich trete mich ein paarmal dafür, dass ich mich in diese Zwickmühle gebracht habe. Muss ihn davon überzeugen, mich aus dem Vertrag zu entlassen. Gut. Das tue ich persönlich.

Meine Mutter und ich tauschen einen Blick. Ich blättere weiter, aber es folgen seitenlange detaillierte Abhandlungen über Bootgetriebe, Kaffee, den gottverdammten Bogen der Geschichte ...

Vielleicht wäre es einfacher, hinten anzufangen, sage ich.

Ich blättere direkt bis zum Schluss des Buches, wo die Seiten noch unbeschrieben sind.

Als ich dann aber eine weiche, leere Seite nach der anderen aufschlage, wird mein Gefühl der Trauer immer schlimmer. Ich kann nicht anders, ich denke: *Dies sind all die Worte, die er nicht geschrieben hat. Dies sind all die Tage, die er nicht leben konnte. Dies ist sein Schweigen.*

Lass uns aufhören, sagt meine Mutter.

Nein, sage ich.

Sie legt ihre Hand auf meinen Arm.

Selbstverständlich hat er nichts Kriminelles getan, sagt sie. Wir reden hier von *Michael.*

Ich will es wissen, sage ich.

Das ist doch Folter, sagt sie, Juliet.

Wir schauen einander an, nur Zentimeter voneinander entfernt.

Ich blättere noch eine Seite um.

Sie zieht ihre Hand zurück.

Da ist eine Zeichnung. Grobe Striche mit blauer Tinte. Es ist das Gesicht eines alten Mannes mit Schnurrbart und dickem Haar. Große Kleckse auf den Wangen – er weint. Man kann es nicht anders ausdrücken, es ist eine gespenstische Zeichnung.

Das ist der letzte Eintrag?, fragt meine Mutter. Ein Bild?

Sie lehnt sich zurück.

Ich schnappe mir meinen Laptop.

Harry + Borawski + Yacht + Verkauf + Connecticut

Es gibt eine veraltete Website. Schriftart: Wide Latin Bold.

In der Ecke ein kleines Foto. Ein altes Gesicht, vom Rand einer Baseballkappe beschattet. Ein schlechtes Bild. Verschwommen, im Wind aufgenommen. Aber es ist eindeutig: Das ist Harry Borawski.

Meine Mutter starrt das Foto an. Dann nimmt sie mir das Logbuch aus der Hand und mustert Michaels Tintenzeichnung.

Ist das eine Art … Schuldeingeständnis?

Ich weiß nicht, sage ich.

Du *weißt* es nicht?

Ob Michael jemanden hätte umbringen können? Natürlich hätte er das.

Juliet!

Ich meine, Michael war ein sehr treuer Familienmensch. Aber er war auch ein Republikaner, der immer geglaubt hat, man müsse sich selber helfen. Einen alten, vom Glück verlassenen Mann, der uns das Leben schwermachen wollte, hätte er nicht bemitleidet. Es wäre nichts Persönliches gewesen.

Du willst mir sagen, Michael hätte jemanden umbringen können, weil er die Republikaner gewählt hat?

Nein. Ich will nur sagen, dass die Menschen, die er bewundert hat, stark und erfolgreich und unabhängig waren, nicht bedürftig und verrückt.

Ich schaue meiner Mutter direkt ins Gesicht.

Das gilt sogar für mich, sage ich.

Was gilt sogar für dich?

Er dachte, ich wäre schwach, sage ich und zucke mit den Schultern. Er hatte keinen Respekt für die Dinge, in denen ich gut war. Er glaubte, ich hätte gerne das Opfer gespielt. Und bis zu unserer letzten Überfahrt war ich ja auch eine inkompetente Seglerin.

Du erinnerst dich nicht richtig, sagt meine Mutter flehentlich. Er war verrückt nach dir, Juliet. Für ihn hat sich die Welt nur um dich gedreht.

Ich fahre mit den Fingern über die Zeichnung. Harry Borawski starrt uns mit verblüffter Traurigkeit aus dem Logbuch an. Michael war kein Künstler. Ich habe ihn in meinem ganzen Leben nie zeichnen sehen. Aber ich kann doch erkennen, dass das Bild von Michael stammt. Einen Augenblick lang frage ich mich, ob die Ähnlichkeit reiner Zufall ist, ob das Gesicht gar nicht das von Harry Borawski darstellen sollte, sondern eher Michaels Vorstellung von Gott. Sein Bild von Gott in jenen letzten Stunden, bevor er starb.

Ich schließe das Buch.

Ich glaube, ich muss mich übergeben, sage ich zu meiner Mutter.

Lieber Gott. Ich höre Stimmen, die gemein zu mir sind. Die sagen: ICH STECHE DICH. Aber es gibt auch nette Stimmen. Eine Frauenstimme. Die Stimme sagt: Wein nicht. Ganz leise sagt sie das. Wein nicht. Wusstest du eigentlich, lieber Gott, dass es am leichtesten ist zu gewinnen, wenn man mogelt? Aber ich mogle NICHT und ich plaudere auch keine Geheimnisse aus. Aber ich weine. Ich hatte so viele Freunde, als wir auf dem Boot gelebt haben. Das Mädchen mit den magischen Kräften. Das andere Mädchen, das mir die Muschel geschenkt hat. Manche sagen, ich würde angeben, aber für ein Kind hab ich halt auch schon viel gemacht. Ich bin in einem Sumpf geschwommen. Ich habe ein Dingi gesteuert. Ich kann einen Webeleinenstek knoten. Aber okay, es gibt auch Sachen, die ich noch nicht gemacht habe. Und damit werde ich nicht vor dir angeben. 1. Ich habe noch nie ferngesehen, während ich auf einem Pferd geritten bin. 2. Ich habe noch nie unter Wasser eine Waffel gegessen. 3. Ich war noch nie in Palm Springs. Ende.

Wegen des Geldes habe ich nie Fragen gestellt. Er hat zugelassen, dass ich glaubte, wir hätten das Boot bezahlt. Aber das war eben nicht mein Bereich, und ganz im Ernst: Ich hatte wirklich andere Sorgen. Es spielte auch keine Rolle, bevor wir in Cartagena waren, denn erst da stand Michael das Wasser bis zum Hals. Wir saßen an einem winzigen Tisch auf der

Plaza de Santo Domingo, als er sein Geständnis ablegte. Es war spät. Wir hatten noch nicht im Hotel eingecheckt. Wir lebten immer noch im Hafen, an Bord der kaputten *Juliet*, angespannt und schwitzend und ohne viel miteinander zu sprechen.

Ich trank einen Aguardiente und beobachtete die Kinder, die auf der riesigen liegenden Frauenskulptur mitten auf der Plaza herumtollten. Es war leicht, die Kinder zu lieben, wenn sie in der Ferne spielten.

Er sagte: Ich habe mich wegen des Bootes verschuldet. Ich schulde Harry Borawski Geld und habe es dir nicht gesagt. Aber ich habe die Summe nicht. Wenn ich nicht das Haus aufs Spiel setzen will. Nach der Reparatur des Getriebes haben wir noch genug Geld für Essen und Benzin, aber das war's dann auch. Ich kann den Typen nicht auszahlen. Ich weiß nicht, was ich tun soll.

Und ich sagte: Nach dem, was du bei der Überfahrt zu mir gesagt hast, ist es mir egal. Ich halte es kaum in deiner Nähe aus. Jetzt, da ich weiß, was du über mich denkst.

Michael antwortete nicht sofort.

Schließlich sagte er – und ich weiß noch, wie er es sagte, ganz sanft: Wir können nicht einfach aufgeben.

Einen Augenblick lang wusste ich nicht, was er meinte, unsere Ehe oder das Boot. Dann wurde mir klar: Er meinte beides. Ich schaute ihn an. Er hatte ein kräftiges, knochiges Gesicht mit Falten, die seinen Mund rechts und links einklammerten. Im Laufe der Jahre war mir sein Gesicht vertrauter geworden als mein eigenes. Es war mein verlässlicher Bezugspunkt. Wenn ich etwas sagte, verriet mir sein Gesicht, ob es einen Sinn ergab oder nicht. Seine Amüsiertheit bestätigte, dass ich richtig lag. Seine Weichheit machte meiner Liebe Mut. Angst in seinen Augen warnte mich. Und wenn ich nicht wusste, wie ich mich fühlte oder wie ich mich fühlen sollte, zog ich Michaels Gesicht zurate, las in ihm wie in einem Text.

Nun, auf der Plaza de Santo Domingo, betrachtete ich ein Gesicht, das schwer gebeutelt war. Dieser Ausdruck war so neu, so schutzlos, dass er mich einen Augenblick lang mehr interessierte als der Betrug, den er gerade eingestanden hatte. Wir kannten uns seit beinahe zwanzig Jahren. Wie seltsam, dass mich sein Gesicht noch immer überraschen konnte. Schließlich trank er einen Schluck Wasser und schaute mich so offen und direkt an, dass mir der Atem stockte.

Ganz ehrlich, Juliet, sag mir: Willst du aufgeben? Möchtest du, dass ich dich gehen lasse?

Ich öffnete den Mund, aber keine Worte kamen heraus. Eine abendliche Brise trieb die Hitze fort, bauschte die Tischtücher und brachte die Sonnenschirme der Cafés in Bewegung. Andere Kinder hatten sich auf der Liegenden Nackten zu unseren gesellt, während zwei Frauen an der verschlossenen Tür der Iglesia de Santo Domingo lehnten und sich Luft zufächelten.

Ich verstand, dass er mir diese Frage stellte. Ohne mir dessen vollständig bewusst zu sein, hatte ich sie mir selbst andauernd gestellt. Aufzugeben war sehr verführerisch. Ich wollte die Spannung der Ehe hinter mir lassen. Ich wollte die Ungewissheiten der Reise hinter mir haben. Die Liebe hatte so geringe Gewinnaussichten. Es musste schrecklich ermüdend für ihn gewesen sein, ganz allein an den Erfolg des Unternehmens zu glauben. Er sah erschöpft aus.

Sag etwas, drängte Michael.

Dicke Tränen liefen auf beiden Seiten meines Gesichts herab. Ich will nicht aufgeben, sagte ich.

Er lächelte. Michael hatte dieses ganz plötzliche, unfassbar breite Lächeln. War er glücklich, nahm dieses Lächeln sein gesamtes Gesicht ein. Es war, als würde man ein Licht einschalten.

Ich auch nicht, sagte er.

Dann zog er die Serviette unter meinem Drink hervor und tupfte die Tränen von meinem Gesicht. Anschließend holte er eine Karte aus seinem Seesack und breitete sie auf dem Tisch aus.

Dann lass uns gemeinsam die Welt anschauen, sagte er. Harry muss schon selbst herkommen und sein Boot holen, wenn er es so dringend haben will.

19. März. Club Nautico Marina, Cartagena, Kolumbien. NOTIZEN UND ANMERKUNGEN: Vorbereitungen für eine karibische Überfahrt nach Jamaika. Die Leute sagen, es wäre ein 5-tägiger Törn, wenn man nicht übermütig wird. Also bereiten wir uns ganz in Ruhe darauf vor. Gehen mit Verstand an die Sache heran. Wir sind wieder auf die wunderschöne *Juliet* gezogen. Das Getriebe summt fröhlich vor sich hin. (Danke, Arturo.)

Und dann, als könnte es gar nicht besser werden, haben wir gestern gesehen, wie die *Adagio* im Hafen angelegt hat. Sybil hat geschrien vor Glück. Fleur hat geschrien vor Glück. Jede Menge Geschrei.

Heute ist unsere Leichtmatrosin drüben bei ihnen & spielt mit ihrer allerbesten Freundin. Der Bootsjunge macht ein Nickerchen. Juliet & ich sind seit laaaanger Zeit nicht mehr allein gewesen.

In der Stille des Hafens gehe ich alles mit ihr durch: Okay, was genau habe ich dir nie erklärt? Weißt du, ich habe keine Ahnung, ob ich dir das Segeln gut erklärt habe oder nicht. Ich will dich nicht ärgern. Aber wenn ich versuche, mir vorzustellen, was du denkst, ist da einfach diese große Leere. Ich weiß, dir kommt es vor wie die Verschwörung des weißen Mannes gegen dich, aber das ist zu viel der Ehre. Du musst es mir einfach nur <u>sagen</u>. Stell dir vor, wir hätten uns gerade erst kennengelernt. Und wir hätten keine gemeinsame Geschichte.

Sie nickt & denkt darüber nach. Sie sagt mir, dass sie sich manchmal, wenn es hoch hergeht, nicht erinnern kann, wie bestimmte Dinge an Bord heißen. Sie sagt, es gebe so viele archaisch klingende nautische Bezeichnungen, dass sie das Gefühl habe, auf einem Renaissancemarkt zu leben. Wir beschließen, dass wir alle Schoten und Klampen beschriften sollten. So kann J sicher sein, dass sie immer alles richtig öffnet oder schließt oder auffiert. Während ich die Bezeichnungen aufschreibe, hört & schaut sie zu. Die Aufkleber sind tatsächlich sehr hilfreich. Ich hätte das gleich am ersten Tag machen sollen, leider war ich zu sehr mit meinem eigenen Mist beschäftigt.

Außerdem: Habe mit Mom gesprochen. Zugestimmt, dass wir sie in zwei Wochen in Kingston treffen! Sie braucht Urlaub & eine Abwechslung vom Winter. Juliet & ich wiederum brauchen mehr Zeit miteinander, ohne Kinder, wie normale Leute auf einem Date.

Darüber hinaus hat uns ein Typ vom Kenyon-Absolventen-Magazin eine Mail geschrieben. Er kommt aus geschäftlichen Gründen nach Cartagena und will uns interviewen. Er sagt, er würde eine Kolumne über Absolventen schreiben, die ein interessantes Leben führen & meint, die Kenyon-Community wäre bestimmt begeistert, etwas über unserer Reise auf dem Boot zu lesen.

Juliet & ich finden das zum Totlachen. Oh, sagt sie, wie Sie hier das Klo auspumpen – wirklich faszinierend.

Könnte eine echte Plackerei werden, nach Jamaika zu kommen, und noch dazu eine ziemlich feuchte Angelegenheit. Die Winde kommen aus NO, und wir wollen nach N. Müssen hart am Wind segeln. Man muss nur einmal wirklich aufpassen, und zwar direkt vor der kolumbianischen

Küste, wo die östliche Strömung einen vom Kurs abbringen kann. All das erkläre ich Juliet. Ich erkläre ihr, dass sich das Boot anders anfühlen kann, wenn man gegen den Wind fährt. Außerdem haben wir ein neues Getriebe & können jederzeit den Motor anwerfen. Selbst bei Sturm wissen wir ja inzwischen, was wir zu tun haben, damit wir nach Narganá geblasen werden, wir haben unsere Unwetterroutine. Sie nickt. Sie hört zu. Keine Überreaktionen. Wenn wir einander nahe fühlen, ich & Juliet, können wir alles schaffen.

Was hast du jetzt vor?, fragt meine Mutter.

Ich schaue sie an, hole meine Gedanken langsam zurück in die Gegenwart.

Wenn die Polizei diese Zeichnung sieht, sagt sie, wird sie glauben, dass Michael etwas Schlimmes getan hat.

Genau in diesem Augenblick sehe ich Michael vor mir, glasklar. Er isst Würstchen auf der Plaza de Bolívar. Er leckt sich die Lippen, und seine Augenbrauen wippen auf und ab.

Juliet?

Was?

Warum lachst du? Das ist nicht lustig.

Ich lache nicht, sage ich. Ich meine, nicht darüber. Ich habe mich gerade an ihn erinnert, an etwas sehr Reizendes.

Sei ernst. Was willst du jetzt machen?

Mein Kichern verfliegt. Ich bin bereits erschöpft, aber ich werde nicht schlafen. Wenn ich ihn entlasten soll, muss ich weiterlesen.

Ich denke, ich werde Michael für sich selbst sprechen lassen müssen, sage ich. Das ist das Mindeste, was ich tun kann. Meinst du nicht?

Sie nickt, steht auf. Ich kann das nicht ertragen, sagt sie.

Wir müssen übers Essen reden. Okay? Wir müssen über Bandeja Paisa reden. (Eine ordentliche Portion Reis, Schweinebauch, Pommes & gesalzene Kochbananen …) Wir müssen über Würstchen reden. Unmöglich, ich kann nicht über diese Würste reden. Ich könnte Gedichte schreiben über sie. Okay, dann reden wir über die Brötchen. Man geht an den Bäckereien mit ihren offenen Türen vorbei & sofort lockt einen der Geruch hinein. Für etwa einen Dollar bekommt man ein Dutzend. Außerdem ist da immer noch so ein Typ, der aus einem Aquarium auf einem Wagen Limonade verkauft. Wie sich rausstellt, schmeckt Limonade aus dem Aquarium weitaus besser als jede andere. Also holen wir uns Limonade & Brötchen & setzen uns auf die gusseisernen Bänke, wo wir die Welt an uns vorbeiziehen lassen.

Ich weiß, wir sind Touristen, aber als Langfahrtensegler fühlt man sich nie wie ein Tourist. Wir sind alle bloß Menschen, und die Welt gehört keinem von uns. Es ist mir inzwischen körperlich fast unmöglich, eine Eintrittskarte zu kaufen. Stattdessen laufen wir einfach an den Hafendämmen entlang, die rosa sind, weil sie aus Korallen gebaut wurden. Die Kirchen sind rosa. Alles ist rosa & gelb, sogar die gewürzten und gesalzenen Mangowürfel am Stiel, die Juliet so sehr mag. Außerdem mag sie natürlich ihren Aguardiente am Abend, wenn sie etwas melancholisch wird. Es gibt hier einen kleinen Park mit einer Simón-Bolívar-Statue, in dem man für ein paar Pesos Vogelfutter kaufen kann. Die Kinder füttern die Tauben, und wir schauen zu. Inzwischen hat sich die Hitze etwas gelegt, und ich wage es, ihre Hand zu halten. Zu dieser Stunde spüre ich eine Nähe zu ihr, über die ich nicht sprechen kann. Die ich verlieren würde, wenn ich sie in Worte fassen würde. Es ist, als hätte man einen ungeöffneten Brief in der Brusttasche.

So fühlt es sich an, lange mit jemandem verheiratet zu sein. Ich erhasche einen kurzen Blick, als eine Brise vom Meer ihr Kleid gegen ihre Knie drückt.

Ich weiß, was du denkst, sagt sie heiser.

Ich muss ihr sagen: Nein. Nein, das weißt du nicht.

Er hatte es wirklich drauf, sein Essen zu genießen, mein Ehemann. Er hatte es auch drauf, die Luft zu genießen und das Segeln und das Verhandeln mit Hafenmeistern – von Anfang bis Ende hat er die ganze Sache genossen. Er war ein Macher. Er hat sich Herausforderungen gestellt. Er war ein Connaisseur von Würstchen. Es war ansteckend. Ich erinnere mich, wie glücklich er aussah, als er ehrfürchtig das Wachspapier aufschlug, das nach Öl und Fenchel duftete. Er aß seine Würstchen mit abgespreiztem kleinen Finger, grunzend, leckte sich das Fett vom Handgelenk. Das brachte mich zum Lachen.

Deswegen kann ich nicht sagen, dass ich es bereuen würde, mit ihm aufgebrochen zu sein. Ich bereue es nicht, meinem Mann beim Würstchenessen zugesehen zu haben. Ich bereue es nicht, gelacht zu haben.

Ich bereue nicht, wie ich gelacht habe auf der Plaza de Bolívar.

29. März. LOGBUCH DER YACHT *JULIET*. Club Nautico, Cartagena. Abendessenszeit. NOTIZEN UND ANMERKUNGEN: Manchmal passiert genau das, was man am wenigsten erwartet. Juliet hat gestern eine Mail von ihrer Mutter bekommen. Das Monster, das ihr wehgetan hat, ist gestorben. Das Arschloch hatte das Glück, nach einem kurzen Kampf gegen den Krebs im Schlaf zu sterben.

Sie hat sich gerade wieder so gut im Griff gehabt. Wird sie das zurückwerfen? Ich mache mir Sorgen. Morgen beginnt unsere große Überfahrt nach Kingston. Frage mich nun, ob wir es aufschieben sollten. Mann, ich hasse diese Tageszeit. Ihretwegen hasse ich sie. Es ist einfach zu heiß. Außerdem wird Juliet am späten Nachmittag traurig. Manchmal presst die Hitze es aus ihr heraus. Ich bin wütend, nehme ich an. Für sie. Und für mich. Mir wird bewusst, dass ich nun, da er tot ist, nie die Chance bekommen werde, ihn k.o. zu schlagen. Es war all die Jahre über irgendwie abstrakt, da wir Lucinda nie gesehen haben. Das wird der schwerste Teil, wieder von ihrer Mutter zu hören, nachdem sie eine so lange Zeit so wenig Kontakt gehabt haben. Was für eine Sinnlosigkeit.

Juliet, sag mir, was ich tun kann.

Sie sagt: Geh mit mir an der Hafenmauer spazieren. Du kannst mir von Piraten und Kaiserreichen und Napoleon erzählen. Wir können zuschauen, wie die Kinder in der Gegend herumrennen.

Möchtest du einen Drink?, frage ich. Ein bisschen Feuerwasser?

Nein, sagt sie.

Also gehen wir zum Hafenrand. Zu dieser Zeit ist alles noch rosafarbener als sonst.

Was möchtest du, dass ich tue?

Ich möchte nicht, dass du irgendwas tust, sagt sie.

Ich würde mir die Hand abhacken, damit es dir besser geht, sage ich.

Aber dadurch würde es mir nicht besser gehen, stellt sie klar.

Ich weiß. Ich weiß! Dann mache ich einfach weiterhin nichts, sage ich. Denn nichts zu tun, ist das, was mir am schwersten fällt.

Georgie und Sybil jagen um uns herum. Dann rennen sie voraus auf eine Gruppe von kleinen Kindern zu, die sich über irgendwas beugen, das auf dem Weg liegt.

Möchtest du unsere Abfahrt aufschieben?, frage ich.

Nein, sagt sie. Auf keinen Fall. Er darf mich nicht länger kontrollieren.

Ich fahre mit meinen Fingern über die Worte. Sein Stift hat Furchen in die Seite gegraben. Er hat fest aufgedrückt, wenn er wütend war. Ich lehne meinen Kopf zurück und stelle mir vor, dass die Glühbirne im Schrank Sonnenlicht ist.

Man sollte meinen, wenn man ein Familiengeheimnis mit dreißig immer noch nicht preisgegeben hat, würde man es mit ins Grab nehmen. Aber als ich dreißig wurde, ließ mich der Gedanke an das, was mir mit zehn Jahren zugestoßen war, plötzlich nicht mehr los. Mich ließ der Gedanke an Gil nicht mehr los.

Meine Mutter und ich hatten mit den Geschehnissen als einem offenen Geheimnis gelebt. Nachdem ich von zu Hause ausgezogen und aufs College gegangen war, schien die entfernte Vergangenheit keine Rolle mehr zu spielen. Doch manchmal lässt einen die Welt nicht vergessen. Irgendwann wird selbst die alltägliche Landschaft zu einem Text, der nach Interpretation verlangt: Ich begann, überall japanische Ahornbäume zu sehen. Der japanische Ahorn war Gils Baum. Es war oft der Vorwand für unsere langen Fahrten, »japanische Ahornbäume aufzuspüren«. Es gibt sie in verschiedenen Farben, aber es waren die burgunderroten, die wir aufspüren wollten.

Als ich dreißig war, quoll die Welt über vor japanischen Ahornbäumen. Nicht nur sah ich sie überall auf dem Land, wenn Michael und ich unsere Wochenendausflüge machten, sondern auch in Cambridge selbst, an unschuldigen Ecken, an denen ich zuvor nie etwas bemerkt hatte. Wenn Michael am Steuer saß und wir an einem japanischen Ahorn vorbeikamen, überwältigte mich ein so bedrohliches Gefühl, dass ich das Fenster herunterkurbeln und mich in den Wind hinauslehnen musste wie ein Hund. Oder ich sah ein junges Mädchen, das mit einer bestimmten Neigung des Kopfes aus einem Fenster starrte, und mich überkam eine unbeschreibliche Panik. Ich konnte mich nicht wirklich erinnern – das heißt, ich konnte mich nicht *rechtzeitig* erinnern, um mich auf die Wirkung vorzubereiten –, und ich wusste nicht, warum solche gewöhnlichen Dinge mir so bedeutungsschwer erschienen.

Vielleicht lag es daran, dass ich darüber nachdachte, selbst Mutter zu werden. Nach drei getrennten Jahren, von denen ich zwei in England als Au-Pair für eine Familie in Stratford-upon-Avon verbrachte, trafen Michael und ich uns bei einem Kenyon-Ehemaligentreffen in New York City wieder. Er war im Exil in Pittsburgh gewesen, wo ihm die Erkenntnis, dass ihm die Kleidung seines toten Vaters tatsächlich *passte*, schwer zugesetzt hatte. Die zwischen uns liegenden Jahre waren für mich sexuell enthaltsam gewesen, aber Michael weckte sofort die entsprechenden Erinnerungen. Wir strichen unsere Flüge und begaben uns zu einem sexuellen Marathon in ein vollgestopftes Hampton Inn in New Jersey. Fünf Jahre, sein MBA und einige weitere Fernbeziehungszeiten später gaben wir uns in einer kleinen Hochzeit auf dem Kenyon-Campus das Ja-Wort.

Ein recht neutraler Ort für die Feier, aber für beide Familien mit dem Auto erreichbar. Dann zogen wir nach Cambridge um, wo er seinen ersten Job in der Finanzwirtschaft bekam und ich mich im Boston College einschrieb, wo bereits die Türen der Universität genügten, um mir eine geradezu religiöse Ehrfurcht einzuflößen – als würde ich mich hier mit der Literatur vermählen. Die Bequemlichkeit der Ehe, die Entspannung eines sicheren Lebens, die Rucksacktouren an den Wochenenden, das Lesen im Bett, das Essen von Feigen in der Feigensaison … alles schön und gut, aber irgendwann gehen einem die Ausreden aus, warum man etwas aufschieben muss.

Nachdem Michael mich dazu ermutigt hatte, schrieb ich meiner Mutter einen Brief. Ich schrieb ihr, dass ich über die Vergangenheit nachgedacht hatte und über Gil reden wollte. Als ich darauf nichts von ihr hörte, schrieb ich ihr einen längeren, weitaus deutlicheren Brief. Ich forderte sie auf, mir zu erklären, warum sie Gil nie darauf angesprochen hatte und ob sie sich nie gefragt hatte, ob er eine Gefahr für andere Kinder darstellen könnte. Als ich auch auf diesen Brief keine Antwort erhielt, stieg ich ins Auto und fuhr den ganzen Weg von Cambridge nach Schenectady.

Seit meiner Kindheit hatte meine Mutter für denselben Verwaltungsbeamten im Rathaus von Schenectady gearbeitet. Hinter einem übergroßen Metallschreibtisch händigte sie Heiratserlaubnisse, Geburtsurkunden und Behindertenparkscheine aus. Man muss sich vor Augen halten, dass sie eine außergewöhnlich attraktive Frau war. Groß, mit geradem Rücken und diesem welligen, bernsteinfarbenen Haar. Im Grunde scheu und zurückhaltend, ließ ihr Aussehen sie sehr viel selbstbewusster erscheinen, als sie tatsächlich war. Ich denke, es machte ihr nichts aus, dass die Leute sie anschauten, denn davon abgesehen fühlte sie sich in ihrem Leben vermutlich ziemlich unsichtbar.

Ich hielt sie immer für wichtig. Nicht zuletzt, weil sie für den Staat arbeitete. Das Rathaus von Schenectady ist ein grandios überzogenes Gebäude mit einem hohen, von vier Säulen gestützten Portico – wohin man blickt, Marmor und reich verzierte Brüstungen, inklusive eigenem Glockenturm. Im Inneren eilen Männer und Frauen leichtfüßig auf beiden Seiten einer grandiosen, sich in der Mitte teilenden Treppe hinauf und hinab.

Einen gänzlich anderen Eindruck muss ich abgegeben haben, als ich mit dreißig zu jenem Stahlschreibtisch marschierte. Meinen Schal über die Schulter geworfen, knallrot vor Wut.

Du hast mir auf meinen Brief nicht geantwortet, sagte ich.

Wir gingen durch den kalten Winternachmittag, und ich redete – an meine genauen Worte kann ich mich nicht erinnern – ganze Sturzbäche, nur um das unausgesprochen zu lassen, was ich eigentlich sagen wollte. Ich wollte, dass sie mich unterbrach. Ich wollte sie sagen hören: *Juliet, ich habe dich enttäuscht.* Denn dann hätte ich erwidert: *Ja, das hast du, aber alle Menschen enttäuschen einander. Liebe verlangt zu viel, erwartet zu viel; das Scheitern ist im Bauplan der Liebe eingeschrieben, aber jetzt, da ich eine erwachsene Frau bin, verstehe ich das, und von heute an werde ich von dir nur das verlangen, was du auch geben kannst.*

Ich sehnte mich so sehr danach, das zu sagen. Es hätte nur den winzigsten Anstoß gebraucht.

Aber meine Mutter stopfte die Hände tief in ihre Manteltaschen und schwieg beharrlich. Unser Atem stieg in Wolken in den Himmel. Plötzlich blieb sie stehen. Ich wandte mich ihr zu, bereit für ihre Reaktion. Ich freute mich, lächelte. Ohne mir der Spannung so recht bewusst zu sein, hatte ich eine sehr, sehr lange Zeit darauf gewartet, was sie wohl sagen würde. Tatsächlich war das, was sie in diesem Augenblick sagen würde, zum zentralen Rätsel meines Lebens geworden.

Warum tust du mir das an?, fragte meine Mutter. Du weißt genau, dass Louise und Gil meine besten Freunde sind. Und all das ist so lange her. Wir haben dich alle *geliebt*.

Sie blinzelte gegen die helle Wintersonne. Wir waren

beide groß, sie überragte mich aber immer noch um einen guten Zentimeter.

Ganz sicher würde Gil die Geschichte ganz anders erzählen, sagte sie. Du bist ein kluges Mädchen, Juliet. Aber du musst immer übertreiben. Du erinnerst dich nicht daran, wie du damals warst, nicht so, wie ich es tue.

Es war diese letzte Aussage, die meine Niederlage besiegelte. Bevor ich sie aufhalten konnte, waren die Worte in mich eingedrungen, während ich das erwartungsvolle Lächeln noch immer auf den Lippen hatte – die Tatsache, dass ich irgendwie mit schuld gewesen war. Ich hatte Gil verführt. Und was das Schlimmste war: Ich konnte mich nicht daran erinnern. Ich war bloß eine Amnesiepatientin, eine unzuverlässige Zeugin meines eigenen Lebens.

Wir gingen schweigend zum Rathaus zurück. Meine Mutter machte einen erschöpften Eindruck, und ich fragte mich, ob sie krank war. Ich überlegte, ob ich sie unterhaken und ihr die große Treppe hinaufhelfen sollte, die ich als Kind hinauf- und hinabgetanzt war, aber etwas in mir sagte: Nein, wenn du jetzt noch einen Schritt weitergehst, Juliet, kannst du nur noch dir selbst die Schuld geben. Du bist hier am Endpunkt angelangt.

Danach sahen wir uns beinahe ein Jahrzehnt nicht wieder. *Entfremdet.* Ein passendes Wort, und kaum ohne unheilvollen Tonfall auszusprechen. So wie man nie wütend zu Bett gehen sollte, sollte eine Frau niemals ein Kind zur Welt bringen, wenn sie von ihrer eigenen Mutter entfremdet ist. Ohne eine Mutter oder eine Ersatzmutter in der Nähe fühlt sich der Akt der Geburt an wie eine Antiklimax. Der allerschwerste körperliche Kraftakt, das Zur-Welt-Bringen eines neuen Lebens, gefolgt von tagelangen Ausscheidungen, nicht zuletzt von Tränen des Kummers und der Freude, wiederum gefolgt von Jahren, in denen man sich nur auf das Kind konzentrieren kann, und der ganze Aufwand führt wohin – zur *Entfrem-dung?*

Ich will Lucinda gar nicht die Schuld geben; ich hatte meine Probleme mit ihr – und ohne sie. Ich hatte auch nie geglaubt, dass sie mich vergessen hätte während all der Jahre, in denen wir uns nicht sahen. Ich war mir sogar sicher, dass sie oft an mich gedacht hatte. Und doch konnte sie keinen Weg zu mir finden. Sie war nicht mutig genug. Aus sicherem Abstand schickte sie Briefe, Geschenke. Ich stieß sie nicht wirklich zurück, aber ich war auch nicht bereit, erneut einen Ort zu betreten, an dem wir nicht über Gil reden durften. Wenn ich die Situation nicht kritisch hinterfragte, kam mir das Arrangement ganz vernünftig vor – manchmal gab es für ein so heikles Problem eben keine Lösung. Ich wartete einfach darauf, dass die Vergangenheit aufhören würde, eine Rolle zu spielen. Ich glaubte daran, dass ich eines Tages aufwachen und eine neue Juliet sein würde – eine Jesus-artige Person, die von niemandem mehr Entschuldigungen brauchte. Ich schwöre, wäre sie an meiner Tür aufgetaucht, ich hätte meine Arme um sie geschlungen und losgeheult.

Es heißt, die Zeit heilt alle Wunden. Tja, aber manche Wunden vereitern. Und wenn es so ist, arbeitet die Zeit nicht für, sondern gegen dich. Ich war nach Sybils Geburt in Cambridge so verzweifelt gewesen, so beunruhigt, immer auf der Flucht, dass meine mögliche Heilung mich nur wütend machte: Wo war sie gewesen? Hatte sie sich denn nicht mal verpflichtet gefühlt, auf ihre Enkelin achtzugeben? Nein, hatte sie nicht. Schließlich hatte sie sich damals, vor langer Zeit, auch nicht verpflichtet gefühlt, auf mich achtzugeben.

Nach Georgies Geburt schickte sie einen kleinen weißen Leinenstrampler, schrecklich niedlich und offenbar ziemlich teuer. Ich kochte vor Wut. *Weißes Leinen?* Dieses Geschenk verriet eine völlige Fehleinschätzung meiner häuslichen Prioritäten. Es war eindeutig, dass meine Mutter nicht mehr wusste, wer ich war. Ich hatte Gil überlebt, ebenso die Scheidung meiner Eltern, war immer noch gut in der Schule gewesen, hatte Gedichte geschrieben, Freunde gehabt und es aufs College geschafft, und vermutlich hatte all das den Eindruck erweckt, ich wäre gegen Schwierigkeiten aller Art letztlich immun.

Aber ist es nicht die *Verantwortung* der Menschen, sich füreinander zu interessieren? Ist es nicht unsere Pflicht als menschliche Wesen, diese Arbeit zu leisten? *Dreh dich um*, rief ich meiner Mutter in meinen Träumen zu. *Dreh dich um, komm näher, schau mich an.* Und dann kam sie *tatsächlich* näher, diese Traum-Lucinda, durch den Traumregen und durch das Traumlicht. Mitten in der Nacht setzte ich mich im Bett auf und spürte Befriedigung auf meiner Zunge. Als hätte ich eine Rose gegessen.

All das hilft vielleicht, den Schock zu erklären, den ich empfand, als ich in Cartagena ihre E-Mail erhielt.

Liebe Juliet. So fing sie an.

Es wird dich überraschen, so aus heiterem Himmel von mir zu hören. Deine Cousine JoAnne hat mir deine E-Mail-Adresse gegeben, und ich wollte dir etwas mitteilen. Gil Ingman ist tot. Er ist am frühen Dienstagmorgen gestorben, und ich dachte, du wolltest das bestimmt wissen. Die Ärzte hatten kurz nach Neujahr Magenkrebs bei ihm diagnostiziert, und er ist sehr schnell gestorben.

Die Mail informierte mich des Weiteren darüber, dass sich Gil auf dem Sterbebett von der Last einiger Geheimnisse befreit hatte. Nämlich dass er mich »sexuell belästigt« habe, als ich klein war. Und nicht nur mich, sondern auch eine Nichte von Louise und ein weiteres kleines Mädchen aus der Nachbarschaft, deren Familie Gil jahrelang Geld gezahlt hatte, damit sie ihn nicht anzeigte. Schließlich passierte es aber doch, und gegen Gil war ein Ermittlungsverfahren eingeleitet worden, als er starb. Meine Mutter versicherte mir, Louise hätte all das nie gewusst und sei zutiefst erschütterte von diesen Offenbarungen. Sie sei inzwischen ans Bett gefesselt und wolle nicht mehr leben. Aber es sei sie selbst, meine Mutter, die die eigentliche Schuld treffe, versicherte sie mir.

Ich habe damals nicht auf dich gehört. Ich habe mir gesagt, dass du schon immer ein so dramatisches Kind warst (schließlich bist du nach einer Shakespeare-Figur benannt). Jetzt sehe ich, dass ich nie auch nur in Erwägung gezogen habe, dir zu glauben, weil ich ein Feigling war und mich dem daraus folgenden Konflikt nicht stellen wollte. Ich brauchte die beiden zu sehr.

Und dann schrieb sie:

Ich weiß, dass es den Schmerz nicht lindern kann, aber es tut mir leid. Wirklich.

Verzeih mir.

Es ist schon komisch, denn obwohl mich jene schlimme Erfahrung mein ganzes Leben über aus dem Gleichgewicht gebracht hatte und obwohl ich vermutete, dass es die Wurzel der Depressionen war, die auf die Geburt meiner Kinder folgten, tat ich es – ich verzieh ihr. Sofort. Ich wollte es unbedingt.

Was ihn betraf: Er war tot. Er tat mir leid.

Liebe Lucinda, schrieb ich.

Es tut so gut, von dir zu hören. Auch wenn es nur eine E-Mail ist, kann ich deine Stimme »hören«. Ich schreibe dir vom Deck unserer 14-Meter-Segelyacht, der Juliet. Michael, deine Enkelkinder und ich ankern zurzeit vor der atemberaubend schönen Kulisse der Stadt Cartagena in Kolumbien. Es sind keine Wolken am Himmel und angenehme 27 Grad …

3. April. Gottverdammte Scheiße. Harry Borawski ist hier. Und wir haben vor, <u>morgen</u> in See zu stechen.

Der alte Mann entwickelt sich zu einer echten Plage.

Ruft mich 3 Mal hintereinander an, während ich an Deck arbeite. Schließlich gehe ich ran.

Harry, altes Haus, sage ich, ganz freundlich.

Dann erzählt er mir eine ziemlich konfuse Geschichte, wie er in Miami Verspätung hatte & dass ihn jemand übers Ohr gehauen und dazu überredet hätte, eine spätere Maschine zu nehmen, woraufhin er zwei Nächte in einem billigen Hotel verbringen musste. Kernpunkt der Sache: Er hätte lange gebraucht, um nach Cartagena zu kommen, jetzt aber sei er da.

Wie geht's dem Boot?, kräht er.

Hervorragend, sage ich. Ich erzähle ihm, wie Arturo das Getriebe repariert hat.

Dann sagt er: Ich habe mich gefragt, ob du und deine Frau nicht noch eine zusätzliche Hand an Bord gebrauchen könntet?

Alle nur erdenklichen Alarmglocken gehen bei mir los. Kann mich selbst kaum noch hören.

Wenn du die *Juliet* zurücksegelst, brauchst du definitiv eine größere Mannschaft, sagt er. Dann musst du tagelang gegen den Wind segeln. Du kannst dir nicht vorstellen, wie ermüdend das ist.

Das ist echt nett von dir, Harry, sage ich. Aber das ist ja noch lange hin. Laut unserer Vereinbarung muss ich nicht vor August zurück sein in Connecticut. (Ich erinnere ihn.) Ich bekomme ein ganzes Jahr. Es gibt Orte, die wir noch sehen wollen. Kuba. Die DomRep.

Klar, aber durch die Bahamas musst du lange vor August. Hast du daran gedacht? Nur Idioten segeln nach Juli noch durch die Bahamas. Das wäre lebensmüde.

Na, dann hab ich ja zumindest noch bis Juni.

Das ist bald, sagt er.

Es ist gerade mal Anfang April, Harry.

Die meisten Leute verlassen die Karibik im Mai, sagt er.

Wir können auch gar nicht zu früh hier weg, sage ich. Wir kommen auf die Intracoastal, und da wird es immer noch zu kalt sein.

Du segelst in den Wind. Dadurch dauert die Fahrt länger.

Du bedrängst mich, Harry.

Ich denke nur an deine Sicherheit.

Ich dachte, du wolltest, dass ich die Bürde spüre, mein eigenes Leben zu leben, sage ich.

Darauf fällt ihm nichts mehr ein.

Lass uns beim Abendessen drüber reden, sagt er. Habt ihr euch schon den Bazurto angeschaut? Wir könnten uns später dort treffen und ein Bier trinken. Dann kannst du mir alles vom Boot erzählen. Essen geht auf mich.

Jetzt hätte ich ihm sofort sagen <u>sollen</u>: Wir segeln morgen nach Jamaika & wir wollen dich nicht um uns haben. Wir wollen dich nicht sehen & du wirst mir langsam unheimlich. Zieh Leine.

Stattdessen lege ich meine Beine mit Schwung auf den Cockpitsockel.

Klar, sage ich. Wir können uns auf dem Bazurto treffen. Ecke Fisch & Schwein, da gibt es eine Bar. Okay, Harry?

Großartig, sagt er, offenbar skeptisch, weil ich ihm nun doch entgegenkomme. Tipptopp. Bis dann.

Ich lege auf.

Nachdem ich ein paar Minuten auf den Ankerplatz gestarrt habe, wo all die Boote im Sonnenschein vor und zurück wippen und die Menschen ihrem Tagwerk nachgehen, wird mir bewusst, dass ich wütend bin. Die Leute lassen einen einfach nicht in Ruhe. Immer versucht irgendwer, dir die guten Dinge wegzunehmen, für die du hart gearbeitet hast. Dem einen Blutsauger entkommt man nur, indem man sich in die Arme des nächsten wirft.

Mein Dad nannte das »die Tyrannei der Schwachen«. Diejenigen, die so tun, als wären sie krank/schwach/unfähig, nur um dich dazu zu bekommen, dass du Jahre deines Lebens für sie opferst.

Harry Borawski. Ich sollte den alten Idioten einfach in die Bucht von Cartagena stoßen. Dann würde er wenigstens die Klappe halten.

Ich weiß ja, dass er nicht schwimmen kann. Angegeben hat er damit. »Echte Segler können nicht schwimmen, Mike«, hat er gesagt. Um damit zum Ausdruck zu bringen, dass ich kein echter Segler wäre, weil ich ja zum Spaß schwimme, statt mir die Mühe zu sparen, bis es ans Ertrinken geht. Hinzu kommt: Ich hasse es, wenn man mich Mike nennt.

Mein Dad hatte recht. Mein Dad hatte immer recht. Tyrannen sehen nicht immer wie Tyrannen aus. Manchmal bloß wie freundliche ältere Männer mit ner Baseballkappe auf dem Kopf. Oder wie der neue Mann von der Freundin deiner Mutter, der mit dir in seinem schönen sauberen Auto aufs Land fahren will und dann seinen Finger in dich reinsteckt und dich für den Rest deines gottverdammten Lebens heimsucht.

Ich lasse etwas von meiner Wut heraus, indem ich Ringschrauben ins Deck der *Juliet* bohre.

Wenn es nicht das eine ist, ist es das andere.

Wann lässt man uns endlich einfach leben?

Ohne ständig sabotiert zu werden.

Der Kopf meiner schönen Frau taucht aus der Kajütenluke auf.

Alles okay hier oben?

Durch ihr vertrautes Grinsen geht es mir sofort besser.

Ja, sage ich. Ich bohre mir hier nur ein bisschen Wut von der Seele.

Sie lacht & stützt das Kinn auf die verschränkten Arme. Die Kombüse ist wieder randvoll, sagt sie.

Super, sage ich.

Wir können in einer Stunde auftanken. Ich habe gerade mit dem Hafenmeister telefoniert.

Gut gemacht, sage ich.

Ich halte mir den Bohrer an die Schläfe, als wäre er ein Revolver. Nur, um sie zum Lachen zu bringen.

Ich kann nicht mehr, sage ich. Ich kann einfach nicht mehr!

Tu's nicht, sagt sie aufs Stichwort. Denk an die Kinder!

Ich schlage das Logbuch zu. Müdigkeit überwältigt mich. Müdigkeit und eine Trauer, die so immens ist, dass ich regelrecht darin schwimme. Eine Trauer, die meine Arme schwer werden lässt. Eine Trauer, die meinen Rücken dazu bringt einzusacken. Eine Trauer, die mich die Augen schließen lässt. Ich will schlafen wie die Ungeborenen und die Toten. Ich will so tief schlafen, dass ich ihn wiedersehe. Ich will ihn zur Rede stellen. Wo warst du?, will ich fragen. Warum sprichst du erst jetzt mit mir? Ich will seinen reglosen Körper schütteln.

Aber was soll das bringen? Unsere Verluste werden uns nie loslassen. Ihre Geduld ist endlos.

Ich schleudere das Logbuch in die hintere Ecke des Schranks. Ich stütze das Kinn auf meine Knie, sitze einfach bloß da.

Ich sollte den alten Idioten einfach in die Bucht von Cartagena stoßen.

4. April. Heute segeln wir los. Es ist noch früh. Ich habe bloß ein paar Minuten. Aber ich will einen Traum aufschreiben, den ich diese Nacht gehabt habe. Dad kam darin vor.

In meinem Traum sind Therese & ich bei meiner Tante Joan. Wir sind noch Kinder. Wir sitzen auf dem Boden & spielen Lite-Brite. Im Nebenzimmer findet eine große Party statt. Wir können die Erwachsenen reden & lachen hören. Therese ist sehr rücksichtsvoll zu mir. Was ungewöhnlich ist, weil sie mich in unserer Kindheit meistens bloß rumkommandiert hat. Wir stecken abwechselnd die farbigen Stecker auf das Brett, einen nach dem anderen. Ich empfinde starke Dankbarkeit & Liebe für sie. Als würde ich mich in diesem Augenblick daran erinnern, dass sie so oft auf mich aufgepasst hat. Dass sie mir Müslipackungen gereicht hat, die so hoch im Regal standen, dass ich nicht herankam. Mich rechtzeitig von Kreuzungen weggezogen hat. Mir Suppe gekocht hat, als Mom nach Dads Tod nur noch im Bett lag.

Ich höre die Stimme meines Vaters im Zimmer nebenan. Keine konkreten Worte, bloß ihren Klang. Im Traum weiß ich, dass er sterben wird. Auch wenn ich körperlich ein Kind bin, habe ich dieses erwachsene Wissen.

Die Gefühle werden immer stärker. Soll ich Therese sagen, was ich weiß?

Therese, flüstere ich. Ich muss dir was sagen.

Aber sie antwortet: Alles schon erledigt. Als hätte sie nicht gehört, was ich gesagt habe. Sollen wir das Licht anmachen, Mikey?

Dann schaut sie über meine Schulter.

Wer ist das?, fragt sie.

Ich drehe mich um.

In der Tür steht ein Mann. Ein Fremder. Er sieht aus wie

ein ganz normaler Typ aus Ohio, gescheiteltes Haar, saubere Stoffhosen, aber ich weiß, wer er ist. Wir starren einander an.

Mein Dad ist im Nebenzimmer, sage ich zu dem Fremden. Da entlang. Der Fremde nickt und geht nach nebenan. Die Partygäste verstummen.

Und dann wache ich auf.

Ein Schmerz im Nacken weckt mich auf. Ich bin im Schrank eingeschlafen, den Kopf eingeknickt auf einem Stapel Schuhkartons. Jemand hat eine Decke über mich gelegt. Ich blinzle angestrengt und reibe mir die Augen.

Guten Morgen, flüstert meine Mutter.

Sie sitzt mir gegenüber. Sie hat ihre Lesebrille auf der Nase und trägt dieselben Sachen wie gestern. Sonnenlicht fällt im Muster der Schranklamellen über ihr Gesicht. Michaels Logbuch liegt geschlossen neben ihr.

Wie spät ist es, Mom? Das Wort ist heraus, bevor ich wach genug bin, um es zu unterdrücken.

Sechs Uhr, sagt sie. Die Kinder werden bald aufstehen.

Wie lang bist du schon hier?, frage ich.

Sie zuckt mit den Schultern. Lange genug.

Ich lächle sie an. Und?, sage ich. Was glaubst du?

Es spielt keine Rolle, was ich glaube, sagt sie.

Für mich schon.

Nun, du wirst der Polizei sagen müssen, wo Harry Borawski war. Er war in Cartagena und hat euch gesucht.

Aber Mom, sage ich und senke mein Kinn. Was *glaubst* du?

Ich weiß nicht, sagt sie, nimmt die Brille ab und reibt sich die Augen. Er gibt nicht zu, irgendetwas getan zu haben. Bis auf eine Drohung.

Aber die Zeichnung?

Sie schaut mich an. Wir hören die Schritte eines Kindes vor dem Schrank.

Er ist tot, sagt sie, und ihre Augen füllen sich mit Tränen. Er sollte seine Geheimnisse für sich behalten dürfen.

Also, Sybil. Wie, glaubst du, geht es Mommy in letzter Zeit?

Sie ist traurig.

Machst du dir Sorgen um sie?

Immerzu.

Was sagt sie, wenn du dir Sorgen um sie machst?

Ich erzähle es ihr nicht.

Wenn du ihr etwas erzählen könntest, was würdest du ihr sagen?

Ich … Ich würde ihr gern von der Zeit davor erzählen. Vom Leben davor. Als wir zusammengelebt haben. Als wir Babys waren. Ich würde sie fragen: Weißt du noch, als du in meinem Herz warst, noch *bevor* ich dein Baby war?

Oh, du meinst in einem früheren Leben? Du glaubst an Wiedergeburt?

Ja. Wenn irgendwas Schlimmes passiert, muss man sich nämlich keine Sorgen machen. Es gibt immer ein nächstes Leben. Ich habe Angst, dass ich in meinem nächsten Leben in der Nähe von einer Wüste leben muss, ich mag nämlich nicht Sand in den Augen haben. Wissen Sie, wie man einen Notruf absetzt? Man schreit nicht: Hilfe, Hilfe! Man muss MAYDAY sagen. Drei Mal muss man das sagen. MAYDAY MAYDAY MAYDAY.

Musstest du das jemals tun, Sybil? Musstest du jemals einen Notruf abgeben?

Was?

Musstest du einen Notruf abgeben, als du auf dem Boot warst?

Nein. Ich hab nur so getan. Aber ich kann die National-
hymne auswendig. Würden Sie die gerne hören?

Klar.

Nein, schon gut.

Sybil. Würdest du heute gern über deinen Daddy sprechen?

(…)

Ist dir danach, über ihn zu reden, Sybil?

Uff.

Es ist deine Entscheidung. Du kannst über ihn reden oder
nicht. Wie du magst.

Dann nicht.

Das ist absolut in Ordnung. Ich habe einige neue duften-
de Filzstifte … Wir könnten etwas zeichnen, oder wir …

Kann ich Ihnen was sagen?

Natürlich, Sybil.

Er hatte sich *was eingefangen.*

Wer?

Mein Daddy.

VIII

Setz dich, sagte ich zu ihm. Ruh dich aus.

Es war unser zweiter Tag auf der Überfahrt, und er hatte stundenlang am Ruder gestanden. Er fürchtete, dass die Strömung uns zu weit nach Westen abtreiben könnte. Er sagte, es wäre furchtbar anstrengend, am Autopilot gegen die Strömung anzukämpfen, doch wenn er selbstständig steuerte, würden wir ganz sicher vom Kurs abweichen. Er sah müde aus. Mir fiel es auf. Er hatte eine andere Körperhaltung als am Tag zuvor, als wir in Cartagena aufgebrochen waren.

Wie man's macht, ist es verkehrt, sagte er.

Nun, in dem Fall, sagte ich, lass mich halt mal ans Ruder.

Er setzte sich mit unbehaglicher Miene. Aber mir machte das Steuern nichts aus. Ohne einen einzigen Orientierungspunkt, auf den man hätte zusegeln können, entwickelte das Navigieren für mich eine gewisse Poesie. Man segelte auf gut Glück der reinen Idee des Ortes entgegen, den man erreichen wollte. Damals im Herbst, als ich segeln gelernt hatte, überprüfte ich immer nervös die Trimmfäden und den Verklicker, aber irgendwann fand ich heraus, dass ich die Windrichtung am besten mit geschlossenen Augen bestimmen konnte. Ich spürte dann den Wind auf meinem Gesicht. Kam er direkt von vorn, blies er mir in beide Ohren. Ich konnte den Wind sehr viel besser hören und spüren als sehen. Manchmal blies er kurz aus einer anderen Richtung, dann musste ich rasch die

Augen aufschlagen und mich umschauen, während das geduldige Boot dank meines nervösen Übersteuerns bereits zu schlingern begann.

Am Boden des Cockpits bauten die Kinder einträchtig Legosteine zusammen. Wenn wir unterwegs waren, benahmen sie sich wie kleine Tiere, wie Frettchen. Anfälle von energiegeladenem Geschrei und Herumgealbere unter Deck wurden von fauler Kuschelei abgelöst. Sie waren einander vor unseren Augen sehr nahegekommen. Sie hatten ihr eigenes Leben in unserem Familienleben, nur in kleinerem Maßstab.

Sybil fragte: Darf ich mit Mommy steuern?

Michael lächelte matt. Frag mich noch mal richtig.

Captain, sagte sie und riss die Hand an die Stirn. Darf ich dem Ersten Maat assistieren?

Natürlich darfst du, Schätzchen, sagte ich und streckte einen Arm aus.

Meuterei, murmelte Michael.

Wenn Sybil zwischen mir und dem Ruder stand, reichte ihr Kopf bis zu meinen Rippen. Sie wuchs so schnell. Ihr rotblondes Haar flatterte im Wind. Ich legte meine Hände auf ihre. Wenn uns eine Böe in die Nasen blies, drehten wir gemeinsam ganz langsam das Ruder, als würden wir in einem Topf rühren, und passten den Kurs an.

Denk dran, greif nie ins Ruder, sagte ich.

Ich weiß, sagte sie.

Nach einem Moment hob Michael Georgie hoch, setzte ihn sich auf den Schoß und umarmte ihn. Benommen von der Bewegung des Bootes, ließ Georgie alles mit sich geschehen. Michael neigte den Kopf und legte seine Wange auf die Schulter des Kindes. Mir fiel die Geste auf, sie war so verletzlich.

Irgendwann stießen wir auf eine Kreuzsee. Eine Verwirrung der Wellen. Das Ruder sperrte in unseren Händen.

Jetzt muss sie richtig kämpfen, sagte ich.

Michael schaute auf. Gut, sagte er. Da ist die Strömungs-kante.

Endlich, sagte ich.

Michael stand auf, nahm Georgie an die Hand. Jetzt standen wir alle vier hinter dem Ruder.

Schaut mal, Leute, sagte er. Schau, Doodle. Du kannst genau die Grenze erkennen, wo die Strömung endet.

Auf der anderen Seite der Kreuzsee war das Meer glatt, eine Ebene aus dunkelblauem Wasser.

Wir spürten, dass sich das Boot freiwand, wie ein Mädchen, das seinen Arm losreißt. Die *Juliet* kämpfte nicht länger unter der Wasseroberfläche, befand sich nicht mehr im inneren Konflikt mit ihrem eigenen Ruder. Anschließend schien sie mit weitaus mehr Würde ihren Weg fortzusetzen. Auch wenn wir gegen den Wind segelten, kamen wir voran. Das war das Geniale eines Segelboots, so seltsam wie einfach, und der Grund dafür, dass sich das Segeln in Tausenden Jahren nicht geändert hatte: Selbst ein bescheidenes kleines Segelboot konnte den Wind beugen.

Spürt ihr das?, fragte Michael seufzend. Wie viel leichter es jetzt geht?

Ich nickte.

So müsste es den ganzen Weg bis nach Kingston weitergehen, sagte er.

Das Boot hatte immer noch eine stärkere Krängung, als mir lieb gewesen wäre, und immer mal wieder klatschte uns die Gischt ins Gesicht. Die Bewegung machte es ermüdend zu stehen, selbst zu sitzen. Ich wusste: Besser, man gab nach. Wir würden einfach früh zu Bett gehen.

Das ging mir durch den Kopf, als Michael plötzlich sagte: Irgendwie fühl ich mich ein bisschen komisch.

Ich machte mir nicht mal die Mühe, ihn anzusehen. Hmm?, fragte ich. Ein bisschen komisch?

Müde, sagte er. Ich nehme an, die ganze Aufregung hat mich etwas ausgelaugt. Ich denke, ich geh mal unter Deck und mache ein Nickerchen. Was meinst du, Juliet?

Ich machte mir Sorgen. Michael – ein Nickerchen?

Es war vier Uhr am Nachmittag.

Eine Stunde später schaute ich nach ihm. Auf dem Rücken liegend, die Beine gespreizt, einen Arm über die Augen geschlagen, nahm er die gesamte Koje ein. Ich sagte mir: *Na ja, er hat zwanzig Jahre lang kein Nickerchen gehalten, dann wird dieses wohl etwas länger dauern.* Die Leute staunten immer über seine unermüdliche Energie. Er war so fit, aber abgesehen von einem Jogginganfall dann und wann machte er nie Sport, und alle wollten wissen, wie er das anstellte. Alison fragte immer: Was ist sein Geheimnis? Wie sieht die geheime Michael-Partlow-Diät aus? Okay, sagte ich. Du darfst es aber niemandem verraten: *Seine Diät besteht aus ganzen Tüten Funyuns vor dem Fernseher.*

Alison und ich hatten beide mit unserem Gewicht zu kämpfen. Was bedeutete: Wir lamentierten darüber, dass wir nicht schlanker waren, taten aber nichts dagegen. Es war uns im Grunde egal. Es war bloß Spaß, und wir hätten uns verraten gefühlt, wenn eine von uns das Abnehmen wirklich durchgezogen hätte. Jetzt, in der Abenddämmerung, sah Michaels schlafender Körper immer noch beeindruckend aus, als könnte ihn nichts aufhalten. Ich schloss die Tür zur Heckkajüte.

Aber als ich mich umdrehte, standen beide Kinder vor mir und starrten mich mit weit offenen Augen an.

Sie spürten es auch. *Daddy schläft?*

Kommt, wir gehen hoch und schauen uns den Sonnenuntergang an, schlug ich vor.

Die See war ruhig an diesem Abend, beinahe träge. Lange,

langsame Wellen schaukelten das Boot wie eine Wiege. Eine Decke aus Stratuswolken war über uns hinweggezogen und hing nun im Osten. Die Sonne, rot wie eine Mohnblume, glitt dem Horizont entgegen und warf ihren Feuerschein über den Himmel. In solchen Augenblicken schien er aufgebrochen zu sein, eine Geode. Die Kinder und ich schauten uns das Schauspiel unter einer Decke an.

Es gibt einen Reim für Seefahrer, sagte ich zu ihnen. Morgenrot – schlecht Wetter droht. Abendrot – Gutwetterbrot.

Ich war froh, dass ich mich daran erinnerte. Es war ein Trost.

Um sieben schlief er noch immer. Die See war so ruhig, dass ich es wagen konnte, unter Deck zu gehen und uns Sandwiches zu machen. Der Wind kam gleichmäßig aus Nordost. Die Segel waren nach Backbord ausgerichtet, und das Boot segelte sich von allein. Die Kinder – vielleicht spürten auch sie, dass sich etwas Wichtiges anbahnte – zeigten sich von ihrer besten Seite. Keine Streiterei, kein Lärm. Sybil brachte ihrem Bruder am Tisch des Aufenthaltsraums bei, wie man ein Erdnussbutter-Wackelpudding-Sandwich macht. Es wäre schwer genug für ihn gewesen, hätten wir vor Anker gelegen, aber während sich das Boot bewegte, war es hoffnungslos. Als er sich die Erdnussbutter schließlich in die Haare schmierte, kicherte sie und sagte: Oh, du kleine Zuckerschnute.

Wir alle waren überrascht, als sich die Tür der Heckkajüte öffnete und Michael, die Haare in Unordnung und ziemlich angesäuert, auf der Schwelle stand.

Juliet, platzte er heraus, du musst den Motor am Laufen halten.

Bevor ich auch nur antworten konnte, verschwand er wieder im Inneren.

Ich glaubte, es wäre Wut, was ich empfand, aber jetzt weiß ich, dass es bloß das Adrenalin war. Ich ging zur Tür und war drauf und dran, sie aufzureißen, tat es aber nicht. Stattdessen tat ich, was ich schon früher hätte tun sollen. Ich ging hinauf und schaltete den Motor ein. Ich musste keinen Blick auf das Armaturenbrett werfen: Ich wusste, dass die Stromspannung niedrig sein würde. Der Motor lud sämtliche Batterien, und all unsere Geräte holten sich von ihm den Strom. Die Kabinenlampen, das Funkgerät, das GPS, der Autopilot, die Bilgenpumpe, alles.

Wie segelten in scharfem Tempo. Ich ging wieder hinunter zu den Kindern und schaute ihnen dabei zu, wie sie ihre durchgeweichten Sandwiches aßen, während das Geräusch des Motors ohrenbetäubend und zugleich beruhigend war.

Zur Schlafenszeit waren alle Batterien voll aufgeladen. Ich stellte den Motor wieder ab. Die Kinder beobachteten mich genau.

Und Michael schlief noch immer.

Na los, ihr Wasserratten, sagte ich in meinem besten Francis-Drake-Ton. In die Koje mit euch.

Wie kommt es, dass einem das Meer die Gedanken öffnet? Die Bewegung der Wellen versetzt den Seefahrer in einen tranceartigen Zustand, in dem das Eigentliche aufscheint. Ich saß im Cockpit, in durchdringender Dunkelheit, trug ein Sweatshirt mit Kapuze, meine Rettungsweste, hatte die Lifeline angelegt und versuchte, der See zu vertrauen.

Michael war krank, das war eindeutig. Vermutlich hatte er in Cartagena etwas Falsches gegessen. Wir alle hatten uns schon irgendwas eingefangen, von leichter Übelkeit bis hin zur Lebensmittelvergiftung. Er musste sich eben gesundschlafen. Und ich würde so lange an Deck bleiben, unter einem

Himmel, der mir ungewöhnlich finster vorkam. Ungewöhnlich unendlich.

Der Wind frischte auf, schob tiefe Wolkenfetzen über mir hinweg, zurück in die Richtung, aus der wir gekommen waren. Ich hörte das Flattern des Segels und erinnerte mich, so deutlich, als hätte ich sie gerade erst gehört, die Schläge der Mottenflügel an der Fliegengittertür im Sommer in unserem Haus in der Morry Road. Ich erinnerte mich an die Siamkatze, die so oft zu dieser Tür gekommen war und mich angeschaut hatte. Das Gefühl ihres Schwanzes, wenn sie ihn vielsagend durch meine Finger gleiten ließ. Ich erinnerte mich an einen Besuch im Museum, an ausgestellte Edelsteine und den schwer zu kontrollierenden physischen Drang, etwas zu berühren, das ich nicht berühren durfte, ein Ziehen in der Brust, einer mit der Winsch gespannten Leine nicht unähnlich.

Ich erinnerte mich an alle möglichen Alltagsdinge aus der Kindheit und an andere, die keine Kindheit enthalten durfte.

Als sich die Bilder schließlich verflüchtigten, blieb nur noch der Himmel übrig.

Die Müdigkeit überfiel mich wie eine Unterströmung. Es wurde schwer, wach zu bleiben.

Ich wollte eine Tasse Tee, also ging ich hinunter und schaute zu, wie das Wasser langsam kochte, wie die Flamme die Kabine anheimelnd beleuchtete und sich der Kessel auf den Herdringen neigte. Aber die Erinnerungen hatten eine klaffende Einsamkeit aufgerissen, und mir wurde bewusst, dass ich Angst hatte. Überwältigt von dem Bedürfnis zu weinen, presste ich mir die Hände vor den Mund. Nach einem Augenblick löste sich der Druck.

Um Mitternacht werde ich ihn wecken, sagte ich laut zu mir selbst.

Dann ging ich nach oben und überließ meine Gedanken erneut der See.

Michael, Schatz, flüsterte ich. Deine Schicht.

Er schlief noch immer, in exakt derselben Position. Als wäre er aus großer Höhe herabgefallen und dort gelandet. Ich berührte seine Schulter, zog aber sofort meine Hand zurück. Seine Haut war brennend heiß. Als ich ihn berührte, drehte er sich ruckartig zur Seite und zog die Beine an.

Michael, flehte ich.

Ich kann nicht, sagte er.

Du kannst nicht? Aber du bist jetzt dran. Es ist Mitternacht.

Nein, sagte er in sein Kissen. Meine Knochen tun weh.

Hast du irgendwas genommen? Ibuprofen? Michael?

Was?

Hast du irgendwas gegen dein Fieber genommen?, fragte ich noch mal.

Als er nicht reagierte, ging ich zu dem Spind, in dem wir unsere Medikamente aufbewahrten. Vor unserem Aufbruch war es meine Aufgabe gewesen, das Boot mit den nötigen Erste-Hilfe-Vorräten auszustatten. Es hatte eine nahezu therapeutische Wirkung auf mich gehabt. Ich musste an alles denken, was möglicherweise passieren konnte – aber eben auch an das entsprechende Heilmittel. Die meisten Fläschchen enthielten Kinderdosierungen, nach Kaugummi schmeckende Flüssigkeiten. Elektrolyte-Drinks. Ich schüttelte ein paar Tabletten aus der Vorratsflasche Paracetamol und ging zu Michael zurück.

Hier.

Er nahm die Tabletten in die Hand, driftete aber sofort wieder weg.

Michael. Wach auf.

Er zwang sich, die Augen zu öffnen, und schaute mich wütend an. Er warf die Pillen ein, nahm einen Schluck Wasser, zuckte vor Schmerz zusammen und ließ seinen Kopf zurück aufs Kissen sinken.

Lass. Mich. Schlafen.

Michael, warte. Was, wenn ich nicht die ganze Nacht wach bleiben kann?

Stell dir den Küchenwecker, sagte er, immer noch mit geschlossenen Augen. Schau dich alle zwanzig Minuten um.

Kann ich die ganze Nacht den Motor laufen lassen?

Natürlich kannst du das, sagte er gereizt.

Ich meine, hätten wir dafür genug Benzin? Wenn wir ihn den ganzen Weg bis nach Jamaika laufen lassen müssten?

Er seufzte schwer, zwang sich zu märtyrerhafter Geduld.

Vermutlich, sagte er. Aber sehr viel weiter würden wir wohl nicht kommen. Du musst es sehen.

Ich muss es sehen?, fragte ich. Wie?

Ich konnte hören, wie er den Kiefer zusammenbiss.

Menschen werden krank, Juliet. Ich bin auch nur ein Mensch.

Natürlich. Ich bin nicht sauer auf dich, Michael. Aber wie krank, glaubst du, bist du?

Von sehr weit weg, als wäre er bereits eingeschlafen und würde im Traum zu jemandem sprechen, sagte er: Wir evaluieren das morgen früh.

Es war Sybil, die mich bei Sonnenaufgang weckte. Sie beugte sich zu mir herab, und ihre gelösten Haare ließen ihr auf dem Kopf stehendes Gesicht aussehen wie eine Blume. Ihre roten Wangen waren schwer und noch warm vom Bett. Ihr Atem roch nach Kaugummizahnpasta.

Hinter ihr hatte der Himmel einen schwachen Hyazinthton angenommen. Sie lächelte bewundernd zu mir herab. Es war unmöglich, nicht an einen Engel zu denken.

Du hast es geschafft, Mommy, sagte sie. Du bist die ganze Nacht gesegelt!

Sein Zustand aber hatte sich weiter verschlechtert.

Sybil und ich standen im Türrahmen der abgedunkelten Kajüte.

Ich glaube, du solltest Daddy schlafen lassen, sagte Sybil. Er sieht echt müde aus.

Er hatte sich zu einem Ball zusammengerollt, sich im schummrigen Licht gegen die Wand gedrückt. Ich ging zu seinem reglosen Körper hinüber.

Michael?, fragte ich.

Nein, sagte er – glasklar. Noch nicht. Keine Fragen.

Du musst mit mir sprechen, sagte ich. Du musst mich beraten.

Ich friere, sagte er, ohne mich anzuschauen.

Alle unsere Decken liegen auf dir.

Ich drehte mich zu Sybil um, die immer noch im Türrahmen lehnte.

Sei eine gute Fee, sagte ich. Geh und bring Daddy all deine Decken.

Als sie fort war, holte ich drei Paracetamol aus der Flasche, die ich auf dem Regal hatte stehen lassen. Ich schüttelte ihn an der Schulter. Er jammerte erbarmungswürdig, als wäre er ein kleiner Junge.

Nimm jetzt diese Tabletten, gottverdammt, sagte ich. Ich befehle es dir.

Das brachte ihn dazu, ein Auge zu öffnen. Ein bleiches Lächeln.

Dir geht's schlechter, sagte ich.

Meine Knochen brechen, sagte er. Meine Augen haben scharfe Ecken.

Sprich mit mir, sagte ich. Was sollen wir tun?

Biiiiitte schön, zwitscherte Sybil, die mit ihren Decken zurückkehrte.

Guten Morgen, Leichtmatrosin, schaffte Michael zu sagen.

Morgen, Daddy!

Doch als sie ein Knie auf die Matratze seiner Koje stützte, nicht einmal in der Nähe seines Körpers, stöhnte er auf.

Vorsichtig, sagte ich.

Sie krabbelte zu meiner Seite der Koje hinüber und zog ganz langsam ihren Quilt über die Schultern ihres Vaters. Aus irgendeinem Grund war das lächelnde Gesicht von *Dora, der Entdeckerin*, die auf der Decke abgebildet war, mehr als ich ertragen konnte. Ich fuhr mir mit den Händen durch die Haare und wandte von beiden den Blick ab.

Wir saßen angespannt da und warteten auf weitere Instruktionen. Doch Michael rührte sich nicht.

Ich habe das Klo aufgelassen für mehr Luft, teilte mir Sybil mit.

Gut mitgedacht, sagte ich.

Wir beobachteten seine Gestalt. Seinen großen, bewegungslosen Körper im morgendlichen Dämmerlicht.

Dann ging ich hinauf, um den Motor anzuwerfen.

Diesmal würde er es mir nicht zweimal sagen müssen.

In der Morgensonne aßen die Kinder und ich unsere kolumbianischen Corn Pops. Hungrige kleine Bissen in der frischen Brise. Bananenscheiben. Die Segel waren straff und sauber. Alles so, wie es sein sollte. Die Löffel der Kinder klapperten in den bruchfesten Schälchen.

Na schön, Kinder, sagte ich. Wir machen jetzt ein Experiment.

Hurra!, sagte Sybil

Iment, sagte Georgie.

Wir kuppeln jetzt ein und lassen uns vom Propeller zusätzlich Schwung geben. Oder wie Georgie sagt: vom Chopper.

Opper, sagte Georgie.

Entschuldige, vom Opper, sagte ich. Sybil, Schätzchen, überprüfst du das Kielwasser? Ich habe ihn jetzt eingeschaltet.

Anmutig lehnte sie sich aus dem Cockpit.

Der Opper funktioniert, Erster Maat Mommy.

Dann wollen wir mal unsere Geschwindigkeit im Auge behalten, Crew. Schauen wir, was der Opper hinzufügt. Sybil, kannst du die Ziffern hier lesen? Das ist die Windgeschwindigkeit.

Zehn. Jetzt neun. Immer noch neun. Zwölf.

Fabelhaft. Und die Bootsgeschwindigkeit, Schätzchen? Da.

Fünf, sagte sie.

Fünf Knoten, sagte ich.

Fünf Knoten.

Wunderbar. Fabelhaft. Ich schenkte ihnen ein strahlendes Lächeln. Herrliches Segelwetter, findet ihr nicht?

Sybil unterdrückte ihr Lachen. Du klingst wie Daddy, Mommy.

George runzelte die Stirn. Dada släft, sagte er.

Sybil tätschelte seinen Kopf. Mach dir keine Sorgen. Daddy geht's bald wieder gut.

Ja, sagte ich und spürte eine Welle von Müdigkeit. Genau genommen haben wir Grund zu feiern, Crew. Ich tippte auf das GPS-Gerät, das an der Steuersäule klemmte. Wir haben, so sieht's jedenfalls für mich aus, die Hälfte des Weges nach Jamaika schon geschafft.

Lass mich mal sehen, sagte Sybil.

Wir starrten auf den Monitor des GPS-Geräts, auf dem das Boot als winziger roter Pfeil zu sehen war, der seinem geradlinigen Kurs folgte.

Ohhhh, stimmt. Gut gemacht, Mommy.

Danke, Sybil. Ich danke dir für deine Hilfe. Du verblüffst mich wirklich immer wieder. Du bist so eine gute Seglerin, ein Naturtalent.

Sie lächelte und warf ihrem Bruder einen triumphieren-
den Blick zu. Er erwiderte ihn, plump in seiner Rettungsweste
sitzend und mit seinen dicklichen Babybeinen, wobei er die
nackten Füße hin und her schaukelte.

Und jetzt stellen wir den Motor wieder ab und vergleichen.

Wir schauten zu, wie das Log auf 5,7 anstieg. Ein Unterschied im besten Fall von einem Knoten. Nur ein Wunder
würde uns so schnell nach Kingston bringen, wie ich wollte.

Ich konnte die Zeit nicht verkürzen.

Wir mussten den Kurs halten. Wir mussten einfach wei-
tersegeln.

Die Müdigkeit kam zurück, stark wie eine Unterströmung.

Crew, sagte ich. Der Erste Maat muss sich jetzt hinlegen.

Die Kinder lagen bäuchlings ausgestreckt in Sybils Koje und
schauten die DVD mit den zwei skandinavischen Prinzessin-
nen, mit denen sich beide zutiefst verbunden fühlten, nicht
nur weil sie so schön sangen und riesige Augen hatten, sondern weil die Kinder den Film so oft gesehen hatten, dass
sie alles mitsingen konnten. *Die Eiskönigin* war zur Heiligen
Schrift geworden. Die nächsten zwei Stunden würde sie
nichts losreißen können.

Ich mache jetzt ein Nickerchen, sagte ich zu ihnen. Ich bin
hier direkt bei euch.

Ich legte mich hin, auf die Polsterbank, flach auf den Rücken. So war ich dicht am Niedergang. Würden sie – Gott be-
hüte – versuchen, nach oben zu gehen, ich würde es sofort
hören. Die Kabine hatte so viele Bullaugen, dass man von jeder Seite einen großzügigen Ausblick hatte, das Einzige, was
ich von hier aus nicht sehen konnte, war das, was direkt vor
uns lag. Ich stellte das Funkgerät leise. Ich wusste, dass ich in
der Lage sein würde, den Namen unseres Bootes aus dem

Geplapper aufzuschnappen, wenn ich musste. Aber das Geräusch der geschäftsmäßigen Stimmen gab mir das Gefühl, als würde man sich um die Probleme auf See kümmern, als gäbe es dort draußen eine überlegene Struktur – eine Überseele. Ich schlief sofort ein.

Ich glaube, ich weiß, was ich habe, sagte Michael.

Er saß mir gegenüber, an der Navigationsstation. Wie ein Geisterkapitän.

Ich setzte mich zu rasch auf. Schwindel überfiel mich. Ich bedeckte das Gesicht mit den Händen, mein Herz raste.

Ich habe Denguefieber, sagte Michael.

Warte, warte, sagte ich. Fang noch mal von vorne an.

Er saß entspannt da, mit übergeschlagenen Beinen, lehnte sich gegen das Schott. Er sah vertraut und unvertraut zugleich aus. Sein Haar war dunkel vor Schweiß. Seine Augen brannten, seltsam leer.

Eine Sekunde, sagte ich. Gib mir ne Sekunde, okay?

Ich schaute rasch nach den Kindern. Sie lagen wie zwei an der Angel hängende Fische nebeneinander und starrten auf den Monitor. Hans hatte Anna gerade zum sicheren Erfrierungstod verurteilt. Es würde noch eine weitere halbe Stunde dauern, bis in Arendelle alle ihr Happy End bekamen. Dann glitt ich an Michael vorbei und stieg nach oben. Die Sonne stand direkt über uns. Ein Wolkenkranz hing im Westen. Aber das Wetter war gut. Ich öffnete den Mund, füllte ihn mit Wind. Ich wusch mich mit Wind.

Dann kehrte ich zurück unter Deck und setzte mich ihm gegenüber. Okay, sagte ich. Fang noch mal an.

Ich habe Denguefieber, sagte er.

Woher weißt du das?

Ich erinnere mich, dass ich darüber etwas in meinem Survivalkurs gelernt habe. Schau. Er hob sein T-Shirt. Der Ausschlag reichte von der Hüfte bis zur gegenüberliegenden

Schulter. Eine Spur dunkelroter Wunden, wie eine Säule aus Feuerameisen.

Das ist nicht gut, sagte ich.

Was meinst du damit?

Wir müssen Hilfe holen.

Wir brauchen keine Hilfe, sagte er.

Ich brauche Hilfe.

Wer soll dir denn helfen, Juliet?

Wie bitte? Menschen wird geholfen. Ich hob meine Arme, gestikulierte in Richtung der Bullaugen. Hier draußen passiert doch dauernd irgendein Mist.

Michael sah mich wie von weit entfernt an, Empörung lag in seinem Blick.

Die US-Küstenwache, sagte ich. Schau mich nicht so an.

Er seufzte schwer, antwortete aber nicht. Ohne ein weiteres Wort legte er sich auf die Sitzbank und schloss die Augen, als hätte unsere kurze Unterhaltung ihn ausgelaugt und er wäre wieder fort.

Ich holte das Satellitentelefon. Ich rufe jetzt die Küstenwache, kündigte ich an.

Michael sagte nichts. Forderte er mich heraus?

In einem Anfall von Nettigkeit, damals, als er noch er selbst gewesen war, hatte er die Nummer in den Notfallkontakten des Telefons gespeichert. Ich hielt das Telefon an mein Ohr und wartete.

Küstenwache, flötete ein junger Mann am anderen Ende.

Oh, ja, *hallo*, sagte ich mit warmer Stimme, ohne zu wissen, wie ich fortfahren sollte. Hier ist die Yacht *Juliet*. Ich würde gern mit jemandem sprechen.

Wie ist Ihre Situation, *Juliet*?

Ich habe ein krankes Crewmitglied. Ich bin mir nur etwas unsicher, was … was …

Wie lauten Ihre Koordinaten, *Juliet*?

Koordinaten, ja, genau. Ich schaute mich in der Kabine um. Ich entdeckte ein Grinsen auf Michaels Gesicht, aber er lag stumm da. Als wäre er ganz woanders.

Ich bin in Pain City, Juliet.

Haben Sie GPS?, fragte der junge Mann.

Ja, sagte ich. Ich stürmte mit dem Telefon den Niedergang hinauf.

Ich gab ihm die Koordinaten durch.

Bestätige vierzehn Grad, siebenundvierzig Komma fünf Minuten nördlicher Breite und fünfundsiebzig Grad, sechsundzwanzig Komma siebenundzwanzig Minuten westlicher Länge, wiederholte er.

Ja, sagte ich. Das ist richtig.

Nun, wir haben ein Schiff, das nicht weit von Ihnen entfernt ist. Etwa achtzig Meilen südöstlich von Ihnen. Vor der Küste Kolumbiens.

Haben Sie?, rief ich. Herrgott, das ist beruhigend. Das ist großartig.

Bedarf Ihr Crewmitglied einer unverzüglichen Evakuierung?

Nein, bedarf ich nicht, sagte Michael aus seiner liegenden Position.

Alles ist gut. Mit dem Boot ist alles gut. Er ist bloß sehr krank.

Sag ihnen, dass ich Denguefieber habe, sagte Michael. Es ist offensichtlich.

Er hat Denguefieber. Glaubt er.

Würden Sie gerne mit einem Arzt sprechen, *Juliet?*

Ja. Ja, das würde ich. Vielen Dank.

Wir haben eine medizinische Fachkraft an Bord der *Magpie*. Das ist das Schiff in Ihrer Nähe. Wir werden sie über Funk rufen. Bleiben Sie dran.

Oh, das klingt doch alles sehr gut, sagte ich und drehte mich zu Michael um. Sie stellen mich zu dem Boot in der Nähe durch.

Hier spricht Private Jones auf dem Küstenwachen-Cutter *Magpie*, sagte eine neue Stimme. Spreche ich mit der Yacht *Juliet*?

Hi!, sagte ich. Ja, hier ist die Yacht *Juliet*.

Wir holen einen Arzt für Sie, *Juliet*. In der Zwischenzeit werde ich Ihnen einige weitere Fragen zu Ihrem Boot stellen. Wie viele Crewmitglieder haben Sie an Bord, Captain?

Oh, sagte ich lachend. Ich bin nicht der Kapitän.

Haben Sie das derzeitige Kommando über das Schiff *Juliet*? Ja.

Dann werde ich Sie Captain nennen, okay? Damit es keine Unklarheiten gibt.

Ich öffnete den Mund. Keine Worte kamen. Ich stand mitten in der Kabine und schaute zu dem vollkommenen Rechteck aus blauem Himmel hinauf, das von der Kajütenluke eingerahmt wurde.

Sind Sie da, *Juliet*?

Ja. Ich bin da. Hier an Bord sind nur ich, mein Mann und unsere beiden Kinder.

Sind Ihre Kinder in Not?

Nein. Denen geht's gut. Sie schauen *Die Eiskönigin*.

Wie lautet Ihr Ziel?

Wir wollten … wir sind auf dem Weg nach Jamaika. Wir treffen uns dort mit meiner Schwiegermutter.

Das sind ungefähr drei weitere Tage unter vollen Segeln, stellte der junge Mann fest. Und es sind immer noch zwei Tage, wenn Sie umkehren und mit dem Wind nach Kolum-

bien segeln. Haben Sie über einen Zwischenhalt nachgedacht?

Einen Zwischenhalt?

Michael zupfte an meinen Shorts. Er hob einen Finger.

Was?, blaffte ich ihn an. Was ist?

Ich folgte seinem Blick zur Navigationsstation.

Lassen Sie mich kurz auf der Karte nachsehen, sagte ich.
Ich weiß ehrlich gesagt gar nicht, was in der Nähe liegt.

Eine Seemeile entspricht
    Eine Seemeile entspricht einer Winkelminute am

Providencia wäre eine Möglichkeit, sagte der junge Mann. Sie
könnten Richtung Providencia beidrehen. Dann müssten Sie
nicht gegen den Wind ankämpfen, andererseits geht es nicht
viel schneller als bis zu Ihrem ursprünglichen Ziel. Außerdem
haben Sie ja gesagt, es warte jemand auf Sie in Kingston.
Hmmm … Die Stimme entspannte sich, und ich stellte mir
vor, wie der Mann mit einem Stift gestikulierte. Ich schloss
die Augen und stellte mir vor, er wäre direkt neben mir.

Wie war noch Ihr Name?, fragte ich ihn.

Wie bitte?

Wie lautet Ihr richtiger Name, bitte?

Ich bin Private Amani Jones, Kapitän.

Ich heiße Juliet, sagte ich. Wie das Boot.

Das macht es leicht, sagte Jones. Also. Wir haben unseren
Mediziner Grant Brown jetzt auf einer anderen Leitung. Es
handelt sich um Grant Brown vom Küstenwachen-Cutter
Magpie. Grant Brown, wir verbinden Sie mit dem Kapitän der
Yacht *Juliet*. Ich bleibe in der Leitung.

Hallo, Captain.

Hi, Doktor.

Zu Ihrer Information, Captain, ich bin kein Doktor, sagte die neue Stimme. Ich studiere im letzten Jahr Epidemiologie in West Point. Aber ich war schon oft hier unten. Mit Dengue kenne ich mich aus. Ist es das, was Sie vermuten? Sie können auch mit einem ausgebildeten Arzt sprechen, wenn Ihnen das lieber ist. Die meisten Leute haben einen 24-Stunden-Bereitschaftsarzt als Teil Ihrer Reisever...

Ich würde gern mit Ihnen sprechen, sagte ich. Bitte.

Wann hat Ihr Crewmitglied die ersten Symptome gezeigt?

Es ist ... mein Ehemann hat gestern Nachmittag zum ersten Mal gesagt, dass es ihm nicht gutgeht.

Haben Sie bei Ihrem Ehemann die Temperatur gemessen?

Ja. Neununddreißig vier. Sie war noch höher, aber das Paracetamol hat wohl gewirkt. Ich muss ihn dazu zwingen, Paracetamol zu nehmen.

Ist er bei Bewusstsein?

Ja.

Ist er luzid?

Ich schaute Michael an. Er hatte die Hände über seine Hüften gehoben, wie bei einer Séance. Seine Lippen bewegten sich stumm.

Das ist eine schwierige Frage, sagte ich.

Hat er Schmerzen in den Augen erwähnt?

Ja.

Schmerzen im Körper?

Ja.

Gibt es einen Ausschlag?

Ja. Einen großen Ausschlag. Quer über die Brust.

Der Mediziner seufzte. Man kann Dengue nicht behandeln, sagte er. Es ist wahrscheinlich, dass sich der Zustand weiter verschlechtert, bevor es ihm besser geht. Er wird noch mehr delirieren. Außerdem ist es sehr schmerzhaft. Man nannte Dengue früher die Knochenbrecherkrankheit. Egal wen man fragt, jeder, der Denguefieber hatte, sagt, es fühle sich an, als würden einem die Knochen brechen. Sie alle benutzen dieselbe Formulierung.

Ich sagte nichts.

Aber Sie sollten wissen, dass Dengue sehr oft vorkommt, sagte der Mediziner. Die Krankheit ist in den Tropen endemisch, wird über Moskitostiche übertragen. Nur in sehr seltenen Fällen verläuft sie tödlich. Trotzdem. Ihr Mann sollte sich in Behandlung begeben, sobald Sie an Land gehen.

An Land, dachte ich. Das klang nicht weniger fantastisch als Arendelle.

Können wir bitte noch mal einen Schritt zurückgehen?, fragte ich. *Wann* sollte ich mir Sorgen machen? Ich meine, ich mache mir jetzt schon Sorgen. Aber wann würden Sie mir *empfehlen*, mir wirklich Sorgen zu machen?

Die eigentliche Gefahr bei dieser Krankheit entsteht, wenn das Fieber nachlässt, sagte der Mediziner. Wenn sich Sekundärsymptome einstellen. Das könnte dann auf ein Hämorrhagisches Fieber hindeuten. Kurz zusammengefasst, brechen die Blutgefäße zusammen und füllen die Lungen mit ...

Schon gut, sagte ich. Reden wir lieber nicht darüber.

Aber das Hämorrhagische Fieber würde erst auftreten, wenn das ursprüngliche Fieber nachlässt. Bis zu diesem Zeitpunkt sollten Sie an Land sein.

Ich wollte Sie nicht unterbrechen, sagte ich. Tut mir leid.

Wie bitte?

Abspannmusik drang aus der Koje nebenan.

Ich muss meinen Mann zurück ins Bett bringen, sagte ich.

Das ist der richtige Ort für ihn, sagte der Mediziner. Versuchen Sie, ihn dazu zu bringen, Flüssigkeit zu sich zu nehmen. Behandeln Sie ihn so, als hätte er eine sehr starke Grippe.

Haben Sie vielen, vielen Dank für Ihre Hilfe, sagte ich.

Kein Problem. Das war wieder Jones. Vergessen Sie nicht, wir sind in der Nähe, sagte er. Sie können sich jederzeit mit weiteren Fragen an uns wenden – oder wenn es etwas Neues gibt. Sie können uns nicht sehen, aber wir sind da.

Sehen?, sagte ich. Sie sind fantastisch. Ich werde es meinem Mann sagen. Wie gut unsere Steuergelder eingesetzt werden. Er beschwert sich immer über die Steuern. Wenn es ihm wieder besser geht, wird er zugeben müssen, dass ich recht hatte.

Ja, Ma'am, Captain, sagte Jones.

Und in diesem Augenblick kamen die Kinder hereingestürmt.

WIE MAN DURCHS GANZE BOOT KOMMT, OHNE DEN BODEN ZU BERÜHREN. Du fängst bei den Kissen auf der Sitzbank an. Dann marschierst du um den Tisch herum. Das ist der leichte Teil. Sag zum kleinen Bruder: Streng dich an! Das ist jetzt schon schwierig: in unsere Kajüte zu kommen. Könnte mich vielleicht am Türknauf rüberschwingen. Komm schon, Doodle! Kann nicht hingucken, er schafft's nicht. Rumms. Sage ihm, Nachwuchskletterer dürfen an schwierigen Stellen ruhig den Boden benutzen. Lande auf eigenem Bett. Zwei, drei Schritte, dann von der Kojenstange im FLUG rüber zu Doodles Bett. Übrigens, nie ein Gummiband zum Festhalten benutzen. Zwei, drei Schritte über Doodles Bett, dann rüberhangeln zum Kleiderschrank. Hände aufs Unterwäscheregal. Füße aufs Hosenregal. Bumms. Doodle hat nach einem Gummiband gegriffen. Jetzt die super schwere Stelle, wo wir um den Navigationstisch herumkommen müssen. Hände NUR an der Holzverkleidung und die Füße an die Quietschewand. Ah, Bank.

Kurze Pause. Bruder vom Boden aufheben. Zusammen Pause machen. Flüstern: Du darfst NICHTS auf dem Navigationstisch anfassen, sonst versohlt Daddy dir den Hintern. Ganz VORSICHTIG um die Karten und den Laptop rumschleichen, und dann ist es babyleicht über die Steuerbordsitzbank bis zur Kombüse. Nicht vergessen, dem kleinen Bruder zu sagen, dass er das gut macht. Über die Arbeitsfläche zu laufen ist ganz leicht, dabei muss man aber undercover bleiben, weil sich das NICHT GEHÖRT. Bei der Spüle wird's glitschig, dem Bruder also lieber sagen, er soll am Ende der Sitzbank einen Kurswechsel vornehmen und an der Tür zur Heckkabine auf mich warten. Die langen Handläufe über der Kombüse machen diesen Abschnitt megaleicht. Bruder ist ganz aufgeregt. Bruder ist es egal, dass er aussieht wie eine winzige zuckende Bazille im Vergleich zu seiner Schwester, die schon viel weiter ist als er. Er denkt bloß ans Team. Dann macht er etwas Dummes. Legt die Hand auf den Türgriff zur Heckkabine und macht langsam die Tür auf. NEIN!, schreist du. Das gehört nicht zur Tour, sagst du zu ihm. Der Raum ist tabu. Da drin liegt Daddy, und Daddy ist krank!

Der Bruder mag kein lautes, plötzliches Schreien. Er brabbelt Babyzeug. Hat Tränen in den Augen, als hätte er jetzt richtig Ärger. Muss Bruder ablenken. SCHAU! Springe – nein, FLIEGE von der Kombüsenarbeitsfläche auf den Niedergang. WOAH. Fantastisch. Jetzt ist auch der Bruder auf der Leiter, bereitet sich auf den letzten Abschnitt der Tour durchs Klo vor. Alles okay da unten?, fragt die Steuerfrau und guckt durch die Luke. Mache das Daumen-hoch-Zeichen.

Gehe mit Doodle den Plan durch. Laaaaanger Schritt zum Duschschrank. Vom Duschschrank rüber zum Waschbecken. (Nicht an dem Duschkopfdingens ziehen.) Und vom Waschbecken runter auf den Klodeckel. Und von da zurück in den Salon springen.

ENDE DER TOUR.

Umarme Bruder, egal, wie's gelaufen ist. Stück Schokolade aus der Sündenschublade ziehen. Hand auf die Schulter legen. Ihm sagen, dass er nicht immer so ein trauriger kleiner Wurm bleiben wird. Irgendwann wird er eine leuchtende Sternschnuppe sein, wie seine Schwester.

Eine Seemeile ist
Schneid die Welt in zwei Hälften. Heb die eine auf.
Teil den Kreis in 360 Grad
Teile jedes Grad in sechzig Teile
Eine Seemeile ist eine Minute des Bogens vom Planeten Erde.
Ich habe das erfunden. Ich habe außerdem
Ich habe außerdem die kartesische Mathematik erfunden.
Die Glühbirne.
Das Transistorradio
Aber das war nicht genug, nein.
Du wolltest meine Seele
Meine Unterwerfung
Nun, ich wähle den Tod.
Amerika, du wirst mich jetzt loslassen müssen
Wirf meinen leichenstarren Körper über Bord.
Lass mein Fleisch einen Nutzen erfüllen.
Eine Seemeile ist
Ich habe auch die Versicherung erfunden
Als London in Flammen aufging wie eine Packung Streichhölzer im Großen Brand von
Was ich von technologischen Innovationen halte, fragst du?
Rate mal. Der Technologie ist es scheißegal, was ich denke

Endlich habe ich die Erfindung erfunden, die anfangen
wird
ohne mich zu erfinden
Demokratie, gottverdammt
Die Demokratie habe ich auch erfunden
All diese Dinge habe ich erfunden
Siehst du denn nicht, dass ich dich geliebt habe
Bei allem, was ich tat?
Ich nehme an
Es ist an der Zeit, jetzt die Segel zu hissen
Von der Planke zu marschieren, während die Meuterer
Tod des weißen Mannes
Ich kann nicht ertragen
Schatz?
Juliet, Schatz?
JULIET
Spürst du das denn nicht, Juliet?
Clever wie sonst was, aber spürst nicht
Die Schienen im Wasser?
Juliet
JULIET, VERDAMMT
MACH DIE SCHOTEN LOS

Ich hätte es früher hören sollen, dass der Wind anzog.

Den Falsettgesang im Rigg.

Aber das Wetter schlug so schnell um hier draußen. Besonders in der Nacht, wenn man es nicht kommen sah. Die Wolken marschierten einfach über den Horizont auf einen zu. Das große Orchester des Regens.

Wäre ich nicht allein dafür verantwortlich gewesen, das Boot am Laufen zu halten und die Kinder ins Bett zu bringen, hätte ich den Wetterumschlag gespürt. Ich hatte nicht mal

Zeit für Michael, den ganzen Nachmittag keine Sekunde, um nach ihm zu sehen und zu schauen, ob er noch am Leben war oder schon tot. Bis ich ihn in der Heckkajüte brüllen hörte, während ich die Kinder zudeckte:

Juliet, verdammt, mach die Schoten los!

Sybil und ich tauschten einen Blick. Dann spürten wir, wie das Boot sich hob.

Man muss wissen, dass es sehr schwer ist, sich auf dem Boot hin und her zu bewegen, während man auf hoher See ist. Selbst bei gutem Wetter drückt die Bewegung den Segler nieder. Bewegung ist Widerstand. Als ich also versuchte, die Kabine zu durchqueren, die schief stehende Kabine des gierenden Bootes, konnte ich mich nur in albtraumhafter Langsamkeit fortbewegen, gegen den Druck nach unten hangelte ich mich von Haltegriff zu Haltegriff. Ich riss den feuchten Spint auf und schnappte mir die erste Regenjacke, die ich in die Finger bekam, gegen die Bootswand gestemmt, um mit den Händen den Reißverschluss zuziehen zu können. Heiligescheißeheiligescheiße. Ich zurrte meine Rettungsweste fest und klickte die Lifeline ein.

Sybil klammerte sich steif an den Türrahmen, und der Saum ihres Nachthemds schwang hin und her.

Zum ersten Mal sah sie ängstlich aus.

Du, sagte ich. Du wirst dich um deinen Bruder kümmern. Wie immer.

Sie nickte unmerklich.

Kannst du das Leesegel selber anbringen?

Sie nickte.

Na gut, dann los, sagte ich. Bleib bei ihm.

Als sie sich nicht rührte, sagte ich: Du kannst das. Und das weißt du auch.

Sie verschwand im Inneren.

Als ich meine Ausrüstung angelegt hatte, riss ich die Tür

zu unserer Kajüte auf. Michael lag an den Backbordspind gedrückt, den Kopf in den Händen.

Löse ich beide Schoten?

Gott, nein, sagte er ganz ruhig. Großsegel.

Ich machte seine Tür nicht zu, wohl wissend, dass sie während des Sturms immer wieder gegen den Rahmen knallen würde. Sollte er ruhig aufstehen und wenigstens das in Ordnung bringen. Dann kämpfte ich mich den Niedergang hinauf. Ich wandte mich im schlagenden Wind nach vorn.

Es liegt etwas entsetzlich Beängstigendes über einem krängenden Boot. Michael wollte, dass ich das Boot wieder in eine aufrechte Lage brachte, um effizient an Deck arbeiten zu können, aber ich wollte es aufrichten, damit ich nicht mehr mit ansehen musste, wie die Reling unter Wasser stand, als würden wir jeden Augenblick kentern. Ich fummelte an der Großschot herum und löste sie von der Winsch. Dabei fuhr mir eine Böe so stark ins Gesicht, wie ich es auf dem Boot noch nie erlebt hatte. Instinktiv hob ich beide Hände gegen den Wind, als könnte ich ihn so abhalten. Der Baum schwang hart aus, und die Böe knallte gegen das Großsegel.

Bleib ruhig, sagte ich dem Boot. Halte durch.

Ich sah, wie die Sturmwolke auf uns zurollte, eine graue Masse, wie ein Berg aus Asche. Ich klammerte mich am Steuer fest, während das Großsegel wütend in der Böe knatterte. Die Vorstellung, dass ich mich jemals vorwärtsbewegen könnte, um das Großsegel zu reffen, war lächerlich. Ich fühlte mich derart schachmatt gesetzt, dass ich kaum bemerkte, dass das Boot bereits nicht mehr ganz so beängstigend krängte. Es neigte sich jetzt in einem weit weniger steilen Winkel.

Das ist gut, sagte ich laut. Das ist toll!

Ich wartete darauf, dass mein Kopf wieder klar wurde. Der Verklicker drehte sich wie verrückt oben am Mast. Mir kam in den Sinn, dass ich wirklich nicht die geringste Ahnung hatte, wie man ein Segel refft.

Herrgott, sagte ich.

Ich ging nach unten.

Michael schüttelte langsam den Kopf, als hätte er mich bereits erwartet.

Ich weiß nicht, was ich tun muss, sagte ich.

Die Fock zuerst, sagte er. Du kannst das Großsegel nicht reffen, ohne vorher die Fock einzurollen. Sonst peitscht sie die ganze Zeit im Wind. Und wird reißen.

Ich kauerte mich in dem engen Spalt neben seinem Körper zusammen. Warum kannst du mir nicht helfen?, flehte ich.

Weil ich sterbe, stöhnte er.

Oh, bitte, sagte ich. Das kommt dir nur so vor.

Er schaute mich verwirrt an. In seinen Augen schwammen Tränen.

Einmal, früher in Ashtabula … sagte er.

Was?

Ashtabula, wiederholte er, als hätte ich bloß dieses Wort nicht verstanden.

Ich erhob mich, riss die Tür auf und kletterte erneut den Niedergang hinauf. Dann musterte ich das entmachtete Großsegel. Konnte ich es nicht einfach so lassen, bis der Sturm vorüber war? Aber was dann? Was, wenn gleich das nächste Unwetter folgte? Wie um mir zu antworten, schwang der Baum hart herum. Ich steuerte das Boot in den Wind, und der Baum richtete sich mittig aus. Rasch schaltete ich den Motor ein, und wir kämpften uns langsam gegen den Wind voran, den Bergen am Himmel entgegen, die uns beinahe erreicht hatten – wie zwei feindliche Lager, die in einem Krieg aufeinander zumarschierten. Die Fock begann, nervös zu donnern.

Sei still, rief ich ihr entgegen. Warte, bis du dran bist.

Auf beiden Seiten des Cockpits jeweils eine Winsch. Dinge, die ich bisher nur zusammen mit Michael getan hatte. Ziemlich leicht, wenn man zu zweit ist, aber jetzt? Meine Hände glühten bleich im seltsamen Licht des Sturms. Ungläubig betrachtete ich meine Finger, während sie die Rollfockleine um die Winsch wickelten. Während ich die Augen fest gegen den Wind zusammenkniff, fierte ich ein Stück Fockschot von der Trommel, aber schon rauschten sechs Meter Seil durch meine Hände.

Nein, schrie ich, während die Fock im Wind klatschte.

Ich zog fest an der Schot. Die Fock schlug immer noch über dem Wasser hin und her, gab gewaltige, kanonenartige Laute von sich, die man gewiss noch unter Deck hörte, sicher noch meilenweit entfernt, wenn es dort eine Menschenseele gegeben hätte. Ich zerrte an der abgespulten Leine wie eine völlig inkompetente Zauberin. Die Hitze war überwältigend. Die Regenjacke staute meine Körperwärme, aber ich konnte sie nicht ausziehen, da ich meine Rettungsweste darüber trug. Meine Angst pulsierte heiß. Meine Angst vor der Nähe des Sturms, meine Angst vor dem Meer, meine Angst vor den rauchfarbenen Wolkentürmen. Ich wollte schreien, doch anstatt zu schreien, griff ich nach der Winschkurbel, setzte sie auf der Trommel an und begann, mir mein trauriges kleines Herz aus dem Leib zu kurbeln.

Unvollkommen und nur ganz langsam bekam ich die Fock unter Kontrolle. Ich begann von Neuem, rollte die Schot ab, aber diesmal besonders vorsichtig. Mit minimaler Beschleunigung ging ich ans Werk, fierte Stück für Stück die Leine, bis die Fock tatsächlich aufgerollt war. Dann setzte ich mich hin, überrascht, dass ich das geschafft hatte. Schritt eins.

Das Boot rauschte vorwärts durch den pfeifenden Wind.

Na also, sagte ich nickend.

Und dann kam der Regen.

Okay, ich erzähle dir jetzt eine Geschichte. Aber nicht da-
zwischenreden. Okay? Es war einmal eine kleine Zuckerschnute, und diese Zuckerschnute war ein kleiner Junge
und hieß Sol. Seine Mom und sein Dad wollten ihn von der
Schule abholen. Aber er war nicht in der Schule! Er war am
Flughafen. Schöne Bescherung. Also fuhren sie zum Flughafen. Aber erst einmal mussten sie anhalten und einen
Eierkuchen besorgen. Sol wusste nicht, was er machen
sollte. Also stieg er in ein Flugzeug. Herzlichen Geglückswunsch, sagten die Leute. Du fliegst nach Palm Springs!
Palm Springs? Sol machte sich Sorgen. Aber dann servierten
sie ihm ein Abendessen: Burger, Crêpes und Valentinstags-
Süßigkeiten. Dann war Sol glücklich. Als er aufwachte, war
er in Palm Springs. Herzlichen Geglückswunsch, jetzt
kannst du mit einem Heißluftballon fliegen!, sagten die Leute. Er dachte: Das kann ich nicht. Ich vermisse meine Mommy
und meinen Daddy, und ich weiß nicht, was ich machen soll.
Aber plötzlich kam seine Schwester. Wie kommst DU denn
hierher?, fragte er sie. Sie sagte: Ich bin hier, weil ich denselben Fehler gemacht habe wie du! Sol und seine Schwester
KONNTEN es tatsächlich. Sie KONNTEN mit dem Heißluftballon fliegen. ZUSAMMEN. Auch Sealie war dabei!
Und die Moral von der Geschichte: Es ist IMMER OKAY,
um eine Extraumarmung zu bitten.

Bist du schon eingeschlafen?

Es regnet so stark, dass ich nicht mal atmen kann, sagte ich
keuchend zu ihm. Ich meine, ich atme Regen. Da ist gar keine
Luft mehr neben dem Regen.

Michael sagte nichts. Er hatte sich immer noch eingerollt
und schaute weg. Ich drückte die Matratze mit meinem
feuchten Gewicht und meiner Segelmontur ein.

Ich werde hier nur einen Augenblick sitzen, sagte ich. Ich mache nur eine kleine Pause.

Er seufzte, sagte aber wieder kein Wort.

Ich mache deine Decken nass, tut mir leid, sagte ich.

Seine Füße ragten unten über die Matratze hinaus. Er sah zu groß aus für das Bett. Wie hatte er hier je gemütlich liegen können? Langsam, als würde er in die Pedale eines Fahrrads treten, krümmten sich seine Füße, dann ruhten sie wieder.

Das Verrückte ist, sagte ich, es ist noch nicht mal ein schlimmer Sturm. Selbst ich kann das sehen. Das Problem ist bloß, dass wir auf dem Meer sind. Wenn ich zu Hause wäre, würde ich einfach im Auto sitzen bleiben. Radio hören. Mir würde es gar nicht groß auffallen. Ich würde warten, bis es nachlässt und dann schnell ins Haus laufen …

Seine Brust hob und senkte sich. Es war zu früh für mehr Paracetamol.

Tut mir leid, was ich jetzt tun werde, sagte ich.

Ich streckte meine Hand aus und drückte seine Wade.

Auuuuuuu. Er stöhnte wie ein Tier. Neiiiiin.

Okay, sagte ich. Tut mir leid, Michael. Nur eine Sache. Okay? Sichere ich die Dirk zuerst oder …

Ja, sagte er. Die Klampe ist beschriftet.

Danke.

Und die rote Reffleine zuerst.

Danke dir, Schatz.

Das Boot legte sich mit einem gewaltigen Ruck schief, und ich klammerte mich an seinem Regal fest. Ich hörte, wie in der Kombüse etwas von der Arbeitsfläche glitt; ich hatte die Teller vom Abendessen nicht gesichert. Ich entdeckte Michaels Stirnlampe, die neben seinem Kissen auf einem Regalbrett lag. Ich nahm sie, zog das Band über meinen Kopf und schaltete sie ein. Mein Mann lag bewegungslos da, wie eine Leiche im Scheinwerferlicht.

Ich ging nach oben.

Der Sturm hatte sich verändert, war undurchdringlicher geworden. Meer und Himmel kämpften gegeneinander. Der Himmel schickte den Wind, um aufs Meer einzuschlagen, und das Meer hielt dagegen, holte mit den Wellen aus und ohrfeigte den Himmel. Und keiner von beiden gab nach.

Michael hatte in Cartagena Ringschrauben ins Deck des Bootes gebohrt – vier auf jeder Seite, an denen er seine Life-line anbringen konnte, damit er sich auch bei schlechtem Wetter an Deck bewegen konnte, so wie er es beim Sturm vor Narganá getan hatte. Die erste konnte ich erreichen, ohne das Cockpit verlassen zu müssen. Ich beugte mich über die Kabinendecke, hakte mich ein und blieb dort auf dem Bauch liegen. Ich umarmte das rutschige Boot im Regen. Erst als ich meinen ganzen Mut zusammengenommen hatte, kniete ich mich hin. Dann ging ich in die Hocke, einen Fuß gegen das Handgeländer gedrückt, den anderen gegen eine Winsch, und wartete darauf, dass Regen und Wind kurz schwächer werden würden. Als das nicht passierte, kroch ich trotzdem voran, versuchte, möglichst schnell den Mast zu erreichen, doch mein Fuß verfing sich in der Fockleine, sodass ich aufs Vorderdeck abrutschte. Ich riss die Hände über den Kopf und bereitete mich auf den Schock des Meerwassers vor. Aber ich tauchte nicht ein. Die Relingstütze hatte mich aufgehalten, und ich landete mit beiden Beinen weit ausgestreckt auf bei-den Seiten der dünnen Metallstrebe.

Einen Augenblick lang hing ich dort, sprachlos, während meine durchtränkten Schuhe über dem Meer baumelten. Ich hielt immer noch den Atem an, als wäre Atemluft ein Ding der Unmöglichkeit. Ich spürte die Anwesenheit der Ertrunke-nen.

Das Entsetzen gab mir neue Energie. Ich riss an der Life-line, manövrierte meinen Körper rückwärts, befreite meine

Beine aus der Relingstütze und meine Sneaker bekamen wieder Halt an Deck. Dann konnte ich gar nicht schnell genug vom Meer wegkommen. Ich löste den Karabinerhaken von der Ringschraube und hakte mich bei der nächsten ein, wobei ich die Arme um den sich sanft neigenden Mast schlang. So verharrte ich mehrere lange, tröstliche Augenblicke; nichts hätte mich hier wegbringen können.

Ich schaute hinaus in den Sturm. Meine Stirnlampe beleuchtete den Regen. Ich sah das Boot und den weiß angestrahlten Niederschlag, der im Strahl der Lampe aussah wie peitschender Schnee. Aber darüber hinaus sah ich nichts.

Handle. Tu was. Erinnere dich. Die Dirk. Die Klampe am Mast. (Genau da war der Aufkleber. Den er angebracht hatte, als er noch er selbst gewesen war.) Doch während ich in den herabstürzenden Regen hinaufschaute, war ich mir noch immer sicher, dass es unmöglich war. Alles. Das riesige Segel ging so hoch hinauf, dass ich das Masttopp kaum sehen konnte. Wie sollte ich das reffen? Wie sollte ich es bei diesem Wetter herunterbekommen? Noch einmal erwog ich die Möglichkeit, mich einfach am Boden zusammenzukauern und so zu tun, als würde das alles nicht passieren. Der Sturm konnte nicht ewig weitergehen. Michael konnte nicht ewig krank bleiben. Wir würden nicht ewig über diesen Planeten aus Wasser treiben. Das wäre nicht …

Fair war ein unnützes Wort. Ein Konzept, das nur in den seltenen Augenblicken etwas wert war, in denen keine größere Gefahr drohte als eine Ungerechtigkeit.

Ich löste das Fall von der Winsch und fingerte zwischen den Reffleinen herum, bis ich die rote gefunden hatte. Und dann zog ich.

Das Segel rutschte langsam in der Mastnut herunter. Ich gab dem Fall noch etwas mehr nach. Ich zog an der Reffleine. Fierte wieder etwas Fall.

Währenddessen nahm der Wind das Boot weiter unter Beschuss. Dem Sturm waren Boote egal. Das Segel kam langsam ein weiteres Stück in der Mastnut herab. Der Wind schlug auf das Wasser ein.

Die See sagte: FASS MICH NICHT AN.

Der Himmel lachte Wind. ICH MACHE MIT DIR, WAS ICH WILL.

Die See sagte: ICH GEBE DIR KEINE ERLAUBNIS, MICH ANZUFASSEN.

Mir wurde klar, dass ich mich im Kampf zwischen See und Himmel auf die Seite der See stellen würde. Ich kannte ihre Wut.

Und schließlich heulte ich auf. Aus voller Kehle.

Der Wind lachte. Aber die See und ich, wir heulten.

Wir sind nicht dafür bestimmt

Wir sind nicht dafür bestimmt, einander zu besitzen

Die Kolonialisten von Nueva Colombia

»wuschen ihre Hände in Unschuld« und lösten sich von Spanien

Es ist eine Schande

Ist das nicht eine Schande, Dad?

Schämen sollten wir uns

Wir sind hierhergekommen, um uns von Königen zu befreien

Wir sind Schwerenöter und Rebellen und Überlebende und <u>genau das</u> zeichnet uns aus.

Ich würde lieber unter Räuberbaronen leben als

Ich würde lieber unter Räuberbaronen leben als unter omnipotenten moralischen Besserwissern

Wo ist dieser Mann?

Der mit dem Mittelscheitel?

Weißt du, welchen Mann ich meine?

Noch nie habe ich so gern jemanden kennenlernen wollen

Faszinierend

Einmal hab ich ihn im Traum in einer Tür stehen sehen bei einer Familienfeier in Ashtabula.

Ich war so ein Siegertyp als Kind.

Dad, ich …

Dad …

Ich saß auf der Kante der Sitzbank, den Kopf in beiden Händen. Halbtot. Ausgelaugt. Mitternacht auf der *Juliet*. Ich trug immer noch Rettungsweste und Regenjacke. Ich hatte nicht mehr die Kraft, sie abzulegen. Regen tropfte von meinem nassen Haar auf den Boden des Bootes. Ein Platschen, das ich hören konnte, während der Sturm sich zurückzog. Ich griff nach dem Telefon und wählte.

Amani? Private Jones?, fragte ich ins Telefon. Sind Sie da?

Ja, Kapitän! Hallo da draußen.

Wie geht es Ihnen?, fragte ich und stützte die Stirn in meine freie Hand.

Ähm. Gut. Wie ist Ihr Status, *Juliet*?

Na ja, es gab hier einen Sturm, sagte ich.

Ich sehe ihn. Er kommt gerade auf die *Magpie* zu.

Hier ist er schon wieder weg. Auf Ihrem Schiff werden Sie ihn vermutlich kaum spüren.

War bestimmt nicht sehr gemütlich für Sie, sagte Jones.

Hören Sie. Ich glaube, ich kann das hier nicht länger. Es muss einfach … es muss ein Ende haben. Können Sie kommen und uns holen oder – kann jemand kommen und mir helfen?

Okay, Captain. Erbitten Sie Evakuierung?

Ja. Ich weiß nicht.

Wir können das tun, wenn Sie den Eindruck haben, dass Sie nicht länger in der Lage sind, Ihr Boot zu segeln.

Wie würde das, wie würde das vonstatten gehen?

Wir würden zu Ihnen kommen. Wir würden ein Beiboot zu Ihnen schicken. Am einfachsten wäre es, wenn Sie bei uns zusteigen. Sie und Ihre gesamte Mannschaft.

Wir alle? Können Sie nicht einfach nur Michael mitnehmen?

Nun, es liegt ganz bei Ihnen, Captain. Sie haben mehrere Optionen. Option eins wäre, dass sie gemeinsam unser Boot besteigen. Sie und Ihre gesamte Crew. Bei dieser Option würde Ihr Boot dann versenkt werden.

Versenkt?

Ja, genau.

Warum?

Warum was?

Warum muss das Boot versenkt werden? Warum können wir es denn nicht einfach verlassen?

Es ist nicht möglich, dass ein Boot dieser Größe frei durch die Karibik treibt. Das würde eine Gefahr für andere Boote darstellen.

Mein Gott. Mein Gott. Ich tigerte durch die Kabine, dann hielt ich inne. Wie wird denn ein Boot versenkt, ich meine, ganz *praktisch*?

Sie würden alle Rumpfdurchläufe öffnen …

Ich? Ich würde mein eigenes Boot versenken?

Normalerweise öffnen die Leute alle Rumpfdurchläufe, bevor sie ihr Boot verlassen. Es dauert dann nicht lange, bis es untergeht. Vielleicht eine halbe Stunde. Sie haben auf jeden Fall genug Zeit, von Bord zu kommen.

Wag es nicht, Juliet.

Es war Michael. Auf wackligen Beinen stand er in der Tür zu unserer Koje.

Ich gestikulierte ihm zu. *Du sei ruhig.*

Ich wandte mich ab, brachte meine Stimme unter Kontrolle.

Was wäre meine andere Option?, fragte ich Jones.

Nun, wir könnten Ihren kranken Passagier bei uns an Bord nehmen. Sie und Ihre Kinder segeln dann weiter nach Kingston. Aber in dem Fall müssen wir sichergehen, dass Sie sich dazu auch wirklich in der Lage fühlen. Dass Sie für alle die nötige Sicherheit gewährleisten können. Wenn wir ein Risiko annehmen würden, würden wir ... wir würden dieses Risiko nicht eingehen. Sie klingen nicht ... Sie klingen ein wenig ...

Ich biss mir auf die Lippen und schaute Michael an.

Was?, sagte er mit zusammengekniffenen Augen. *Was heckst du da aus?*

Sind Sie noch da, Captain?

Wie viel würde das kosten?, fragte ich. Eine Evakuierung?

Kosten? Ähm. Nichts. In der Hinsicht läuft das bei uns genauso wie bei der Feuerwehr oder der Polizei. Und Ihre Versicherung würde sehr wahrscheinlich auch die Kosten der medizinischen Versorgung abdecken.

Michael torkelte vorwärts, er hielt sich an der Arbeitsfläche fest.

Du. Versenkst. Nicht. Dieses. Boot. Ich befehle es dir.

Du kannst mir keine Befehle geben, sagte ich. Ich bin der Kapitän.

Ich spreche in meinem ganzen Leben nie wieder ein Wort mit dir, sagte er.

Eine Sorge weniger, zischte ich zurück.

Captain?, fragte Jones. Ist da alles in Ordnung bei Ihnen?

Ich muss auflegen, sagte ich zu Jones. Ich muss nachdenken. Ich rufe Sie wieder an und sage Ihnen, wie ich mich entschieden habe. Haben Sie vielen, vielen Dank für das Gespräch. Ich rufe Sie wieder an, versprochen.

Wir sind hier, halten Sie uns auf dem Laufenden.

Ich legte das Telefon ab. Michael und ich standen uns in der Dunkelheit gegenüber, schauten einander an, während nur die Sicherheitslichter glühten. Er beugte sich ein Stück herunter, sodass er mir ins Gesicht schauen konnte.

Sieh zu, dass du mich loswirst, sagte er. Ich bin eine Leiche. Wirf mich über Bord. Aber versenk nicht das Boot. *Bitte* versenk nicht das Boot.

Warum? Wegen des Geldes? Wegen deiner Schulden bei Harry? Wegen deines dämlichen Ponzi-Spiels?

Damit hat das nichts zu tun!, schrie er. Versenk nur einfach nicht das Boot. Ich könnte es nicht verkraften, wenn ich es wüsste. Behalt es für dich. Mir ist es egal – ich werde tot sein.

Ich hielt mir die Ohren zu und stöhnte auf. Ich fasse es nicht, dass ich diese Diskussion mit einem Mann führe, der Halluzinationen hat.

Ich habe keine Halluzinationen!

Er hat keine Halluzinationen, sagt der gut gekleidete Mann, der auf der Polsterbank sitzt ...

Heilige Scheiße, sage ich. <u>Du</u> bist das.

Was hast du gesagt?

Nichts.

Du bist nicht bei klarem Verstand, Michael.

Er wandte sich frustriert ab. Ich konnte den Ausschlag auf seinem Nacken sehen. Als er sich mir wieder zuwandte, sah er beinahe aus wie er selbst, wie der Michael, den ich kannte, aber sein Gesicht war geschwollen und verzerrt vor Schmerz.

Du hast gesagt, du würdest nicht aufgeben, sagte er. Weißt

du noch? Auf der Plaza de Domingo. Du sagtest: *Ich will nicht aufgeben.*

Wir standen da und schauten uns an.

Auf der Arbeitsfläche klingelte das Telefon. Das Display beleuchtete unsere Gesichter in der dunklen Kabine.

Hallo?

Captain? Hier spricht Jones von der *Magpie*. Ich habe gerade mit unserer Mannschaft gesprochen. Es gibt noch etwas, eine weitere Option. Die wollten wir Ihnen mitteilen.

Bitte.

Lautsprecher, flüsterte Michael und wedelte mit den Händen. Lautsprecher.

Ich stelle Sie auf Lautsprecher, sagte ich.

Sie könnten in Kingston ein privates Boot chartern, erklärte Jones. Ein Motorboot. Es wäre rasch bei Ihnen. Ein Motorboot kann hundert Meilen in einem Bruchteil der Zeit zurücklegen, die ein Segelboot benötigen würde. Es könnte mit dreißig oder vierzig Knoten unterwegs sein anstelle Ihrer fünf oder sechs.

Michael schaute mich ermutigend an, die Brauen gehoben.

Sie könnten sogar einen jamaikanischen Arzt auf dem Boot mitfahren lassen, fuhr Jones fort. Und auch Ihre Schwiegermutter könnte mitkommen. Wir können für keinen dieser Leute Verantwortung übernehmen, aber das heißt ja nicht, dass Sie es nicht selbstständig tun könnten. Sie könnten sich faktisch Ihre eigene Rettung organisieren.

Wie würde ich denn so ein Boot finden?

Es gibt Dutzende Möglichkeiten, einige sehr schöne Sportfischer-Boote zu chartern. Mit Kühlschrank, Fernsehen. Sehr komfortabel. Wir geben Ihnen ein paar Telefonnummern. Sie könnten sich aber auch von Ihrer Schwiegermutter beim Chartern helfen lassen, da sie ja an Land ist.

Würde das Motorboot die Kinder aufnehmen?, fragte ich.

Das liegt ganz bei Ihnen. In Kingston erwartet Sie besseres Wetter. Sie haben es nicht mehr weit. Aber Sie wissen, wie es da draußen ist … es liegt ganz bei Ihnen.

Ich schaute Michael an.

All das, um ein Boot zu retten?, fragte ich.

Es ist nicht »ein Boot«, sagte er.

Okay, hör schon auf damit, sagte ich.

Wir haben hier einige Telefonnummern für Sie, sagte Jones.

Die Nacht wurde tiefer, wurde finster wie ein Brunnen und die Zeit stürzte hinein. Ich erinnere mich nur noch an das Gefühl reiner, gedankenloser Anstrengung, als hätte das Boot bereits in Trümmern gelegen und als wären Hunger und Schlafmangel einem simplen Überlebenswunsch gewichen. Ich blieb die ganze Nacht an Deck – alles andere stand völlig außer Frage –, aber ich sah mich nicht mehr nach einem anderen Wasserfahrzeug um. Ausschau hielt ich nur noch nach einem ersten Hauch Tageslicht, nach einem schlüssigen Endpunkt der Geschichte. Kurze Momente von Schlaf oder Erstarrung wurden einmal pro Stunde vom Klingeln des Satellitentelefons unterbrochen, über das mich Beth, Michaels Mutter, auf den neuesten Stand unserer Rettung per Motorboot brachte. Ich entschuldigte mich dafür, dass ich sie die ganze Nacht wachhielt, aber sie sagte, sie könne ohnehin nicht schlafen. Etwa gegen drei Uhr morgens rief sie an und gab mir den Namen der Bootsvermietung durch. Dort würden sie beim ersten Tageslicht aufbrechen. Ich erinnere mich, wie mechanisch meine Stimme geklungen haben muss, während ich versuchte, sie zu beruhigen; ich muss mich vollkommen wahnsinnig angehört haben. Aber von uns beiden war sie diejenige mit dem klaren Kopf, und sie wollte keine Beruhigung. Das überraschte und erleichterte mich.

Der Motor tuckerte weiter durch die Dunkelheit. Irgendwann erhob ich mich und setzte die Fock, vielleicht konnten wir so etwas schneller vorankommen. Dann ging ich unter Deck, um nach den Kindern zu sehen. Auch in dieser Nacht schliefen sie in derselben Koje, ihre Körper sanft aneinandergedrückt. Ich kehrte ins Cockpit zurück. Da waren wir nun, bewegten uns im Schneckentempo über den Ozean. Das Boot durchschnitt die ruhige See, alle Wolken waren fortgefegt. Im Nachklang des Sturms funkelte der Himmel.

Ich stellte die Küchenuhr, und dann döste ich ein. Ich schlief im Wissen, dass Rettung nahte. Ein- oder zweimal bildete ich mir ein, das Motorboot zu sehen. Aber dann löste sich das weiße Deck auch schon wieder in Gischt auf.

Als Michael mich berührte – als er meinen Arm drückte und meine nassen Haare zur Seite schob –, riss er mich aus tiefem Schlaf. Ich glitt direkt in seine Arme. Einen Augenblick lang glaubte ich, wir lägen zusammen im Bett. Zu Hause. Ich war mir sicher: Wenn ich meine Augen öffnete, würde das Sonnenlicht durch das Schlafzimmerfenster fallen und dahinter würde ich den Zierapfelbaum sehen mit seinem schweren großen Kopf. Für eine kurze Woche im Mai erblühte dieser sonst so gewöhnliche Baum und ließ weiße Blüten regnen wie Konfetti bei einer Straßenparade.

Juliet.

Er schüttelte mich am Arm.

Juliet.

Ich setzte mich auf und schaute ihn an. Seine Augen sahen anders aus. Klarer. Klar und traurig und zurückgekehrt. Er trug einen Pullover, und seine Haare waren ein zerzauster fettiger Bausch. Ich ließ meinen Kopf gegen seine Brust sinken und roch an ihm. *Alles gut.* Aber er schob mich sanft zurück und verzog das Gesicht.

Autsch, sagte er.

Was?

Ich bin da empfindlich.

Es tut mir so leid.

Es ist okay, sagte er und nahm meine Hand. Mir geht's ein bisschen besser.

Wirklich?

Ich fühlte seine Stirn: kühl und feucht wie ein Kiesel.

Das ist gut, sagte ich. Das ist fantastisch. Dein Fieber geht zurück.

Das heißt, du kannst die Motorbootrettung abblasen, sagte er. Es ist jetzt wieder alles okay bei uns.

Ich zog meine Hand zurück und setzte mich aufrecht hin. Der Morgen graute. An Backbord ein rosafarbenes Leuchten. An Steuerbord drückte die Spitze der Sonne gegen den Horizont, ein einzelner schwacher Lichtstrahl, der durch lose Wolken nach oben brach.

Es tut mir leid, sagte ich. Das werde ich nicht tun.

Er lachte. Dann sah er, dass ich es ernst meinte.

Wir müssen nicht gerettet werden, sagte er scharf.

Hör zu, sagte ich. Wenn es dir besser geht, bleib bitte hier sitzen. Halt bitte einfach Ausschau, dann kann ich nämlich kurz pinkeln gehen, ohne mir Sorgen machen zu müssen. Ich brauche Kaffee. Ich muss mir die Zähne putzen. Ich muss mir ein anderes Shirt anziehen.

Unten bewegte ich mich leise durch die Kombüse. Ich schaltete den Herd ein für den Kaffee und trank Wasser direkt aus der Kanne. Ich sah nach den Kindern. Sie schliefen immer noch, mit ineinander verschränkten Beinen.

Du willst es dir nicht noch mal überlegen?, fragte Michael, als ich mich ihm mit meinem Kaffee gegenübersetzte.

Du könntest Sekundärsymptome bekommen. Das hat mir der Mediziner gesagt.

Ich will keine Hilfe. Ich will nicht, dass mit dem Geld der

Steuerzahler mein kranker Arsch gerettet wird. Ich hasse es, wie sich mein eigenes Gejammer anhört.

Es tut mir leid, dass du das so siehst, sagte ich.

Die Küstenwache anzurufen, war ein Eingeständnis, gescheitert zu sein, sagt er.

Krank zu werden ist kein Scheitern, Michael.

Es ist ein Scheitern meines Körpers, sagte er.

Ich stand auf und ging zur anderen Seite des Cockpits.

Es kam mir vor, als wäre es eine Million Jahre her, seit er mir ein kleines Holzboot mit meinem Namen darauf geschenkt hatte. Damals hatte er gesagt: Du musst nicht wissen, wie man segelt. *Du musst lediglich wissen, in welche Richtung du das Boot ausrichtest.* Und ich sagte: Nein, nein, nein. Aber dann sagte ich Ja. Ich hatte Ja gesagt, trotz endloser Bedenken.

Ich drehte mich um, funkelte ihn wütend an. Wofür hältst du dich? Für einen Gott? Glaubst du, du kannst nicht sterben?

Ich habe keine Angst vorm Sterben, sagte Michael. Ich werde sterben. Ich habe Angst vor Schwäche.

Na, dann ist das Denguefieber vielleicht genau das, was du gebraucht hast, sagte ich und kämpfte gegen die Tränen. Das ist deine Lektion. Wir *brauchen* einander, Michael. Völlig egal, wie du das siehst. Wir alle auf dieser Erde *brauchen* einander. Dieses ganze Gerede von wegen: Da sind die, die etwas tun, und die, die nur nehmen. Alles bloß Quatsch. Wir tun alle etwas, und wir nehmen alle. Das liegt in unserer Natur.

Ich trank den Kaffee aus und versuchte, eine Beschäftigung für meine zitternden Hände zu finden. Aber während ich geschlafen hatte, hatte Michael sämtliche Schoten aufgewickelt und zum Einsatz bereit zusammengelegt. Das Deck der *Juliet* war blitzblank. Ich rieb mir das wunde Gesicht. Es fühlte sich vom Sturm und Regen noch immer ganz taub an.

Man sollte meinen, du hättest vom Meer gelernt, sagte ich. Es ist eine einzige Zusammenarbeit. Das Meer ernährt die Korallen, und die Korallen ernähren die Fische, und die Fische essen das Zeug, das die Korallen erstickt …

Er starrte in die Ferne, sah unglücklich aus.

Uns allen wird geholfen, wenn wir unser Leben beginnen, sagte ich. Wir werden gefüttert und gehalten. Nur so können wir überleben. Aber für dich bedeutet Hilfe, gefangen zu sein. Nur eine andere Form von Schulden. Was steckt eigentlich dahinter, Probleme mit deiner Mutter? Ich versuchte es mit einem Lachen, aber es kam ziemlich heiser heraus. Du kannst es nicht ertragen, dass man dir die Luft nimmt. Und die Regierung, die Regierung ist wie eine Mutter, die dir die Luft zum Atmen nimmt …

Das ist meine Überzeugung, sagte er.

Ach, zur Hölle, sagte ich und ließ mich auf die harte Cockpitbank fallen. Du, du, du. Und wenn andere Menschen für deine Freiheit einen schrecklichen Preis zahlen müssen? Menschen, die auf die Hilfe angewiesen sind, die du nicht willst?

Er sagte nichts, hielt sich nur seine empfindlichen Seiten.

Was ist mit Kindern? Du hast selbst Kinder. Können wir uns wenigstens darauf einigen, dass wir diese Welt sicher genug für Kinder machen müssen? Schön, mit achtzehn werden sie dann in den großen Hahnenkampf des Lebens entlassen. Aber nach welcher Logik ist es in Ordnung, wenn man ein Kind in einem reichen Land wie unserem verhungern oder erfrieren lässt oder es zulässt, dass es in der Schule erschossen wird? Sag mir das.

Ich bin nicht glücklich darüber, sagte er und rieb sich seine glasigen Augen. Es ist eben einfach so. Du kannst die Natur nicht als Beispiel heranziehen, wie es dir gerade passt. Die Natur ist grausam. Sie wird tausend Spezies opfern, wenn es nötig ist, um das Leben am Laufen zu halten. Wir sind bloß eine … eine Fackel, die durch die Zeiten weitergereicht wird. Keiner von uns ist wichtig, du nicht und ich nicht und auch keine andere Gruppe von Menschen. Du willst, dass es gerecht zugeht, aber wenn du das sagst, hörst du dich an wie Sybil. Du bist wie ein träumendes Kind.

Na, ich bin jedenfalls sehr froh, dass du nicht der Papst bist, sagte ich und lachte bitter. Oder ein Richter oder ein Lehrer oder ein Polizist oder irgendjemand, der sich wirklich mit lebenden, atmenden Individuen auseinandersetzen muss, die sich in Not befinden. Ich bin froh, dass ich mich nicht an dich gewendet habe, als mir Gil Ingman die Hand in die Hose gesteckt hat.

Er hob die Hände und schaute weg.

Wieder die alte Leier, sagte er.

Ja, genau. Ganz genau. Wenn mir so was passiert, kann ich so viel darüber sprechen, wie ich will, verdammt noch mal.

Bei dir hört sich das an, als hätte ich irgendwas damit zu tun, sagte er. Weil ich ein Mann bin. Vom ersten Tag an hast du dich und mich auf gegensätzliche Seiten gestellt.

Daraufhin schwiegen wir. Das Tageslicht breitete sich aus. Der Morgen zeigte sein unverwandtes Blau. Ich legte das Gesicht in meine Hände. Ich fühlte mich uralt.

Als Michael wieder das Wort ergriff, war seine Stimme sanft, beinahe beschwörend.

Weißt du, was ich am Meer so liebe?, fragte er. Dass dies dasselbe Meer ist wie im Pleistozän. Es sah für den frühen Menschen haargenau so aus, wie es jetzt für uns aussieht. Und Tausende Jahre später hatte man genau dieselbe Aussicht vom Deck einer spanischen Galeone. Und wenn ich in tausend Jahren genau an diese Stelle zurückkehren könnte, würde es immer noch genauso aussehen. Es würde vermutlich sogar dieselben Geräusche geben, dasselbe Wellenschlagen gegen den Rumpf, dieselben knatternden Segel. Solange es Menschen gibt, wird *irgendwer* den Ozean überqueren. Ich liebe das.

Ich hob den Kopf, die Hände nass von den Tränen.

Hey, sagte er. Warum weinst du?

Ich bin so wütend auf dich, schluchzte ich. Nicht nur jetzt, *immer*. Ich weiß nicht einmal mehr, ob ich dich noch liebe. Aber ich will nicht, dass du stirbst.

Nun, ich liebe dich immer noch, sagte Michael schlicht. Werde ich auch immer. Und mir ist es egal, ob ich sterbe. Wir sind uns also wieder mal nicht einig.

21. Februar. LOGBUCH DER YACHT *JULIET*. Manchmal, nachts an Deck, tue ich so, als würde ich einen Vortrag über das Leben auf See halten – vor dem Rotary Club oder wem auch immer, vor einer großen Versammlung von gut gekleideten Leuten, die gerade ihren Lunch einnehmen. Verrückt, oder? Ich beuge mich dann zum Mikrofon hinunter. »Beim Leben auf See«, sage ich, »haben wir gelernt, dass die Verwirklichung der eigenen Träume und das Umsetzen des Unmöglichen sehr wohl möglich ist. Und zwar nicht immer nur für die anderen ...« Die Leute in meinem imaginären Publikum nicken mit dem Kopf. »Wir haben gelernt, dass wir so viel mehr sein können, als wir gedacht hätten.«

Wir saßen Seite an Seite, hielten uns an den Händen wie alte Leute. Warteten.

Der Nachmittag hatte sich in den Abend gesenkt, war tiefer, dunkler geworden, wie ein Stimmungsstein. Ich erlaubte den Kindern, sich ihr Abendessen direkt aus der Sündenschublade zu holen. Schokoriegel. Ingwerkekse. Feucht gewordene Pfefferminzbonbons.

Hauptsächlich fühle ich mich ausgelaugt, sagte er. Als wäre es mir egal. Alles eigentlich.

Bitte nicht, es darf dir nicht egal sein, sagte ich. Wir wären verloren ohne dich. Ich wäre so scheiß wütend auf dich, wenn du sterben würdest.

Er lächelte. Aber dann würdest du die Scheidungskosten sparen.

Ich lachte. Wer ist jetzt dramatisch? Du willst, dass ich dich beruhige? Okay, ich beruhige dich. Ungeachtet der Tatsache, dass du Denguefieber hast, ungeachtet der Tatsache, dass ich tagelang nicht geschlafen habe, bin ich immer noch froh, dass wir diese Reise unternommen haben. Ich bin froh, dass wir das Boot gekauft haben.

Wirklich? Er wandte mir seinen Körper zu und zuckte dabei vor Schmerz leicht zusammen. Es war das erste Mal, dass ich ihn lächeln sah, seit er krank geworden war. Meinst du das ernst?

Ja, sagte ich.

Er legte sich eine Hand auf die Seite. Das ist wunderbar, sagte er.

Was ist los?

Boot an Steuerbord, Captain!, rief Sybil und senkte ihr Fernglas.

Da nicht klar war, wen sie angesprochen hatte, antworteten wir beide nicht.

Das Motorboot näherte sich, glitzerte weiß, und Gischt spritzte an beiden Seiten des Bugs auf. Auf der Brücke konnten wir eine Gestalt erkennen. Zwei Menschen an Deck. Verdrießlich verschränkte Michael die Arme und schob sich die Hände unter die Achseln. Sybil setzte sich neben ihn ins Cockpit und tätschelte nervös seinen Arm.

Mir geht es so viel besser, sagte er durch zusammengebissene Zähne. Das ist wirklich unnötig.

Tja, jetzt sind sie hier, sagte ich.

Was für ein Aufriss, sagte er.

Beth hatte es nicht geschafft, einen Arzt zu finden, der mit aufs Boot kommen würde. Hätten wir auf einen gewartet, hätten wir den zeitlichen Vorsprung verstreichen lassen. So würden sie noch vor Einbruch der Dunkelheit wieder an Land sein. In meiner Hand klingelte das Satellitentelefon.

Hallo, Mrs. Partlow! Mein Name ist Adolphis Charles, und ich bin hier, um Ihren Mann zu holen.

Ich sehe Sie, sagte ich. Ich sehe Sie, Captain.

Mein Herz zog sich zusammen. Wir sanken in ein Wellental, und ich bedeckte meinen Mund mit der Hand.

Danke, dass Sie gekommen sind, schaffte ich ins Telefon zu sagen, aber meine Stimme brach.

Überhaupt kein Problem, sagte der Mann und ging über meine Tränen hinweg. Ich sehe, Sie haben Ihre Fender im Einsatz. Das ist sehr gut. Wir schlagen einen Bogen und nähern uns über Steuerbord.

Ich verstehe.

Ich will bei Mommy bleiben, verkündete Sybil.

Was?, sagte ich und trocknete mir die Augen. Wirklich?

Michael zuckte mit den Schultern. Ich finde auch, sie sollte hierbleiben, sagte er. Ich finde, wir sollten alle hierbleiben.

Nein, Daddy, du gehst zum Arzt, sagte Sybil. Und ich bleibe bei Mommy.

Eine Sekunde bitte, Captain, sagte ich ins Telefon. Und dann, zu Sybil: Bist du dir sicher?

Ich bin mir sicher.

Kapitän Charles?, sagte ich. Tut mir leid. Könnten Sie bitte Mrs. Partlow an den Apparat holen? Die andere Mrs. Partlow?

Aber selbstverständlich.

Ich konnte durch das Telefon am anderen Ende der Leitung den Wind heulen hören.

Hallo?

Hallo, Beth?

Hallo, Juliet, Schätzchen. Wie geht es dir?

Na ja, mir geht's ganz gut. Besser als erwartet.

Wir sind alle so stolz auf dich, Juliet.

Ja? Na ja, dafür ist es ein bisschen zu früh. Ich weiß, Michael wird nur dann glücklich sein, wenn ich dieses Boot in perfektem Zustand an Land bringe. Ich zwang mich zu einem kurzen Lachen. Hey, tut mir leid, dass das für dich bis jetzt so ein beschissener Urlaub ist, Beth. Du verdienst, dass wir das wiedergutmachen.

Oh, na ja. Wenn das hier vorbei ist, können wir …

Ja …

Auf jeden Fall haben wir später was zu erzählen, oder?

Hör zu, sagte ich. Es gibt eine Planänderung. Sybil möchte bei mir auf dem Boot bleiben.

Zuerst sagte Beth nichts.

Was du für das Beste hältst, Juliet.

Ich glaube, du wirst mit Georgie genug zu tun haben. Er ist der Einzige, der mich vom Segeln ablenkt. Du weißt ja, du musst mit Adleraugen auf ihn aufpassen. Sybil ist unproblematisch. Sie ist eine Hilfe.

Ich glaube, an diesem Punkt weißt du ganz genau, was du tust, sagte Beth.

Ihr Vertrauen berührte mich. Ich unterdrückte das Bedürfnis, mehr davon zu hören.

Nett, dass du das sagst, Beth.

Neben mir starrte George angespannt das sich nähernde Boot an und umklammerte seinen Stofftierseehund.

Oh, und vergiss Sealie nicht, sagte ich. Ohne seinen Seehund kann Georgie nicht schlafen. Der Rest ist in seiner Tasche. Zahnbürste, Unterwäsche, aber mir ist es egal, ob er sich die Zähne putzt oder nicht. Pass einfach auf ihn auf und … und kümmere dich bitte um Michael.

Juliet, glaubst du … Glaubst du, dass es schlimm ist?

Ich konnte meine Schwiegermutter inzwischen sehen. Sie stand an Deck, klammerte sich am Steuerhaus fest, das Telefon ans Ohr gepresst. Sie trug fröhliche weiße Hosen und ein leuchtend pinkfarbenes T-Shirt, das der Wind flatternd an ihre Brust drückte. Beth, die bereits so viel verloren hatte.

Bei Gott, ich hoffe nicht, sagte ich. Wir müssen optimistisch bleiben, schlimm oder nicht schlimm, wenn wir …

Warte. Juliet? Mr. Charles sagt gerade …

Ja?

Juliet, er meint, du musst …

Ich sehe ihn, sagte ich. Sag ihm, ich bin bereit.

Es dauerte beinahe eine Stunde. Beide Boote mussten exakt dieselbe Geschwindigkeit annehmen, was schwerer war, als man meinen sollte. Michael saß gleichgültig im Cockpit, die Hände über dem Bauch, seinen Seesack zu Füßen.

Als es sicher genug war, George hinüberzureichen, umarmte ich ihn so fest ich konnte.

Wir sehen uns ganz, ganz bald, Doodle, sagte ich. Mommy hat dich furchtbar lieb.

Ich legte ihn in die ausgestreckten Arme von Adolphis Charles, einem großen Mann mit beeindruckendem Goldzahn. Tapfer schlang Georgie seine Arme um den Hals des Mannes. Kaum war er an Deck der Motoryacht, ging er ganz ruhig auf seine Großmutter zu, die sich immer noch am Steuerhaus festhielt. Dieses Boot war schick und modern, mit einem hohen Thunfischturm. Georgie sah beeindruckt aus.

Mach's gut, Doodle!, rief Sybil. Hi, Grandma!

Hallo, du tapferes Mädchen, rief Beth. Ich bin so stolz auf dich!

Michael umarmte Sybil, dann betrachtete er traurig die Motoryacht.

Ich reichte Adolphis Charles seinen Seesack.

Okay, sagte ich.

Michael sah mich lange an, während der Wind in sein schmutziges Haar und sein dünnes Shirt fuhr. Ich weiß noch, dass ich mir wünschte, er würde sich beeilen und hinübersteigen. Schließlich war es so schwer, die Boote nebeneinander zu halten. Aber er lächelte mich voller Wärme an.

Du wirst langsam eine richtig gute Seglerin, sagte er.

Darüber musste ich lachen. Darüber, dass ausgerechnet dies seine Abschiedsworte waren.

Ich wusste nicht, dass es die letzten Worte waren, die er jemals an mich richten würde.

IX

Ich höre die Türklingel und weiß sofort, wer es ist.

Können Sie Gedanken lesen?, frage ich die beiden. Ich wollte Sie heute sowieso anrufen.

Manchmal glaube ich wirklich, dass ich das kann. Duran lächelt.

Kommen Sie rein, sage ich.

Sie tritt ein, gefolgt von Ross, ihrer schweigenden Fußnote. Er nickt bloß.

Wir gehen durch den Flur ins Wohnzimmer. Durch die Fenster sieht man die Büsche, die nach dem Regen feucht und belebt aussehen. Der Flieder glüht im diffusen Nachmittagslicht.

Gute Nachrichten?, erkundige ich mich.

Duran schüttelt den Pferdeschwanz. Keine guten Nachrichten, aber auch keine schlechten. Kein Mr. Borawski, aber auch kein Leichnam.

Ross meldet sich zu Wort. Wir sagen immer: Keine Neuigkeiten sind gute Neuigkeiten.

Aber wir wissen, dass Mr. Borawski in Cartagena war, sagt Duran.

Genau das wollte ich Ihnen auch mitteilen, flöte ich.

Woher wussten Sie es?

Ich habe das Tagebuch meines Mannes gelesen.

Okay, sagt Duran. Wir haben es folgendermaßen erfahren.

Das sind jetzt in gewisser Weise doch schlechte Nachrichten, sagt Ross. Wir wissen es, weil wir die Anrufe auf Ihrem Satellitentelefon zurückverfolgt haben.

Ich schaue von einem Gesicht zum anderen. Hatte ich das Telefon jemandem gegeben, vielleicht während dieser ersten chaotischen Tage in Kingston? Ich erinnerte mich kaum.

Wir haben ein paar unbekannte Nummern zurückverfolgt, die vor dem vierten April, also vor Ihrer Abfahrt von Cartagena auf Ihrem Telefon angerufen hatten. Mehrere kamen von einem Hotel namens Mariposa. Wir haben da angerufen, und siehe da: Harry Borawski ist dort abgestiegen.

Ist er immer noch dort?

Er hat am dritten April eingecheckt. Danach verliert sich die Spur. Ausgecheckt hat er immer noch nicht.

Okay, sage ich.

Also. Ich wollte nur sichergehen, dass ich Ihre Aussage richtig verstanden habe. Sie sagten, Sie hätten Mr. Borawski in Cartagena nicht getroffen. Sie haben ihn überhaupt nie gesehen. Also waren es auch nicht Sie, die die Anrufe aus dem Hotel angenommen hat, richtig?

Das ist korrekt.

Also muss Ihr Mann derjenige gewesen sein, der mit Mr. Borawski gesprochen hat?

Ja, er hat mit Harry gesprochen. Das steht auch in seinem Tagebuch. Das ist der andere Punkt, über den ich mit Ihnen sprechen wollte.

Dieses Tagebuch scheint ja sehr informativ zu sein, sagt Ross.

Ich mag seinen Tonfall nicht, aber natürlich hat er recht.

Das sind doch wirklich erfreuliche Neuigkeiten, sagt Duran. Denn genau deswegen sind wir hier.

Plötzlich wird mir das Offensichtliche bewusst: Sie werden das Logbuch mitnehmen.

Duran sagt: Wir steckten schon in einer Sackgasse – es ist wirklich schwer, in einem Vermisstenfall auf einem anderen Kontinent zu ermitteln. Dann haben wir aber mit einem unserer Kollegen gesprochen, der auch segelt. Er sagte uns, dass die meisten Kapitäne alles schriftlich festhalten, was auf dem Boot passiert. Reparaturen. Geschäftliche Transaktionen. Die Reiserouten. Besucher. Solche Aufzeichnungen könnten uns dabei helfen, Mr. Borawskis Aufenthaltsort zu bestimmen.

Dem Mann läuft nämlich die Zeit davon, sagt Ross. Statistisch gesehen.

Glauben Sie, Sie könnten uns helfen, Mrs. Partlow?

Sie meinen, Sie wollen Michaels Logbuch haben?

Ja, sagt Duran und klatscht in die Hände, als hätte ich bereits zugestimmt.

Ich schaue in meinen Schoß. Wie kann es sein, dass ich diesen Augenblick nicht habe kommen sehen? Ich, zu deren wenigen Talenten es gehört, auf alle nur erdenklichen Katastrophen eingestellt zu sein – wie? Sie werden die Einträge lesen. Sie werden die Zeichnung von Harry sehen. Sie werden meinen Mann des Mordes beschuldigen. Und warum auch nicht? Ich zweifle ja selbst. Michael hat diese ominöse Lücke hinterlassen. Tage ohne Einträge. Platz für Zweifel. *Ich sollte den alten Idioten einfach in die Bucht von Cartagena stoßen.*

Wenn ich clever gewesen wäre, loyal, wäre ich eine *gute* Ehefrau gewesen …

Mrs. Partlow?

Genau in diesem Moment – es ist wirklich verrückt – stelle ich mir vor, wie ich durchs Haus fliege, schnell wie ein vorbeiziehender Schatten, ohne Schritte zu machen. Wie ich die Treppe hinaufgleite, ungesehen, hinein in den Schrank. Ich bin ein Vogel, der durchs Haus fliegt.

Ich schaue Duran an.

Ich bin seit ein paar Wochen selbst dabei, es zu lesen, beginne ich. Ich schaffe immer nur ein oder zwei Seiten auf einmal. Ich lese ein bisschen, und dabei kommt's mir vor, als würde ich seine Stimme hören. Dann muss ich aufhören. Weil er es ist. Es ist sehr persönlich. Während unserer Reise ist das Logbuch immer mehr zu seinem Tagebuch geworden. Michael hat kaum geschlafen. Er brauchte nicht viel Schlaf. Er war ein bisschen manisch. Draußen auf dem Meer war das ziemlich praktisch für uns, weil man immerzu Wache halten muss, selbst wenn man ankert, denn der Anker kann von der Strömung weggezogen werden, was man manchmal ...

Ah-hah, sagt Duran und schaut mich aufmerksam an.

Jedenfalls war Michael oft wach. Als wir hier gelebt haben, an Land, hat er nachts häufig noch gearbeitet. Oder Sachen im Keller gebaut. Als wir auf dem Boot lebten, gab es immer irgendwas für ihn zu reparieren. Batterien mussten gereinigt werden, er hat die Elektronik auseinandergebaut, Knoten geübt. Oder er hat in sein Logbuch geschrieben. Ich versuche Ihnen nur zu erklären, warum so viel da drinsteht.

Wieder überkommt mich die Vorstellung zu fliegen. Und genau in diesem Moment sehe ich aus dem Augenwinkel meine Mutter oben am Treppengeländer stehen. Sie hält inne, geht dann leise weiter, geht ins Schlafzimmer hinein. Es kostet mich all meine Kraft, den Kopf nicht zu drehen.

Er hat Seiten über Seiten gefüllt, fahre ich fort. Ich weiß, dass es nicht seine Absicht war, aber es ist, als hätte er mir einen Brief hinterlassen. Einen sehr langen Brief.

Was für eine Art Brief?, fragt Duran leise, als wollte sie mich nicht aufwecken.

Ross schaut verwirrt zwischen uns hin und her.

Das versuche ich gerade herauszufinden, sage ich. Manchmal, glaube ich, ist es ein Abschiedsbrief. Als hätte er gewusst, dass er es nicht zurück schaffen würde. Dann wieder, glaube ich, ist es ein Liebesbrief. Aber kein simpler Liebesbrief. Wie gesagt, es ist sehr persönlich. Intim. Es wäre sehr, sehr schwierig für mich, das mit anderen zu teilen.

Jaaa. Duran atmet aus, nun, da sie den Punkt des Widerstands gefunden hat. Ich verstehe absolut, was Sie empfinden. Es ist sein letztes verbliebenes Dokument. Die letzten Worte, die er geschrieben hat.

Ja. Ich nicke.

Wir wollen es Ihnen auch nicht wegnehmen, sagt sie. Wir wollen es uns nur ausleihen. Wir werden es nicht Wort für Wort lesen, das verspreche ich Ihnen. Wir werden nur die Einträge auswerten, die mit unseren Ermittlungen zu tun haben. Und wenn wir fertig sind, werde ich es persönlich zu Ihnen zurückbringen. Wir versuchen, das Leben eines Menschen zu retten.

Die Schritte meiner Mutter sind sehr leicht für eine so große Frau. Sie hat es die Treppe hinuntergeschafft, ohne auf sich aufmerksam zu machen. Plötzlich steht sie auf der Türschwelle zum Flur und trägt ihre Jacke.

Hallo, sagt sie zu den Polizeibeamten.

Hallo, antworten die beiden überrascht.

Ross sieht plötzlich nervös aus. Zu viel Bewegung. Ich stehe auf.

Wollen Sie irgendwohin?, fragt er.

Juliet, sagt meine Mutter, ich wollte nur fragen, ob ich Sybil von der Bushaltestelle abholen soll? Dann kannst du dich hier noch ein Weilchen unterhalten.

Ich starre sie für den Bruchteil eines Augenblicks an. Sie will, dass ich verstehe.

Großartig, sage ich. Danke dir, Mom.

Sie dreht sich um, und wir schauen zu, wie sie den Flur entlanggeht. Die Haustür schließt sich leise hinter ihr.

Tja, sage ich. Meine Tochter wird bald nach Hause kommen. Wenn es Ihnen also nichts ausmacht …

Sie reagieren langsam. Sie stehen auf. Duran lächelt.

Aber das Logbuch, sagt sie ganz behutsam.

Es stehen sehr persönliche Informationen über mich da drin, sage ich. Über meine Kindheit, über gewisse Geschehnisse aus meiner …

Wir müssen das Buch leider mitnehmen, Ma'am, sagt Ross. Dies ist eine sehr angespannte Phase in unserer Ermittlung.

Duran wirft ihm einen raschen Blick zu.

Okay, sage ich. Okay. Ich hole es.

Ich begleite Sie, verkündet Duran munter.

Wir gehen gemeinsam. Ich fühle mich ihr extrem nah – allerdings nur, was den körperlichen Abstand anbelangt. Ich spüre, wie sie dicht hinter mir die Treppe hinaufsteigt. Auf meinen Fersen. So dicht, dass ich sie mit meinen Hacken berühren könnte. Wir kommen oben an und biegen nach links auf den kleinen Flur. Wir betreten das Schlafzimmer.

Was für schöne dezente Farben, sagt sie. Sehr skandinavisch.

Ich öffne die Schranktür und trete ein.

Als würde man in einer Birke leben, sagt sie.

Sie müssen bedenken, sage ich aus dem Schrank, Michael ist sehr plötzlich krank geworden. Es war eine Frage von Stunden. Stunden. Er war der normale Michael. Dann starb er. Er bekam das Hämorrhagische Fieber auf dem Boot, das ihn nach Kingston gebracht hat. Er hatte einen schweren Fall von Denguefieber. Durch einen Moskitostich. Er ist im Krankenhaus gestorben. Und ich war nicht da.

Ich reiche ihr das Logbuch. Sie nimmt es mit anteilnehmender Miene entgegen, legt eine Hand darauf und hält einen Augenblick inne. Ich schaue aufmerksam zu, wie sie es aufschlägt. Sie gibt sich Mühe, die Seiten besonders vorsichtig umzublättern. Ich kann mir nicht vorstellen, was ihr Kollege unten treibt. Ich hoffe bloß, dass er nicht zur Bushaltestelle geht. Meine Mutter wird nicht dort sein. Sybils Bus kommt erst in gut fünfundvierzig Minuten. Welchen Weg meine Mutter wohl eingeschlagen hat? Ob Ross sie sehen kann? Verfolgt er sie, genau in diesem Augenblick? Geht er ihr nach?

Duran blättert weiter, befeuchtet ihren Daumen. Mir wird bewusst, dass ich den Atem anhalte.

Du liebes bisschen, er hatte wirklich viel zu sagen. Ihr Ehemann, meine ich.

Ja. Er hat sich immer viele Gedanken gemacht.

Sieht fast aus, als hätte er mehr geschrieben als gesegelt, sagt sie mit einem kurzen Lachen.

Ich sehe ihr zu, wie sie die letzten leeren Seiten am Ende des Logbuchs in Augenschein nimmt.

Er schreibt tatsächlich auch über Harry, sage ich. Sie werden es sehen. Ich denke, es stimmt. Die beiden – also Michael und Harry – hatten eine recht komplizierte Beziehung.

Geht uns doch allen so, oder? Duran schüttelt den Kopf.

Sie hat den letzten Eintrag gefunden.

Die Tintenzeichnung ist nicht mehr da.

Der Eintrag darüber, dass er ihn ins Wasser werfen müsste, ebenfalls nicht mehr.

Meine Mutter hat nicht die geringste Perforationsspur hinterlassen. Ich muss lächeln – kann nichts dagegen tun. Duran sieht es nicht.

Wissen Sie was?, sage ich. Vielleicht wird es mir sogar guttun, eine Pause zu machen und das erst mal nicht weiterzulesen. Es ist schwer, das alles noch mal nachzuerleben.

Sie schaut mich an, nur Millimeter von mir entfernt. Da bin ich mir sicher, sagt sie.

Ich möchte mich auf das konzentrieren, was mir geblieben ist, sage ich. Ich möchte versuchen, wieder ins Leben zurückzufinden.

Als ich das sage, wird mir klar: Ganz gleich, ob ich das jetzt bloß so dahinsage – es ist wahr.

Ja. Sie haben Ihre Kinder ...

Die mich mehr denn je brauchen.

Denken Sie an das, was Ihr Ehemann sich gewünscht hätte. Ich bezweifle, dass er gewollt hätte, dass Sie zu Hause sitzen und den Rest Ihres Lebens verpassen.

Ich schaue zum Fenster hinaus. Ein dünner Finger aus Rauch über dem Wald.

Ah, natürlich – Michaels Feuerstelle. Meine Mutter ist zur Feuerstelle gegangen.

Ich zwinge mich, meine Aufmerksamkeit wieder auf Detective Duran zu richten.

Was Michael von mir gewollt hätte?, antworte ich. Ich weiß genau, was er gewollt hätte. Er hätte gewollt, dass ich segle. Er hätte gewollt, dass ich die Kinder nehme und aufs Boot zurückkehre. Er hätte gesagt, alles andere wäre bloß Zeitverschwendung.

Ich fühle mich sicher in ihrem Zimmer. Das war schon immer so. Besonders zur Schlafenszeit, wenn der Raum dunkel ist, abgesehen von ihrem Nachtlicht, den Klebesternen an der Wand, und wenn ihr Haar nach Shampoo riecht, weil sie gerade gebadet hat. Dann will sie reden. Sie will mir alles erzählen, nur um nicht schlafen zu müssen. Ich erinnere mich, wie ich mich früher danach gesehnt habe, dass sich Mutter oder Vater nach dem Gute-Nacht-Sagen nicht gleich aus dem Staub machten. Jeden Abend, bevor er das Zimmer verließ, sang mein Vater, ohne wirklich die Töne zu treffen, »You Are My

Sunshine«. Und dann war da nur noch die gähnende Türöffnung, eine rechteckige Leere, umrandet von Licht.

Sybie, sage ich, ich möchte dich etwas fragen. Weil mir etwas nicht aus dem Kopf geht. Es geht um den letzten Abend vor unserer Überfahrt. Der … unserer letzten Fahrt. Nach Jamaika. Du und Daddy, ihr seid zum Bazurto gegangen, um noch ein paar letzte Sachen einzukaufen. Und ihr solltet eigentlich ein paar *Arepas* für mich und Doodle mitbringen, aber das habt ihr vergessen.

Ja, stimmt.

Weißt du noch, was ihr da gemacht habt? Du und Daddy? Ich meine, habt ihr jemanden getroffen, oder ist irgendwas Komisches passiert?

Na ja, Daddy wurde von einem kranken Moskito gestochen.

Ja, sage ich. Ich weiß.

Er hat Kaffee gekauft.

Daddy hat seinen Kaffee geliebt.

Kaffee, igitt.

Und seid ihr da jemandem über den Weg gelaufen?

Ich sehe, wie ihre Augen die Vergangenheit absuchen. Ihr Blick gleitet zwischen den Sternen hin und her, eine forschende Miene, die mich so stark an Michael erinnert, dass ich mich körperlich gegen die Trauer stemmen muss. Scham überfällt mich. Es war ihr letzter Abend mit ihrem Vater. Soll sie ihn behalten.

Weißt du was?, sage ich. Es ist egal. Es spielt keine Rolle.

Ich fahre wieder. Das Fahren wird einfacher. Keine ontologischen Krisen mehr an der Ampel. Man tritt einfach aufs Gaspedal, und der Wagen fährt. Man tritt aufs Gaspedal, und vor dir entfalten sich die Straßen. Die Feuerwehr. Die Bibliothek. Bagels. Blumen. Buchhalter. Das Café, in dem wir früher immer heiße Schokolade getrunken haben. Und drüben, auf der linken Seite, die Kirchenkeller-Kita. So hieß sie nicht wirklich. Sie hatte einen sehr niedlichen Namen – einer Kindertagesstätte durchaus angemessen, aber doch irgendwie nervtötend. Jedes Mal, wenn ich sie sehe, fühle ich mich verloren und verwirrt. Deshalb habe ich Georgie jetzt in einem anderen Kindergarten angemeldet, einem ganz neuen, glänzenden, der mit keinerlei religiösen Institutionen zu tun hat.

Heute treffe ich Dr. Goldman allein. Ich war gleich einverstanden. Ich war sogar froh, diesen Termin vor mir zu haben. Es ist mehr als bloß eine Ablenkung. Ich wollte in ihrer Nähe sein, auf ihren kleinen Stühlen im Sonnenschein sitzen und mich sicher fühlen. Die Erkenntnis ist mir peinlich, aber wem gegenüber sollte sie das sein?

Ich rausche den Highway hinab, vorbei an hoch aufragenden immergrünen Bäumen, die an beiden Seiten hinter den Lärmschutzwänden stehen. Heute ist ein klarer Tag. Der Himmel blendet, und einzelne Federwolken sind in ihn hineingezeichnet. Seit unserer Rückkehr habe ich von Milbury aus keine weitere Strecke zurückgelegt als die bis zu Dr. Goldmans Praxis. Ich fühle mich abgesondert in Milbury. Wie ein festgelegter Punkt auf der Straßenkarte. Die Main Street habe ich vor dem inneren Auge. Die Feuerwehr. Bagels … Die Lollipop-Kita! So hieß sie. Ein wesentlich fröhlicherer Name, und sie war auch tatsächlich ein fröhlicher Ort, wenn man bedenkt, dass sie in einem Keller untergebracht war. Außerdem war sie nicht in der Kirche selbst eingerichtet worden, sondern in einem Anbau auf der Rückseite. Wie sich herausstellt, war das Einzige, was ich wirklich gegen diese Kita hatte, ihr Name. Der Name schien ein einziger semantischer Fehlgriff zu sein. Lollipops? Wer sollte denn bitte die Lollipops darstellen? Die Kinder? Na, herzlichen Dank. Oder wurden sie mit Lollipops gefüttert (kein bisschen besser)? Oder hatten die Leiter einfach nur den Singsang des Wortes gemocht? Ich habe es nie verstanden.

Irgendwie bedrückt mich diese Frage jetzt, da ich das Treppenhaus zu Dr. Goldmans Praxis hinaufsteige. Ich setze mich auf einen Stuhl im Wartezimmer und versuche nicht mal, die Magazine durchzuschauen.

Als Dr. Goldman die Tür öffnet, habe ich das Gefühl, jeden Moment losheulen zu müssen. Ich fühle mich *freigelegt*, ausgesetzt. Bin völlig verängstigt.

Wie geht es Ihnen?, fragt sie mich.

Es ist – es ist ziemlich hart gewesen in den letzten Tagen, gestehe ich.

Lassen Sie sich Zeit.

Wir hatten – ein Lachen platzt aus mir heraus –, Sie werden es nicht glauben. Es ist nicht komisch. Ich lache nicht, weil es komisch wäre. Tut mir leid.

Sie wartet.

Vor ein paar Tagen hatten wir Besuch von der Polizei. Sie glauben, mein Mann könnte möglicherweise etwas Schlimmes getan haben. Sie glauben, er hätte jemandem etwas zuleide getan. Absurd – das ist das Wort, nach dem ich gesucht habe.

Mein Gott, sagt Dr. Goldman. Das muss sehr belastend für Sie sein.

Aber am furchtbarsten ist es, wenn ich mich frage, ob sie recht haben könnten. Ich meine, *könnte* er das getan haben? *Hat* er? Michael konnte manchmal sehr mitleidlos sein. Es tut mir leid, sage ich und tupfe mir die Tränen ab. Ich fasse es nicht, dass ich das ausspreche. Ich hätte nicht gedacht, dass alles noch schlimmer werden könnte. Man sollte meinen, wenn der eigene Ehemann an inneren Blutungen stirbt und einen allein zurücklässt mit der Verpflichtung, zwei Kinder großzuziehen, sollte das genügen, oder? Da ist doch mal der Nächste dran!

Dr. Goldman nickt. Es tut mir sehr, sehr leid, sagt sie.
Vielen Dank.

Sie schiebt die Taschentuchbox auf der Armlehne meines Sessels näher zu mir heran. Sie wartet, bis ich mir das Gesicht getrocknet habe.

Sagen Sie, hat Sybil den Besuch der Polizei mitbekommen? War sie zu Hause?

Nein, sage ich. Glücklicherweise waren sie und ihr Bruder in der Schule beziehungsweise im Kindergarten. Meine Mutter war bei mir. Meine Mutter ist sehr – die Worte bleiben mir in der Kehle stecken, ich kann nichts sagen. Meine Mutter ist sehr …

Oh, sagt Dr. Goldman. Es tut mir leid, Mrs. Partlow.

Ich wüsste nicht, was ich ohne sie tun sollte, flüstere ich.

Ich bin sicher, es muss schwer sein, sich vorzustellen, dass auch wieder bessere Zeiten kommen.

Ich schaue auf. Es ist unmöglich, sage ich. Und nennen Sie mich bitte Juliet.

Sie atmet tief ein. Nun, lassen Sie uns über positive Entwicklungen sprechen, Juliet. Ihre kluge kleine Tochter. Sybil spricht sehr gut auf unsere Sitzungen an …

Sie liebt es, hierherzukommen, sage ich.

Dr. Goldman lächelt und fährt fort. Sybil ist ein nachdenkliches, freundliches Kind mit einem großartigen Sinn für Humor und einer Überlebensfähigkeit, die man nicht unterschätzen sollte …

Sie ist ein Clown, sage ich.

Dr. Goldman seufzt und schlägt die Beine übereinander. Studien zeigen, dass die meisten Kinder nach einer traumatischen Erfahrung wieder gut ins Leben zurückfinden, beginnt sie. Selbst nach schrecklichen Erlebnissen. Kinder sind widerstandsfähig. Größtenteils kommen sie wieder klar. Ich bin sehr optimistisch, was Sybil betrifft. Sie ist stark. Und ihre

Prognose wird dadurch verbessert, dass der Tod ihres Vaters kein Ereignis war, das sie unmittelbar miterleben musste. Wie es aussieht, haben Sie und Ihr Ehemann alles getan, um während der Krise ruhig zu bleiben, was sich wirklich empfiehlt.

Wieder atmet Dr. Goldman tief ein. Aber Studien zeigen ebenfalls, dass Kinder sich weniger gut erholen, wenn es noch andere, sekundäre Verluste gibt. Diese Verluste können sich noch einschneidender anfühlen als der eigentliche, primäre Verlust, den sie katalysieren. Ein typisches Beispiel: Ein Elternteil stirbt, und das andere bricht emotional zusammen. Und, sagen wir, infolgedessen muss das Kind bei Verwandten leben oder die Schule wechseln. Das Trauma klingt dann nicht auf eindeutige Weise ab. Das Kind bekommt den Eindruck, es wäre eine einzige Aneinanderreihung von Verlusten. Das Leben, meine ich.

Ich nicke, plötzlich stumm.

Aber dazu muss man sagen: Auch einige *dieser* Kinder kommen später sehr gut zurecht. Dr. Goldman lehnt sich nachdenklich zurück. Es kann eine Art Geheimwaffe sein, so ein frühes Trauma. Es kann einem Menschen durchaus Kraft geben. Es kann eine Lehre sein. Ich weiß nichts über Ihre Art zu leben oder Ihre religiösen Überzeugungen, Juliet – aber ein früher Verlust kann durchaus zur Kraftquelle werden. Weil man sich der Unbeständigkeit und Unsicherheit des Lebens bewusst wird. Das ist eine ziemlich radikale Perspektive, die manche Menschen erst im hohen Alter erreichen, wenn überhaupt.

So habe ich noch nie darüber nachgedacht, sage ich. Als *Kraftquelle*.

Es ist durchaus logisch, oder?

Ja, das ist es.

Eine Art Geheimwaffe. Warum hatte mir das bisher noch nie jemand so dargestellt?

Diese Geschichte mit der Polizei ist natürlich sehr unglücklich, sagt Dr. Goldman verblüfft. Sie stehen sowieso schon unter enormem Stress. Es würde mich nicht wundern, wenn Ihr Stresslevel dem eines Soldaten in der Schlacht entspräche. Selbstfürsorge wird in dieser Phase sehr wichtig sein. Selbst wenn das bedeutet, Ihre Kinder eine Weile Ihrer Mutter oder einem vertrauenswürdigen Babysitter anzuvertrauen. Damit Sie auch wirklich für sie da sein können, wenn Sie mit ihnen Zeit verbringen. Haben Sie mit Ihrem Therapeuten über Wege zur Stressreduzierung gesprochen?

Ich habe keinen Therapeuten, sage ich.

Sie hebt die Augenbrauen.

Ich habe immer die Poesie als meine Therapie angesehen.

Einen Augenblick lang bleibt sie stumm.

Ich würde hier von Alarmstufe Rot sprechen, sagt Dr. Goldman. Benutzen Sie Ihre Poesie. Aber gehen Sie auch mit allem anderen, was Ihnen zur Verfügung steht, dagegen an. Therapie, Sport, Gebete, Meditation. Ich werde Ihnen ein paar Namen mitgeben. Von Therapeuten, die ich kenne und schätze.

Vielen Dank, sage ich.

Sie geht zu ihrem Tisch, schreibt eine Liste.

Als ich sie wieder anschaue, hat sie die Arme auf ihrem Schreibtisch verschränkt und sieht mich durchdringend an.

Sie sagt: Aus tiefstem Herzen möchte ich Ihnen versichern: Es tut mir leid.

Warum?, frage ich mit einem Lachen. Sie haben meinen Mann ja nicht umgebracht.

Sie lacht kurz auf. Ich habe sie ausgelaugt.

Tut mir leid, sage ich. Das ist so ein Reflex. Manchmal glaube ich, dass ich *absichtlich* versuche, feindselig zu sein. Michael hat das selbst gesagt. In seinem Tagebuch. Es ist schwer, mich zu lieben.

Nun, vielleicht war es umgekehrt auch bei ihm schwer,

sagt Dr. Goldman. Jeder ist schwer zu lieben, über einen langen Zeitraum hinweg.

Ich starre sie an.

Sybil liebt Sie, sagt Dr. Goldman. Kämpfen Sie nicht dagegen an. Versuchen Sie, ihre Liebe nicht zurückzuweisen, selbst wenn Sie das Gefühl haben, ihrer nicht wert zu sein. Es gibt nichts »zu tun«, außer sich von ihr lieben zu lassen.

Lieber Gott. Ich bin eigentlich kein böses Mädchen. Böse Mädchen kriegen nur Mist zu Weihnachten. Aber in Wirklichkeit erinnere ich mich an den Bazurto. Denn ich wollte ein Happy Girl, und Daddy HAT GESAGT, er würde mir eins kaufen (ein Happy Girl ist einfach eine Barbie, nur dass auf der Packung nicht das Wort »Barbie« steht), aber dann mussten wir doch woanders hin. Dann haben wir einen Mann gesehen, und ich wusste sofort, dass es Vater Zeit war. Weißes Haar, dicker Bauch. Er saß an einem Tisch und hat geweint. Daddy hat zu mir gesagt: SYBIL, wenn du hier stehen bleibst und dich keinen Millimeter vom Fleck rührst, darfst du heute Abend so lange aufbleiben, wie du willst.

Ich habe GANZ GENAU das gemacht, was er mir gesagt hat. Ich habe ganz viele Minuten lang gewartet. Eine Frau hat mir ein Stück Wassermelone am Stiel geschenkt. Ich habe gesehen, wie Daddy mit Vater Zeit geredet hat. Daddy hat Kaffee getrunken, Vater Zeit Gläser mit Feuerwasser. Geweint und geweint hat er. Daddy hat gewinkt, und dann sind Arturo und noch ein Mann dazugekommen. Alle haben sich die Hand geschüttelt. Und dann sind die Männer mit Vater Zeit weggegangen, nur Daddy ist wieder zu mir zurückgekommen. Mir hat der alte Mann leidgetan. Ich würde auch weinen, wenn ich mich um die Zeit kümmern müsste.

An dem Abend bin ich bis 10:75 Uhr aufgeblieben!! Daddy und ich haben an Deck gesessen und die Sterne beobachtet und Donuts gegessen, und an Land haben alle getanzt. Daddy hat mir immer erlaubt, das zu tun oder zu haben, was ich eigentlich nicht durfte.

Aber ich halte mich an die Abmachung, und ich verrate nichts.

Lieber Gott, was ich wirklich nicht verstehe: Wie alt ist man, wenn man anfängt, Kaffee zu mögen? Und wenn es regnet, werden dann ALLE Hunde nass? Bitte sag mir Bescheid. Alles Liebe, Sybil.

Wo ich im Haus auch hinschaue, alles hat mit Michael zu tun. Gegenstände warten darauf, von seiner Berührung wachgerufen zu werden. Ich finde einfach keinen Weg, mir vernünftig klarzumachen, dass er nicht mehr da ist. Verdrängung ist nicht das richtige Wort. Ich würde eher von Verweigerung sprechen. Ich *weiß*, er ist nicht mehr da, ich weigere mich aber, mit dieser Tatsache zu kooperieren. Seine Werkzeuge weigern sich, jemand anderem zu gehören. Sein Anzug weigert sich, seine Körperform zu vergessen. Ich weigere mich, die Vergangenheitsform zu benutzen. Einmal, in den ersten Tagen zu Hause, habe ich mir den Ärmel seines Lieblingsanzugs in den Mund gesteckt, nur um den schrecklichen Trauergesang in mir zu ersticken.

Mach kleine Schritte, sagt meine Mutter. Winzige Schritte. Warum nicht damit anfangen, seinen Schrank auszuräumen?

Den Schrank? Der Schrank ist der letzte Ort, den ich ausräumen werde. Es könnte sogar sein, dass ich niemals Hand an ihn lege.

Er hat einigen interessanten Kram darin aufbewahrt. Nun, da ich kein Tagebuch mehr zum Lesen habe, will ich unbedingt die Schuhkartons in der hintersten Ecke erforschen und entdecke tatsächlich so einiges. Ein winziges weißes Taufkleid, vermutlich sein eigenes. Dinge, die seinem Vater gehört haben: ein Zeugnis aus den 60er-Jahren, ein uralter Baseball, Erinnerungsstücke an Ronald Reagan. Der Kenyon-Wimpel, der früher an der Wand von Michaels Zimmer im Studentenwohnheim hing. Er hat auch das Programmheft des Abends aufbewahrt, an dem wir uns kennengelernt haben – eine schreckliche Aufführung von *Equus*, nach der er mir irgendwie meine Telefonnummer abgeluchst hat. Bald danach sind wir miteinander ins Bett gegangen. Eine ganze Woche blieben wir im Bett, als wären wir dort festgekettet. Wir schwänzten all unsere Seminare. Wir alberten rum, sagten, wir würden mit *Summa cum Lautstärke* abschließen.

Nach dem Abschluss sollte Michael eigentlich den Sommer über nach Pittsburgh zurückkehren, stattdessen aber zog er bei mir ein, in das Eckzimmer in den Morgan Apartments, mit perfektem Blick auf das gestreifte Schieferdach der Church of the Holy Spirit. Ich war Sommerpraktikantin bei der *Kenyon Review*. (Er hat auch eine Ausgabe der *Kenyon Review* aufgehoben, mit meinem Namen in winziger Schrift unter der Titelzeile.) Den ganzen Tag las ich unaufgefordert eingesandte Gedichte über Sehnsucht und Regen. Michael hatte derweil seine BWL-Absolventen-Version einer Sturm-und-Drang-Zeit: Er blieb bis Mittag im Bett, planschte im Kokosing River herum und steckte mir versaute Nachrichten in meine Clogs.

Wir waren immer davon ausgegangen, dass es zu Ende gehen würde. Im Herbst war er schließlich doch nach Pittsburgh gezogen, wo seine Mom und seine Schwester Therese lebten, nur ein paar Straßen voneinander entfernt, um Geld für die Graduate School zu sparen. Ich war auf dem Weg nach England, Stratford-upon-Avon. Ich hatte einen Job bekommen und sollte mich um das neunjährige Kind eines jungen Paares kümmern. Ich würde bei ihnen im Keller wohnen und eine brillante Dichterin werden, schon wegen der unmittelbaren Nähe zu Shakespeares Geburtsort.

Wie geplant verabschiedeten wir uns im September, und zwar auf dem Flughafen von Cleveland. Wir machten kein Drama daraus. Wir rissen Witze. Wir sagten: Wir wollen uns nicht umarmen, machen wir es uns nicht unnötig schwer. Also schubsten wir uns bloß ein bisschen.

Fick dich, sagte ich.

Geh mir aus den Augen, sagt er. Zieh Leine.

Ich grinste wie verrückt, nur um nicht weinen zu müssen.

Ich schaute seinem Rucksack hinterher, bis ich ihn in der Menschenmenge nicht mehr ausmachen konnte.

Aber in England, nachdem mir bewusst wurde, was ich getan hatte, spürte ich den Verlust wie einen Todesfall. Ich fragte mich, wie ich diese Gefühle überleben sollte. Denn erst in diesem Moment wurde mir klar, wie sehr ich mich nach Liebe gesehnt hatte. Ich hatte mich nach Liebe gesehnt, und eine kurze Zeit lang hatte ich sie bekommen. Ich hatte mich verliebt, und dann hatte ich nicht das Geringste getan, um diese Liebe zu sichern. Ich hatte nicht geglaubt, sie halten zu können, weil ich von Anfang an nicht daran geglaubt hatte, sie verdient zu haben. In meinem Inneren gab es immer noch das kleine Mädchen in einem Auto, dessen eigene Wünsche irrelevant waren, eine Geisel des Schicksals.

Ich versuchte, es gutzumachen durch den armen Jungen, dessen Babysitter ich in Stratford war und der so gut wie keine Freunde hatte. Aber ich weinte derart viel in seiner Anwesenheit, dass er nach einer Weile nicht mal mehr mit der Wimper zuckte, wenn ich im Bus in mein Kleenex flennte. Er saß da, während wir durch halb Warwickshire fuhren, immer weiter, bis ich mich endlich wieder im Griff hatte. Dann stiegen wir ganz ruhig aus, das Mauerblümchen und seine unzurechnungsfähige amerikanische Begleitung. Ich weinte in der Bibliothek, im Supermarkt und während ich ihm dabei zuschaute, wie er mit dem Tretroller vor dem Haus hin und her ratterte. Ich weinte, wenn mich jemand unhöflich behandelte, und noch mehr, wenn jemand nett zu mir war.

In meinem Zimmer schrieb ich grauenhaft schlechte Gedichte, trank flaschenweise warmen Weißwein und war immer wieder ernsthaft in Sorge um meine seelische Gesundheit. Sonntags hatte ich frei, aber sonntags war es auch am schlimmsten.

An einem dieser Sonntage in Stratford, als ich über den Avon schaute, während mein Mantel im kalten Regen hin und her flatterte, wurde ich mir meiner Einsamkeit so stark bewusst, dass ich mir endgültig eingestehen musste, keine Chance gegen sie zu haben. Ich konnte mich ihr nur ergeben.

Aber wie würde das aussehen? Ich konnte mich direkt hier in den Fluss stürzen und im Strom einschlafen. Dies schien zumindest der direkteste Weg zu sein, um die Paradoxien des Herzens aufzulösen.

Aber genau in diesem Augenblick spürte ich meine gewaltige Einsamkeit *neben mir*, als wäre sie ein Mensch. Also begrüßte ich sie – meinen lebenslangen Zwilling –, schloss Freundschaft mit ihr. Und während ich dort neben ihr stand, auf der Brücke, begriff ich, was Liebe ist.

Juliet?

Meine Mutter klopft wie wild gegen die Schranktür.

Ich drücke die Türen auf. Sie steht vor mir und sieht überrascht aus. Ich habe schon seit ein paar Tagen keine Zeit mehr in diesem Schrank verbracht. Vielleicht hatte sie geglaubt, ich hätte es aufgegeben.

Hast du einen Termin?, scherze ich.

Aber meine Mutter lacht nicht. Sie sieht blass aus.

Sie ist wieder da, sagt meine Mutter. Die Polizistin.

Ist sie? Hat sie …

Ich habe keine Ahnung, sagt meine Mutter. Sie will dich sprechen.

Schweigend gehen wir den Flur hinunter. Vom Geländer aus sehe ich, dass Detective Duran bereits im Wohnzimmer vor den Fenstern steht und hinausschaut. Wir steigen die Treppe hinunter. Sie dreht sich um und zeigt ein besonders gewinnendes Lächeln. Das kann nicht das Gesicht einer Frau sein, die hergekommen ist, um schreckliche Nachrichten zu überbringen.

Vögel, sagt sie. Es gibt so viele Vögel in Ihrem Garten. Das ist wirklich ganz anders als in der Stadt. Und so viele verschiedene Arten. Das ist ja der reinste Nationalpark da draußen.

Sie … sie mögen den Bach, sage ich. Das Wasser zieht sie an.

Wunderschön, sagt sie. Dann schaut sie wieder hinaus. Eine Welt der Vögel, sagt sie.

Ich trete näher an sie heran. Dieser lilafarbene Busch da, sage ich und zeige auf den Rhododendron. Er blüht immer in dieser Woche. Ich kann die Uhr danach stellen. Immer bloß für einige Tage. Und dann fallen die Blüten innerhalb von einer Stunde ab.

Poesie, sagt Duran gedankenverloren.

Meine Mutter räuspert sich. Ich schaue sie an. Ihre Augen sind weit aufgerissen, drängend.

Wo ist Ihr Partner?, frage ich Detective Duran.

Wer weiß, sagt sie. Irgendwo, wo er in Ruhe schlechte Laune verbreiten kann.

Dann stößt sie ein robustes Lachen aus.

Ich bin mir nicht sicher, ob es klug ist, mitzulachen.

Hey, sagt sie geschäftsmäßig. Ich hab hier was für Sie.

Sie reicht mir Michaels Logbuch, das sie sich unter den Arm geklemmt hatte. Wir haben Harry Borawski gefunden, sagt sie.

Lebend?, fragt meine Mutter. Dann, um es abzuschwächen: Gott sei Dank.

Ja, sagt Duran und lacht kurz auf. Wir bekamen einen Anruf. Ein Kollege der kolumbianischen Polizei berichtete uns, dass ein alter verrückter Gringo aufgegriffen wurde, der orientierungslos in den Straßen von Mompox herumgeirrt war. Das ist ein kleines Touristenstädtchen nicht weit von Cartagena. Nur per Boot erreichbar. Irgendwie hat er es dorthin geschafft, ist eine Weile geblieben, aber dann setzte seine Verwirrtheit ein und er hatte keinen Schimmer, wie er zurückkommen sollte. Als sie ihn fanden, wusste er nicht, wo er war, und auch nicht, wo sich seine Habseligkeiten befanden. Aber er machte einen glücklichen Eindruck. Wissen Sie, ich habe ja immer geglaubt, dass Senilität eine Gnade sein muss. Wenn man nicht weiß, was man tut, macht man sich auch keine Sorgen um die Konsequenzen. Man springt halt einfach auf irgendein verdammtes Boot. Besser als an einen winzigen Raum im Pflegeheim gefesselt zu sein.

Duran hält inne. Meine Mutter und ich stehen mit offenem Mund nebeneinander.

Ich weiß – es ist eine Überraschung, oder?, sagt sie.

Ja, sage ich.

Ich hatte für den Mann auch kein solches Happy End mehr erwartet, sagt sie.

Ja, sage ich. Ich wusste nicht, was ich denken sollte.

Ich wollte Ihnen dafür danken, dass Sie uns das Buch Ihres Mannes anvertraut haben, Mrs. Partlow. Ich kann mir kaum annähernd vorstellen, wie schwer es gewesen sein muss, es aus der Hand zu geben. Es tut mir leid. Es ist eben mein Job.

Na, jetzt haben Sie es ja wieder. Und ich wünsche Ihnen, dass Sie das tun können, was Sie gesagt haben: neu aufblühen. Ihr Leben leben. Trotz des Verlustes.

Ich danke Ihnen, sage ich.

Finden Sie Trost in Ihren Kindern, sagen Sie. Und in den Vögeln da draußen.

Ich werd's versuchen, sage ich.

Sie sind eine wunderschöne Familie auf diesen Fotos, sagt sie.

Sie zwinkert mir zu. Das Zwinkern erschreckt mich. Für eine Polizeibeamtin in so einem Kaff wie unserem ist sie weit mehr, als sie zu sein scheint.

Ihr Zwinkern sagt: *Machen Sie sich keine Vorwürfe, weil Sie geglaubt haben, dass er es getan hat. Wir alle sind dazu in der Lage.*

Ihr Zwinkern sagt: *Aber nur für nächstes Mal – Beweismittel zu vernichten ist eine schwere Straftat.*

Sie geht zur Tür und dreht sich noch ein letztes Mal um.

Ich erwidere ihr Lächeln.

Wie sieht es aus, mein Lächeln?

Denn diesmal fühlt es sich aufrichtig an.

Er hat *was*?, fragte der Junge.

Er hat mich auf lange Autofahrten mitgenommen. Und dann – ich weiß nicht? Begrapscht? Wie soll ich das nennen?

Missbrauch! Er hat dich missbraucht.

Es ist verrückt – der Typ kommt immer noch an Weihnachten zu uns nach Hause. Ich gehe ihm einfach aus dem Weg.

Der Junge und ich spazierten durch eine weitere Winternacht. Haben wir eigentlich überhaupt mal geschlafen? Überall auf dem Campus warfen die Laternen weiche Kreise in den Schnee. Unsere Schritte laut und knirschend. Jahrelang hatte ich niemandem von Gil erzählt, warum also schwangen nun sämtliche Türen auf, waren die Informationen unverzüglich nicht mehr geheim, wenn auch nur für diesen Kleinstadtjungen aus Ohio, für einen Jungen, der nicht einmal »Albert Camus« richtig aussprechen konnte? Ich warf ihm einen raschen Blick zu. Mein Herz pochte.

Aber kannst du dir vorstellen, dass ich nie versucht habe, Hilfe zu holen?, fragte ich in Erwartung seines kritischen Nachhakens. Ich hätte es jemandem sagen sollen. Ich hätte es tun können. Wir haben an einer Million Touristenfallen angehalten, und alle waren rappelvoll mit freundlichen Leuten vom Land. Ich hätte es irgendjemandem von denen sagen können! Ich hätte schreien können.

Er blieb wie angewurzelt stehen.

Wie kannst du das sagen?, fragte er. Du hast es niemandem erzählt, weil es gefährlich hätte sein können.

Ich schaute ihn misstrauisch an.

Aber so unterwürfig zu sein, sagte ich. Nicht wegzulaufen, nicht zu schreien. Gott. Ich hasse diese verdammte kleine Pfadfinderin.

Weiträumige Dunkelheit. Ich versuchte, sein Gesicht nicht nach dem Ausdruck des Ekels abzusuchen, den ich erwartete. In dieser scharfen Ohio-Kälte kam mir das Brechen eines mit Schnee überladenen Astes im Wald sehr nah vor.

Na, dann schrei halt jetzt, sagte er. Schrei, wenn du willst. Mir macht's nichts aus.

Michael, sagte ich lachend. Das ist doch lächerlich.

Warum? Er zuckte mit den Schultern.

Die kalte Luft trug den Laut klar nach draußen wie einen Gebetsruf. Ich schrie, bis mir schwindlig wurde. Dann setzte ich mich hin, völlig erschöpft. Direkt in den Schnee. Das Schweigen des Nachthimmels klang schockiert.

Er sagte mir nicht, dass ich aufstehen solle. Und er wich mir auch nicht von der Seite.

Ich glaube, er hatte noch nicht einmal einen Mantel an.

Wie allen College-Jungs war ihm nie kalt.

Bushaltestelle. Kinder steigen aus, sind mitten in einer Geschichte, und zerstreuen sich, allein oder gemeinsam mit einem Elternteil. Ich winke den anderen zu und führe Sybil die Straße entlang auf unser Haus zu.

Nachdem wir über die Türschwelle getreten sind, hocke ich mich hin und nehme sie in meine Arme. Ich bin auf den Knien, meine Wange ist an ihre Brust gedrückt. Gleichgültig, vage gelangweilt legt sie ihre Arme über meine Schultern und lässt ihren Rucksack zu Boden fallen.

Ich hab dich lieb, Sybil, sage ich.

Ich hab dich auch lieb, Mommy, sagt sie. Kann ich einen Snack haben?

Ich lache in ihr Shirt. Ja, sage ich.

Kann ich zwei Snacks haben?

Ja, sage ich.

Darf ich sie auf meinem Zimmer essen?

Klar.

Darf ich sie auf meinem Zimmer essen und dabei mit meinen Barbies spielen?

Ich trage den Korb mit der Schmutzwäsche in den ersten Stock. Sie hält eine Schale mit Trauben in der einen und eine Schale mit salzigem Popcorn in der anderen Hand. Ich beginne damit, die Wäsche zusammenzulegen, während sie konzentriert ihre Barbies im Kreis arrangiert. Ein Barbie-Panoptikum. Du bist wieder zu Hause!, rufen die Puppen. Aber *natürlich*, sagt sie und richtet sie auf, wenn sie umfallen. Als die Versammlung vervollkommnet ist, legt sich Sybil flach auf den Bauch und isst lautstark das Popcorn, ein Stück nach dem anderen, wobei sie überall Krümel verteilt.

Dr. Goldman findet, dass du spitze bist, sage ich. Sie unterhält sich wirklich gern mit dir.

Mh-mh, sagt Sybil.

Unterhältst du dich auch gern mit ihr? Fühlt es sich gut an für dich?

Mh-mh.

Okay, gut. Dann sage ich ihr, dass wir noch eine Weile zu ihr kommen.

Okay, Mommy. Willst du mitspielen?

Ich denke an das Abendessen, das noch gemacht werden muss. An die Wäsche, die zusammengefaltet werden muss. Ich höre, wie der Wagen meiner Mutter vorfährt. Mit Georgie an Bord.

Ich setze mich auf den Boden. Mein Körper fühlt sich schwer an.

Ja, sage ich.

Welche Barbie willst du sein?

Sie hält eine braune und eine weiße hoch, beide nackt. Ich greife nach der braunen. Sie legt die weiße in meinen Schoß.

Das bist du, sagt sie.

Ihre braune Barbie hüpft auf steifen Beinen über die Matratze. Hallo!

Hallo, antworte ich. Sag mal: Hast du vielleicht meine Klamotten gesehen?

Deine Klamotten sind alle dreckig, tut mir leid.

Dann werde ich sie waschen.

Gibt kein Waschmittel, sorry.

Aber was soll ich dann bloß zum Ball tragen?

Sybils Barbie seufzt. Du kannst nicht zum Ball gehen, sagt sie. Du hast eine böse Stiefmutter. Tut mir leid.

Wow, sage ich. So ein Barbie-Leben ist ganz schön hart.

Das denke ich mir nicht bloß aus, sagt Sybil. Es ist wahr. Na ja, sie neigt den Kopf und verdreht die Augen zum Himmel. Es ist nicht *wahr* wahr. Meine Knochen denken es sich aus.

Sie kichert. Dann steht sie auf und stellt Rainbows Terrarium auf den Boden. Sie hebt den Einsiedlerkrebs an seinem bemalten Panzer heraus und setzt ihn auf den Teppich.

Oh, nein! Da ist ein Monster! Ein vegetarisches Monster aus der Urzeit! LAUF!

Die Barbies schreien und hüpfen auf ihren steifen Beinattrappen über den Teppich.

Rainbow war ein Geschenk von Sybils Schule. Alle Familien der Schüler aus der ersten Klasse haben zusammengelegt und ihr aus Anteilnahme ein Terrarium gekauft. Die Kinder haben dabei geholfen, es mit Sand und Kieseln zu füllen – und natürlich mit Rainbow. Immer mal wieder kommen Schulfreunde vorbei, und dann bemalen sie mit Sybil den Panzer in einer neuen Farbe. Jetzt tapst der Krebs grazil über das wollene Terrain, in gleichmäßiger Geschwindigkeit. Er sieht tatsächlich aus, als hätte er die Verfolgung aufgenommen. Meine Barbie stolpert und fällt.

Lauf ohne mich weiter!, schreit meine Barbie.

Auf KEINEN FALL!, schreit ihre Freundin und hüpft zu ihrer gestürzten Schwester zurück. Wo tut's weh?

Mein Arm ist gebrochen und beide Beine und meine Ohren auch! Und mein Blinddarm.

Hier hast du ein Pflaster. Steh auf! Das Monster KOMMT!

Was ist denn hier los?, fragt meine Mutter im Türrahmen. Sie hält Georgie im Arm, der sich die meisten Finger seiner linken Hand in den Mund geschoben hat.

Wir spielen mit Barbies, sage ich. Nichts für Zartbesaitete.

Will spielen, sagt Georgie.

Hi, Doodle, sage ich und breite die Arme aus.

Meine Mutter setzt ihn ab und er rennt, mit eifersüchtigem Blick auf die Barbie-Party, in meine Umarmung.

Ich spiel auch Barbie, schlägt er vor.

Sybil, darf Georgie mitspielen?

Sie seufzt schwer und atmet aus dicken Backen aus. Eine Geste, die ich von mir selber kenne.

Er kann zugucken, bietet sie an.

Also hockt er im Schneidersitz bei uns auf dem Teppich und ist überaus aufmerksam.

Nachdem sie es sich noch mal überlegt hat, gibt Sybil Georgie doch noch eine Barbie. Es ist die kaputte, die keine Hände mehr hat und abgeschnittene Haare. Er schaut sie an.

Du kriegst, was du kriegst, stell dich nicht so an, sagt sie zu ihm.

Meine Mutter und ich tauschen ein Grinsen aus.

Und Rainbow kriecht altehrwürdig über den Teppich.

Ich will zurück nach Hause. Ich will zurück aufs Boot.

Wirklich? Hast du das deiner Mommy je erzählt, Sybil?

Ich erzähl's Gott.

Du sprichst mit Gott? Ist Gott ein guter Zuhörer?

Ja. Früher gab's noch andere Götter, wissen Sie das?

Oh. Du meinst römische und griechische Götter?

Ja. Wissen Sie, was mit den anderen Göttern passiert ist?

Was ist mit den anderen Göttern passiert?

Jesus hat sie umgebracht. Deshalb feiern wir Ostern.

Ich finde es toll, was du dir so für Gedanken machst, Sybil. Du bist so kreativ. Das ist ein wunderbares Talent, damit wird dein Leben immer interessant sein.

Danke.

Also, Sybil. Wenn du in letzter Zeit an deinen Daddy denkst, woran genau denkst du dann?

Oh, an viele Sachen.

Zum Beispiel?

Ans Hämmern und Sachen rumschmeißen. Und an Witze. Wenn man an seinem Finger gezogen hat, kam seine Zunge raus.

Wo, glaubst du, ist er jetzt? Fragst du dich das manchmal? Manche Kindern fragen das, wenn sie einen Daddy oder eine Mommy verlieren.

Na ja … Das weiß ja niemand so richtig.

Das ist wahr. Aber was ist mit dir? Was glaubst du?

Na ja, sein *Körper* ist unter der Erde. Sein *Name* steht auf einem Stein. Aber der Rest von ihm …

Der Rest von ihm ist wo?

(…)

Ich glaube, er wartet, bis ich alt genug bin, um ein Baby zu haben.

Warum?

Weil *er* dann dieses Baby sein wird.

(…)

Und wo wartet dein Daddy? Wo wartet er, bis er zurückkommen und dein Baby sein kann?

Er geht spazieren in einem Feld. Einem Feld mit Gras. Er ist auf einem Feld, wo gute Sachen wahr sind.

(…)

Was würdest du deinem Daddy sagen, wenn du jetzt in diesem Moment etwas zu ihm sagen und er dich auch hören könnte?

Ich vermisse dich, Captain. Ich hab dich lieb gehabt. Ich wünschte, ich hätte dich gekannt, als du ein Baby warst. Mehr nicht.

X

Tränen oder Schweiß – so viele Geschichten enden mit Salzwasser. Ich hatte geglaubt, meine Trauer wäre einzigartig, würde mich von anderen fernhalten. Aber auf gewisse Weise bin ich bloß typischer geworden.

Als Kind empfand ich Mitleid, wenn sie jemanden verletzten, doch schien es zu sein, was sie eben taten, die Männer und Frauen

Manche Tage sind schwer. Heute kommt mir das Licht allzu zaghaft vor. Schon am späten Vormittag zieht es sich hinter die Häuser zurück. Es ist wieder September. Die Bäume sind noch satt. Das einzige Zeichen des Herbstes ist der Sonnenschein, der schon keine Wärme mehr enthält. Ich beschließe, die Bettlaken draußen zu trocknen, solange es noch geht. Ich hänge sie über das Verandageländer. Dann sitze ich auf den Stufen und versuche sie auszuhalten, die unmögliche Länge des Tages. Ein Wind erhebt sich. Ich kann hören, wie er hinter dem Haus durch den Wald fegt.

Andere Tage sind in Ordnung gewesen, beinahe angenehm. An diesen Tagen habe ich Musik gehört und an den offenen Dachbodenfenstern ein oder zwei abgestandene Zigaretten geraucht. An diesen Tagen habe ich sogar Kontakt zu anderen gesucht, und siehe da, eine Freundin tauchte auf,

eine gute Freundin wie Alison, und brachte eine nicht aufge-
schnittene Ananas oder eine Flasche Wein mit. An diesen Tagen habe ich neue Dinge für mich erschlossen. Wie man
eine Bohrmaschine benutzt. Wie man Bonuspunkte fürs Benzin einlöst. Wie man sich in sozial akzeptabler Weise an der
Bushaltestelle verhält. Wie man einen Lebenslauf aufplustert.
Ich weiß, kleine Siege. Doch sie sind es, die diese Tage zu guten Tagen machen.

Der heutige Tag dagegen ist die Hölle. Und er zieht sich
endlos in die Länge.

Ich frage mich: Liegt diese Langsamkeit an der Trauer
oder daran, dass ich auf etwas warte? Ich warte auf eine
Nachricht.

Ich wische die Fingerabdrücke von der Sturmtür. Ich
schütte den Inhalt der Verandaübertöpfe auf den Kompost-
haufen. Wenn sich die Verzweiflung erhebt, schreibe ich ein
weiteres Gedicht ab. Ganz egal, welches. Jedes Gedicht ist mir
recht. Ich nehme mir einen frischen Bogen Papier. Ich schlage
das Buch auf, biege es auseinander, lege es auf den Küchentisch. Das Kratzen des Bleistifts beruhigt mich. Die Art, wie
die scharfe Spitze sich abrundet, bis sie verschwunden ist. Ich
kopiere alle Zeilen in meiner eigenen Handschrift.

Als Kind empfand ich Mitleid, wenn sie jemanden verletzten,
doch schien es zu sein, was sie eben taten, die Männer und
  Frauen
Und wir hatten die Welt ja nicht gemacht

Sind weinend in sie getreten
(So sehr wünschte ich, dich nicht zu verletzen)
und verlassen sie wie plötzlich verschüttetes Salz

Mein Telefon klingelt. Es ist der Yachthafen.

Sie ist bei der Zugbrücke, sagen sie mir.

Schon? Ich muss lachen. Sie ist früh dran.

Na ja, Sie wissen ja, wie das läuft.

Es spielt keine Rolle – ich bin seit Stunden bereit.

Ich schnappe mir unsere Sachen und renne zum Wagen. Noch auf dem Weg rufe ich in der Schule an.

Vielleicht habe ich mich geirrt – vielleicht ist heute ein guter Tag, der sich nur als schlechter Tag maskiert hat.

Heute fühle ich mich lebendig.

Als ich ankomme, wartet Sybil bereits im Sekretariat. Sie geht dieses Jahr in die zweite Klasse von Mrs. Peretti. Mrs. Peretti ist ein Glücksfall. Freundlich, mit breiter Brust – eine Umarmerin.

Trotzdem fällt es Sybil immer noch schwer, im Unterricht still zu sitzen, und selbst die Rückmeldungen der so nachsichtigen Mrs. Peretti fallen somit recht bescheiden aus. Sie hätte nach wie vor Schwierigkeiten, »sich zu konzentrieren«. Es gäbe noch »Verbesserungsmöglichkeiten im sozialen Umgang«. Obwohl das Schuljahr gerade erst begonnen hat, fragt Sybil schon, wie viele Tage noch kommen.

Nun sitzt sie auf der Kante ihres Stuhls und starrt vor sich hin. Ihr Rucksack nimmt fast die gesamte Sitzfläche ein, sodass sie sich auf die Spitze ihrer Sneaker stützen muss. Sie hat sich wieder ihrer Zöpfe aufgeknotet; ihre Haare hängen lose und gekräuselt herab.

Hallo, Mrs. Partlow, sagt die Sekretärin mit strahlendem Gesicht. Sybil hat mir schon erzählt, dass bei Ihnen heute etwas ganz Besonderes geplant ist …

Aber Sybil ist bereits an mir vorbeigestürmt, auf die Eingangstür zu.

Tut mir leid, sage ich beschämt. Tut mir leid. Aber schön, Sie zu sehen!

Wir steigen ins wartende Auto. Schnallen uns an.

Wir hätten früher losgemusst, sagt sie. Jetzt sehen wir vielleicht nicht mehr, wie sie einfahren.

Ist schon gut, sage ich. Das ist nicht schlimm.

Für mich ist es schlimm, sagt sie.

Für mich auch, aber das darf ich nicht zugeben. Wenn es nach mir gegangen wäre, hätte ich sie den ganzen Tag zu Hause behalten. Aber nur damit sie mir Gesellschaft leistet, kann ich sie nicht von der Schule befreien. Nur damit wir zusammen warten.

Sie müssen gestern schneller vorangekommen sein als gedacht, sage ich.

Dann fahren wir in tiefgründigem Schweigen. Für ein kleines Mädchen verfügt sie über ein hohes Maß an Würde. Ihre Dickköpfigkeit ist weicher geworden, hat sich in eine Art aufkeimende Autorität verwandelt. Als sie klein war, hat sie immer gesagt: *Ich will machen! Ich will machen!* Und hat über der Zahnbürste mit der Tube gewedelt, aus der bereits ein langes Stück Zahnpasta herabhing. Okay, okay, ja, du darfst es selber machen, habe ich dann gesagt. Aber drück die Tube nicht so fest. Nur ein kleines bisschen. Ja, du darfst die Bürste selber halten. Okay, wir halten sie zusammen. Und Mund auf. Okay, weiter. Sehr gut. Und jetzt ausspucken.

und es spielt keine Rolle, es spielt keine Rolle, was wir davon halten,
denn wir beide werden niemals dort liegen
wir werden nicht da sein, wenn der Tod mit glitzernder Hand nach uns greift

Ich weiß noch, Michael, wie du eines Nachts in Salar zu mir gesagt hast: Ich habe mein ganzes Leben lang mit einem Festlandkopf gelebt. Habe Festlandgedanken gedacht. Aber jetzt will ich Meeresgedanken haben. *Einen Meereskopf will ich haben.*

Jetzt verstehe ich dich.

Hätten wir mit Meeresköpfen gelebt, hätten wir vielleicht auch eine Meeresehe haben können. Und wir hätten einander anders lieben können. Mehr, als wir es verdient hätten.

Wir sind 102 Seemeilen in ost-nordöstlicher Richtung von Panama-Stadt entfernt und lassen uns von den vorherrschenden Winden in die autonome Region der San-Blas-Inseln treiben. Der Umriss der Küste ist hinter uns noch immer sichtbar, vor uns aber liegt nur Wasser. Nichts als Wasser. Erst jetzt wird mir bewusst, dass es nur einen einzigen Ozean gibt. Eine große Mutter Ozean. Natürlich gibt es Buchten & Meere & Meerengen. Aber das sind bloß Worte, künstliche Aufteilungen. Ist man erst einmal hier draußen, erkennt man, dass bloß dieses eine ungeteilte Land des Wassers existiert.

So würde man sich an Land niemals fühlen.

(Nicht in unserem Land.)

Was für ein Gefühl. Generationen von Seefahrern haben es nicht geschafft, es zu beschreiben, wie sollte ausgerechnet ich es hinbekommen? Ich, Michael Partlow. Michael Partlow, der nicht mal den Titel eines einzigen Gedichts nennen könnte. Aber dafür gibt's ja meine Frau. Ihr Kopf ist voll mit Gedichten.

Ein echter Glücksfall: Es gibt ein Problem bei der Brücke, und alle Boote sind aufgehalten worden. Ich biege auf den

Parkplatz des Yachthafens, genau in dem Moment, als der Kapitän, Merle, mir per SMS eine voraussichtliche Ankunftszeit von zwanzig Minuten sendet. Sybil schießt aus dem Wagen, bevor ich die Information an sie weitergeben kann. Sie ist bereits den Fußweg hinunter zum Hauptanleger gestürmt, und ihre Füße donnern über die Planken. Es ist sinnlos, sie zurückzurufen. Olin, der Hafenmeister, kommt aus seinem Büro und schaut mit hochgekrempelten Hemdsärmeln und zusammengekniffenen Augen den Hügel hinauf, während ich mir meinen Pulli überstreife. Es ist noch ein weiterer, jüngerer Mann bei ihm. Sie kommen auf mich zu.

Hallo, ruft Olin. Heute ist der große Tag.

Ich lache. Merken Sie, wie aufgeregt wir sind?

Olin bietet mir seine kräftige Hand an. Er ist ein gutaussehender älterer Mann. *Älter?* Vermutlich ist er nicht viel älter als ich. Ich mag ihn.

Das ist Miles, sagt er und deutet auf seinen Begleiter. Er ist meine rechte Hand. Mein inoffizieller Fotograf. Und mein Neffe.

Ich schüttle Miles' Hand. Der Junge errötet. Eine Kamera hängt um seinen Hals.

Miles wollte Sie kennenlernen, sagt Olin. Er hat über Sie gelesen. Wir alle haben Ihre Geschichte genau verfolgt. Ich hoffe, es stört Sie nicht, wenn ich das sage.

Nein, sage ich. Stört mich nicht.

Ich schaue aufs offene Wasser. Auf den ersten Blick sehe ich, dass sie nicht da draußen ist. Nur ein Motorboot, zwei Yachten, die ich nicht kenne, und die sich überschneidenden Segel mehrerer Kielboote für Übungsstunden. Es ist komisch, wie jedes Boot seinen eigenen Gang hat. Ich könnte ihren in Sekundenbruchteilen erkennen.

Wir freuen uns sehr, die *Juliet* bei uns zu haben, sagt Olin. Sie ist ein ganz besonderes Boot für uns.

Vielen Dank, sage ich.

Sie sollten wissen, dass wir alle glücklich wären, Ihre Besatzung zu verstärken, wenn Sie mit ihr im Sund segeln wollen. Jederzeit. Wenn Sie soweit sind.

Die Segel-Community hält zusammen. Zum Teil ist es Stolz – Langfahrtensegler sind ein Clan des Meeres, unsichtbar für die Landbewohner. Aber ihre Verbundenheit hat auch praktische Gründe. Dafür, dass sie solch tapfere Seelen sind, müssen sie viel Zeit damit verbringen, sich an ihren Funkgeräten festzuklammern, um die Neuigkeiten zu erfahren, die nur andere Segler kennen. Einige von ihnen halten den Notfallkanal jederzeit offen. Ein steter Fluss von nautischem Klatsch und Tratsch erreicht sie auf diese Weise. Und kaum gehen sie an Land, stürzen sie sich auf eins der Online-Segel-Foren, und so verbreiten sich die Geschichten. Ich nehme an, auf diesem Wege haben auch alle von der *Juliet* erfahren, noch bevor ich sie damals nach Kingston gesegelt hatte. Ich kann Michael beinahe vor sich hin lachen hören. *Neugierige Besserwisser. Können es nicht erwarten, dir zu erklären, was du alles falsch gemacht hast.*

Wir gehen bis ans Ende des Hauptanlegers, wo Sybil bereits mit zurückgewehtem Haar wartet. Über uns ist der Septemberhimmel kobaltblau. Wolken ziehen in scharfem Tempo vorüber. Die Flaggen am Brückenmast klatschen im Wind.

Wir werden die *Juliet* erst mal am Hauptdock vertäuen, sagt Olin. Wir tanken sie für Sie voll, lassen die Crew von Bord. In Nullkommanichts haben Sie sie dann für sich allein. Der Kapitän wird Ihnen höchstwahrscheinlich eine Liste mit allem geben, was repariert werden muss. Von allem, was auf der Überfahrt von Kingston kaputtgegangen ist. Mein Rat: Lesen Sie die erst später. Olin lächelt und sieht gut aus dabei. Ich weiß, wovon ich spreche, sagt er.

Ähm, Mrs. Partlow?, stammelt Miles. Ich würde gern ein

Foto machen von Ihnen und Ihrem Boot. Wenn das okay ist. Ich will Sie nicht ...

Ich schaue den Jungen an. Er hat saubere, krause Haare, strahlt etwas Unverbrauchtes aus.

Ich lächle. Ist okay, wirklich.

Mommy!, ruft Sybil.

Sie streckt den Finger aus. Es ist die *Juliet*! Die *Juliet* kommt.

Das Boot schlüpft unter der Zugbrücke hindurch. Bugspriet voran, mit den Schnitzereien, die ihr Markenzeichen sind, die Fock entfaltet, um den ziegelsteinroten Farbstreifen in Luv zu zeigen, das Rot ihres Rumpfes ganz knapp erkennbar über der Wasseroberfläche, ihr Großsegel locker getrimmt. In ihrem Schlepptau die *Ölfleck*.

Ich höre, wie Miles mehrmals auf den Auslöser drückt.

Wunderschön, sagt Olin.

Sie haben die Segel für uns oben behalten, sage ich.

Merle macht das fantastisch, sagt er.

Ich schaue zu meiner Tochter hinab, die sich an meinem Arm festklammert.

Sybil?, sage ich, aber sie ist völlig gebannt.

In nicht allzu weiter Entfernung sehen wir, wie die Fock eingerollt wird. Aber das Großsegel bleibt oben. Geduldig wendet sie sich dem Hafen zu.

Mein Gott, staune ich. Sie segeln sie bis hierher.

Ich knie mich neben Sybil und sage: Also, ich an ihrer Stelle hätte einfach den Motor angeworfen. Aber deinem Daddy würde es gefallen, dass sie sie bis hierher zum Dock segeln. Er wäre beeindruckt.

Wir können jetzt zwei Gestalten erkennen, zwei Crewmitglieder. Einer lässt die Fender herunter, der andere ist am Steuer. Sybil winkt. Die Gestalt an Deck winkt enthusiastisch zurück. Es ist ein junger Mann mit flatterndem Haar, der ein rotes Sweatshirt trägt. Er sieht aus wie ein Collegestudent, der sich fürs Kiffen was dazuverdient. Er ruft jemandem unter Deck etwas zu.

Als der Kapitän nach oben kommt und in den hellen Sonnenschein tritt, trifft es mich unvorbereitet. Es ist eine Frau. Sie hat einen kupferroten Lockenschopf und zeigt uns ein breites, strahlendes Lächeln. In dem weißen Polohemd und mit ihren langen Beinen in kurzen Jeans sieht sie aus wie ein Volleyballspielerin, die sich soeben für die Olympiamannschaft qualifiziert hat. Sie nimmt ihre spiegelnde Sonnenbrille ab und winkt damit.

Das ist Merle?, frage ich.

Olin kichert. Nicht das, was Sie erwartet haben?

Ich schaue zu Sybil hinab. Ihr Mund steht weit offen. Sie starrt die Frau an, als hätte sie gerade Gott persönlich erblickt. Eine Miene ekstatischen Wiedererkennens.

Ich muss unbedingt mit ihr reden, verkündet sie.

Oh, Herr, denke ich. Da haben wir die Bescherung.

Lieber Freund.

Zeit ist vergangen, ich denke aber immer noch nach. Denkst auch du manchmal in Bruchstücken? Kannst auch du manchmal jedes einzelne Stück erfassen, aber nie alle gleichzeitig? Man lebt seine Tage, man versucht, einen besseren Blick für das große Ganze zu finden, aber es zeigt sich dir nie wirklich. Dann aber wird dir eines Tages klar, dass dieser Versuch, einen besseren Blick für das große Ganze zu finden, das eigentliche Leben ist; es ist dein fortwährender Antrieb, doch würdest du das Ziel erreichen, wärst du verloren.

In Liebe
Juliet

P.S. Wenn es dir anders geht, kannst du das Folgende mit gutem Gewissen ignorieren.

Bruchstücke für ein Ganzes

Mit anderen Worten: einiges, was ich nicht vergessen kann

Von Juliet Partlow

AUS »MANN UND FRAU« (1963)
Von Anne Sexton

Die zwei, die aus Versehen
in die Vorstädte kamen,
Boston verließen, wo sie die kleinen Köpfe
gegen eine blinde Mauer schlugen,
überdrüssig der Obststände im North End,
der Amethystfenster am Louisburg Square
und der Bänke im Common.
Und des Verkehrs, der ohne Unterlass
durch die Straßen stampfte.

Jetzt fällt grüner Regen für jedermann,
so gewöhnlich wie leeres Geschwätz.
Jetzt sind sie zusammen
wie Fremde in einem Zweisitzer-Außenklo,
essen und hocken sich zusammen hin.
Sie haben Zähne und Knie,
doch sie sprechen nicht.
Ein Soldat ist gezwungen, bei seinem Kameraden zu bleiben,
denn beide sitzen im selben Dreck
und beziehen dieselben Prügel.

Kirchenkeller-Kita-Tag #14

Elternzeit. Das sind so Begriffe: Hausfrau und Mutter. Klingt für mich wie ein Befehl: Ab ins Haus, Frau und Mutter!

Ja, und sind wir erst mal drin, kann man uns da schön zurücklassen und weiterziehen.

Sie sollten *Kevin – Allein zu Haus* neu verfilmen. Aber statt den Jungen zu vergessen, sollte es diesmal die Mutter sein.

Ja! Das ist eine fantastische Idee. Der Vater und die Kinder kommen in Paris an, und dann heißt es plötzlich: »Warum haben wir eigentlich keine frische Wäsche und keine Straßenkarten oder Bücher oder Pläne oder Reservierungen oder was zu essen oder sonst was? Moment mal. Haben wir etwa *Mom* vergessen?«

Ich krieg mich nicht mehr ein.

Aber was spielt das schon für eine Rolle? Unser Planet stirbt. Wir ertrinken buchstäblich in geschmolzenen Eisbergen.

Meinst du das ernst? Meint sie das ernst?

Das ist Juliet. Sie ist grad von Boston hergezogen.

Oh.

Dass der Narziss-Mythos auf Freud großen Einfluss gehabt hat, ist offenkundig. In seiner Arbeit »Zur Einführung des Narzissmus« benennt er einen »primären« und normalen Narzissmus, der bei jedem Menschen eine frühe und notwendige Entwicklungsstufe des Ichs darstellt, eine, die vollständig durchlaufen und abgeschlossen werden muss, um später transzendiert werden zu können. Mit anderen Worten: Selbstliebe stellt die Basis der Liebe zum »anderen« dar und muss notwendigerweise von ihr ersetzt werden, wenn das Individuum seinen eigentlichen Platz in der Beziehung zu Eltern, Kindern oder dem weiter gefassten Umfeld einnimmt.

Doch wie steht es um diejenigen, die bis in ihr erwachsenes Dasein narzisstisch gebunden bleiben? Und sollten wir jede Bekenntnisdichterin dazu zählen (jede Dichterin, jeden Dichter im Allgemeinen)? Die »anderen« in Anne Sextons Leben waren sich einig über ihre Selbstbezogenheit. Schließlich könnte man mit Fug und Recht behaupten, dass es kaum eine egoistischere Handlung gibt, als sein Vorhandensein in der Welt aktiv rückgängig zu machen. Anne Sextons Selbstmord von 1974 beraubte zwei kleine Kinder ihrer Mutter.

Doch was ist mit der Liebe zwischen der narzisstischen Dichterin und ihrer Leserschaft? Hebt die angenommene Anwesenheit einer Leserin den intensiven Fokus des Gedichts auf sich selbst ein Stück weit auf? Anders gefragt: Warum lieben so viele Leserinnen und Leser Sextons Werk so innig, wenn sie doch »bloß« eine Narzisstin war?

Vielleicht werden die Leserinnen vom narzisstischen Text angezogen, weil *sie selbst* mit ihrem Narzissmus zu kämpfen gehabt haben auf der Reise zu dem Punkt, wo sie »den anderen« lieben können. Manchmal wünschen sie sich, ihren Narzissmus hinter sich zu lassen, manchmal aber möchten sie ihn willkommen heißen und stattdessen die Liebe zurücklassen. Und vielleicht liegt ja gerade darin der soziale Verdienst der Narzisstin und ihrer Texte: im Feiern des Spiegelstadiums, zu dem wir alle insgeheim zurückkehren wollen, dem wir aber für ein funktionierendes Zusammenleben mit

der menschlichen Gesellschaft abgeschworen haben,
faktisch, um zu überleben.

Partlow, Juliet: Derselbe Schmutz. Bekenntnis
und Narzissmus in der Vorstadt: Zu Anne Sextons
Poetik. Fairleigh Dickinson University Press,
S.24. (Erscheint in Kürze)

Kirchenkeller-Kita-Tag #23

Sechs Monate. Sechs Monate und keinen Tag länger. Nach
sechs Monaten schmeiße ich meine Gewürze weg, alle.

Herrgott, ich nicht. Vielleicht nach sechs Jahren. Dafür
bin ich der totale Teeschubladen-Fascho. Irgendwann habe
ich sie mal perfekt durchorganisiert. Alle Schachteln passen
seitdem zusammen. Wie bei einem Puzzle.

Ich weiß auch nicht. Ich bin einfach nicht mehr roman-
tisch. Ich empfinde keine romantischen Gefühle mehr.

Ich auch nicht. Liebe – bäh. Also nein, schönen Dank
auch.

Aber ich würde sie gerne empfinden. Du nicht?

Klar. Ich weiß nicht, Aber wir hatten ja unsere Zeit, oder?

Es ist echt schwer, es so hinzukriegen, dass alle Schachteln
in eine Schublade passen.

Ich stelle sie auf ein Regal. Mach du das doch auch.

Ich glaube immer noch an Seelenverwandtschaft. Aber
meine Definition hat sich geändert. Es *gibt* jemanden, der für
dich bestimmt ist. Gut. Aber weißt du, wer dieser Jemand ist?
Derjenige, der den Geschirrspüler genauso einräumt wie du.

Oh mein Gott, das ist ja schrecklich.

Oder?

Was meinst du, Juliet?

Ja. Warum bist du still, Juliet?

Kundenrezension von »Julie« aus Connecticut:

Ich liebe meine neue Brookstone Fleece-Kuscheldecke. Zuerst war ich mir nicht sicher, ob ich das bunte Marmormuster wirklich mochte. Es ist so eine Mischung aus Kieselton und Cartoon-Dinosauriern. Die Decke wirkt dabei nahezu pelzartig. Als hätte man einen Schimpansen aus Acryl erlegt und ihm das Fell abgezogen. Manchmal, wenn ich sie über einen Stuhl lege und daran vorbeigehe, ertappe ich mich, wie ich sie unbewusst streichle. Ich bin bestimmt nicht die Einzige, der es so geht. Ich stimme anderen Kundenrezensionen zu, die sagen, die Decke sei »weicher als weich« und »extrem kuschelig«, aber solche Beschreibungen werden ihrer fließenden, ja, nahezu flüssigen Beschaffenheit kaum gerecht. Ich habe das Gefühl, ich könnte diese Decke geradezu trinken. Die Textur widersetzt sich jeder Kategorisierung. Wenn Carmen über ihre Decke schreibt: »Noch nie in meinem Leben war ich so enttäuscht«, würde ich gern von ihr wissen, was ihr Geheimnis ist. Könnte die Liste meiner Lebensenttäuschungen doch nur solche Decken enthalten. Sie schreibt von einer Art Verschmelzung, die beim Trocknen der Decke in ihrem Trockner eingetreten ist. Also ich würde meine Decke niemals in einen Trockner stecken. Nicht nur, weil es den eindeutig formulierten Pflegehinweisen zuwiderläuft, sondern weil sich meine Decke auch ein klein wenig lebendig anfühlt. Würde ich ein lebendiges Wesen in den Trockner stecken? Nein. Wie sehr liebe ich meine Decke? So tief und weit und hoch, wie meine Seele zu reichen vermag. DANKE, DASS SIE MEIN LEBEN BESSER GEMACHT HABEN, BROOKS-TONE!

JA, ich würde dieses Produkt einem Freund empfehlen.

Kirchenkeller-Kita-Tag #55

Ich weiß nicht. Es ist, als würde man in einer Endlosschleife zum Supermarkt gehen. Immerzu dieses Einkaufen und Konsumieren. Bis in alle Ewigkeit. Warum soll ich das essen, wenn ich es ein paar Stunden später wieder ausscheiße? Das ist grausam. Es nimmt kein Ende. Weißt du, was ich meine?

Ja, klar. Also ... ich nehm's an.

Ich meine, wir verbringen so viel Zeit damit, uns irgendwas in den Mund zu schieben, und vergessen, dass wir nichts anderes tun, als unserem Darm etwas zur Ausscheidung zu geben. Warum macht uns das Essen so viel Spaß – warum dieses ganze Schnuppern, dieses *Mmmmm und Ahhh*, das Bestellen, das Bezahlen –, warum diese Freude, wenn essen etwas ist, das wir sowieso tun *müssen*? Vergessen wir, dass wir in ziemlich genau drei Stunden wieder dasselbe tun werden? Ich verstehe nicht, warum wir uns nicht sehr viel mehr schämen. Ich schäme mich im wahrsten Sinne des Wortes, ein Mensch zu sein.

Das ist schon ziemlich negativ, oder, Juliet? Vielleicht denkst du doch zu viel darüber nach?

Regen? Ist denn Regen vorhergesagt worden?

Oh, jetzt schüttet es aber ganz schön.

Teilt jemand seinen Schirm mit Juliet? Sie hat doch das Baby.

Ich glaube, ihr fällt das gar nicht auf.

Möchtest du meinen Schirm, Juliet? Juliet?

Und Loyalität. Wir sind uns so sicher, dass wir meinen, was wir sagen. Aber Versprechen können wir nicht halten. Der Mensch, der in diesem Augenblick ein Versprechen abgibt, verschwindet im nächsten. Dein Selbst verschiebt sich schließlich andauernd. Niemand kann ein Versprechen halten, weil niemand lang genug derselbe Mensch bleibt.

Ein Versprechen zu halten, würde ein geradezu psychotisch stabiles Selbst voraussetzen. Und das ist unmöglich.

Juliet. Geht's dir gut?

Was meinst du?

Ist alles okay bei dir und Michael? Willst du … versuchst du, mir irgendwas zu sagen?

Ich *versuche* nicht, dir irgendwas zu sagen, Alison. Ich *sage* dir etwas. Ich sage dir, warum ich mich schäme, ein Mensch zu sein.

Okay, okay. Tut mir leid.

> Warum machen die nicht einfach mal vor der Zeit
> > diese Tür auf? Ich meine, es gießt in
> > Strömen hier draußen.
>
> Lasst uns rein, Leute!
>
> Das ist doch ne Kirche hier! Wir bitten um Gnade!
>
> Genau, Leute. Macht mal ne Ausnahme. Lasst uns im
> > verdammten Vestibül warten.

Nein, *mir* tut es leid, Alison. Es muss schrecklich sein, mir zuhören zu müssen, wenn ich … wenn ich … Ich bin ein bisschen depressiv im Moment. Ich glaube, ich …

Oh, Juliet. Oh, arme Juliet. Bitte, wein doch nicht.

AUS »DAS DOPPELTE BILDNIS« (1960)
Von Anne Sexton

I.

Diesen November werd ich dreißig.
Du bist klein, noch keine vier.
Wir stehen da und sehen, wie die gelben Blätter ins Trudeln
> kommen,
im Winterregen flattern,
gewaschen flach zu Boden fallen. Und ich denke

vor allem an die drei Herbste, die du nicht hier gewohnt hast.
Es hieß, ich bekäme dich nie zurück.
Ich verrate dir, was du nie wirklich begreifen wirst:
Alle medizinischen Hypothesen,
die mein Gehirn erklärten, werden der Wahrheit nie so nah

sein wie diese

getroffenen Blätter, wenn sie loslassen.

Harry Borawski, 10. Dezember, 20.12 Uhr

Michael,
Hola aus dem Connecticut River Valley. Was macht das Segeln?
Harry

»Die Erde häuft der Mensch von Trümmern voll, der Strand hemmt seine Macht.«
Byron

Harry Borawski, 23. Dezember, 21.33 Uhr

Michael.
Harry hier noch mal. Wie geht's dem Boot? Ich brenne darauf,
es zu erfahren. Seid ihr nicht letzten Monat von Bocas aus
aufgebrochen? Ich bin ein alter Mann – kann auch sein, dass
ich so langsam mit den Tagen durcheinanderkomme. Wir haben
hier einen ziemlich kalten Winter. Die Eisschollen, die den
Fluss runtertreiben, sind so groß, dass Vögel draufsitzen.
  Frohe Weihnachten.
  Harry

»Die Erde häuft der Mensch von Trümmern voll, der Strand hemmt seine Macht.«
Byron

Harry Borawski, 3. Januar, 22.39 Uhr

Michael.

Langsam mache ich mir Sorgen. Aber ich hab das ganze
Internet durchforstet und nichts gefunden über eine Yacht, die
im Golf von San Blas mit Mann und Maus untergegangen wäre.
Schreib mir zurück – dauert ja bloß eine Minute.

Harry

»Die Erde häuft der Mensch von Trümmern voll, der Strand hemmt seine Macht.«
Byron

Harry Borawski, 4. Januar, 12.27 Uhr

Hab ich dir je erzählt, dass mein Dad bei der Armee gedient
hat? Als ich ein kleiner Junge war, habe ich drei Jahre lang in
einer winzigen Küstenstadt namens Olongapo auf den Philippinen gelebt, wo mein Dad stationiert war. Mein Dad, meine Mom,
meine drei Schwestern und ich lebten in einem Haus etwa
fünfzig Schritte entfernt vom Meer. Jahrelang hab ich nicht
mehr daran gedacht. Das waren herrliche Zeiten, in denen wir
Kinder in Horden durch die Stadt und am Strand entlang-
gerannt sind, und niemanden hat's interessiert. Weiße Kinder
und Philippino-Kinder. Allen war's egal. Mit zehn konnte ich
Tagalog sprechen, aber wie du dir vorstellen kannst, in Bridge-
port Connecticut gab's in den 60ern nicht viel Verwendung
dafür. Deshalb hab ich das alles wieder verlernt. Ich bin
herangewachsen, war aber nicht gut in Sport und passte
nirgendwo so richtig rein. Auch schulisch war ich nicht der
Beste, deshalb war ich perfekt für Vietnam. Ich habe mich
sofort freiwillig gemeldet. Eine Millisekunde lang war sogar
mein Dad stolz auf mich.

Was mir erst klar wurde, als ich aus Vietnam zurückkam, war,
dass ich mich nicht aus Patriotismus eingeschrieben hatte,

nicht mal aus Loyalität zu meinem Dad, sondern bloß weil ich nach Olongapo zurück wollte. Was für eine dumme Scheiße! Aber da war es, direkt gegenüber, auf der anderen Seite des Südchinesischen Meeres. Und wenn man die Augen zumachte, konnte man es riechen. Das Gras machte dieselben Geräusche im Wind. Schade nur, dass ich zu sehr damit beschäftigt war, durch irgendwelche Tunnel zu robben oder in Büsche zu kacken. Sonst hätte ich vielleicht sogar Spaß gehabt. So sind weiße Jungs damals um die Welt gereist. Das war unsere Version von Auslandsstudium. Ich habe immer mal wieder gedacht, ich könnte mich da unten zur Ruhe setzen. Ich habe von Veteranen gehört, die das gemacht haben. Es ist, als wären sie in Vietnam geboren und gestorben und würden sich überall sonst nur noch wie Gespenster fühlen. Die Philippino-Kinder haben mich früher immer dazu gebracht, Chilischoten zu essen, damit ich rot anlief. Soll das kleine Rundauge mal schön eine knallrote Birne kriegen. Ich hatte keine Ahnung, dass ich zehn Jahre später Leute, die genauso aussahen wie sie, mitten ins Gesicht schießen würde.

Jeden Winter kann ich's aufs Neue nicht fassen, dass ich mich hier mit Streusalz und Bronchitis und dem ganzen Linksfaschismus herumschlagen muss und trotzdem meine Koffer nicht packe. Freue mich, dass du bald wieder hier sein wirst. Ich vermisse unsere Treffen. Ich würde dir gern Geschichten erzählen, die ich noch nie jemandem erzählt habe.

    Harry

»Die Erde häuft der Mensch von Trümmern voll, der Strand hemmt seine Macht.«
Byron

Harry Borawski, 7. März, 2.05 Uhr

Es ist jetzt wirklich dringend, weil ich hier nicht mehr bleiben kann. Gestern habe ich ein Boot in die Flussmündung einfahren sehen, und weißt du was? Es hieß *Tagalog*. Und dann sind ein paar Sachen angekommen, die ich im Netz bestellt hatte, aber als ich nach Hause kam, war das Paket nicht mehr da. Ich habe online den Lieferstatus überprüft, und da stand, es sei abgegeben worden. Ich hab FedEx angerufen und hab denen gesagt, dass es nicht hier ist, und die sagten, doch, es sei da. Es sei gescannt und zugestellt worden. Na ja. In der Nacht habe ich nicht geschlafen. Ich würde es sehr zu schätzen wissen, wenn du niemandem erzählst, was als Nächstes passiert ist. Das Paket ist aufgetaucht. Es ist aufgemacht und ziemlich schlecht wieder zugeklebt worden. Na ja, ich denke, du und ich, wir wissen genau, was hier los ist. Jeder, der eine Meinung hat, die der Regierungsagenda nicht passt, wird überwacht. Ich bin einer von vielen. Du und ich, wir haben das kommen sehen. Vielleicht schreibe ich jetzt eine Weile nicht. Ich glaube, es ist viel sicherer, nur noch von Angesicht zu Angesicht miteinander zu sprechen. Wie heißt es so schön: Das Wasser wird immer tiefer, bevor es wieder flacher wird.

Harry

»Die Erde häuft der Mensch von Trümmern voll, der Strand hemmt seine Macht.« Byron

Zum ersten Mal definiert wurde die »Bekenntnis-Schule« der amerikanischen Lyrik von M. L. Rosenthal in seiner Besprechung von Robert Lowells »Life Studies«. Laut Rosenthal sind die »privaten Demütigungen, Leiden und psychischen Probleme« ihre zentralen Bausteine. Das Etikett »Bekenntnis«

hat sich seitdem verfestigt, von heute aus betrachtet scheint es jedoch einen falschen Schwerpunkt gesetzt zu haben, ließ es doch den Eindruck entstehen, die Texte wären aus einem Gefühl der Scham, nicht aus einer Selbsterkenntnis heraus entstanden.

Für Anne Sexton war das Gedicht ein völlig angemessenes Format, um zu erkunden, wie, so Diane Middlebrook, »das Familienleben die individuelle Erfahrung permanent stärkt, zugleich aber auch deformiert«. Die Bekenntnislyrikerin beschönigt diese innere Spannung in ihrer eigenen Erfahrung in keinem Moment. Sexton widmete sich dem Thema der Mutter- und Tochterschaft mit gleicher Intensität. Das Gedicht »Das doppelte Bildnis« fordert die Leser dazu auf, zu berücksichtigen, was diese Intensität das Kind selbst kostet: »Ich brauchte dich. Ich wollte keinen Jungen, / nur ein Mädchen, eine kleine Milchmaus / von Mädchen, schon geliebt, schon laut im Haus / ihres Ichs. Wir nannten dich Joy.«

Warum wünscht sich das lyrische Ich ein Mädchen? Am Schluss des Gedichts gesteht die Ich-Figur ihre »schlimmste Untat«.

Ich, die nie ganz sicher war,
    was es hieß, ein Mädchen zu sein, brauchte ein anderes
    Leben, ein anderes Bildnis, um mich zu erinnern.
    Und das war meine schlimmste Untat: du konntest sie nicht bessern,
    nicht mildern. Ich machte dich, um mich zu finden.

Während das Kind seine Mutter stärkt und zugleich deformiert, stärkt und deformiert die Mutter auch ihr Kind. Sie nennt ihre Tochter Joy, findet den Namen aber sofort fragwürdig, nicht nur weil dieser Name von einer Frau gewählt wurde, die unter schweren Depressionen leidet, sondern weil die Namensgebung bereits den ersten Akt der Verzerrung markiert, der nur vermieden werden könnte, wenn die Tochter sich aus freien Stücken selbst für einen Namen entscheiden könnte. Schließlich kann dem Kind kein Name für sein erwachsenes Ich gegeben werden, das noch unbekannt ist. Stattdessen wird »die kleine Milchmaus« benannt, als die es anfänglich erscheint. Ja, Sexton schreibt »aus Scham«, jedoch hauptsächlich aus einem Gestus, der als mögliche Lektion für andere Eltern gelesen werden kann. Die Ich-Instanz in »Das doppelte Bildnis« artikuliert eine unangenehme Realität, die wohl nur wenige Eltern gern zugeben würden – dass wir unser Kinder »machen«, um uns selbst zu finden, oder doch zumindest um die Kinder zu finden, die wir gern gewesen wären; oder, wenn dies nicht gelingt, um wenigstens den Mythos der Kindheit zu evozieren.

Partlow, Juliet: Derselbe Schmutz. Bekenntnis und Narzissmus in der Vorstadt: Zu Anne Sextons Poetik. Fairleigh Dickinson University Press, S. 88–89. (Erscheint in Kürze)

Harry Borawski, 19. Februar, 17.19 Uhr

Lieber Michael,

ich weiß, ich habe ziemlich lange nicht mehr geschrieben. Beinahe ein Jahr? Nichts für ungut. Ich habe hier ein schönes Zimmer in Mompox, und was noch wichtiger ist: Ich habe eine Freundin gefunden. Heute hat sie mich bis nach Cartagena mitgenommen, nur damit ich einen öffentlichen Internetzugang finden konnte, um dir eine Mail zu schreiben. Ich bin ziemlich durch den Wind. Ständig sehe ich Leute, die eigentlich tot sind, und die in Lazarus-Manier vor mir auftauchen. Manchmal nehmen sie die Gestalt eines kleinen Kindes auf der Straße an. Einmal habe ich meinen Vater gesehen – als alte Frau im Hühnerbus.

Ich lebe wie ein Bettler, aber was ich verloren habe, bedrückt mich nicht. War die beste Entscheidung meines Lebens, hier runterzukommen. Okay, Entscheidung ist ein zu starkes Wort. Du hast mich *non compos* zu dieser Reise den Fluss hinabgetrieben, um mich aus deinem Leben zu verbannen. Aber in Wahrheit hast du mir das Leben gerettet. Ich hatte sogar schon die Pillen eingepackt, die ich schlucken wollte. Seppuku im Handgepäck. Das konntest du natürlich nicht wissen. Aber ich danke dir trotzdem.

Vor meinem geistigen Auge sehe ich dich und deine nette Familie mit deinem Boot über den Sund segeln. Grüß mir Amerika. Grüß mir George Washington. Und schreib mir, wenn du einen Moment übrig hast.

Harry

»Die Erde häuft der Mensch von Trümmern voll, der Strand hemmt seine Macht.« Byron

UNVERÖFFENTLICHTES INTERVIEW
MIT DEN PARTLOWS FÜR
KENYON-COLLEGE-ABSOLVENTEN-MAGAZIN

DAS KCAM hat die Familie Partlow im April dieses Jahres in Cartagena, Kolumbien, getroffen. Michael und Juliet Partlow haben zwei Kinder, Sybil und George. Sie sind seit September letzten Jahres auf ihrer 14-Meter-Segelyacht, der Juliet, unterwegs.

KENYON-COLLEGE-ABSOLVENTEN-MAGAZIN: Also, Sybil. Erst einmal – wie alt bist du?

SYBIL PARTLOW: Ich bin sieben.

KCAM: Und wie alt ist dein Bruder?

SP: Fast drei. Aber er kann fast noch gar nicht sprechen.

JULIET PARTLOW: Sybil …

KCAM: Was gefällt dir denn am besten am Leben auf einem Boot?

SP: Fliegen. Ich fliege am Mast vorbei.

JP: Das haben wir von einer anderen Segelfamilie. Man bringt eine lange Extraleine am Masttopp an, und daran schwingt sie dann wie Tarzan durch die Luft. Es ist erstaunlich.

KCAM: Klingt toll! Und was vermisst du vom Leben an Land, Sybil? Gibt's da was?

SP: Badewannen.

(Gelächter.)

KCAM: Was vermissen Sie denn, Juliet?

JP: Stauraum. Kinder wollen immer alles behalten. Sie wissen ja, wie Kinder sind. Muschelgehäuse, Seesterne, alte Flaschen, alles Mögliche. Die ganzen coolen Dinge, die wir so am Strand finden. Aber irgendwann ist einfach kein Platz mehr. Vielleicht noch unterm Kissen?

MICHAEL PARTLOW: Zurzeit sammelt Sybil Krabbenaugen.

SP: Die sehen aus wie Muscheln. Wollen Sie die sehen?

JP: Natürlich vermisse ich auch unser Haus. Den Luxus von getrennten Räumen. Sodass zwei Kinder sich gleichzeitig mit verschiedenen Dingen beschäftigen können. Wir versuchen, mit Sybil etwas Unterrichtsstoff durchzunehmen, um sie auf dem Stand ihrer Klasse zu halten. Aber dann will Georgie ...

SP: Mich nachmachen.

(Gelächter.)

KCAM: Was ist mit Ihnen, Michael? Was sind hier besondere Herausforderungen für Sie?

MP: Ich habe auf einem See segeln gelernt. In einem See gibt's keine Korallenköpfe. Wenn ich als Kind segeln war, war mir per se egal, was mit dem Boot passierte.

JP: Na ja, egal war es dir nicht ...

MP: Gut, klar, es war mir nicht egal. Aber es war nicht so wichtig wie heute. Dieses Boot, das ich jetzt hier segle, ist mein Zuhause. Mit meiner Familie darauf. Ich musste lernen, mein Zuhause zu segeln, wenn Sie so wollen.

KCAM: Das heißt, Sie sind vorsichtiger geworden?

MP: Ja. Es ist schon eher so, dass ich mich an Juliet wende und sage: Sollten wir jetzt nicht lieber ein bisschen reffen?

KCAM: Das heißt, er zieht Sie zurate?

JP: Na ja. Ich bin eher so was wie die Wand, an der er seine Gedanken abprallen lässt.

MP: Du bist nicht meine *Wand*. (Gelächter.) Wir sind schon ein paarmal aneinander gerasselt. Schön ist das nicht. Aber mit der Zeit haben wir, glaube ich, gelernt, besser miteinander zu kommunizieren. Wir kommen gut klar. Wenn man die ganzen Stressfaktoren bedenkt.

JP: Das stimmt. Es ist interessant, wie sehr wir auf See aufeinander angewiesen sind. Ich war ja ein totaler Neuling. Das müssen Sie verstehen: Ich hatte keinerlei

Segelerfahrung. Mein Feld ist die Poesie. Können Sie sich irgendetwas vorstellen, das auf See weniger nützlich ist als eine Poetin?

KCAM: Eine Poetin! Das ist ja großartig. Haben Sie auch veröffentlicht?

JP: Da habe ich mich falsch ausgedrückt. Können Sie das bitte streichen?

KCAM: Aber viele Seefahrer schreiben über Ihre Erfahrungen auf dem Meer.

JP: Ich bin weder eine Poetin, noch eine Seefahrerin. Wirklich nicht.

MP: Juliet hat an ihrem Doktortitel in amerikanischer Literatur gearbeitet. Sie hat an einer brillanten Dissertation geschrieben. Aber dann hat sich einiges in unserem Leben verändert, wissen Sie. Die Kinder waren da …

KCAM: Na ja, es ist niemals zu spät.

JP: Manchmal schon. Manchmal ist es wirklich zu spät.

KCAM: Man soll nie nie sagen.

JP: Ich sag's trotzdem.

MP: Also, würden Sie gern das Boot sehen? Sich ein bisschen umschauen?

JP: Wollen Sie die Toilette sehen?

SP: Wollen Sie meine Krabbenaugen sehen?

(Kind weint.)

MP: Was ist denn los, Doodle?

KCAM: Ist alles klar mit ihm?

JP: Er ist okay. Er hat einen leichten Ausschlag. Nichts Beunruhigendes. Wir haben … wir haben uns hier schon alle möglichen tropischen Ausschläge und anderen Kram eingefangen. Gehört dazu.

KCAM: Okay. Sind Sie sicher? Nun, ich wollte Sie noch ein wenig zu den Freuden und den Unannehmlichkeiten befragen. Eine Unannehmlichkeit scheint zu sein, dass es

nicht genug Platz gibt. Kein richtiges Bad. Sie sagten, Sie
würden sich manchmal streiten. Worüber streiten Sie?

MP/JP: Politik.

(Gelächter.)

KCAM: Hier draußen, mitten im Paradies?

JP: Sie haben gefragt!

MP: Und wir streiten darüber, ob wir das GPS benutzen
sollen oder nicht.

JP: Mein Mann ist Purist. Er hält es für Mogelei.

MP: Oh, da ist noch so eine Herausforderung. In fremden
Häfen Durchfall zu bekommen.

KCAM: Ja! Ich nehme an, Sie haben da einige einschlägige
Geschichten zu erzählen …

MP: Sorgen. Man macht sich Sorgen. Über treibende Anker.

SP: Unwetter.

KCAM: Was machst du denn bei Unwetter, Sybil?

SP: Ich erzähle Geschichten. Meinem Bruder. Unter Deck.

KCAM: Cool. Du denkst dir Geschichten aus, um dir keine
Sorgen wegen des Wetters zu machen?

SP: Manchmal gibt mir Mommy auch Pfefferminzbonbons
aus der Sündenschublade.

(Gelächter.)

KCAM: Also einige dieser Widrigkeiten … diese Unannehmlichkeiten … bringen Sie näher zusammen?

MP: Ja.

JP: Ja. Absolut.

(Schweigen.)

MP: Auch wenn ich glaube, wir könnten weniger Nähe
durchaus verschmerzen, der Toilette gegenüber zum
Beispiel. (Gelächter.) Mann, manchmal wünscht man sich
einfach nur eine heiße Dusche. Ein Badezimmer ganz für
sich allein. Mit einem dieser riesigen Duschköpfe, die
literweise Wasser auf dich runterschütten.

JP: Ahhh, ja! Wie in dem Hotel, in dem wir hier in Cartagena gerade übernachtet haben. Und mir würde es auch nichts ausmachen, mal wieder von einem feinen Porzellanteller zu essen.

KCAM: Also, wenn es nicht das Fehlen dieser Annehmlichkeiten gäbe – Badewannen und große Duschköpfe und Stauraum –, würden Sie dann für immer an Bord bleiben wollen?

JP: Oh, für Michael ist das leicht zu beantworten.

MP: Ich … ich denke schon, ja. Aber ich bin auch bloß ein Mensch. Womöglich würde ich nach einer Weile doch wieder unruhig werden und mein Leben erneut ändern wollen. Vielleicht würde ich, obwohl ich alles hätte, noch mehr wollen.

JP: Wow.

MP: Was? War das albern?

JP: Nein. Ich liebe dich. Weil du das gerade gesagt hast. Du schaffst es immer noch, mich zu überraschen, Michael Partlow. Oh, das drucken Sie bitte auch nicht …

(Gelächter.)

GEORGE PARTLOW: Doodle sag!

MP: Was ist, Doodle?

JP: Ich glaube, er möchte was sagen. Doodle, möchtest du was sagen?

KCAM: Sprich hier direkt ins Telefon, George.

GP: Sch' ange. Da!

(Gelächter.)

SP: Er hat eine Schlange gesehen. Das will er Ihnen sagen.

KCAM: Ah, du verstehst deinen Bruder.

MP: Sie ist die Einzige, die ihn versteht!

GP: Sch' ange fall an Boot. Sch' ange fall UNTER.

SP: Die Schlange ist von einem Ast gefallen und beinahe in unser Dingi.

KCAM: Wow. Hast du Angst gehabt?

SP: Nein.

GP: Mein!

JP: Nein, nein, Georgie, das Telefon sollst du nicht einfach nehmen. Das gehört uns nicht.

MP: Tut mir leid.

JP: George, gib Mommy das Telefon.

GP: Mein, mein!

(Weinen.)

MP: Er ist ein bisschen gereizt. Wir sollten dann auch vielleicht lieber …

KCAM: Ja. Selbstverständlich. Ich habe jetzt viel schönes Material zusammen. Haben Sie ganz herzlichen Dank dafür, dass Sie mit mir gesprochen haben. Ich glaube, die Leser wird es sehr interessieren, was Sie hier so machen.

MP: Danke für Ihr Interesse.

JP: Ja, wirklich, vielen Dank.

KCAM: So viele Menschen reden darüber, etwas zu tun wie das, was Sie hier umsetzen. Ich zum Beispiel will schon seit Jahren über den Appalachian Trail wandern.

MP: Sie sollten es tun.

KCAM: Aber ich finde einfach nie den Absprung.

JP: Man soll nie nie sagen!

(Gelächter.)

MP: Nein, ich meine es ernst. Sie sollten es tun. In gewisser Weise *müssen* Sie es.

GP: Mein! Ich halt!

MP: Hör auf, George. Das gehört dir nicht.

JP: Tut mir leid wegen Doodle. Er ist vermutlich bloß …

MP: Er ist bloß müde.

KCAM: Absolut. Ich stelle hier nur rasch diese

DANKSAGUNG

Ich möchte Jordan Pavlin für ihre unerschütterliche Unterstützung und ihr meisterhaftes Urteil im Lektorat danken. Dank an Sonny Mehta, Nicholas Thomson, Maria Massey und Abby Endler bei Knopf. Dank an Kim Witherspoon für ihren Rat und ihre Fürsprache, ebenso an Lyndsey Blessing und Maria Whelan bei Inkwell. In Ehren halte ich die Erinnerung an Wendy Weil und an meinen Vater Frederick Gaige. Ihre Liebe und Unterstützung hält noch immer vor, da ich so viel davon empfangen durfte.

Viele Menschen in der Segel-Community haben mir ihr Wissen zur Verfügung gestellt, in der persönlichen Begegnung oder über ihre Blogs. Besonders danken möchte ich Behan und Jamie von *Totem*, ebenso danke ich für Behans unverzichtbares Buch *Voyaging with Kids*. Ich stehe in der Schuld des Werkes von Nancy Schwalbe Zydler und Tom Zydler, die die Inseln von Kuna Yala in ihrem *Panama Guide* beschrieben haben. Und ich danke der Nachlassverwaltung von Anne Sexton und Kenneth Patchen.

Meine Freunde, mein Dank geht an euch, besonders an die Mütter unter euch und die Mütter, die auch noch Künstlerinnen sind – Susie Pourfar, Youana Kwak, mit besonderem Dank an Sarah Moore dafür, dass sie mir den Artikel geschickt hat, der den Ausschlag zu diesem Buch gegeben hat. Ich danke meiner Community hier in Connecticut: Kelly Proulx,

Paul Wutinski, Artie Hill, Darrell Hill, Catherine Blinder, Michael Robinson, Michelle Troy, Rand Cooper, Molly Cooper, Kristina Newman-Scott, Ethan Rutherford, Amy Bloom, Stephanie Weiner, Mark Weiner, Andy Curran und Jen Curran. Ich danke meinen Kollegen im Fachbereich Englisch der Yale University und dem Fachbereich Englisch am Amherst College.

Dieses Buch hätte nicht geschrieben werden können ohne die Unterstützung der John Simon Guggenheim Memorial Foundation. Außerdem bin ich in den Genuss von Unterstützung durch die MacDowell Colony gekommen, die mein Leben verändert hat.

Ich danke meiner Schwester Karina Gaige, meiner lebenslangen Freundin, und unserer Mutter Austra Gaige. Außerdem geht mein Dank an Norman Cohen, Sarma Ozols, Ted Watt, Bob Groff, Linda Frankenthaler, David Groff, Lisa Groff, Kerry Halloran, Laura Watt, Clark Thompson sowie Keith Flaherty und Mira Kautzky.

Dank an meinen Schreibbruder Adam Haslett.

Dank an meine Kinder – Atis und Freya. Atis, wir haben uns Kuna Yala gemeinsam angeschaut, und das werde ich nie vergessen. Danke dir, Freya, für deine fantastischen Geschichten. Es tut mir leid, sie gestohlen zu haben, aber sie waren einfach zu gut. Danke euch beiden, dass ihr mich habt umherstreifen lassen und dafür, dass ihr nach meiner Rückkehr neugierig auf meine Reiserlebnisse gewesen seid. Später, wenn ihr erwachsen seid, werde ich versuchen, für euch dasselbe zu tun.

Danke dir, Tim, mein Schiffskamerad.

Und zum Schluss muss ich Ben Zartman und seiner Familie danken – seiner Frau Danielle und ihren Kindern Antigone, Emily und Damaris. Eure Kraft, eure gute Laune und Unkonventionalität sind der Gold-Standard, den weder ich noch die

Partlows je erreichen konnten, aber ich wusste, dass es möglich war, als ihr mich auf die *Ganymede* mitgenommen habt. Ben, du warst der Co-Schöpfer dieses Buches, hast mir geholfen, die Handlung weiterzuspinnen, wenn mein eigenes Wissen und meine Vorstellungskraft mich im Stich ließen. Danke, vielen Dank.

Verwendete Übersetzungen:

Anne Sexton: All meine Lieben / Lebe oder stirb
Gedichte
Herausgegeben von Elisabeth Bronfen.
Aus dem Amerikanischen von Silvia Morawitz.
S. Fischer Verlag, Frankfurt / M. 1996

Dr. Seuss: Der Kater mit Hut
Aus dem Amerikanischen von Eike Schönfeld.
Piper Verlag, München 2004